내 이름의 살인자

내 이름의 살인자

시모무라 아쓰시
지음

이수은 옮김

25일 저녁, 도쿄도 ○○구에 거주하는 한 남성이 자신이 사람을 죽였다며 경찰을 찾아왔습니다.

경찰에 의하면 25일 오후 8시경 도쿄도 ○○구 ○○경찰서에 출두한 남성은 "폐업 호텔의 옥상에서 몸싸움을 벌였고, 상대가 추락사했다"라고 진술한 것으로 전해졌습니다.

경찰은 오오야마 마사노리 씨를 죽게 만들었다며 출두한 오오야마 마사노리 씨를 상해치사 혐의로 체포하여 조사하고 있습니다. 동성동명인 두 사람 사이에 어떤 사연이 있었다고 보고 조심스럽게 수사를 진행하겠다는 입장입니다.

2021년 1월 26일

프롤로그

IOC 총회에서 도쿄올림픽의 개최가 결정됐다는 소식으로 세상이 떠들썩하던 지난 9월, 오오야마 마사노리는 다른 사람에게 알려져서는 안 될 음습한 감정을 숨긴 채 핏빛 석양으로 물든 공원 풀숲에 숨어 있었다.

오오야마 마사노리는 그림자와 한 몸이 되어 공원의 상황을 줄곧 엿보는 중이었다. 숨을 내쉴 때마다 하얀 숨이 이슬 맺힌 풀잎을 흔든다.

나무 벤치 위에서는 여자아이가 뛰어놀고 있고, 동생으로 보이는 남자아이는 종이비행기를 날리며 그 주위를 뛰어다녔다.

"애, 위험하니까 내려오렴."

어머니가 딸을 들어 모래밭에 내려놓았다. 아이는 뾰로통한 얼굴로 투정을 부리고, 어머니는 하지 말라고 타일렀다. 남자아이가 어머니의 치맛자락을 움켜쥐고 소리쳤다.

"나, 그네 타고 싶어!"

어머니가 하나 있는 그네로 고개를 돌렸다. 초등학교 저학

년으로 보이는 여자아이가 그네를 타고 있었다.

"다른 누나가 놀고 있잖아."

"싫어! 나도 그네 탈래!"

남자아이가 그네를 보며 온몸으로 치마를 잡아끌었다.

"자꾸 그러면 이놈 한다!"

저녁 시간대의 공원에 울려 퍼지는 큰 목소리에 몇몇 학생들이 힐끗 고개를 돌렸다가 이내 자신들의 세계로 돌아간다.

오오야마 마사노리는 공원에 있는 사람들의 일거수일투족을 관찰했다. 그네에 앉아 있던 여자아이가 발 구르기를 멈추고 일어났다. 예쁘장하게 생긴 얼굴이었다. 여자아이가 남자아이에게 다가가 그네를 가리켰다.

"탈래?"

남자아이의 얼굴이 활짝 밝아졌다.

"고마워." 어머니가 여자아이에게 웃어 보였다. "그래도 되겠니?"

"……네, 다 탔어요."

남자아이가 뛰어가더니 서서 그네를 타기 시작했다. 어머니가 남자아이에게 달려갔다.

"애 좀 봐, 위험하니까 앉아서 타야지!"

남자아이는 투덜대면서도 말을 들었다. 어머니가 옆에서 지켜보는 가운데, 얌전히 그네를 타며 놀기 시작했다.

오오야마 마사노리는 풀숲에 가만히 숨은 채 여자아이를 눈으로 좇으며 마른 입술을 혀로 핥았다. 여자아이는 공원 구석에 쪼그리고 앉아 낙엽 사이로 피어난 하얀 꽃 한 송이를 만지작거렸다. 오오야마 마사노리는 여자아이에게서 눈을 떼지 않았다. 거미가 눈앞의 풀잎 위를 기어간다. 꼼짝 않고 있자 거미가 잎에서 얼굴로 건너왔다. 피부 위를 기어가는 다리의 감촉. 뺨을 기어가던 거미가 툭 땅으로 떨어졌다.

오오야마 마사노리는 눈을 내리깔고 손가락으로 거미를 눌러 죽였다. 거미의 체액이 손끝에 묻었다. 엄지와 검지를 비비며 다시 여자아이에게 눈길을 돌렸다.

어느새 공원에 있던 사람들이 조금씩 사라지고 있다.

어머니가 남매를 데리고 돌아가자 여자아이는 다시 그네에 앉았다. 녹슨 쇠사슬을 삐걱거리며 다시 그네를 타기 시작한다.

오후 네 시 반이 되자 공원에는 아이들만 남았다.

오오야마 마사노리는 그네를 타고 노는 여자아이를 바라보았다. 구석 모래밭에서는 유치원생으로 보이는 여자아이와 남자아이가 사이좋게 모래무덤을 만들고 있었다.

오오야마 마사노리는 후우, 하고 숨을 뱉었다. 부엽토 비슷한 악취가 코를 찌른다. 달라붙는 풀잎이 냉기를 막아서인지 몸 자체에서 열이 나서인지, 추위는 전혀 느껴지지 않았다. 오히려 점퍼 때문에 덥고, 열이 오르는 것 같다.

한적한 주택가 안쪽에 자리한 공원이었다. 전력 질주를 하고 싶어도 금세 반대편 숲에 닿고, 입구 옆에는 콘크리트로 만든 공중화장실이 있었다. 이웃 사람들은 모두 서로 얼굴을 알고 지내고, 사건 사고도 일어나지 않는 동네라 어두워질 때까지 아이들끼리 놀아도 걱정이 없었다.

그 점을 노렸다.

오오야마 마사노리는 마음을 먹고 풀숲에서 모습을 드러냈다. 점퍼와 청바지에 붙은 나뭇잎을 털어내며 그네에 다가가 여자아이에게 말을 걸었다.

"안녕, 잠깐 괜찮을까?"

여자아이가 그네의 속도를 떨어뜨리며 멈췄다. 그리고 원피스 아래로 뻗은 두 다리를 흔들며 신기한 듯 오오야마 마사노리를 올려다보았다.

"혼자 놀고 있어?"

질문을 하자 여자아이가 고개를 작게 끄덕였다.

"엄마는?"

"늦게까지 일 나가요."

"친구는 없니?"

"……학교에 친구 있어요."

해질녘의 공원처럼 쓸쓸한 표정이 얼굴에 드러났다. 거기에 파고들 틈이 있다고 생각했다.

"재미있는 거 보여줄까?"

구체적으로 뭔가 이름을 말하면 관심이 없다고 할 때 곤란하다. 추상적인 말로 관심을 끌면 걸려들 것이다.

역시나 여자아이가 몸을 내밀었다.

"재미있는 거 뭐요?"

"그건 비밀이야. 이쪽으로 가져오지 못하거든."

"이따만 해요?"

여자아이가 두 팔을 가득 벌려 크기를 표현했다. 무엇인지 모를 정도로 상상의 나래가 펼쳐질 것이다.

"마법처럼 신기한 거야."

"마법!"

여자아이의 눈이 반짝였다.

"응, 사실은 아무한테도 보여주면 안 되는데 너한테만 특별히 보여줄게."

"어디 있어요?"

"저쪽이야."

오오야마 마사노리는 공중화장실 방향을 가리켰다. 상록수 네 그루가 만드는 그늘 아래 자리한 화장실은 공원 안에서 사각지대였다.

여자아이는 망설이는 기색이었다.

"……안 보고 싶으면 다른 친구한테 보여줘야겠다."

오오야마 마사노리는 다른 아이를 찾는 척 두리번거렸다. 여자아이에게 이미 관심이 떠난 것처럼 연기를 했다. 떠나는 시늉을 하자 여자아이가 그네에서 일어났다. 작은 손으로 오오야마 마사노리의 바지춤을 잡았다.

"왜?"

쌀쌀맞게 물었다.

"……나, 보고 싶어요."

걸려들었다.

오오야마 마사노리는 입술 끝이 올라가는 것을 느끼며, 아이에게 손을 내밀었다.

낮에 온 소나기로 생긴 흙탕물 웅덩이가 해를 삼켜 핏빛으로 물들어 있었다.

1

∞

구름 한 점 없는 파란 하늘 위로 축구공이 포물선을 그리며 낙하한다. 그라운드로 큰 소리가 날아들었다.

오오야마 마사노리는 등과 양팔을 능숙하게 사용해 상대편 미드필더를 누르며 위치를 확보했다. 상대도 지지 않으려고 억세게 밀어냈지만, 결코 양보하지 않았다.

마사노리는 발목을 부드럽게 사용해 볼을 트래핑했다. 발끝에 딱 붙이는 것이 아니라 원터치로 후방으로 흐르도록 컨트롤했고, 동시에 몸을 반전시켜 상대편 미드필더를 제쳤다. 출발이 늦어진 상대가 유니폼을 잡아당겼지만 팔을 휘저어 풀어내고 드리블을 쳤다.

상대편 수비수가 곧바로 흐름을 끊기 위해 앞을 가로막았다. 시야 구석에 같은 팀 공격수의 모습이 비친다. 동료가 수비라인 뒤편으로 파고들고 있었다.

마사노리는 드리블 속도를 늦추고 스텝오버로 수비수를 속인 다음 왼쪽으로 중심을 크게 이동시켰다. 상대가 진로를 방해하려 발을 뻗는 순간, 반대쪽으로 볼을 툭 컨트롤했다. 마크를 벗어나는 동시에 동료에게 스루패스를 연결했다. 흐트러진 수비라인 뒤편으로 이어지는 킬 패스.

절묘한 타이밍에 동료의 스피드를 무너뜨리지 않으면서 상대편 골키퍼가 달려들 수 없는 공간으로 들어가는 패스였다. 골키퍼와 일대일로 맞닥뜨린 동료가 골키퍼 다리 사이를 뚫는 슈팅을 날렸다. 공이 골망을 갈랐다.

"됐다!"

동료가 두 손으로 승리의 포즈를 그리며 포효했다. 연습 게임이지만 열정은 충분했다.

"나이스 킥!"

마사노리는 동료에게 달려가 손바닥을 들었다. 하이파이브를 하자 기분 좋은 파열음이 파란 하늘 위로 울려 퍼졌다.

"나이스 패스!"

"좋았어!"

동료의 축하를 받으며 자신의 위치로 돌아온 마사노리는 게임이 재개되자 볼을 가진 상대편 미드필더에게 압박을 가했다. 상대방이 패스로 빠져나가려고 했다. 그러나 같은 팀 수비수가 공을 빼앗아 공격수에게 연결했다.

마사노리도 단숨에 상대편 진영으로 파고들었다. 카운터였다. 상대가 돌아오기 전에 쳐들어가야 했다.

"여기!"

손을 올리며 패스를 요구하자 동료 미드필더가 마사노리를 힐끗 쳐다봤다. 상대편 수비수가 거리를 좁혀 그를 마크하기 시작했다.

마사노리는 바깥으로 빠질 듯 페인트를 주고 반대로 중앙으로 파고들었다. 상대편 수비수의 마크가 뚫렸다. 바로 그 순간 패스가 왔다. 패스를 받아 드리블을 쳤다. 기세에 눌린 눈앞의 상대편 수비수가 멈칫했다.

마사노리는 발뒤꿈치로 공을 굴려 페인트를 줬다. 오른쪽, 왼쪽, 오른쪽. 수비수의 다리가 벌어진 틈으로 재빨리 볼을 흘렸다. 굴욕적인 알까기. 공이 빠지는 순간 당했다는 표정의 얼굴이 보였다.

골키퍼와 일대일이 되었다. 슈팅 코스를 좁히기 위해 골키퍼가 달려온다. 마사노리가 슈팅 모션을 취하자 골키퍼가 반응해 움직임을 멈춘다. 그 순간 다시 드리블을 쳐 골키퍼를 앞질렀다. 이제 골대로 차기만 하면 된다. 슈팅을 하기 위해 다리를 들었을 때, 엄청난 스피드로 돌아온 상대편 수비수가 필사적으로 슬라이딩을 했다. 슈팅 코스를 차단하기 위해서였다. 마사노리에게는 그 움직임이 슬로우 모션처럼 보였다. 슛을 하지 않고 한 번 더 접었다. 상대방의 슬라이딩이 눈앞을 스쳐 지나갔다. 눈앞에 골대가 텅 비어 있었다.

"아, 훌륭한 페인트네요! 메시인가요! 오오야마 마사노리, 빈 골대로 골!" 마사노리는 직접 중계를 하며 가볍게 공을 차

여유롭게 골을 넣었다. "흘러 들어가네요!"

마사노리가 뒤를 돌아보며 양손을 번쩍 들고는 엄지손가락을 곤추세웠다.

"오오야마 마사노리, 해트 트릭!"

자화자찬하는 목소리가 커졌다. 페인트 모션에 당한 상대편 수비수가 그라운드를 걷어차며 "젠장!" 하고 분노를 터뜨렸다. 오전 훈련은 주전 팀의 여유로운 승리로 끝이 났다.

마사노리는 팀 동료들과 함께 탈의실로 향했다. 그리고 유니폼을 벗으며 오늘 훈련에 관한 얘기로 신바람을 냈다.

"마사노리는 진짜 천재라니까."

팀 동료가 스포츠음료를 마시며 말했다. 마사노리는 수건으로 땀에 젖은 몸을 닦았다. 시합의 여운이 남아 온몸에서 기분 좋게 열이 올라오고 있었다.

"프로리그에서 뛰는 게 목표잖아." 말하던 마사노리가 갑자기 치솟은 분기를 꾹 눌렀다. "전국대회에서 좋은 성과를 내고 싶었는데⋯⋯."

다른 팀원이 맞장구쳤다.

"딱 코앞에서 놓쳤어, 우리. 그치?"

그들은 겨울 시즌 선수권 대회에서 전국대회에 출전할 기회를 놓친 탓에 은퇴만 기다리는 상황이었다. 그러나 어찌나 분한지 대회를 준비할 때와 같은 연습량을 여전히 유지하고 있었다.

"마사노리는 스포츠 추천 전형으로 연락 오고 있잖아."

"응, 감독님이 슬쩍 떠봤어."

명문 대학에서 연락이 왔다. 입학할 수만 있다면, 그리고 신뢰할 수 있는 감독 밑에서 성장한다면 프로의 길이 열릴 터였다.

"마사노리뿐이지, 가능성이 있는 건."

"넌 진로 어떻게 할 거야?"

"친척 어른이 하는 마을 공장에 취직하려고."

"그렇구나……."

친구의 가슴속에 쓸쓸함이 감돌았다. 마사노리와 함께 프로리그에서 명콤비로 이름을 날리자고 약속했었다. 그러나 고등학교 3학년이 되고 졸업이 다가오자 싫어도 현실과 마주해야 했다. 그는 마사노리의 어깨를 두드리다가 꽉 붙잡았다.

"넌 우리의 희망이야. 우리들은 꿈을 포기하지만, 너는 꿈을 이뤄."

평소의 가벼운 톤과는 달리 진지한 눈빛으로 말하는 모습에 마사노리는 가슴이 먹먹해졌다.

"그래야지." 마사노리도 그의 팔뚝을 툭 쳤다. "혼다 케이스케나 나카타 히데토시처럼 이름만 들어도 누구나 알 수 있도록 전 세계에서 활약할 거야."

"절대로 포기하지 마. 너 자신을 믿어."

"내 이름을 일본 전역에 알릴게. 오오야마 마사노리가 일본 슈퍼스타의 대명사가 되도록."

일본 국가대표로 활약하고, 신문의 1면에 자신의 이름이 실리는 것. 그것이 마사노리의 꿈이었다. 큰 경기의 승부처에서 스타디움에 들어찬 응원단이 모두 기립해 "오오야마!"라고 외치며 들썩거린다. TV 중계에서도 자신의 이름을 외친다. 기대에 부응하는 드리블과 이어지는 스루패스 또는 미들 슛. 마침내 골이 터지며 대역전의 일등 공신이 된다.

수없이 꿈에 그린 모습이었다. 이를 실현하는 첫걸음이 명문 대학의 스포츠 추천 전형으로 시작될 것이다.

그에게는 체계적인 현대 축구에서 과거의 유물이 된 '판타지 스타(창조적인 플레이로 관객을 매료시키는 선수-옮긴이)'를 되살리고 싶은 꿈같은 목표가 있었다. 그는 왕년에 이름을 떨친 이탈리아 선수 로베르토 바조와 같은 판타지 스타를 동경했다.

"내년 월드컵 재밌겠다."

마사노리의 말처럼 2014년 브라질 월드컵이 개최될 예정이었다. 일본은 지난 6월 예선전에서 5회 연속으로 월드컵 본선 진출을 확정지은 상태였다. 3년 전인 2010년 남아공 월드컵 조별 리그에서 보여준 일본의 축구, 특히 3차전인 덴마크 전은 정말 환상적이었다. 당시 그는 중학생이었는데 밤중에 혼자 흥분해 소리를 질렀던 기억이 생생했다.

"대진은 어떻게 되려나?" 누군가 말했다. "추첨 기대된다."

"첫 경기가 중요하지 않을까?"

엔트리에는 누가 뽑힐지, 어떤 포메이션이 최적인지, 또 출

전국의 전력 분석 등에 대해 모두들 열띤 의견을 나눴다.

마사노리는 교복으로 갈아입고 교실로 향했다. 등교하는 학생들과 함께 계단을 올라 3학년 2반 교실에 들어가자 동아리 탈의실과는 달리 모두 '사건' 이야기를 하고 있었다. 교실 중앙을 늘 차지하고 모여 있는 여자애들, 교실 구석에서 책상을 사이에 두고 마주보고 있는 단짝 둘, 칠판 앞에 모여 있는 남자애들 모두가 마찬가지였다.

옆 동네에서 일어난 엽기적인 살인사건이니 신경 쓰이는 게 당연했다. 마사노리는 자리에 앉으며 책상 위에 가방을 내려놓았다. 친구 두 명이 곧장 달려왔다.

"뉴스 때문에 난리야."

야구부 친구가 입을 열었다. 빡빡 깎은 머리에 눈썹이 얇고, 얼굴이 감자처럼 생긴 녀석이었다. 마사노리는 가방에서 교과서를 꺼내 책상 안에 넣으며 물었다.

"'마나미 사건' 말하는 거지?"

2주 전쯤 발생한 살인사건이었다. TV에서도 연일 보도되고 있었다. 공원에서 놀던 여섯 살 여자아이가 공중화장실에서 난도질을 당했는데, 흐트러진 옷을 보아 성폭행을 하려다 저항해 죽인 것이라고 했다.

"응, 맞아." 야구부 친구가 고개를 끄덕였다. "2주 가까이 지났는데 아직도 못 잡는다는 게 말이 되냐? 경찰들 왜 이렇게 무능하냐고."

"마사노리, 들었어?" 파마머리 친구가 얼굴을 붙이며 목소리를 낮췄다. 마치 자신이 체험한 괴담이라도 속삭이는 것처럼. "피해자 여자아이가 어떤 상태였는지."

"어땠냐고? 스물여덟 군데나 찔렸으니까 심각한 상태였던 거 아니야?"

"놀라지 마. 목도 엄청 찔려서 겨우 붙어 있는 거나 마찬가지였대."

목이 겨우…… 상상한 순간, 소름이 돋았다. 비릿한 피 냄새를 맡은 기분마저 들었다.

"진짜야?"

마사노리는 눈살을 찌푸리면서 물었다.

"주간지에 실렸던데."

파마머리 친구가 대답하자 야구부 친구가 의외라는 표정을 지었다.

"주간지를 읽는다고? 어르신이냐?"

"아, 그런 거 아니라니까. 트위터에 기사가 올라왔는데, 리트윗 되고 장난 아니야."

마사노리는 호기심에 스마트폰을 꺼내 트위터에 들어갔다. 검색을 하니 8,500번이나 공유된 트윗이 나왔다.

─ 충격! 오늘 발매되는 <주간 진실> 기사, 마나미 사건 내용 게재. 미친놈 주의. 잔인함 주의. 빨리 체포해서 갈기갈기 찢어 죽여라

트윗은 첨부된 사진과 함께 기사의 내용 절반 이상을 읽을 수 있었다.

도쿄도 ○○구 ○○마을의 공원 내 공중화장실에서 츠다 마나미 양의 사체가 발견된 지 12일째 되는 날, 친척들에 의해 장례식이 거행되었다. 마나미는 비열하고 잔인한 범인에 의해 겨우 6년의 짧은 생을 마감했다. 공중화장실에서 스물여덟 곳이나 난도질당한 채 시신으로 발견된 것이다. 수사관에 따르면 온전하다고 보기 어려운 상태였고, 그 참상에 경찰 역시 할 말을 잃었다고 한다. 탐문 중에 눈물을 못 참는 수사관도 있었다고 전해진다.

인터넷은 엽기 살인범에 대한 분노로 들끓었고 #마나미 사건 #범인을 찾아라 #절대사형 이라는 태그와 함께 제보와 추측, 불의를 참지 못한 분노의 트윗이 넘쳐나고 있었다.

"이거 엽기 살인이란 거잖아." 야구부 친구가 치를 떨며 말했다. "미친놈이네, 진짜."

마사노리는 스마트폰을 내려놓으며 말했다.

"여섯 살짜리 여자애가 원한을 살 리도 없을 텐데 왜 이렇게……."

"범인은 사이코패스야, 사이코패스."

"어떤 놈일까."

"뉴스에서 메인으로 계속 보도하고 있던데."

"아침 방송에도 엄청 나와."

"아침 방송은 본 적 없어. 그거 우리 학교 있을 때 하는 거잖아. 일부러 녹화하는 거야?"

"나 말고. 엄마가 녹화해서 밤에 보는 거야. 저녁 먹을 때. 그러니까 자꾸 보고 듣게 돼."

"진짜? 무슨 얘기 나왔는데?"

두 친구의 얼굴에 흥미진진한 기색이 어린다. 마사노리의 머릿속에서 방송 화면이 자동 재생된다. 음산함을 강조하는 BGM이 흐르고, 근처에 사는 주민의 인터뷰, 전문가에 의한 범인의 인상착의를 분석하는 등의 흥미를 불러일으키는 구성이었다.

매일같이 아침 방송에서는 같은 내용을 반복하고 있었다. 마치 뭔가 새로운 정보가 있는 것처럼 진행되기 때문에 결국 부모님과 함께 끝까지 보고 마는데, 어머니는 스릴러 드라마를 보는 느낌으로 추리를 했고, 아버지는 맞장구를 치면서 방청객 역할을 했다.

"방송국에서 범인 몽타주 들고 찾아보는 거야? 주변에 탐문도 하고?"

영상에서 여성 사회학자는 '현실 사회에서 여성과 접촉할 수 없는 중장년층 소아성애자의 소행이라고 추정한다'라며 범인을 분석했다.

"새로운 정보가 있었어?" 야구부 친구가 물었다.

"수상한 아저씨가 목격됐대."

"수상한 아저씨?"

"이웃집 아이한테 말을 걸었대. 어떤 여자애한테 누구누구 네 집 알아? 라고 물어봐서 모른다고 했더니 찾는 거 도와주면 맛있는 거 사준다고 했다던데."

"아, 그 자식이네! 왜 체포를 안 하냐고. 거기까지 알면 몽타주를 따서 전국에 지명수배를 해야지."

파마머리 친구가 "너 진짜 열 받았구나" 하고 웃었다.

야구부 친구가 입술을 삐죽거렸다.

"당연하지. 일곱 살 먹은 여동생도 있고, 걱정이 많거든. 요즘은 엄마가 동생 마중 나가고 있어. 공원에서 노는 것도 금지됐고, 요새 내 스마트폰 게임기 빌려주고 있어."

"공원도 못 가는 거야? 부모가 같이 있으면 괜찮지 않아?"

"칼을 든 엽기 살인마잖아. 잭 더 리퍼나 렉터 박사 같은 놈이지."

"렉터 박사는 소설이지."

"그게 중요한 게 아니고 그 정도로 또라이라는 거지. 그런 또라이가 돌아다니고 있다니까. 자기가 찍은 여자아이를 가지려고 방해하는 부모 한둘쯤은 죽일지도 모르지. 엄마도 밖에 나가기 무섭대."

"그런데 네 여동생은 괜찮지 않아?"

"왜?"

"아니." 파마머리 친구는 일부러 뜸을 들였다. "안 예쁘잖아."

"야!" 야구부 친구가 가슴팍을 밀치며 버럭 소리쳤다. "미쳤냐, 죽을래!"

파마머리 친구가 실실댔다. 둘이 진심으로 하는 소리가 아니란 걸 알고 있었기에 마사노리도 함께 웃었다. 분위기가 풀렸다.

"……근데 있잖아." 마사노리가 말했다. "목격담이 있는데도 아직 잡히지 않았다는 건 근처에 살지 않는다는 뜻이겠지? 그런 거라면 지금 어디 숨어 있는지도 모르겠다. 이 동네일 수도 있고……."

그때 칠판 앞에 있던 무리 중 한 명이 스마트폰을 손에 들고 "이거 봐!"라고 외쳤다. "지금부터 유족이 기자회견을 한대!"

교실이 술렁였다. 주위에서 속닥거리는 소리가 들린다.

"보면 울 것 같아."

"왜 언론은 유족을 끌어들이는 거야?"

"궁금하긴 하다."

"얼마 전에 아이가 살해당했으니 말도 제대로 못 하는 거 아냐?"

여러 명이 스마트폰을 꺼내 중계를 보기 시작한다. 마사노리도 친구들 사이로 머리를 들이밀었다.

철제 의자에 마나미의 부모님이 앉아 있었다. 오른쪽에는 가슴에 변호사 배지를 단 중년 남성이 떨떠름한 얼굴로 앉아 있었다. 긴 테이블에는 마이크가 여러 개 놓여 있고, 여자아이의 웃는 얼굴이 찍힌 사진이 액자에 담겨 세워져 있었다.

사회자의 멘트를 시작으로 아버지가 침울한 표정으로 기자들에게 인사를 했다. 그리고 감정이 죽은 목소리로 입을 열었다.

"딸이 살해당하고 저희는 지옥 같은 고통과 슬픔에 휩싸여 있습니다. 아침에 출근하는 저를 활기차게 배웅하던 딸아이의 모습이 마지막이 됐습니다. 어떻게 이런 일이……."

아버지가 오열을 참으려는 듯 아랫입술을 깨물었다. 어머니는 손수건으로 눈가를 닦고 있었다.

"……저희 가족은 소중한 딸과 마지막 작별 인사도 하지 못했습니다. 주검을 '정돈'하는 것도 어려워서 관을 닫은 채 장례식을 치렀어요."

무거운 침묵이 흘렀다. 모든 이가 여자아이의 참혹한 모습을 떠올렸을 것이다.

어머니가 눈물 어린 목소리로 입을 열었다.

"마나미가 태어났을 때 몸무게가 3.15킬로그램이었어요. 미숙아였던 큰딸과 달리 버거울 정도로 튼튼했어요. 있는 힘껏 울고 뛰고……. 아이를 돌보던 날들을 어제 일처럼 기억하고 있어요. 마나미는 먹는 것도 가리는 것 없이 무럭무럭 자랐습니다. 몸무게가 늘어서 안기도 벅차고……."

아버지는 얼굴을 일그러뜨렸다.

"이럴 줄 알았으면 더 안아줄걸……."

떨리는 목소리가 점점 줄어들더니 말을 마치기도 전에 끊어졌다. 다시 침묵이 흘렀다. 침묵을 깬 건 어머니였다.

"범인이…… 원망스러워요." 쥐어짜는 목소리였다. "이 손
으로 똑같이 죽여버리고 싶어……."

강렬한 발언에 기자회견장이 술렁였다. 아버지는 어머니에
게 무슨 말을 하려는 듯이 입을 열었다가 결국 하지 못하고 책
상으로 눈을 떨궜다.

"범인을 잡아주세요!" 어머니가 큰소리로 울부짖었다. "범
인을 잡아서 사형시켜주세요!"

어머니가 이성을 잃으면서 기자회견은 어수선한 분위기로
끝이 났다.

마사노리는 참고 있던 숨을 내쉬었다. 목에 압박감이 느껴
지고 위도 묵직했다. 유족들의 비탄이 온몸에 감겨오는 듯했
다. 반 아이들은 담임선생님이 올 때까지 빨리 잡아야 한다, 유
족들 말대로 똑같이 만들어줘야 한다, 라며 범인에 대한 증오
를 쏟아냈다.

그러나 2주가 지나도 범인은 체포되지 않고 있었다. 큰 진전
은 없었지만 언론에서 연일 뜨겁게 보도를 하고 있었고, 관련
하여 모종의 정보나 추측들이 쏟아지고 있는 중이었다.

인터넷에서도 범인에 대한 분노가 넘쳐났다. 뚜껑을 덮은
거대한 냄비에서 뜨거운 증기가 뿜어져 나오는 것처럼.

2

∞

　오오야마(大山正紀)는 친구에게서 연락을 받고 약속 장소로 향했다. 약속 시각보다 20분 일찍 도착해 공원 놀이터의 타이어 위에 앉아 시간을 때웠다. 어린이집 아이들이 젊은 선생님과 함께 놀고 있었다.

　오오야마는 그 모습을 바라보았다. 아이들이 활기차게 뛰어다니고 줄넘기를 하며 즐거워하고 있었다. 순진무구한 모습이 때 묻지 않은 애니메이션 캐릭터처럼 아름다웠다. 오오야마 쪽으로 원피스를 입은 여자아이가 다가왔다.

　"이거 받아."

　흙이 묻은 양손에 모래로 뭉친 경단이 놓여 있었다. 처음 보는 사람에게 경계심을 품지 않는 붙임성이 좋은 아이였다.

　"고마워"라고 말하며 오오야마가 모래 경단을 건네받았다. 냠냠, 하고 먹는 시늉을 하자 여자아이가 웃음을 터트렸다. 어린이집 교사가 그 모습을 보고는 "죄송해요……"라고 미안해하며 머리를 숙였다.

"아이들을 좋아해요. 정말 천진난만하고 천사 같네요."

"맞아요." 교사가 미소를 지었다. "정말 사랑스럽죠."

오오야마는 또래와는 잘 어울리지 못했다. 셋 이상 모이면 반드시 자신만 겉돌았다. 대화도 억지로 상대방에 맞출 뿐이었다. 진정한 자신을 드러낼 수 있는 것은 익명의 SNS뿐.

"이왕이면 아이와 관련된 일에 종사할걸, 하고 후회했거든요."

불순한 동기가 드러나지 않게 조심하며 말했다.

"눈을 뗄 수 없어서 힘들지만 재미있는 직업이에요. 저한텐 천직이죠."

선생님의 말에 오오야마는 맞장구를 치면서 이야기를 들었다. 솔로 인생에 한몫 단단히 하는 안타까운 외모를 가진 인간을 웃는 얼굴로 대하는 마음씨에 반할 것 같았다. 어린이집 교사 고유의 포용력일까. 아이돌이 티켓을 산 팬들에게 뿌리는 영업용 미소가 아니었다.

행복한 시간은 눈 깜짝할 사이에 지나갔다.

손목시계를 확인하니 약속 시간이 다 됐다. 오오야마는 교사에게 작별 인사를 건네고 여자아이에게도 손을 흔들어준 뒤 공원을 나왔다. 약속 장소는 길 건너 카페 앞이었다. 친구는 먼저 도착해 기다리고 있었다.

"마사(正紀), 너무 늦었잖아. 기다리게 하지 마."

"미안해. 너무 일찍 도착해서 공원에 있었는데 시간이……."

"변명 그만해. 시간 아깝다."

친구는 서둘러 걷기 시작했다. 오늘은 자취를 시작하는 그
녀와 집을 보러가기로 약속한 날이었다. 친구 혼자 일방적으
로 떠들며 걷다가 가장 먼저 눈에 띈 부동산으로 들어갔다. 상
가 건물의 1층에 있을 법한 작은 사무실이 아니라, 꽤 넓은 공
간에서 열 명쯤 되는 직원들이 일하고 있는 곳이었다. 연배가
있는 남자 사장님이 직접 상담을 하러 나왔다. 유리 테이블을
사이에 두고 소파에 마주 앉았다.

"아파트를 보고 있는데요."

친구가 여러 가지 조건을 말하자 사장님이 자료를 넘기며
매물을 설명하기 시작한다. 그녀는 오늘 중으로 계약을 끝내
고 싶어 했지만, 포기할 수 없는 조건이 많아 쉽게 마무리되지
않았다. 30분이 지나자 오오야마는 지루해졌다. 스마트폰을
만지작거리며 시간을 보내자 사장님이 "차 좀 내오지!"라고
사무실을 돌아보며 외쳤다. 정장 치마를 입은 여성이 네, 하고
일어나 차를 타 쟁반에 내왔다.

"맛있게 드세요."

검은색 단발이 찰랑거리고, 아몬드 모양의 커다란 눈에 입술
은 부드러워 보이는 여성이었다. 상의를 걸치고 있어도 풍만한
가슴이 한눈에 드러나고, 허리둘레는 짜인 듯이 잘록했다.

예쁜데 몸매도 좋네.

뚫어지게 쳐다보자 여성이 미소를 남기고 떠나갔다. 노골

적인 시선에도 싫은 내색 하나 하지 않다니. 옆을 보니 친구가 불쾌한 듯 눈살을 찌푸리고 있었다. 질투하는 건가, 라고 생각하며 상담이 끝날 때까지 자리를 지켰다.

미인이 손수 끓여준 차는 그 자체로 맛있었다.

사장님이 매물들을 보여주며 "어떠신가요?"라고 물었다. 친구는 불만스러운 듯 한숨을 내쉬며 조용히 고개를 저었다.

"음, 약간······."

"마음에 드는 게 없으셨나요?"

"······더 둘러보고 올게요."

부동산에서 나온 뒤로 친구는 시종일관 기분이 언짢아 보였다. 기분파인 그녀를 괜히 건드렸다가는 끝없는 푸념을 듣게 될 테니 일부러 묻지 않았다.

오오야마는 그녀와 헤어져 자신의 아파트로 돌아왔다. 방의 다섯 칸짜리 책장에는 만화책이 가득 꽂혀 있고, 더는 들어갈 공간이 없어 책 더미가 여기저기 수북이 쌓여 있었다. 벽에는 태피스트리가 여러 개 걸려 있고, 미소녀가 활짝 미소를 짓고 있었다. 그 외에 컴퓨터와 게임기가 다였다.

피곤하다.

오오야마는 한숨을 쉬면서 TV을 켰다. 뉴스가 나오고 있었다.

"경찰서로 400건이 넘는 제보가 들어왔다고 합니다. 하지만 여전히 범인 체포로 이어지지 않자 인근 주민들은 불안과 공포에 떨고 있습니다."

앵커가 현장에 나가 있는 취재진을 불러 새로운 정보가 없는지 묻는다. 아무도 없는 공원이 비춰지고, 그 앞에 서 있는 취재진이 심각한 얼굴로 말하기 시작한다.

"현장은 여전히 한산하며, 아이들의 모습은 찾아볼 수 없습니다. 근처에서도 아이들은 반드시 어른과 함께 돌아다니고 있습니다." 취재진이 걸으면서 멘트를 이어간다. "주민들은 큰 사건과 무관했던 마을에서 이와 같은 엽기적인 살인사건이 일어난 것에 놀라움과 충격을 감추지 못하며, 한시라도 빨리 범인이 체포되기를 바라고 있습니다."

오오야마는 가만히 화면을 응시했다. 화면이 스튜디오를 비추고 패널들이 의견을 쏟아내기 시작했다. 여성 사회학자가 분노한 얼굴로 주장했다.

"저항할 수 없는 여자아이를 겨냥한 것은 성인 여성과는 대등하게 어울리지 못하고, 여자아이만이 마음대로 할 수 있는 상대였기 때문이죠. 여성을 살아있는 인간으로 존중하지 못하고, 자신의 욕망을 충족시키는 '대상'으로 보는 것입니다."

"난도질은 왜 한 걸까요?"

"아마도 성행위를 할 수 없게 되자 그 '보상 행동'으로 저지른 것이라고 볼 수 있습니다."

여성 사회학자가 맨손으로 나이프를 두세 번 찌르는 동작을 반복했다.

"칼로 찌르는 행위가 범인에겐 성행위였던 겁니다."

"그렇다면 또 반복할 우려가 있겠군요."

"네, 반드시 그럴 겁니다. 성적 욕구를 억제할 수 없게 되면 '사냥감'을 또 찾아 나서겠죠. 현장과 멀리 떨어져 있다고 안심하지 마시고, 부모님들은 범인이 체포될 때까지 자녀에게서 눈을 떼지 말고 잘 지켜보시면서, 조금이라도 수상한 사람이 보이면 주의하시길 바랍니다."

"범인의 성격이나 특징으로는 무엇이 있을까요?"

"최근 들어 애니메이션이나 게임 캐릭터가 아니면 커뮤니케이션을 할 수 없는 사람이 늘어나고 있습니다. 이런 사람은 자기 생각대로 움직이는 '데이터'를 주로 상대하기 때문에, 현실에서는 타인에 대한 공감 능력이 낮고, 감정이입을 하지 못합니다."

뉴스 앵커가 동의하듯이 끄덕이며 말했다.

"얼마 전에는 대형 서점에 불건전한 만화책을 팔지 말라며, 판매대에서 수거하지 않으면 종업원의 아이가 제2의 마나미가 될 것이라고 협박 전화를 한 혐의로 무직인 50대 남성이 체포됐습니다. 체포된 남성은 '협박은 하지 않았다. 그런 만화의 악영향으로 또다시 이런 사건을 일으키는 인간이 태어난다는 사실을 환기시키려는 의도였다'라고 진술한 것으로 알려졌는데요. '마나미 사건'과의 관련성은 없어 보입니다."

앵커는 숨을 고르고 다시 침통한 표정으로 말을 이어나갔다.

"마나미가 다니던 초등학교에는 많은 아이들이 사건의 충격으로 등교하지 못하고 있으며 장기적인 심리 케어가 절실히 필요한 상황입니다. 특히 마나미와 친했던 아이는 밤에 실금을 하는 등 크게 공포에 질려 있다고 합니다."

여성 사회학자가 참을 수 없다는 얼굴로 긴 탁자를 쾅 내리쳤다.

"우리 사회는 이 범인을 용서해서는 안 됩니다!"

앵커는 그녀의 격앙된 얼굴에 놀란 듯 눈을 크게 떴지만 이내 차분한 목소리로 정리를 했다.

"'마나미 사건'은 일본 사회에 심각한 영향을 미치고 있습니다. 경찰은 지금도 목격자의 정보 제공을 간곡히 호소하고 있습니다."

오오야마는 TV을 껐다. 보고 싶지 않은 정보는 버튼 하나로 사라지게 할 수 있다. 그리고 스마트폰을 꺼내 바로 게임에 로그인했다. 음식을 의인화한 미소녀들이 싸우는 소셜게임(SNS상에서 플레이하는 온라인 게임-옮긴이)이었다. 돈을 내고 카드를 구입하면 새로운 '아이'를 얻을 수 있다. 레어한 '아이'일수록 잘 나오지 않는데, 몇 만 엔이나 돈을 써도 한 장 나올까 말까였다. 오오야마는 아르바이트비가 들어왔기 때문에 찜해둔 '아이'가 나오길 고대하며 카드를 뽑을 생각이었다.

먼저 5천 엔으로 카드를 구입했다. 그리고 '스타트'를 눌렀다. 화면에 열 장의 카드가 배분되고 한 장 한 장 넘어간다. 미소녀의 일러스트가 차례차례로 나타났다. 5천 엔짜리 카드로는 이렇게 열 번을 뽑을 수 있었다.

핑크 머리에 벚꽃 머리장식을 한 미소녀, 노란 머리를 양 갈래로 묶은 미소녀, 은발에 군모를 쓴 미소녀…… 원했던 '아이'는 나오지 않았다. 오기가 발동해 계속 뽑자 불과 30분 만에 3만 엔을 날렸다. 오오야마는 스마트폰을 침대에 던져버렸다.

마음에 안 드는 캐릭터라도 팀의 주력을 강화하는 데 사용할 수 있기 때문에 쓸모가 없지는 않다. 하지만 원했던 '아이'가 하나도 나오지 않아서 씁쓸했다.

오오야마는 눈을 감고 양손을 비비며 마주 잡았다. 중얼중얼 신에게 기도하고는 다시 스마트폰을 들었다. 다시 5천 엔을 결제하고 스타트를 눌렀다. 배부된 카드가 뒤집어질 때마다 셀 수 없을 정도로 많이 본 '아이'들이 나타난다. 이제 틀렸나, 싶어 단념하려고 했을 때 화면에 금빛이 번졌다. 울트라 레어 카드가 나올 때의 연출이었다.

시선이 멈췄다. 스마트폰을 쥔 손에 힘이 들어갔다.

카드가 뒤집히고 그토록 원하던 '아이'가 나타났다. 긴 금발머리가 바람에 흩날리듯 펄럭인다. 메이드 옷을 모티브로 한 배꼽이 보이는 의상에 가슴은 꽃봉오리처럼 부풀어 있다. 프릴이 달린 하늘하늘한 미니스커트 아래로 가녀린 다리가 쭉 뻗어 있다.

딸기 쇼트케이크가 올라간 접시를 든 로리코였다.

오오야마는 흥분해서 소리를 질렀다. 이 감동을 트위터에

바로 전해야겠다는 생각에 취미 계정을 열었다. 닉네임은 '토우야'. 좋아하는 만화 캐릭터에서 따온 이름이다. 프로필은 이렇게 만들었다.

- 푸드소녀/금발 로리코는 며느리/오타쿠/애니메이션/게임/로리코 우는 얼굴 사랑해!

같은 취미를 가진 팔로워는 121명. 오오야마는 '아이'가 나타난 장면을 코멘트와 함께 동영상으로 업로드했다.

- 드디어 나왔다! 비명 보이스 대박 #푸드소녀

'좋아요'가 12개 달렸다.

그 후 오오야마는 안아주고 싶은 충동과 열심히 사투를 벌이게 만들었던 공원에서 만난 어린 여자아이의 모습을 떠올리면서 - 오늘은 공원에서도 현실 로리코와 만났다. 심쿵! 이라고 트윗을 올렸다. 같은 취향을 가진 사람들이 사진 요망, 이차원이 더 최고지! 라고 반응했다.

익명의 세계이기에 얼마든지 본심을 말할 수 있었다. 현실의 친구나 주변 사람에게는 밝힐 수 없는 취미나 개인의 성향까지도.

오오야마는 늦은 밤까지 인터넷 속 세상에 푹 빠져 있었다.

3

∞

오오야마 마사노리는 편의점 유니폼으로 옷을 갈아입은 뒤 계산대 앞에 섰다. 그리고 함께 아르바이트를 하는 누나에게 인사를 건넸다.

"안녕하세요."

"왔어?"

쾌활한 미소로 답한 그녀는 두 살 연상이었다. 부드럽게 컬을 넣은 풍성한 머리와 오밀조밀한 분홍색 입술이 인상적인. 처음 보자마자 호감을 느꼈는데, 얘기를 나눠보니 차분한 성격과 어떤 말에도 웃어주는 자상함에 점점 더 마음이 갔다.

손님이 올 때까지 그녀와 잡담을 나눴다. 정해진 업무의 반복 작업이나 다름없는 따분한 아르바이트의 유일한 즐거움이었다. 이야기가 끊긴 오오야마가 할 말을 궁리할 때, 계산대 정면에 놓여 있는 추첨 상자가 눈에 띄었다.

"이 아이돌 알아요?"

그녀가 "응?" 하고 되물으며 추첨 상자로 눈을 돌렸다. 남성

아이돌의 얼굴이 상자에 새겨져 있다. 어제부터 지역 아이돌과 근처의 편의점들이 콜라보한 상품을 구입하면 추첨을 통해 브로마이드를 주는 이벤트가 진행 중이었다.

"되게 잘생겼더라. 같은 동네 사람이라 그런가, 친근하고."

"좀 부럽던데요."

"마사노리, 연예인 지망생이었어?"

"그건 아닌데……" 마사노리는 씁쓸하게 웃었다. "저는 '아무 사람'도 아니니까 이렇게 뭔가 이뤄낸 사람을 보면 내가 그릇이 얼마나 작은지 깨닫게 되거든요."

난감한 얼굴로 바라보려나 싶었는데 뜻밖에도 그녀는 납득한 것처럼 고개를 끄덕였다.

"다른 사람과 비교할 때가 있지. 나도 중학교나 고등학교 때는 나는 누굴까, 하고 고민했거든."

"뭔가를 이룬 사람이 되고 싶어요." 마사노리는 한숨 섞인 목소리로 말했다. "안 그러면 조연인 채로 인생이 끝날 것 같고."

"자기 인생의 주인공은 자기 자신이야."

"주인공치고 그다지 활약하지는 않아서요." 마사노리는 씁쓸하게 웃고는 너무 비굴했다고 후회했다. 이러면 호감도가 떨어지는데. "앞으로 더 나아지겠죠?"

그녀가 미소로 화답했다.

"그럼! 포기하지 마."

"네!"

마사노리는 그녀에게 계산 업무를 맡기고 진열된 상품을 확인했다. 요즘에는 해가 빨리 져서 오후 여섯 시가 되면 금방 어두워진다. 창문과 자동문의 유리를 통해 그녀를 몰래 훔쳐본다. 그녀는 정중하게 손님을 응대하고 있었다. 진열대 체크를 끝낸 마사노리는 계산대로 돌아갔다.

"누나, 교대해요."

"고마워."

마사노리는 계산대에 섰다. 늦은 시간대인 만큼 손님이 점점 많아졌다. 머리를 바짝 깎은 아저씨가 주간지와 캔맥주, 피조개 통조림을 계산대에 올렸다.

"빨리 해줘, 학생."

"포인트 카드 있으세요?"

아저씨가 쯧, 혀를 찼다.

"가지고 있으면 줬겠지. 얼른 하라고."

마사노리는 애써 불쾌함을 참아냈다.

"죄송합니다."

포스기에 찍으려고 들어 올린 잡지 표지에 큼지막하게 '경찰이 마나미 사건의 용의자 특정?', '범인 체포되나?'라는 제목이 적혀 있었다.

그 엽기 살인사건의 범인이라…….

마사노리는 궁금증에 이따 읽어봐야겠다고 생각했다. 1천 엔짜리 지폐를 받고 거스름돈을 돌려줬다. 아저씨가 다시 혀를 차고 편의점을 떠났다.

"기분 나빴지?"

그녀가 쓴웃음을 지으며 말을 걸었다.

"성격 엄청 급한가 봐요."

"……아마 계산원이 내가 아니라서 불만인 것 같아."

"네?"

"저 사람, 거스름돈 받을 때 은근슬쩍 손을 만지거든."

"최악이네요."

그녀가 난처하다는 듯 살짝 웃음을 흘렸다. 장바구니를 든 여성 고객에게 친절하게 응대한 마사노리는 손님이 뜸해지자 물건 정리를 핑계로 잡지 코너로 다가갔다.

TV에서도 연일 보도하고 있는 터라 '마나미 사건'의 범인에 관해서는 그도 남들만큼 제법 관심이 있었다. 주간지는 TV에서는 언급하지 못하는 부분까지 다루기 때문에 흥미로웠는데, 대강 훑어보니 40대 무직 남성을 용의자로 주목하고 있다는 내용이었다. 이웃과 말썽이 잦았고, 큰 소리로 떠든 초등학생 여자애를 혼을 냈다고 한다.

빨리 체포되면 좋을 텐데…….

"어, 땡땡이야?"

등 뒤에서 들려온 목소리에 마사노리가 고개를 돌렸다.

"죄송해요, 궁금해서."

그녀도 주간지 기사에 흘끔 눈길을 던진다. 큼지막한 글자로 쓰인 심각한 제목이 눈에 띄었다.

"그 사건, 나도 마음에 걸리더라. 진짜 무서운 사건이야. 유족 기자회견을 보고 눈물이 났어."

"저도 봤어요. TV에서 하더라고요."

"범인에 대한 정보는 나와 있어?"

"40대 백수 남자라나 봐요."

"안 잡고 뭐 하는 걸까."

"그러니까요."

대화를 하는데 자동문이 열리며 가족 손님이 들어온다. 마사노리는 그녀와 같이 계산대로 돌아갔다. 가족 손님이 도시락과 컵라면, 빵을 장바구니에 잔뜩 담고 향한 곳은 반대편 계산대였다. 그곳에는 나이가 많은 아르바이트생이 무뚝뚝한 얼굴로 서 있었다.

남자와 스케줄이 겹쳐 같이 근무하는 날이면 언제나 서먹서먹한 느낌이었다. 특히 단둘이서는 일절 대화가 없었다. 하지만 오늘은 누나가 있어서 그런지 마치 음식점에서 떨어진 자리에 앉아 있는 생판 남처럼 단순한 배경 같았다.

다시 가게가 한산해지고 직원들만 남게 되자, 마사노리는 그녀에게 말을 걸었다. 트위터에서 화제가 된 새끼 고양이 동영상에 대한 이야기였다. 전에 그녀가 고양이를 좋아한다고 말했기 때문에 흥미를 보일 것 같았다.

마사노리는 스마트폰을 꺼내 트위터를 열었다. 계정 이름은

대충 '주걱'이라고 지었다. 고양이 동영상을 찾으려는 순간이
었다. 국내 실시간 트렌드가 눈에 들어왔다. 트위터상에 많이
올라오는 단어를 순위로 매긴 것이다.

1. 체포

2. 16세

3. 마나미 사건

오오야마가 눈을 부릅떴다.

4위부터 연예인 이름이나 새로 나온 영화 제목, 축구팀 이
름이 나란히 올라와 있었다. 1위에서 3위까지 주르륵 뜬 검색
어를 보자 사태 파악이 됐다. '마나미 사건'의 범인이 체포되었
고, 범인의 나이가 열여섯 살이라는 것 같은데. 서로 무관한 내
용 같지는 않았다. 화면을 들여다보던 그녀도 "이거⋯⋯" 하
고 진지한 목소리로 트렌드를 가리켰다.

"이거 범인 얘기 아냐?"

마사노리는 트렌드 1위인 '체포'를 눌렀다. 해당 단어가 포
함된 트윗들이 우르르 나타났다. 맨 위에는 가장 많이 리트윗
된 트윗이 표시됐다. 대형 신문사의 기사였다.

지난 28일, ○○구 공원 공중화장실에서 츠다 마나미 양을 살해한 혐
의로 S서는 고등학교 1학년 소년(16세)을 체포했다. 소년은 "칼로 찔러

서 죽인 것은 틀림없습니다"라고 혐의를 인정하고 있다고 알려졌다

　트윗에는 기사 링크도 있지만, 체포 속보 말고 다른 새로운 정보는 없고 사건의 개요가 반복될 뿐이었다.
　마사노리는 아연실색했다. 자신보다도 어린 소년이 여섯 살 여자아이를 무자비하게 찔러 죽였다니. 믿기지 않았다.
　"열여섯 살이면 사형은 안 되겠지?"
　그녀의 목소리에서 분노와 혐오가 묻어났다.
　"그렇죠, 아마."
　"최악이야."
　"열여섯 살일 줄은 몰랐어요."
　"범인은 소년법으로 보호받는 건가? 말도 안 돼. 이런 무서운 사건을 일으키고도 사형이 아니라니……. 이건 정말 아니지. 안 그래, 마사노리?"
　잔혹한 사건 같았고, 연일 뉴스로 보도되는 통에 남들만큼 관심은 있었지만, 결국은 남의 얘기니까 그렇게 강한 분노는 느껴지지 않았다. 하지만 정의감에 넘치는 모습, 좀 더 솔직히 말하면 공감하는 모습을 보여주는 것이 그녀의 호감을 불러일으키는 데 좋을 거라는 생각에 마사노리는 아주 진지한 얼굴을 하고는 약간의 분노를 띄우며 말했다.
　"이런 파렴치한 범인은 살아있을 가치가 없어요."
　"그러니까. 청소년이라고 죄가 가벼워지다니 말도 안 돼. 죽

은 여자애랑 유족들은 어쩌고?"

"용서 못 하죠. 성범죄나 여자의 존엄을 짓밟는 범죄, 딱 질
색이에요."

"흉악 범죄는 성인이 아니어도 사형시켰으면 좋겠어. 안 그
러면 범죄가 없어지지 않을 거야."

"맞아요. 사형시켜야죠, 사형."

"아니면 몇 년 만에 사회에 돌아올 텐데 말이야."

"게다가 복역 중에는 세금으로 생활하잖아요. 법은 항상 가
해자 편인 것 같아요."

그때였다.

"사형은 비인간적인 악법이야."

갑자기 둘의 대화에 짜증 섞인 목소리가 끼어들었다. 목소
리의 주인공은 반대편 계산대의 나이 많은 아르바이트생이었
다. 앞머리 숱이 적고 입술은 두꺼운 그가 안경 사이로 음침해
보이는 눈을 가늘게 뜨고 이쪽을 보고 있었다.

"네? 뭐라고요?"

마사노리가 당황해 물었다.

"사형 말이야. 자꾸 사형, 사형 거리는데. 인권 의식은 어디
다 팔아먹었나 싶네."

"아니, 갑자기 무슨 인권 의식은…… 그런 소리 안 했고요.
짐승만도 못한 범인은 사형을 시키는 게 맞는다는 뜻이죠."

"안다니까. 난 쉽게 사형시키라고 말하는 사람의 인권 의식

을 문제 삼고 있는 거야."

귀찮게시리.

트위터에 많이 있는 꼰대잖아? 진절머리가 났다. 트위터에는 남의 사적인 대화나 트윗을 물어뜯고, 잔소리를 하거나 지론을 지껄여대고, 무시하거나 공격하는 인간이 넘쳐났다.

마사노리는 그녀와 얼굴을 마주 보았다. 그녀의 눈에도 당혹감이 스쳤다.

"대부분의 선진국에서는 사형이 폐지됐어." 나이 많은 아르바이트생이 말했다. "게다가 청소년을 사형시킨다? 말도 안 되지."

이제껏 대화를 나눠본 적도 없던 사람이 갑자기 끼어들다니. 분위기를 파악하는 눈치도 없었다. 인간관계의 거리감을 파악하지 못하는 모습은 태어나면서부터 인터넷의 혜택을 받은 '디지털 네이티브' 세대보다 사십 대 이상의 아저씨 아주머니에게서 더 흔하게 나타난다는 생각이 들었다.

"그렇지만" 그녀가 언짢은 듯이 반박했다. "작은 소녀를 마구 찔러서 살해한 미친놈이에요. 범인을 두둔하시는 건가요?"

"두둔하는 건 아니지. 이해 안 돼? 청소년의 과오는 반성과 갱생을 촉구하면서 사회로 돌아갈 기회를 주는 것이 중요해. 성인처럼 취급하면 안 되지."

"이런 끔찍한 사건의 범인은 사형도 약하다고 생각해요. 피해자와 유족의 억울함은요?"

"중세시대도 아니고 감정만으로 사형을 시키자니, 진심이야? 사형이라는 건 회생 가능성마저 빼앗는, 국가에 의한 심각한 인권 침해야. 사형 제도를 인정하는 일본은 야만적인 나라이고."

"사건의 중대성을 본다면 그렇게 말 못 하죠. 사람의 목숨을 잔인하게 앗아갔으니 목숨으로 보상해야죠."

"아, 이유가 있다면 살인도 허용되는 거야? 그럼 살인을 인정하는 거나 마찬가지네."

"사형은 살인이 아니잖아요. 무슨 소리예요?"

"국가에 의한 살인이지, 뭐가 달라. 그럼 유족이 복수하려고 범인을 죽이는 건 괜찮다?"

그녀는 눈살을 찌푸렸다.

나이 많은 아르바이트생은 노골적으로 크게 한숨을 내쉬었다.

"감정만 들먹이면서 빽빽 큰소리쳐봤자 소용없어. 법률의 ㅂ자도 모르잖아, 너."

마사노리는 그녀의 편을 들기 위해 "당신은 뭘 아는데요?" 하고 거들었다. 그는 그 질문을 기다렸다는 듯 어딘가 뿌듯한 웃음을 지어 보였다.

"사법 시험을 공부했어. 변호사가 되려고 했었다는 말이야. 일반인이 아니지."

결국 일반인이면서.

순간 입에서 튀어나오려던 지적을 간신히 꾹 삼켰다. 어중간하게 노력한 인간의 허영심과 자존심, 열등감은 성가시다.

마사노리는 혀를 차고 싶은 것을 애써 참아냈다. 분명히 그는 트위터에서도 남들에게 시비를 걸 것이다. 눈에 선하다.

모르는 사람과 트위터에서 시비가 붙은 경험이 있는 친구들이 이렇게 말한 적이 있다. 지금까지 사회에서 관심 받지 못한 사람이 쉽게 자신의 지론을 확산할 수 있는 장난감을 손에 넣어 관심종자가 되는 것이라고. 맞는 말일지도 모른다. 사법 시험에 도전했다는 과거 하나로 우월감을 즐기면서 시원찮은 자기 인생에 대해 화풀이를 하는 듯했으니까.

"이제 그만하죠." 뱉어내듯이 말한 것은 그녀였다. "이런 일로 다투고 싶진 않거든요."

"……아, 그럼 됐고."

그는 코웃음을 치고 옆으로 몸을 돌렸다. 입을 꾹 다물고 계산대 앞에 서 있었다.

제멋대로 말을 내뱉고 만족한 것은 그뿐이었고, 시비가 붙어서 호되게 당한 사람에게는 그저 불쾌감과 불편함만이 남아 있었다.

이제 와서 그녀에게 고양이 동영상을 보자고 말할 수가 없었던 마사노리는 근무 시간이 끝날 때까지 어색한 분위기를 견뎌야 했다.

4

TV에서는 스페인 프로리그인 '라리가'의 경기가 방송되고 있었다.

"그렇지, 잘한다!"

늦은 밤, 오오야마 마사노리는 자신의 방에서 좋아하는 바르셀로나 팀을 응원하며 목소리를 높였다. 세월이 흐르며 축구 방송은 지상파에서 위성 방송으로 넘어갔다. 앞으로는 인터넷에서 경기가 방송되는 게 아니냐는 말도 있었다. 하지만 컴퓨터 모니터로 보면 박진감이 덜해서 경기는 TV에서 보고 싶은 마음이었다. 선수의 멋진 플레이가 나올 때마다 마사노리는 흥분해 소리쳤다.

중학생 때는 크루이프 턴, 힐 리프트, 플립 플랩, 마르세유 턴 등 슈퍼스타의 개인기 같은 테크닉을 연습해 실전에서 시도하다가 감독님에게 혼이 났다. 그러나 실력을 키워 자신의 포지션을 확실히 잡으면 즐길 줄 아는 플레이도 관객을 매료시키는 무기가 될 게 분명하다.

언젠가 큰 무대에서 관중을 깜짝 놀라게 하고 싶다.

오오야마는 눈을 감고 이미지 트레이닝이라는 이름의 망상에 빠졌다. 일장기를 가슴에 달고 출전한 월드컵의 빅매치. 상대는 강호 브라질이다. 호나우지뉴, 네이마르에 버금가는 플레이로 상대편 관중도 감탄 섞인 한숨을 내쉰다. 그리고 터지는 골!

망상 속에서는 항상 큰 환호성이 들려온다.

오오야마, 오오야마!

마사노리, 마사노리!

큰 무대에서 활약하고 전 세계에 'Masanori Oyama'의 이름이 알려지면서 유럽 4대 리그의 명문 클럽에서 입단 제의가 쇄도하는 신데렐라 스토리.

망상의 세계에서 현실로 돌아온 오오야마는 스마트폰을 들고 뉴스 사이트를 검색했다. 스포츠 뉴스를 누르자 유럽 축구에 관련한 속보 및 경기 기사가 나온다. 기사를 읽고 나서 다른 경기의 동향을 살펴보고 '뒤로 가기'를 눌렀다. 국내 뉴스가 눈에 들어온다.

'마나미 사건'에서 드러난 소년법의 한계

축구로 들뜬 마음에 찬물을 끼얹는 뉴스다. 어머니가 아침 방송을 즐겨봐서 싫어도 눈에 들어오는 사건이었다. 반 친구들과도 이야기를 하다 보니 어느새 평소에도 기사가 궁금해졌다. 불쾌한 기분이 들 것 같으니 읽지 말아야겠다고 생각하면서도 호기심에 못 이겨 기사를 눌러버렸다.

내용을 살펴본다.

여섯 살 마나미를 마구잡이로 칼로 찌른 경위에 관해 언급한 후, 소년범죄의 문제점을 다루고 있었다.

가정법원은 14세 이상의 죄를 저지른 범죄소년 중, 사형, 징역 또는 금고에 해당하는 범죄 사건에 대해 형사 처분이 타당하다고 인정될 시 검찰관에 송치한다. 그것을 역송(逆送)이라고 한다.

검찰관에게 역송된 범죄를 저지른 소년은 기소될 경우, 가정법원이 아니라 성인과 동일하게 형사 재판에 회부된다.

또 16세 이상의 소년이 피해자를 죽였을 경우에는 원칙적으로 역송된다.

'마나미 사건'의 용의자인 소년 A는 16세다. 정신 질환 등이 없다는 가정 하에 역송되어 성인으로서 심판을 받을 것이다. 하지만 모두 성인으로 취급하는 것은 아니다.

소년의 실명 보도를 금지한 소년법 제61조에 의해 본명도 밝혀지지 않고 보호를 받는다. 소년법은 소년의 갱생 기회를 지키는 것이 취지이지만, 잔혹한 살인사건을 일으킨 소년이 사회에 돌아온 후, 반성도 회생도 없이 또 극악무도한 범죄에 손을 대는 경우가 있어 소년법에는 한계가 있다.

소년 A

소년 B

소년 C

참 기호적인 호칭이다.

절도를 저지른 소년, 강제 추행을 저지른 소년, 아이를 유괴한 소년, 살인을 저지른 소년이 모두 하나같이 언론에서는 소년 A로 불린다. 범인이 여럿이면 B, C, D라고 알파벳이 늘어난다.

붙잡혔던 범인이 소년이라고 알려진 순간부터 범인의 '얼굴'은 사라지고 단순한 기호가 된다. 세상의 기억에 남는 것은 잔혹한 범행 내용뿐이다. 범인은 기억 속에서 사라진다. 아니, 이름이 없으니까 애초에 기억조차 하지 않는다.

사건의 풍화를 돕는 법률에 어떠한 존재 의의가 있을까.

한편 피해자는 유족이 얼마나 상처받고 애원하든 '실명을 보도하지 않을 경우, 그 사건의 진실 여부(정말 일어났는지)를 보증할 수 없기 때문에', '공공성과 공익성'이라는 이유로 실명이나 개인 정보가 사용되고 있다.

그렇다면 범인의 실명이야말로 공표해야 하지 않을까. 대부분의 세상 사람들은 실명 보도를 요구하고 있다.

예를 들어 편의점과 음식점에서 '무개념' 동영상을 촬영한 중고등학생이나 SNS에서 차별적 발언을 한 중고등학생에게 악플이 쇄도했을 때, 계정의 과거 글에서 개인 정보가 드러나는 경우가 부지기수다. 본명은 물론, 학교 이름, 아르바이트 근무지, 가끔 집 주소까지 공개된다.

개인 정보는 놀라운 속도로 퍼진다. 모든 사람이 실명을 밝혀야 한다고 생각하고 있다는 증거다.

눈을 찌푸리게 하는 흉악한 소년범죄가 잇따르는 오늘날, 가해자를 지키는 소년법 제61조는 시대에 뒤처진 법이라고 할 수 있다. 법도 업데이트가 필요하다.

시민단체에서 주도하여 가해자 소년의 실명 공개를 요구하는 서명 운동을 통해 현재 1만 2천 명이 서명을 했다고 한다.

소년법은 바뀌지 않으면 안 된다.

문장에서 분노가 넘쳐흘렀다.

축구의 열기는 사라져버렸지만, 반에서 다시 사건이 화제에 올랐을 때 말할 이야깃거리가 생겼다. 축구 경기와 마찬가지로 자신이 주인공이 되는 걸 좋아하는 마사노리는 방의 불을 끄고 그대로 침대에 누웠다.

점심시간이 되고, 마사노리는 여섯 명의 친구들 사이에서 수다를 떨고 있었다. 의자 대신 책상에 앉아 신나게 축구 얘기를 했다. 지역 예선 경기에서 해트 트릭을 한 무용담이었다.

"오오야마, 완전 멋있더라." 그날 경기에 응원하러 왔던 화장이 진한 여자애가 흥분하며 말했다. "진짜 눈물 났다니까. 경기 끝나고 인터뷰도 하고 대박이었어."

"못하는 팀이었으니까 그 정도는 뭐. 원래 내 목표는 더 높았어."

"그래도 엄청 감동적이었어. 주변에서 다 오오야마 이름 부르고 난리였다니까."

"나는 2차전에서 한 어시스트가 더 생각나긴 해. 추가 시간에 나온 역습 골이었잖아."

"맞아! 진짜 좋았어!"

여자애가 어시스트의 묘미를 이해할 것 같진 않았지만, 칭찬은 기분 나쁘지 않았다. 그렇게 한동안 신나게 축구 얘기를 할 때였다. 한 친구가 '마나미 사건' 얘기를 하며 자연스럽게 살인사건으로 화제가 옮겨갔다.

"마나미를 위해서라도 사형시켜야지."

야구부 친구가 불의를 참을 수 없다는 듯 말하자 파마머리 친구가 그런데, 하고 반박했다.

"열여섯 살이면 사형은 받기 어렵겠지. 피해자도 한 명이고."

"법이 너무 관대하다니까. 그렇게 끔찍하게 사람을 죽여 놓고, 금방 사회에 돌아오는 건 말도 안 되지. 용서할 수 없어. 안 그래, 마사노리?"

마사노리도 남의 일이지만 용서받지 못할 사건이라고 생각했다. 무고한 여섯 살 여자아이가 스물여덟 군데를 무자비하게 칼에 찔린 채 처참한 몰골로 공중화장실에 방치된 사건이다. 누구라도 범인에게 분노를 느낄 것이다. 피해자는 꿈과 희망, 앞날의 모든 즐거움까지 무자비하게 빼앗겼다.

"당연하지."

마사노리는 바로 동의했다. 그는 축구부의 10번 에이스이자 정의감 넘치는 캐릭터를 내세웠다.

"그런데 실제로는 사형은커녕 이름도 얼굴도 밝혀지지 않는 거야. 어린 여자아이를 살해했으면서 '소년 A'라고 부른다니까. 그냥 기호가 사건의 풍화를 돕는 것뿐이잖아."

그가 그저께 본 기사를 인용하자 같은 반 아이들이 감탄한 듯 고개를 끄덕였다.

야구부 친구가 열을 내며 말했다.

"이름 공개해야 한다니까, 진짜."

"내 말이." 마사노리도 고개를 끄덕였다. "피해자만 사생활을 공개하는 거 불공평하잖아."

"언니와 함께 사이좋게 반려견을 산책시켰다느니, 어린이용 잡지에서 일반인 모델을 했고, 장래 희망은 꽃집이었다느니, 그게 다 뭔 상관이냐고."

피해자의 정보는 뉴스에서 여러 차례 보도되고 있었다. 어머니도 TV을 보면서 범인에게 분노하고 있었다.

여전히 같은 반 아이들은 열심히 의견을 나눴다.

"피해자가 더 동정받기 쉬우니까 그럴지도 모르지. 이렇게 가해자의 이름도 얼굴도 나오지 않는 사건은 특히 더 그런 것 같아."

"범인은 쓰레기야 쓰레기. 사람을 죽이고도 열여섯 살이라는 나이의 그늘에 숨어 있잖아."

"……범인 방에서 만화랑 애니메이션 굿즈가 발견됐대."

"나 저번에 엄마가 너는 괜찮으냐고 정색하면서 물어보더라고."

"요즘 만화랑 애니메이션 안 보는 사람이 어딨다고."

"그러니까. 근데 부모님 세대는 편견이 있으니까 만화나 애니메이션도 다 같은 게 아니란 걸 잘 모르잖아. 게임기는 전부 오락기라고 하고."

끔찍한 사건의 화제는 항상 뜨겁게 달아올랐다.

결국 축구 얘기는 '마나미 사건'의 범인 얘기에 묻혀버렸다.

5

∞

    오오야마는 카페에서 친구와 마주 보고 앉아 있었다. 친구는 세상의 부조리에 하소연을 늘어놓고 있었다. 오오야마는 열심히 귀를 기울이며 맞장구를 치고, 공감과 위로의 말을 건네며 그녀의 눈치를 살폈다. 자신이 그녀의 감정 쓰레기통이란 자각은 있었지만, 불만을 티내지는 않았다.

    한 시간 정도 지나자 친구가 개운한 얼굴로 슬슬 가자, 라고 말하더니 가방을 들었다. 오오야마는 탁자에 놓인 주문표를 확인하고 함께 계산대로 향했다. 자신의 몫인 5백 엔을 지갑에서 꺼냈다.

    그녀가 금액을 흘낏 보더니 살짝 눈살을 찌푸렸다.

    "비싸네."

    그녀는 점원 앞에서 짜증난다는 듯이 한숨을 내쉬고는 2천 엔과 동전을 꺼냈다. 카페를 나와 같이 역으로 걸어가던 그녀가 갑자기 생각난 듯이 말했다.

    "맞다, 나 돈 낼 때 좀 이해가 안 가는 게 있는데……."

툴툴거리는 말투에 오오야마는 경계했다.

절반씩 부담했어야 했나. 그러나 친구가 주문한 것은 팬케이크에 녹차 파르페, 커피였다. 그걸 혼자 다 먹었으니 나눠서 내는 것은 불공평하다. 하지만 그런 이야기가 아니었다.

"여자랑 밥을 먹으러 가면 남자가 사야지. 그 정도 배려도 못 할 놈은 평생 여자 못 만나."

신랄한 말투에 그만 반론이 튀어나오고 말았다.

"아니, 그건 남자도 마찬가지지."

그녀가 "뭐?" 하고 얼굴을 찡그렸다. "여자는 화장하고 꾸미고, 돈이 얼마나 드는 줄 알아? 투자하는 게 다르니까 남자가 사야지."

오오야마는 만화와 애니메이션 속 주인공은 절대 그런 말 안 하는데, 라고 생각했다. 빨리 집에 가서 '푸드소녀'의 세계에서 힐링을 하고 싶었다. 그러나 저기압의 화살이 자신을 향하면 난감하기에 그렇긴 해, 라며 동의해줬다.

그녀가 흥, 하고 코웃음을 쳤다. 그녀의 비위를 건드리면 몇 주 동안 무시무시한 징징거림을 듣는다. 오오야마는 말을 돌리려고 화젯거리를 찾다가 문득 떠올라 물었다.

"맞다. 집 보던 건 어떻게 됐어?"

그녀는 혼자 살기 위한 집을 찾고 있었다. 함께 부동산에 갔을 때는 결론이 나지 않았다. 그 뒤로 진전이 있었을까. 그녀가 한숨을 내쉬며 대답했다.

"괜찮은 게 하나도 없어. 최악이야."

"저번에 봤던 방도 괜찮던데, 별로였어?"

"그 부동산은 안 돼. 삼류니까."

"왜?"

"……사무소에서 차 마셨잖아. 기억 안 나?"

가장 먼저 떠오른 것은 스커트를 입은 늘씬한 미인의 모습이었다.

"아, 예쁜 사람이 줘서 그런가? 차가 맛있었지."

슬쩍 말하자 노골적으로 얼굴을 찡그리며 혀를 찼다. 오오야마는 갑작스러운 반응에 당황했다.

"뭐 잘못 말했어?"

"요즘 세상이 어떤 세상인데. 차를 내오라고 했더니 여자만 일어나서 준비하고."

"거기서 제일 막내였던 거 아닐까? 어리던데."

"무슨 소리야. 젊은 남자도 있었잖아. 남자들은 일어날 생각도 안 하고. 요즘이 어떤 시대인데. 그럼 안 되지. 난 별로였어."

"그랬구나…… 사장님은 괜찮아 보이시던데."

"여자한테 차 심부름을 시킨 것부터가 탈락이지."

오오야마는 그다지 공감하지 못하고 고개를 갸웃했다.

"왜 그래?"

친구의 표정이 순식간에 싸해진다.

"……아니, 아저씨가 지저분한 손으로 끓인 차보다는 예쁜 사람이 끓인 차가 낫잖아."

"뭐라고? 진심이야? 완전 차별이다. 이제 와서 하는 말인데, 너 맨날 만화 캐릭터 보고 '우리 애가' 그러잖아. '우리 애' 같이 시대에 뒤떨어진 단어 자꾸 쓰는 거, 나 멍청해요 소리로밖에 안 들려."

그녀는 씩씩거리는 불도그 같은 얼굴로 쏘아붙였다.

그 정도는 다들 쓰는데.

내심 반발심이 들었다. 오타쿠 취미가 있는 사람이라면 일상적으로 쓰는 단어를 입에 올렸을 뿐이다. 남의 지능을 멋대로 깔보는 그런 인성이 더 심한 차별이 아닌가 싶었지만 반론하지는 않았다.

"이제 너랑 안 볼래."

그녀는 단호하게 선언하고 앞으로 걸어갔다.

너무도 급작스러운 감정 폭발에 어안이 벙벙했다. 집에 가서도 그녀가 어떨지 신경이 쓰여 침대에 털썩 주저앉아 트위터의 '현실 계정'-실제 친구들과 소식을 주고받는 계정-을 눌렀다. 팔로워 수는 한 자리였다. 아는 사람들과 연예인 몇 명을 팔로우한 게 전부였는데, 그녀가 바로 글을 올렸다.

- 차 심부름은 남자보다 예쁜 여자가 해야 한다는 쓰레기 같은 발언을 듣고 진심 손절 생각하는 중. 어이없다

동요해서 심장 소리가 흐트러지기 시작했다. 맞팔이라 서로의 트윗이 상대방의 타임 라인에 표시되는 걸 알고 있으면서, 악의를 가득 담아 자신을 저격해 편파적으로 글을 쓰고 욕을 올리다니. 아무리 화가 났다고 해도 말도 안 되는 태도였다. 굳이 자신이 보게 만들어서 상처를 주려고 욕을 하는 것으로밖에 보이지 않았다.

오오야마는 한숨이 나왔다. 직접 반박하면 말다툼이 될 게 빤하다. 그러나 말없이 가만히 있자니 스트레스가 쌓인다.

그렇다면…….

오오야마는 좋아하는 만화 캐릭터에서 따온 '토우야'라는 '취미 계정'으로 다시 로그인했다. 닉네임이니 거리낌 없이 마음껏 글을 쓸 수 있다. 개인의 성향을 그대로 드러내는 트윗이든 뭐든 말이다.

- 아저씨와 예쁜 여자 중에 고른다면, 예쁜 여자가 타준 차가 더 좋고
  더 맛있다고 생각하는 게 당연한 것 같은데, 친구한테 그렇게 말했
  더니 인성 타령을 하고 차별한다며 욕을 먹었다. 심지어 맞팔한 현
  실 계정에 내 욕을 썼다……. 음험하다. 여자는 무섭다.(부들부들)

불만을 털어놓자 속이 좀 시원해졌다. 마음을 가다듬은 오오야마는 기분 전환을 하려고 스마트폰으로 게임을 했다. 게임에서 결제를 하고 캐릭터 카드를 뽑았다. 갖고 싶었던 카드

가 나오지 않아서 초조해질 무렵이었다. 갑자기 스마트폰 알림이 계속 울리기 시작해 게임을 제대로 플레이할 수조차 없었다.

뭐지, 하고 확인을 해보니 알람이 400개 넘게 와 있었다. 황급히 트위터에 들어갔다. 방금 불평을 한 트윗이 순식간에 380번씩 리트윗되면서 답글이 25개나 달려 있었다. 떨리는 손으로 댓글을 눌렀다.

- 꼰대세요? 언제 적 사람임?
- 여자를 무시하는 거지. 쓰레기
- 애니메이션을 좋아하면 현실에 나오지 마세요
- 당신의 존재는 여성을 불행하게 만드니까 현실 여성에게는 평생 상관하지 마시길
- 자기가 비정상적인 여성 비하 발언을 했으면서 그걸 비판받으니까 음험해서 여자가 무섭다 그러네. 멍청한 거 봐. 안 죽고 뭐 하냐

공격적인 욕설이 칼이 되어 가슴을 후벼 팠다. 혼란스러움에 시야가 좁아지고 심장이 계속 벌렁거렸다. 스마트폰을 든 팔이 후들거렸다. 글을 하나하나 읽는 동안에도 계속 리트윗으로 댓글이 늘어났다. 아무래도 아까 올린 트윗이 영향력이 큰 누군가의 눈에 띄어서 주목을 받는 듯했다.

트위터에서 네 자릿수, 다섯 자릿수, 혹은 그 이상의 팔로워

를 가진 계정의 표적이 되면, 막말하는 사람이 있다는 내용의 단죄하는 댓글과 함께 세트로 확산된다. 그리고 동조하는 사람들이 분노에 이끌려 계속 리트윗을 함으로써 '계정이 폭파' 당하게 된다. 그야말로 악플에 의한 여론 몰이의 도화선이 지금 자신에게 일어나고 있는 듯했다.

패닉에 빠져 머릿속이 엉망이 되기 시작했다. 논란이 된 사람이 반응을 보이면 '기름'을 붓는 거란 걸 안다. 당시 대화의 맥락이나 진의를 설명하더라도 감정적으로 받아들이는 집단에게는 자신의 몸을 사리려는 변명으로밖에 들리지 않을 것이다.

사과냐, 무시냐.

마치 오락처럼 돌을 던지듯 온갖 욕설을 내뱉던 사람들도 다음 사건이 일어나면 그쪽으로 넘어간다. 그때까지 잠자코 견디는 것이 최선일지도 모른다.

오오야마는 스마트폰의 잠금 버튼을 누르고는 심호흡을 한 뒤 주변을 둘러보았다. 익숙한 자신의 방이다. 만화책과 애니메이션 DVD, 미소녀 캐릭터의 태피스트리 등 취미 컬렉션이 가득하다.

현실이었다.

얼굴이 보이지 않는 사람들이 우르르 몰려와 악플을 달고 있는 공간이 아니라 누구도 나를 해치지 않는 곳. 동시에 누구와도 닿을 수 없는 곳. 약간 진정이 됐지만, 알람은 전혀 멈출 줄 몰랐다. 신경이 쓰이는 통에 확인하지 않을 수 없어서 스마트폰을 다시 손에 들었다. 요동치는 심장을 진정시키면서 숨을 한 번 내쉬고 잠금을 풀었다. 현실 계정에도 알람이 여러 개 와 있었다.

왜지?

이마에 식은땀이 배었다. 몇 명밖에 팔로우하지 않은 평범한 계정이라 가끔씩 답글이 한두 개 달리는 정도였다. 그런데 뭐지? 의문 부호가 머릿속을 누비며 불안에 질식될 것만 같았다. 떨리는 엄지로 알람 글자를 눌렀다.

- 이거 토우야, 그 사람 본인 계정 맞지?

현실 계정이 어떻게 들통났을까. 해킹이라도 된 것은 아닌지 두려움이 밀려왔다. 하지만 곧바로 이유를 알 수 있었다. 문제가 된 트윗이 퍼지고, 당사자인 그녀가 그걸 본 후 취미 계정인 '토우야'에 -마사 맞지, 너. 익명으로 뒷말하는 거 뭔데? 라고 글을 남긴 것이다. 그리고 그걸 본 누군가가 그녀의 팔로워에서 계정을 발견해, '토우야'가 곧 '오오야마'라고 알아차린 것이다.

직장에서 혹은 개인적으로 경험한 불합리한 일을 언급하고 수천수만 번 리트윗될 경우, 아는 사람의 귀에 들어갈 가능성은 얼마나 될까. 신상이 털리는 것은 당연하지 않을까.

그런 당연한 사실을 몰랐다. 이제 와서 후회해도 늦었다. 주변 사람들이 내용을 보면 누구인지 알아챌 논란 글을 익명 계정으로 쓰는 사람은 사실 전부 '주작'일지도 모른다. 그렇지 않으면 바로 계정이 들킬 테니까.

오오야마는 주저 없이 본명의 현실 계정을 삭제했다. 이어서 닉네임으로 활동한 취미 계정으로 들어갔다. 그러나 '계정을 삭제하시겠습니까?'라는 물음에 '삭제'는 누르지 않았다. 현실 계정에 미련은 없지만, 취미 계정은 다르다.

익명으로 운영하던 취미 계정에는 4년 동안의 추억이 고스란히 담겨 있었다. 수천 개의 '좋아요'를 누른 미소녀 일러스트, 같은 취미를 가진 사람들과의 대화.

망설이는 동안에도 음해성 댓글은 늘어난다. 100, 150, 200…….

- 얘 트윗 찾아봤더니 '어린이'나 '로리' 얘기밖에 없네. 현실에서도 사건 일으키는 거 아니냐?
- 밖에 나오지 마라
- 방에만 있어라
- 계정 삭제할 때까지 가자!
- 넌 차별주의자야. 네가 존재하는 한 앞으로 계속 비판할 테니까 각오해
- 많이 안 바람. 그냥 죽어줬으면

내가 이렇게 논란이 될 만한 짓을 했나? 사람들의 증오가 두렵고, 위벽을 바늘로 무수히 찌르는 듯 격통이 느껴졌다. 동남

아의 한 나라에서 불륜, 동성애 행위를 한 사람에게 돌을 던져 죽이는 '투석형'이 집행됐다는 소식이 떠올랐다.

오오야마는 자신의 가슴께를 눌렀다. 만약 마음에 모양이 있다면, 지금 내 마음은 사람들이 던진 돌팔매질로 갈기갈기 찢겨서 성한 곳이 없을 것이다.

오오야마는 결국 마음을 다잡고 '삭제'를 눌렀다. 순식간에 계정이 삭제됐다. 3만 개 이상의 글도, 4천 5백 개의 '좋아요'를 누른 기록도 모두 물거품이 되었다.

모든 추억이 사라지고, 자신이 '사회'에서 쫓겨난 순간이었다.

육체적 폭력을 동반하지 않은 따돌림에 의한 자살 사건이 보도되자 '말도 폭력이다', '폭언으로 인한 마음의 상처는 몸의 상처와 달리 낫지 않는다'라고 여론은 소리 높여 분노했다. 그런데 왜 같은 입으로 '폭력'을 행사하는 걸까?

왕따 가해자들은 여러 가지 이유를 댄다. 재가 잘못했다, 재한테 원인이 있는 거라고.

얼굴이 맘에 안 들어서.

말투가 별로라서.

놀자고 했는데 싫다고 해서.

인기 많은 남자애랑 친해서.

어두워서.

오타쿠라서.

기분 나쁜 말을 해서.

제삼자가 보기엔 불합리한 이유지만 가해자는 그것이 상대를 공격하고, 배제시키는 정당한 이유라고 믿는다. 현실 세계에서는 누군가를 괴롭힌 가해자로서 처벌되는 언행도 SNS상에선 문제시되지 않는다.

취미 컬렉션으로 둘러싸인 방이 갑자기 흐릿하게 보였다. 어느새 눈물이 뚝뚝 떨어지기 시작했다. 세상과의 유일한 연결고리를 잃었다. 그에게는 인터넷 세상만이 전부였고, 타인의 온기를 실감할 수 있었다. 진짜 세상에서는 남들과 소통하지 못하고 늘 소외감을 느꼈다.

앞으로 어떻게 하면 좋을까.

오오야마는 밖으로 나갔다. 터덜터덜 돌아다니다가 전에도 온 적이 있는 공원에 도착했다. 어린이집 아이들이 웃으며 신나게 놀고 있었다.

오오야마는 이끌리듯 공원으로 발걸음을 옮겼다.

6
∞

"어서 오세요."

자동문이 열리자 오오야마 마사노리는 큰 목소리로 인사를 했다. 하지만 손님은 고개조차 까딱하지 않았다. 편의점에 오는 사람들은 하나같이 무표정이다. 점원의 인사는 입장을 알리는 출입문 종소리 정도로 여기는 것이다. 자신이 아무 감정 없는 기계가 된 기분이 든다. 함께 근무하는 동료가 없었다면 정신적으로 힘들었을지도 모른다.

손님이 빠지고 한적해지자 같이 아르바이트를 하는 누나가 말을 걸어왔다.

"마사노리, 어제 드라마 봤어?"

"무슨 드라마요?"

"아홉 시에 하는 '날 사랑해줘'."

어제 봤으면 얘기할 수 있었는데.

"아⋯⋯" 마사노리가 안타깝다는 얼굴로 말했다. "그 시간에 다른 채널에서 하는 버라이어티쇼 봤어요. 게스트로 나온 개그맨을 좋아해서."

"개그 프로 좋아해?"

"가끔 봐요. 살면서 웃으면 좋잖아요."

그는 열중할 수 있는 취미다운 취미도 없이 공허한 나날을 보내고 있었다. 아르바이트도 보람이 없고, 비정규 고등학교에 다니면서 그저 집세와 생활비를 벌기 위해 일하고 있을 뿐이었다. 기분이 울적해질 것 같아서 마사노리는 화제를 바꿨다.

"음악 같은 건 좋아해요?"

그녀가 "음……" 하고 고개를 갸웃거렸다.

"잘 안 들어요?"

"클래식은 자주 들어."

"베토벤이나 그런 거요?"

"음, 골고루 듣는 것 같아."

"폼 나는데요."

"아니, 그런 게 아니고. 나 피아노 했었거든."

"피아노! 멋있다. 잘 쳐요?"

"고등학교 때 콩쿠르에서 우승한 적이 있긴 해."

"정말요? 전 예술 쪽에는 재능이 없어서 그런 거 부럽더라고요. 잠깐 기타 친다고 연습했었는데, 그 길로 갈 만큼 열정이 있던 것도 아니고 잘하지도 못해서 그냥 취미 정도였거든요."

그녀는 어딘가 허전한 미소를 보였다.

"……나도 마찬가지야. 재능이 넘치는 피아니스트는 많으니까. 전에 말한 것처럼 나도 '무언가 이룬 사람'은 아니었어."

"에이, 콩쿠르에서 우승한 거잖아요. 인터넷에도 이름 치면 뜨지 않아요?"

"응, 그건 그렇지."

바로 수긍한다는 것은 그녀가 인터넷에서 자신의 이름을 검색한 적이 있다는 뜻이다.

"찾아봐도 돼요?"

스마트폰을 꺼내자 그녀는 난감하게 웃으며 그래, 라고 말했다. 검색 사이트에 그녀의 이름을 입력하자 결과가 주르륵 뜬다. 제일 먼저 나온 '지금 반짝이는 사람'이란 기사 제목에 그녀의 이름이 기재되어 있다. 기사를 눌렀다.

'본 특집에서는 지금 반짝이는 사람을 소개한다. 28회 인터뷰에서는 본고장에서 프랑스 요리를 배우고 신주쿠에 레스토랑을 오픈한 여성 셰프를 만나본다.'

요리사로서 그녀의 이름이 소개돼 있었는데, 옆에 나온 얼굴 사진은 다른 사람이었다.

"그 사람, 유명한 셰프야."

옆에서 그녀가 말했다.

"동성동명?"

"맞아. 같은 이름 중에서 가장 얼굴 사진이 많이 나오는 사람이야. 나랑 이름이 같은 다른 사람이 세상에 있다는 게 신기해. 내가 보면 그쪽이 가짜 같은데, 그쪽에서는 나를 가짜라고 느낄까?"

별로 와닿지 않았지만 뭔지 알아요, 라고 맞장구쳤다. 다음, 그다음도 셰프인 '그녀'의 기사였다. 네 번째 기사는 체조로 전국대회에 출전한 여고생 '그녀'였다.

"이건요?"

그녀는 웃으면서 고개를 절레절레 흔들었다.

"난 관악부였어."

마사노리는 그녀의 이름 옆에 검색어를 덧붙였다. '피아노'를 입력하자 고등학교 피아노 콩쿠르에 관한 기사가 나왔다. 신문 기자의 인터뷰가 게재되어 있다.

"맞아, 그거야."

기사는 그녀의 음악에 대한 열정을 논한 뒤 '이번 콩쿠르 우승으로 제 존재를 알릴 수 있으면 좋겠습니다'라는 말로 마무리되고 있었다.

"우승하고서 이제 피아니스트로 잘 풀릴 일만 남았다고 기대했는데, 시간이 지날수록 주위엔 천재들만 있어서 힘들더라고……. 그러다 결국 꿈을 포기하고 피아노는 취미 삼아 치기로 했어."

인터뷰를 하거나, 기사가 나거나, 주목을 받거나. 그런 반짝거림과 무관하게 살아온 마사노리는 인생에 한 번뿐일지라도 이렇게 '누군가'가 되었던 그녀가 부러웠다.

마사노리가 자신의 생각을 말하자, 그녀가 고개를 저었다.

"그런데 어정쩡한 꿈이면 그 꿈에 자꾸 목매게 되고 힘들어져. 나도 아주 포기한 건 아니거든."

"진심이었으니까 더 그럴 수도 있겠네요."

"……맞아."

사적인 대화를 나누며 그녀와의 거리가 가까워진 거 같아 기분이 좋았다.

"마사노리는?"

"네?"

"이름 똑같은 사람 있어?"

"아, 이름이요? 인터넷에 치면 나오느냐고 물어보는 줄 알았어요. 저는……" 마사노리가 스마트폰 화면의 검색창에 자신의 성과 이름을 입력했다. "한번 볼까요?"

가장 첫 번째로 치과 의사의 웹사이트 링크가 표시됐다. '에나미 치과'에 근무하는 치과의사 같았다. 다음으로 한 고등학교 육상부의 실적에 관한 기사가 나왔고, 기사를 확인하자 '오오야마 마사노리'가 있었다. 지역 대회의 400미터 허들 경기에서 3위를 기록했다고 나와 있었다. 8년 전의 기록이었다. '에나미 치과'의 치과의사와 같은 사람일까. 아니면 다른 사람일까. 화면을 다시 스크롤하자 고등 축구 리그에 관한 기사가 나왔다.

오오야마 마사노리 해트 트릭!

직접 자신의 이름을 검색해보고, 동성동명인 사람의 존재를 인식하고 나니 그녀의 심정이 이해가 간다. 확실히 묘한 기분이다. 다른 세상에 존재하는 또 다른 자신이 있는 느낌.

마사노리는 고등 축구 리그에서 활약하는 오오야마 마사노리의 기사를 눌러봤다. 올해 열린 도쿄 지역 예선에서 해트 트릭을 달성했다는 기사다. 활약을 펼치고 있는 자신의 이름을 보니, 그 누구도 되지 못한 자신의 존재가 더욱 비참해졌다.

같은 이름인데 왜 나는 이 모양일까.

저쪽이 진짜다.

왠지 그런 생각이 들었다. 활약하면서 이름을 떨치고 있는 '오오야마 마사노리'와 그 무엇도 아닌 '오오야마 마사노리'. 세상이 필요로 하는, 더 많은 사랑을 받고 있는 건 저 '오오야마 마사노리'였다.

검색하지 말걸.

마사노리는 이를 악물었다. 동성동명인 사람을 검색하는 것은 마치 닮은 분신을 만나면 죽는다는 자신의 도플갱어를 찾는 것과 비슷한 일인 것만 같았다.

스마트폰 화면을 들여다보던 그녀가 속뜻 없는 말투로 이야기했다.

"축구를 하는 마사노리가 있나 보네."

마사노리는 가슴 안쪽에서 꿈틀거리는 감정을 최대한 감추며 그러네요, 라고 답했다.

"다른 사람은?"

그녀가 검지로 검색 결과를 스크롤했다.

그 외에도 '오오야마 마사노리'가 존재했다. 의학 연구 분야에도 한 사람이 있었다. 자세히는 모르지만 이 사람이 미래에 노벨상을 받기라도 하면, 세상의 모든 '오오야마 마사노리'는 조연이 되는 것이다.

다음 검색 결과는,

여자 어린이에게 음란 행위를 한 초등학교 교사(23세) 체포

웅? 하고 눈을 의심했다.

체포?

제목 아래로 보이는 본문 일부에 '용의자 오오야마 마사노리'라는 글자가 있었다.

"아, 좀 싫겠다."

그녀가 위로하듯 말했다.

"그죠. 범죄자는 좀……."

마사노리는 그렇게 대답하면서도 내심 이 오오야마 마사노리한테는 이겼다, 라고 이유를 알 수 없는 우월감을 느꼈다.

"……그만 보죠."

마사노리는 스마트폰을 내려놨다. 이름이 같은 사람의 인생을 엿보고 있자니 나와 타인의 경계선이 애매해져서 영혼이

동화되는, 또는 괴리되는 듯한 느낌에 말 못 할 불안감이 엄습했다.

오후가 되자 나이 많은 아르바이트생이 출근했다. 지난번에 갑자기 시비를 건 이후로 겹치는 시간대에 근무하기가 꺼려졌지만, 상대방이 거의 모든 스케줄에 들어 있어 좀처럼 피하기가 어려웠다. 하지만 그가 먼저 말을 걸거나 하지는 않았다. 인사도 없이 반대편 계산대에 들어갈 뿐이다.

마사노리는 여느 때처럼 누나와 잡담을 했다. 분위기가 급변한 것은 그녀가 느닷없이 이야기를 꺼냈을 때였다.

"마사노리한테 부탁이 있는데⋯⋯."

말투는 마치 즐거운 약속을 잡으려는 듯했지만 눈빛에는 진지한 기색이 역력했고, 어딘가 고심하는 분위기였다.

"뭔데요?"

"아까 이름 이야기를 하다가 갑자기 생각났는데⋯⋯ 이름을 빌려줬으면 해서."

이름?

범죄의 뉘앙스가 풍기는 말이었다. 하지만 그녀는 떳떳해 보였고, 위험한 부탁은 아닌 듯했다.

"뭘요?"

"'마나미 사건'의 범인이 체포됐잖아."

열여섯 살 소년이 체포된 후, TV에서는 매일같이 톱뉴스로 관련 소식을 다루고 있었다. 남들만큼 보기는 했지만 아주 열심히 속보를 찾아보지는 않았다.

"그랬더라고요. 범인이 열여섯 살일 줄은 상상도 못 했어요."

"그치. 나는 그게 너무 화가 나."

"뭐가요?"

"열여섯 살이잖아."

"나이는 어쩔 수 없죠……."

"그게 아니라. 나이를 방패 삼아 벌을 피할 수 있다는 게 용서가 안 돼. 여섯 살 여자애를 끔찍하게 살해했는데."

그녀의 눈은 불의에 대한 분노로 가득 차 있었고, 말투에서는 범인에 대한 혐오와 분노가 묻어나왔다.

"많은 사람이 부당한 상황에 분노하고 있어. 이렇게 잔혹한 사건을 일으키고도 소년법의 보호를 받잖아. 유족의 마음은 어떻겠어."

"기분 나쁜 사건이었죠."

"그렇게 과거형으로 말하지 말아줄래? 지금도 진행 중인 사건이니까."

"죄송해요. 그런 의도로 말한 게 아니라……."

"지금 있잖아, 서명 운동이 몇 개 진행되고 있어. 하나는 유족들이 모으는 사형 탄원, 또 하나는 시민단체가 실명 공개를 요구하는 내용이야."

"서명이요……?"

"직접 현장에서 서명하기 어려운 사람도 괜찮아. 서명 용지를 다운로드받고 이름을 적어서 우편으로 보내기만 하면 돼."

괜히 귀찮아졌다. 그녀의 부탁이면 흔쾌히 허락하고 싶었지만 이름을 빌려주는 행위는 선뜻 내키지 않는다. 찬성하고 빌려준 이름이 인터넷에 공개된 후, 의견이 수용되지 않을 경우 단체가 좀 더 과격한 주장을 하기 시작한다면? 이름이 기재된 이상, 그들의 과격한 주장에도 찬성하는 걸로 보일 것이다. 나중에 취업하는 데 서명이 발목을 잡을지도 모른다.

솔직히 난감했다.

주저하는 것을 알아챘는지 그녀가 거듭 강조했다.

"이상한 거 아니니까 별로 어렵게 생각하지 마. 마사노리도 잘못됐다고 생각하지? 같이 화냈었잖아?"

"아, 그건……."

얼마 전 범인에게 분노하던 그녀의 의견에 맞장구를 치면서 비인도적인 사건에 분개하는 모습을 보여줬었다. 잘 보이려고 하다가 상황이 복잡해지다니.

"범인을 용서할 수 없다고 생각하면 의견을 표현해야. 안 그러면 사법기관은 움직이지 않아. 그런데도 내 주변 사람들은 서명까지 하는 건 좀 그렇다, 어차피 의미 없지 않냐, 위선자 같다, 라면서 다 '냉소적인 사람'들 천지라 거의 찬성해주지 않았어. 마사노리는 찬성해줄 거지?"

그녀의 말에서 그러는 것이 절대적으로 옳으며, 아니라면 반대하는 비도덕적인 인간이라는 뉘앙스가 느껴졌다.

마사노리는 솔직히 생판 모르는 사람의 사건에 그렇게까지 감정이 이입되지 않았다. 남들만큼 동정하고, 남들만큼 화가 났다. 딱 그 정도였다. 하지만 방관자처럼 보인다면 호감도가 떨어질 게 뻔했다.

"물론 그렇죠. 이름 없는 범인은 금방 잊힐 텐데. 잔혹한 사건의 범인은 실명을 공개해야 한다고 생각해요."

"그치!" 그녀의 목소리 톤이 올라갔다. "갱생할 리가 없어. 살아서 사회에 돌아오면 안 된다니까."

피아노를 잘 치고, 온화하며 배려심이 넘치는 그녀의 입에서 과격한 표현이 튀어나오자 마사노리는 마음이 흔들렸다. 하지만 사건의 처참함을 생각하면 당연한 분노인지도 모른다며 마음을 고쳐먹고 그렇죠, 라고 동조했다.

그때, 건너편 계산대 쪽에서 혀를 차는 소리가 들렸다. 슬쩍 보니 나이 많은 아르바이트생이 이쪽을 노려보고 있었다. 반사적으로 뭡니까, 라고 반응할 뻔했지만 꾹 참았다. 무시하고 그녀 쪽으로 몸을 돌렸다. 그녀와 다시 대화하려는데 이번에는 등 뒤에서 과장된 한숨 소리가 들려왔다. 그리고 거참, 하고 티 나게 목소리를 냈다. 반응을 보일 때까지 같은 태도를 되풀이할 기세라 그냥 넘기기가 어려웠다.

마사노리가 질색하면서 "뭔데요?" 하고 얼굴을 돌리자 그가 깔보는 듯 코웃음을 쳤다.

"아니, 또 인권 침해 얘기로 신난 거 같으니까. 그냥 듣고만 있기가 힘이 드네."

반응을 한 것은 그녀였다.

"또 시비 걸게요? 우린 옳은 일을 하고 있어요!"

그녀가 눈을 치켜뜨며 눈썹꼬리를 올렸다. 이빨을 드러낸 분노의 표정이었다. 순식간에 달라지는 모습에 마사노리는 움찔했다.

지난 주말, 시부야 역 앞에서 크게 소리치던 고등학생쯤 되는 소녀의 모습과 겹쳐 보였다.

'나는 절대 용서하지 않는다!'

'범인의 실명을 공개하라!'

'범인을 사형시켜라!'

'우리가 안심하고 살아갈 세상을 만들 수 있도록 도와주세요!'

소녀는 지금의 그녀와 같은 무서운 얼굴로 전단지를 나눠주고 있었다. 그는 섬뜩한 기세에 일부러 소녀를 피해 지나갔다. 지나친 분노를 보면서 피해자와 관계자인가 했는데, 그 모습을 인터넷에서 언급했던 사람들이 올린 정보를 보면 근방에서 유명한 활동가인 듯했다.

나이 많은 아르바이트생은 비웃기라도 하듯 고개를 절레절레 흔들었다.

"무죄추정의 원칙은 알아? 체포 단계에선 아직 무죄야. 그런데 언론은 체포를 하면 곧 범인이라고 단정을 짓지. 대중도 그걸 믿고 비난해. 누명이라면 되돌릴 수 없는 상처라고. 결백이 드러나더라도……" 그는 엄지와 검지로 작은 틈새를 만들었다. "언론은 요만한 공간에다 정정, 사과 기사만 내면 끝이야."

"누명이었던 적은 거의 없잖아요."

"증거 불충분으로 불기소가 되는 경우는 많아."

"그건 범인이 교활해서 증거를 거의 남기지 않았을 뿐이지, 무죄는 아니지 않을까요?"

"거봐, 그거!" 그가 웃음기 가득한 얼굴로 검지를 들이댔다. "완전히 남에다 아무것도 모르는 아마추어가 제멋대로 범인이라고 딱 잘라 말하잖아. 범행의 증거가 없는 이상, 무죄라고 생각해야 해. 당사자만 진실을 아는 사건도 우매한 대중들은 금방 다 알았다는 듯이 굴지. 처음부터 악의가 있으니까 어떤 상황 증거나 편파적인 증언도 그냥 받아들이고 범인 취급하면서 돌을 던져. 나중에 누명이었다고 밝혀져도 무고한 인간을 익명으로 비방한 사람은 사과도 하지 않고 또 다른 제물을 찾아서 공격하기 시작해. 착각해서 욕한 사람이 사과하는 거 봤어? 그나마 누명을 쓴 피해자 본인이 직접 반론을 해서 형세가 기울었을 때뿐이야. 왜냐면 '악'을 공격하면 쾌감이 드니까. 엔도르핀이 넘치지. 자신은 청렴한 인간이라고 착각하게 되는 거야. 사실 내면의 추악함을 드러내고 있다는 건 아무도 눈치 못 채."

그건 피차일반이죠. 입에서 튀어나오려던 반론이 목구멍에서 콱 막혔다.

　진짜 피차일반, 이구나.

　그녀의 편을 들고 싶지만 마음속으로는 도긴개긴이라는 생각이 들었던 것이다. 그나저나 맞는 말을 하는 것 같은데 왜 이렇게 불쾌하게 느껴지는 걸까. 한쪽은 신경질적이고, 한쪽은 깐족거렸다.

　"어쨌든 용의자 단계에서 실명 보도는 치명적이야."

　나이 많은 아르바이트생의 말에 그녀가 되받아쳤다.

　"실명 보도는 공익성과 진실을 보증하기 위해 반드시 필요해요. 익명이면 사건이 사실인지 보증할 수도 없어요."

　"그거 뉴스에서 한 말이잖아. 유족이 실명 보도를 자제해주었으면 좋겠다고 간절하게 원해도 피해자의 실명을 가차 없이 보도하는 언론의 해묵은 주장이지."

　"……제 말은 피해자의 이야기가 아니라 가해자, 범인 말이에요!"

　"진실의 보증을 위한 실명 보도라는 의미로는 마찬가지지."

　"완전 다르죠!"

　"감정에 치우치는 건 참아줘."

　"뭐가 감정적이죠? 실명을 보도하지 않으면 사건이 정말 있었는지 몰라요! 사건의 신빙성이 훼손된다고요!"

　"뭐가? 성범죄는 '50세 남성 교수가 여학생에게 음란 행위'

이렇게 보도되는 경우도 있는데 거짓말이라고? 가해자도 피해자도 실명이 언급되지 않았는데 말이야."

"그건……."

"인권이 소중하다면 유엔 총회에서 채택된 인권 선언을 준수하고, 유죄가 입증될 때까지 무죄를 추정해야지. 모순투성이 사이비 인권 운동가들은 체포되기만 해도 범인으로 몰아서 비난한다고. 너 같은 스타일이 선망하는 인권을 존중하는 스위스, 스웨덴은 판결 전에 피의자 단계에서 실명이나 얼굴 사진을 내보내지 않아. 몰랐지?"

그녀는 아랫입술을 깨물며 그를 쩌려보고 있었다. 하지만 더 이상 반론은 없는 듯했다.

근무를 마치고 마사노리는 진이 빠진 채 귀가했다. 자신과 무관한 살인사건으로 서명을 부탁받고, 같이 일하는 두 사람이 실명 보도의 옳고 그름을 두고 언쟁을 벌이다니. 모든 게 귀찮았다.

인터넷 세상 속에 들어온 줄 알았다.

개나 소나 남의 사건과 발언, 논란에 분노하고, 자기 논리를 펼치다가 의견이 다른 상대와 말다툼을 벌이며 거칠어진다. 그리고 이제는 인터넷 공간의 분위기가 현실 세계까지 침식해서 사람들의 마음을 난폭하게 만들고 있었다.

하지만 트위터의 장점은 현실과 달리 귀찮은 인간을 차단

기능으로 시야에서 지울 수 있다는 점이다. 실제로 차단을 애용한 결과, 자신의 계정은 쾌적한 공간이 되었다. 이곳에서 타인을 공격하는 사람들은 존재하지 않는다.

마사노리는 기분 전환을 하려고 트위터에 들어갔다. 재밌는 글이나 동영상을 검색하면서 마음을 달래려고 했다. 트위터의 트렌드-많은 사람이 트윗을 한 상위 단어 10개-가 눈에 들어왔다.

마사노리는 눈을 부릅떴다. 심장이 쿵 떨어지고, 숨이 턱 막혔다.

1위에 뜬 건

'오오야마 마사노리'

자신의 이름이었다.

7
∞

알람 소리에 눈을 뜬 오오야마 마사노리는 머리맡에 놓인 스마트폰을 집어 들었다. 트위터에 들어가 트렌드나 볼까 했다. 그날 화제가 되는 소식은 하루 만에 과거가 된다. 항상 그날그날 주목받는 소식을 머릿속에 넣어야 한다.

어디 재밌는 글 없나, 찾아보고 있을 때 그게 눈에 들어왔다.

트렌드 1위를 차지하고 있는 글자.

'오오야마 마사노리'

순간적으로 상황을 이해할 수 없었다. 전국대회에서 해트트릭을 기록하며 맹활약을 펼친 것도 아닌데 왜 자신의 이름이 트렌드 1위가 됐을까. 불길한 예감이 들면서 불안해지기 시작했다. 도대체 무슨 일이 일어나고 있는 것일까.

마사노리는 심호흡을 하고 마음을 진정시켰다. 일개 고등학생인 자신이 전국에서 유명 인사가 된 것만 같은 착각에 간담이 서늘해졌다. 마치 척추가 얼어붙는 느낌이었다.

설마 이상한 일로 신상이 털린 것일까.

트위터에서는 날마다 '폭로'가 빗발치고 있기에 늘 누군가 '논란'이 된다. 불합리한 사칙을 강요한 기업, 성희롱한 카메라맨, 불륜을 저지른 연예인, 차별적인 광고를 제작한 대기업과 광고대행사, 주방에서 비위생적인 행위를 한 아르바이트생, 막말을 한 익명 계정.

트위터를 하지 않아도 누군가에 의해 개인 정보가 공개된 시점에 인터넷 속 십자가에 매달리게 되고 대중에게 돌을 맞는다. 몇 달 전, 자신의 블로그에 모 병원과 관련해 막말을 쏟아낸 이와테 현의회 의원은 큰 논란을 불러일으키고, 언론과 인터넷에서 비판을 받아 결국 스스로 목숨을 끊었다.

그런 사태가 나한테 닥친 것이 아닐까, 하고 진심으로 두려웠다.

마사노리는 조심스레 '오오야마 마사노리'의 이름을 눌렀다. 사진으로 찍은 주간지의 한 페이지가 업로드되어 있었다.

냉혹하고 무자비하게 마나미를 살해했다
악마 살인범 16세 소년의 실명 공개
오오야마 마사노리

내가 마나미를 살해했다고?

불길한 글씨체로 적힌 제목을 보는 순간, 낯익은 자신의 이름이 저주처럼 몸에 달라붙어서 침식되는 감각에 휩싸였다. 자신의 이름이 남의 이름처럼 멀게 느껴졌다. 그러나 그것은 분명 자신의 이름이었다.

잠시 화면에서 시선을 떼고 심호흡을 했다. 그라운드를 가로질러 전력 질주를 한 것처럼 심장이 정신을 못 차리고 금방이라도 터질 것 같았다.

비인도적인 잔인함으로 어린 생명을 무자비하게 빼앗고, 16세라는 나이로 소년법의 그늘에 숨어 있는 소년 '오오야마 마사노리'. 본 잡지는 사건의 중대성을 고려해 실명을 공개한다

피해자만 사생활을 공개하는 거, 불공평하잖아.

마사노리 역시 요즘 들어 뜸했던 흉악한 엽기 살인사건에 분노했고, 정의의 사도로 보이고 싶다는 생각도 들어 실명 공개의 필요성을 주장했었다.

그리고 지금 한 주간지가 소년법의 벽을 깨고 범인인 소년의 실명을 폭로했다. 사실 속이 시원해야 했다. '소년 A'라는 기호의 보호 아래 한시름 놓을 나쁜 놈의 신상이 전국에 공개되고 사회적 제재를 받는 것이니 말이다. 하지만 공개된 소년의 실명이 자신과 같을 거라고는 상상도 하지 못했다.

마사노리는 다시 스마트폰을 확인했다. '오오야마 마사노

리'가 포함된 온갖 트윗이 차례로 표시되고 있었다. 숫자를 보니 한 시간에 1,256번이나 거론됐다. 무서운 숫자였다. 천, 만 단위로 리트윗된 트윗도 있어서 퍼지는 속도가 심상치 않았다.

- 마나미를 죽인 살인마 이름이 오오야마 마사노리야?

- 오오야마 마사노리, 그냥 뒈져라

- 오오야마 마사노리. 너 이름, 절대 안 까먹음

- 오오야마 마사노리. 외웠다. 너 같은 쓰레기 새끼는 사지를 찢어 죽여야 해

- 오오야마 마사노리. 넌 살지도 모르지만, 죽은 마나미는 돌아오지 못해!

- 악마의 이름, 오오야마 마사노리. 철저히 규탄하자!

- 오오야마 마사노리 용서하면 안 됨. 갈기갈기 찢어버리고 싶다

- 오오야마 마사노리. 너는 평생 감방에서 썩어라!

- 사형 탄원 #오오야마 마사노리

- 오오야마 마사노리. 절대 잊지 않을 이름

- 오오야마 마사노리 죽어라!

- 주간지 나이스! 이름 공개 잘했다! #오오야마 마사노리

- 범인의 이름이 판명됐다. 토 나온다. 오오야마 마사노리

- 오오야마 마사노리라고? 너 절대로 가만 안 둬

- 미성년자라는 이유만으로 곧 사회로 돌아온다! #오오야마 마사노리

- 사형도 부족하다! #오오야마 마사노리

쏟아지는 증오와 분노들이 실체를 가지고 다가오는 느낌에 마사노리는 심장 박동이 거칠어지는 것을 느꼈다. 스마트폰의 화면 말고는 눈에 들어오지 않을 만큼 시야가 좁아지고 몸이 차가워졌다. 혈관 속을 누비는 혈액조차 얼음물 같았다.

나는 일본에서 적대시되고, 미움받고 있다.

머리로는 내가 아니라는 걸 알면서도 의식하지 않을 수 없었다.

오오야마 마사노리.

같은 이름이다. 인터넷에 올라오는 글자 속에 다른 글자는 없다. 범인과 자신을 구별하는 차이가 무엇 하나 없는 것이다. 그렇다면 오오야마 마사노리에게 쏟아지는 무수한 욕설은 자신에게 쏟아지는 것과 무엇이 다를까. 절망의 나락으로 추락하는 듯했다.

마사노리는 평소처럼 눈을 감고 경기에서 날아다니는 상상에 잠기려고 했다.

하지만……

골을 넣은 순간 경기장의 가득 찬 관중석에서 들려오는 것은 오오야마 마사노리! 라는 환호가 아니라 욕설이었다. 트위터에서 본 오오야마 마사노리에 대한 분노와 증오의 표현들이 그라운드로 돌처럼 날아와 부딪친다.

마사노리는 땀에 흠뻑 젖어 눈을 떴다. 숨이 가쁘고 방의 공기가 희박해진 것만 같았다. 축구 국가대표가 되어 자신의 이름을, 오오야마 마사노리라는 이름을 전 세계에 알리고 싶었다. 하지만 지금 이 순간, 그 이름은 악마의 상징이 되고 말았다. 경기장에서 스타팅 멤버로 이름이 호명될 때, 모두의 머릿속에 떠오르는 것은 엽기 살인범일 것이다. 응원하는 팬도 이름을 부를 때마다 마나미가 살해된 끔찍한 사건을 떠올리겠지.

내 이름이 더럽혀졌다. 나와 같은 오오야마 마사노리에 의해서.

사건이 발생하고 실명이 공표된 시점부터 오명은 결코 벗지 못한다. 이제 돌이킬 수 없다. 마사노리는 비틀거리며 아래층으로 내려갔다. 주방에서 어머니가 아침밥을 차리고 있었다.

"잘 잤어, 아들?"

어머니는 평소처럼 인사를 했다. 비현실적인 세계에서 현실로 돌아온 안도감과 함께 지금의 현실이 세상에 뒤처지는 듯한 불안감에 휩싸였다.

"……아, 응. 잘 주무셨어요?"

스스로 느껴질 정도로 어색한 목소리가 흘러나왔다.

"……마사노리, 무슨 일 있니?"

지금은 그 이름을 부르지 말아줬으면.

"안색이 안 좋은데?"

설명할 수 없었다. '오오야마 마사노리'라는 이름에 이제 평생 오점이 남게 됐다고는. 어머니는 아무것도 모르는 것일까. 인터넷에서 본 정보에 따르면 오늘 발매된 주간지에서 실명이 폭로되었고, 그 이름이 빠르게 트위터로 퍼졌다. 벌써 수십만 명이 알 것이다.

하지만 따지고 보면 실명 폭로는 주간지의 '단독 행동'이다. 방송 매체는 따르지 않을 것이다. 예전에 본 인터넷 기사에 의하면 청소년의 실명 보도는 소년법 61조에 따라 금지된다고 했다. 방송에서 다루지 않는다면 많이 퍼지지 않을 것이다. 그렇게 자신을 타일렀지만 아무런 위로도 되지 않았다.

"아무것도 아니야."

마사노리는 애써 대답하며 식탁에 앉았다. 어머니는 고개를 갸우뚱하면서도 밥상을 차렸다. 영양사 자격증을 딴 어머니는 운동선수인 아들에게 필요한 균형 잡힌 영양식을 매일 만들어준다. 프로 축구 선수가 되고 싶다는 꿈을 진심으로 지원해주고 있는 것이다.

'재능 말고 다른 이유로 포기하게 되면 나중에 후회하고 미련이 남을 테니, 돈이나 다른 걱정은 하지 말고 끝까지 도전해봐.'

중학생 때 격려해주던 어머니의 말이 지금도 가슴에 남아 있다.

하지만 이제는……

'오오야마 마사노리'는 스타 선수가 될 수 없을 것이다. 엽기 살인범과 동성동명인 유명 스포츠 선수가 과거에 존재했을까. 엽기 살인범에 대한 매도가 선수에 대한 매도가 되는 것과 마찬가지로 선수에 대한 성원이 엽기 살인범에 대한 성원이 되는 것이다.

마사노리는 자신의 뇌리에도 남은 극악한 범죄자들을 떠올렸다. 전 국민의 증오를 한 몸에 받은 살인범들. 무차별 묻지마 범죄나 독가스 테러, 대규모 독살 사건을 일으킨 그들과 동성 동명의 유명 인사가 있다면 과연 이름을 부르고 응원하고 싶을까. 상상만으로도 불가능하다. 어느 누구도 기분 좋게 응원할 수 없을 것이다. 순수하게 선수를 응원하려다가도 머릿속에 엽기 살인범의 존재가 어른거릴 테니까.

아버지가 내려와 셋이서 아침 식사를 했다. 어머니는 평소처럼 아침 뉴스로 채널을 돌렸다. '마나미 사건'에 관한 소식이 나오고 있었다. 마사노리는 화면을 응시했다. 심장이 다시 쿵쾅대기 시작한다.

소년 A.

화면 아래의 자막도 판넬도 모두 '소년 A'로 표기돼 있다. 실명은 나오지 않았다.

마사노리는 안도했다. TV는 역시 소년법을 지키고 있었다. 소년 A의 실명을 알고 있는 것은 인터넷 사용자나 주간지 독자들뿐이다. 뉴스에서는 소년이 다닌 고등학교 학생들의 증언을 읽고 있었다.

"'반에서도 겉돌고 친구가 없었습니다', '오타쿠라서 애니메이션이나 만화를 좋아했고, 이차원의 캐릭터랑만 친구 같았어요', '조그만 여자아이에 대한 집착이 엄청났어요'."

역시, 라는 분위기가 세트 안을 가득 채웠다.

"현실에서 여자를 어려워하는 건 알고 있었어요. 절대 눈도 마주치지 않고 말을 걸어도 말을 더듬었으니까요', '기분 나빠서 반 전체가 잘 어울리지 않았어요'라는 의견 들어봤습니다. 피해를 본 여학생이 있었다는 얘기도 전해지고 있는데요."

사회자가 멘트를 마치자 여성 사회학자가 매우 근엄한 얼굴로 말했다.

"요즘 젊은이들에게서 흔히 볼 수 있는 경향입니다. 의사가 있고, 인격이 있기 때문에 자기 뜻대로 되지 않는 현실의 여성을 대하는 것이 서툴러서 가공의 캐릭터에만 의존하는 거죠. 그러나 현실 속 여성에 대한 미련을 버릴 수 없어서, 미성숙한 작은 여자아이에게 욕망을 드러내는 것입니다. 어른과 달리 지배하기 쉽거든요. 범인인 소년도 그랬다고 보입니다."

그렇군요, 라고 말하며 사회자가 고개를 끄덕였다. 화면이 바뀌고 '체포된 소년 A의 아버지'라는 자막이 나왔다. 얼굴 아래쪽을 비추고 있다.

"……아들이 이런 사건을 일으키다니 믿을 수 없어요. 착하고 순한 아이입니다. 아내도 정신적으로 힘들어하고 있는데 지나친 관심은 자제해주셨으면 좋겠어요."

어머니가 어이없다는 표정을 짓고 있었다.

"남의 일처럼 말하는 것 좀 봐. 가장 힘든 건 유족이지. 유족에 대한 사과가 먼저잖아? 안 그러니?"

마사노리는 맞장구를 칠 기력도 없이 묵묵히 식사를 했다. 밥을 우물거리며 달걀 프라이에 젓가락을 댔을 때 화면 속에서 새로운 판넬이 등장했다. 신문 기사가 몇 장씩 붙어 있었다.

아나운서가 신문 기사를 요약해서 읽는다.

"그리고 물의를 일으킬 듯한 소식입니다. 오늘 발매된 〈주간 진실〉에서 소년 A의 실명을 공개했습니다."

심장이 또 쿵쾅쿵쾅 요동쳤다. 긴장으로 몸이 차갑게 얼어붙는다. 마사노리는 부모님의 눈치를 봤다.

"그럼, 그래야지." 어머니가 아버지에게 "그치?" 하고 말을 걸었다. "얼마나 끔찍한 사건인데."

아버지는 식사하면서 무심하게 그렇지, 라고 대꾸했다.

"범인 이름이래. 잡지 사야겠다. 아직 팔고 있어야 할 텐데."

마사노리는 짜증을 꾹 삼켰다. 범인의 실명을 알기 전이었다면 마찬가지로 흥미를 보이며 나도 읽겠다고 했을 것이다. 냉정하게 생각해보면 생판 남에 구경꾼인 입장에서 범죄자의 실명을 알아 뭐 할까. 범죄자의 성이 키노시타, 히가시, 카토, 하야시면 자기 인생에 무슨 관련이 있다고.

"사지 않는 게…… 좋을 것 같아."

"아들, 왜 그래?"

어머니가 이상하다는 얼굴로 물었다. 대답할 수 없었다. 〈주간 진실〉을 사서 범인이 아들과 동성동명이란 것을 알면 어머니는 어떤 반응을 보일까. '오오야마 마사노리'에게 증오와 혐오를 쏟아낼까? 아니, 그냥 어색해하고 말 것이다.

마사노리는 젓가락을 내려놓고 일어났다.

"학교 갈게."

어머니가 벌써 가니, 라고 물으며 벽에 걸린 시계를 보았다.
"아직 시간 남았는데."

"오늘 당번이라."

물론 핑계였다. '마나미 사건'은 이제 보고 싶지 않았다. 마
사노리는 얼른 주방에서 나와 가방을 챙겼다. 집을 나와 자전
거를 타고 학교로 향했다. 주택가를 지나 15분이 걸려 학교에
도착했다. 교문을 통과하는 학생들이 간간이 보였고, 팀 동료
나 같은 반 아이들은 볼 수 없었다. 마사노리는 자전거 보관대
에 자전거를 두고 건물 안으로 들어갔다. 세상 사람들이 다 사
라진 것처럼 입구도 복도도 한산한 학교는 고요함으로 가득했
다. 그러나 현실 속에 엽기 살인범 '오오야마 마사노리'는 존재
하고 있었다. 머릿속은 온통 그 생각뿐이었다.

아무도 없는 3학년 2반 교실로 들어가 의자에 앉으며 가방
을 책상에 내팽개쳤다. 짙은 초록색의 칠판을 노려보며 깊은
한숨을 내뱉었다. 가방에서 꺼낸 교과서와 공책의 뒷면이 눈
에 들어왔다.

오오야마 마사노리.

자신의 이름이 적혀 있었다. 마사노리는 헛웃음이 나올 것
같았다. 주인을 알려주는 이름에 얼마만큼의 의미가 있을까.

동성동명인 학생이 없는 학교 안에서는 주인을 식별할 수 있지만, 전 국민으로 생각해보면 특정한 개인을 나타내지는 않는다. 자신에게 있어서 유일무이한 이름의 존재 가치가 흔들리고 있었다. 이름이 이렇게 애매한 것인지 몰랐다.

범인과 내가 동성동명이란 사실을 알게 된 지금, 더는 이름이 그 범죄자를 나타낸다는 논리에 설득력을 느낄 수 없었다. 세상에 같은 이름인 사람이 얼마나 많은데. 이름 하나만으로는 개인을 증명하지 않는 것이다. 이 세상에 단 한 사람밖에 존재하지 않을 기발하고 엉뚱한 이름이 아닌 한.

잠시 뒤 복도가 조금씩 시끌벅적해지며 반 아이들이 등교하기 시작했다. 교실 문이 열리며 여학생 둘이 들어왔다. 그녀들은 마사노리와 눈이 마주치자마자 앗, 하고 소리를 내며 서로 얼굴을 마주 보았다. 누구 하나 말을 내뱉지 못하는 조용한 침묵이 흐른다.

"아, 안녕! 마⋯⋯."

여학생이 입을 연 채 순간 굳어져서 뭔가 얼버무리려는 듯 "아, 음⋯⋯" 하고 중얼거리며 자신들의 자리로 향했다.

마―

아마 '마사노리'라고 끝까지 부르려고 했을 것이다. 하지만 그 이름은 끔찍한 엽기 살인범의 이름과 같았기 때문에 그만둔 것이다. 조심성 없고 부적절하다고 느꼈을지도 모른다.

하하, 하고 헛웃음이 새어 나온다.

뒤통수에 불편한 시선이 달라붙었다. 뒷자리에서 두 사람이 속닥거리는 말소리가 들린다. 마사노리는 어느새 귀를 쫑긋 세우고 있었다. 내 얘기를 하는 게 아닐까, 하는 피해망상에 사로잡혀 내용이 궁금해서 미칠 것만 같다. 어색한 시간이 몇 분 정도 흐르고 교실로 차례차례 반 아이들이 들어왔다.

"어?"

먼저 등교했을 줄 몰랐을 것이다, 파마머리 친구의 얼굴에 당혹스런 기색이 어렸다.

"……왔냐."

친구가 설핏 쓴웃음을 지으며 가볍게 손을 올렸다. 친구들한테는 평소처럼 대하고 싶지만, 저쪽이 의식한다면 그것도 어렵다. 마사노리는 밝은 모습을 가장하고 안녕, 하고 인사했다. 자기 자리로 직행하려고 하다가 마음을 고쳐먹고 돌아온 친구가 머리를 벅벅 긁으며 말했다.

"주간지 얘기 아는 거지? 그런 거 같아서."

"……응." 마사노리는 고개를 끄덕였다. "인터넷에 난리였잖아. '마나미 사건' 범인."

"이름, 진짜 놀랐어."

마사노리는 자조 섞인 웃음을 지을 수밖에 없었다.

"……그치. 나도."

"네 이름을 봤을 때 머릿속이 하얗게 돼서 왜 네가 범인이라는 거지, 하면서 진짜 당황했다니까."

"가장 황당한 건 나지. 지금도 난리야?"

"트위터에서 트렌드 상위권 유지 중이던데."

"진짜?"

"이름이 인터넷에 퍼지는 바람에 다 아는데, 신문이나 TV만 안 내보냈잖아. 그게 말이 안 된다고 사그라들지 않을 기세던데. 언론은 언제까지 범인의 실명을 보호할 거냐고, 범인을 감싸지 말라고 아주 난리야."

인터넷이 부글대는 모습이 눈에 훤히 그려진다. 지긋지긋하다. 그들이 범인 '오오야마 마사노리'에게 쏟아내고 있는 분노와 증오는 하나같이 동성동명인 사람의 가슴에도 꽂힌다.

"넌 인터넷 안 봤어?"

"내가 욕먹는 글 보면 기분만 나빠지니까. 스마트폰으로는 연락만 해."

"진짜 뭔 날벼락이냐. 우연히 이름이 같은 것뿐인데."

얼마 전까지 열심히 내 인생을 살다가 갑자기 이런 식으로 꿈이 짓밟힐 거라고는 상상도 못 했다.

곧 야구부 친구도 등교했다. 마사노리를 보자 친구가 뻘쭘하게 다가왔다.

"혹시…… 알아?"

애매하게 물었다.

"내 이름?"

"……뭐, 그치. 네 이름이 나와서 엄청 놀랐어."

"난 당사자다."

"그렇겠지만, 나도 머리가 복잡해."

"뭐가 복잡한데?"

"아, 아니, 나쁜 뜻은 없어."

"……이럴 거면 실명이 공표되지 않는 게 나았을 텐데."

"그건 결과가 그런 거지. 난 역시 범죄자의 이름은 꼭 공개해야 한다고 생각해."

"남의 일이니까 그렇게 말할 수 있지. 내 입장이면 어떻겠냐?"

"치사하다, 너. 난 상관없다니까."

"만약에 그렇다고 생각해봐."

"넌 살인범이 '소년 A'여도 좋다고 생각하는 거야?"

파마머리 친구가 왜들 그래, 하고 중간에서 말리며 마사노리의 어깨를 두드린다. "너도 흥분하지 말고."

너-

마사노리는 두 사람이 자신을 이름으로 부르지 않는다는 것을 깨달았다. 지금까지는 '마사노리'였는데. 두 사람에게 '오오야마 마사노리'는 입 밖에 내기도 조심스러운 이름이 되어버린 것이다.

마사노리는 야구부 친구를 바라보았다.

"애초에 소년 A 문제랑 이건 다르지."

"유명한 사람 중에도 동성동명인데 인기 많은 사람 있잖아."

그러고 보면 축구 선수와 동성동명인 야구 선수도 있다. 그런 경우 사람들은 '축구 쪽 누구', '야구 쪽 누구'로 표현하고 구분한다. 그러나 그건 양반이다. 처참한 경우는 같은 분야에서 활동하는 사람이 동성동명일 경우다. 축구 선수끼리도 어떨지 짐작이 간다.

유명 선수와 무명 선수.

지금 생각해보니 잘 못하는 선수는 모두 '무명 쪽'으로 딱 잘라 구별하고 있었다. 사실이니까 별로 나쁜 일이라고 느낀 적도 없었다. 하지만 본인은 어땠을까. 스스로 '무명 쪽 누구누구입니다'라고 자조 섞인 자기소개를 하는 동안에도 내심 불쾌하지 않을까. 상대보다 덜 알려진 것은 사실이니까, 능청스럽게 행동할 수밖에 없었을지도 모른다. 팬들은 같은 이름이라는 이유만으로 둘을 비교하며, 마음속으로 '무명 쪽'을 가짜로 간주하진 않았을까.

마사노리는 문득 깨달았다.

이름은 선착순으로 갈리는 쟁탈전이다. 나쁜 이름이든 좋은 이름이든 먼저 유명해진 사람이 그 이름을 접수할 수 있다. 예쁜 아이돌과 동성동명이라면 사람들은 이름만 들어도 외모에 기대감을 가지며 기준이 높아질 것이다. 그러나 차이가 크면 클수록 그 격차에 실망하고, 결국 이름이 똑같은 가짜라고 판단하는 것이다.

본인에게는 진짜인데.

이름의 불확실함과 두려움.

종이 친 후, 담임선생님이 들어오자 두 친구는 살았다는 듯 자기 자리로 돌아갔다. 다행이라고 생각한 것은 마사노리도 마찬가지였다. 조회가 끝나자 곧바로 1교시가 시작됐다. 좋아하지 않는 수학이었다. 수학 선생님이 칠판에 쓴 수식은 마치 낯선 외국어 같았다. 선생님이 벽에 걸린 시계를 흘깃 쳐다봤다.

"5분이니까…… 이 문제는 5번이 풀자. 오오야마."

성을 부른 순간, 아주 잠깐 교실 분위기가 경직된 기분이 드는 건 지나친 생각일까. 가시방석 같았다.

"아…….." 마사노리는 일어나 칠판의 문제를 노려보았다. 그러나 머리가 돌아가지 않는다. "죄송합니다, 모르겠어요."

수학 교사는 어이가 없다는 듯 한숨을 내쉬었다.

"그럼 대신에 6번."

마사노리는 자리에 앉았고, 오로지 수업이 끝나기만을 빌었다. 처음엔 자신의 이름이 엽기 살인범을 의미하게 되자 절망의 구렁텅이에 빠졌다. 하지만 점점 불합리한 상황에 짜증이 치밀어 올랐다.

왜 내가 이런 꼴을 당하지 않으면 안 되는 거지.

젠장!

내 이름을 엽기 살인범에게 빼앗겼다.

오오야마 마사노리라는 이름은 이제 자신의 것이 아니었다.

축구부 감독님이 직원실로 마사노리를 호출한 것은 일주일 후였다.

"무슨 일이세요?"

감독이 뒤통수를 긁으며 말하기 거북한 듯 얼굴을 찌푸렸다.

"좋은 얘기가 아니어서 말이야. 말하기 뭐하지만……."

불길한 예감에 마사노리는 자리에서 달아나고 싶어졌다. 도 대체 무엇이 기다리고 있는 걸까. 위가 콕콕 쑤셨다.

"사실은……" 감독이 무거운 어조로 말했다. "대학교 추천 전형이 좀 어렵게 됐다."

잘못 들었다고 생각했다. 걸어가던 길이 갑자기 무너진 듯 절망감이란 구렁텅이에 빠지는 느낌이었다.

"네? 그게 무슨……."

"추천은 어디까지나 비공식적인 제안이지 약속이 아니야. 다른 사람을 추천하기로 결정이 났대."

감독이 동정하듯 설명했다. 대학 축구부 감독이 택한 것은 경쟁 학교의 에이스였다.

"왜요?!" 마사노리는 다시 물었다. 인생이 걸려 있는 문제였다. 간단하게 아 그렇구나, 하고 넘어갈 수는 없었다. "제가 더 잘하고, 성적도 좋았잖아요! 그런데 이렇게 갑자기……."

뇌물이 오간 것이 아닌가, 하고 의심했을 때였다. 벼락을 맞은 듯한 충격을 받았다.

"제가 오오야마 마사노리라서요?"

감독은 무슨 말이냐, 라는 표정을 지었다.

"오오야마 마사노리한테는 오점이 있으니까요."

"……그 사건을 말하는 거야?"

"다른 이유가 있어요? 팀에 엽기 살인범이 있으면 관리가 곤란하겠죠."

"그럴 리가 없잖아. 고작 이름 가지고. 감독 마음인 거지."

다른 사람들은 고작 이름 가지고, 라고 생각할지도 모른다. 하지만 정말 고작일까.

"실력에 큰 차이가 없다면 이름이 깔끔한 쪽을 선택하고 싶겠죠, 감독님 입장에선."

"헛소리 말고."

"속마음은 아무에게도 말하지 않으면 절대로 모르는 거예요. 이름 때문에 저를 피하더라도 겉으로는 실력 부족 같이 그럴듯한 이유를 얼마든지 댈 수 있어요."

"그야 그렇지만……."

"제가 직접 그 감독님께 연락할게요. 약속이 다르다고."

결의를 굳힌 마사노리는 감독이 부르는 것도 무시하고 교무실을 나왔다. 그러나 무엇을 해도 결과는 바뀌지 않을 거란 걸 내심 알고 있었다.

내 인생은 이름에 사로잡혀서 일그러지고 망가졌다. '오오야마 마사노리'가 엽기 살인을 일으키지만 않았다면 축구 유망주로 활약하고, 프로로 데뷔해 세계에 진출하고, 남자아이 이름으로 선호하는 이름이 '마사노리'인 그런 미래가 있었을지도 모른다. 오오야마 마사노리의 이름이 사랑받는 미래가.

그러나 이제 그 미래는 이루어질 수 없는 미래가 되었다.

8
∞

오오야마 마사노리는 구경꾼 중 한 명에 지나지 않는 인생의 조연인 자신이 무서운 운명에 휘말려 억지로 단두대 위로 끌려 올라온 것만 같은 공포에 떨고 있었다.

왜 이렇게 되었을까.

근무 스케줄이 없는 이틀 동안 그는 외출도 하지 않았다. 소년 A의 실명으로 인한 충격이 가시지 않는다.

인터넷은 매일 '오오야마 마사노리'에 대한 욕설로 가득했다. 〈주간 진실〉의 실명 폭로 기사를 아침 방송에서 다룬 탓이다. 주간지는 계속해서 매진되고 있다고 한다.

범인의 실명이 알려지는 순간부터 단순한 알파벳에 불과했던 소년 A는 '오오야마 마사노리'가 됐다. 사람들의 의식 속에 그 이름이 새겨졌다. 그래, 마치 부적에 피로 그려진 꺼림칙한 글자처럼.

사람들에게 여자아이를 참혹하게 죽인 살인범은 유일무이

한 '오오야마 마사노리'인 것이다. 누구나 범죄자의 이름은 전부 그 범인만 가리키고 있다고 믿는다. 그러나 실제로는 동성 동명인 사람이 많다. 오오야마 마사노리도 그렇다.

치과 의사 오오야마 마사노리. 고등 축구 리그에서 활약하는 오오야마 마사노리. 연구원 오오야마 마사노리. 그리고 편의점 아르바이트로 생계를 꾸리고 있는 그 누구도 아닌 오오야마 마사노리.

마사노리는 인터넷 검색 사이트에서 '오오야마 마사노리'를 찾아봤다. 특정 분야에서 조금이라도 두각을 드러낸 오오야마 마사노리는 마나미를 참혹하게 살해한 '오오야마 마사노리'로 덧칠됐다.

'마나미 사건'에 관한 익명 게시판의 댓글과 정보 사이트, 유명인의 트윗, 개인 블로그 등의 검색 결과는 수십 페이지를 넘겨봐도 엽기 살인범 '오오야마 마사노리' 투성이었다.

마사노리는 자신이 대중에게 규탄 받고 있는 장소를 들여다보는 것만 같은 터질 듯한 불안감을 안고 글을 눌렀다. 줄줄이 달린 댓글들은 '오오야마 마사노리'를 공격하고 있었다. 계정 이름이나 아이디조차 없는 익명 게시판의 글은 한층 더 과격하고 인정사정이 없었다.

- 오오야마 마사노리의 가족도 친족도 사형시켜라!
- 그 집 사람들 개인 정보를 다 털자!

- 짐승을 키운 부모들도 연대 책임이지

- 오오야마 마사노리 얼굴 사진 아직 없어?

- 도움이 안 되네, 언론에서 조금 더 몰아붙여라!

- 여자를 죽인 오오야마 마사노리에게 인권은 없다!

- 우리 손으로 오오야마 마사노리를 몰아붙이는 거야!

- 마나미의 한을 풀어주자. 천벌 말고 인벌(人罰)이다

- 어차피 사형되지 않고 금방 나오니까 오오야마 마사노리가 사회에
  서 정상적으로 못 살게 매장시켜야 함

- 오오야마 마사노리 죽어 죽어 죽어 죽어 죽어 죽어

읽고 있자니 내가 살인을 저질러서 나를 몰아세우는 기분
이 들기 시작한다. 그래도 찾아보는 것을 그만둘 수는 없었다.
자신이 마녀 재판을 받고 있는 상황을 무시할 수 없었다. 다음
날도 '오오야마 마사노리'의 이름은 트위터 트렌드 상위권에
올랐다. 새로운 소식이 있었던 것 같다.

- 마나미를 참혹하게 살해한 극악범, 변태 로리, 소아성애자 오오야마
  마사노리 주소 찾음! 키요미 가든 빌라 206호에 '오오야마' 문패가
  있다. 증거는 이거! #공유해주세요 #사형시켜주세요

'유미'라는 여성의 계정에 올라온 트윗이었다. 8,000번 이
상 리트윗됐고, 사진이 최대로 올릴 수 있는 4장까지 첨부돼 있

었다.

첫 번째 사진은 '마르크스'라는 계정에 올라온 트윗의 캡처였다. - 옆 아파트에 경찰차가 몇 대씩 와서 시끄러운데 무슨 사고라도 났나? 라는 글에 사진이 첨부되어 있었다. 자신의 아파트 5, 6층에서 촬영한 것처럼 보였는데, 난간 너머 밑으로 깔끔한 아파트와 그 앞길에 정차한 몇 대의 경찰차, 제복을 입은 경찰관의 모습을 담고 있었다.

두 번째 사진도 '마르크스'가 올린 트윗의 캡처였는데, - 대박! 어제 경찰 사진, 마나미 사건 관련된 일이었나 봐. 집 근처에 범인이 살고 있었다니 완전 소름! 이라는 글이 달려 있었다.

세 번째는 경찰이 들어간 아파트의 외관과 지도 앱에 표시된 아파트를 비교한 사진으로 사진 구석에는 주소가 표시되어 있었다.

네 번째는 지도 앱으로 아파트를 정면에서 찍은 사진으로 정원의 나무 사이로 206호 문패가 보였다. 확대된 사진 속에 '오오야마'라는 글씨가 확실히 찍혀 있었다.

지난번 읽은 기사에 따르면 범인인 소년은 부모님과 셋이서 아파트에 살고 있었다. 설마 이런 식으로 주소가 알려지리라고는 누구도 상상하지 못했을 것이다.

경찰이 아파트에 도착한 장면을 촬영한 동네 주민 '마르크스'가 모자이크 없이 인터넷에 사진을 올린 뒤, 그 사진이 '마나미 사건'과 관련됐다고 글을 썼다. 그러나 팔로워가 120명 정도인 계정인 데다 시간도 많이 흘러서 당시에는 주목받지 못하고 있었는데, 그것을 발견한 팔로워 14,500명의 '유미'라 는 계정이 정보를 모아 트윗을 하면서 빠른 속도로 퍼지게 된 것이다. 범인의 부모가 지금도 살고 있다면 보통 난리가 아닐 것이다.

마사노리는 안타까움을 느꼈다. 아니나 다를까, 인터넷은 순식간에 들끓는 증오와 분노로 넘실대기 시작했다.

- 오오야마 마사노리의 아버지를 미행했다. 아버지는 '다카이 전기'에 다닌다. 어머니는 집에서 안 나오는 거로 봐서 가정주부일 듯!

직접 찾아간 사람의 트윗을 계기로 트위터에선 아버지의 신 상을 알아내려는 움직임이 일어났다.

- '다카이 전기' 홈페이지에서 임원 명단 발굴함. 본명은 오오야마 하 루마사. 나이는 48세. 엽기 살인범 오오야마 마사노리의 아버지는 엘리트. 연봉 1천만 엔 이상으로 추정됨. 용서가 안 됨

홈페이지를 캡처한 사진이 첨부되어 있다. 중년 남성의 얼 굴 사진이 게재되어 있고, 그 아래에 이름과 직책, 나이가 적혀 있다.

아버지의 신상이 밝혀지면서 논란에 기름을 붓는 격이 됐

다. 체포되어 수감 중인 살인범 소년과 달리 사회에 존재하는
표적이 등장한 것이다.

- 이 자식이야? TV에서 남 얘기하듯이 쓰레기처럼 말하던 아버지가?
- 엽기적인 성범죄자를 키울 것 같은 얼굴이다. 윤리관도 도덕심도 상
  식도 겸비하지 못한 쓰레기 부모
- 이대로 평온하게 살 생각 말길. 살인범을 키운 부모니까 평생 두려움
  에 떨면서 살 거다!
- 부모랑 자식한테 다 본때를 보여주자. '다카이 전기' 주소랑 전화번
  호 여기 있음

아버지를 공격하는 수천 개의 트윗 중에는 '다카이 전기'에
항의하도록 선동하고 있는 글도 있었다.

- 오오야마 마사노리의 아버지가 신입 사원한테 쓴 메시지래. 살인범
  자식을 키운 주제에 잘난 척 보소

첨부된 사진은 3년 전에 '다카이 전기'의 홈페이지에 올라온
메시지였다. 높은 직업의식을 가지고 근무하는 것의 소중함을
전하는 장문의 글은 '신입 사원 여러분이 애사심을 가지고, 일
류 비즈니스 마인드를 키워 나가시길 바랍니다'라는 문장으로
끝을 맺고 있었다. 그것이 사람들의 분노를 부추긴 듯했다.

- 신입 사원한테 으스대기 전에 자기 자식을 책임져야지!
- 이런 아버지가 부인한테 애 키우면 다 맡기잖아. 젊은 사람들에게 잘
  난 척하면서 연설하는 게 낙이고, 가정은 돌보지 않는 쓰레기
- 아버지도 벌을 받아라!
- 또 부유층 범죄?
- 어차피 아들한테 돈을 퍼줬겠지. 그래서 결과가 이런 거라고!
- 뭔 비즈니스 마인드, 재수 없어

  트위터를 볼 때마다 새로운 신상 정보가 유출되며 뜨겁게
논란이 일었다. 과거에 했던 신문 인터뷰 중에는 자식을 언급
한 내용도 있었다.

  '······아들이 저처럼 되길 바라는 마음에 제 이름 한 글자를
잇게 했습니다. 이름처럼 올바르게 행실(正紀)하고 타인을 배
려하면서, 멋진 인생을 살아갔으면 합니다.'

  온라인 뉴스 기사였던 탓에 단번에 퍼져나갔다. 인터넷에서
여론 재판이 들끓었다.

- 아버지 확정이네. 아들 이름에도 '바를 정(正)'자가 들어 있는 걸 인정
  하잖아
- 밖에서 말이 번지르르한 놈일수록 실천은 못 하는 듯
- 이렇게 실컷 맞는 말만 하니까 책임지고 목이라도 매야지, 어쩌려고
  저랬대(웃음)

- 이 녀석이 말하는 올바른 행실은 로리콘 아들이 초등학생 여자애를 끔찍하게 살해하는 거 말하는 거냐?

그가 참여한 '여러분의 도움이 생명을 구합니다'라는 제목의 헌혈을 권장하는 사내 홍보 포스터도 논란이 됐다.

- 최악이야! 살인자의 피로 감염시키려는 거냐. 나라면 죽는 게 나을 듯
- 오오야마의 혈액 폐기를 센터에 요구한다!
- 피도 DNA도 끊기는 게 맞다!
- 모두 헌혈을 거부하자! 살인범의 가족이 동참하라는 포스터를 보고 헌혈에 참여하는 인간은 마나미를 죽인 범인과 똑같다! 옳은 판단인지 잘 생각하길!

트위터라기보다 익명의 SNS를 이용하는 인간들의 무서움과 잔혹함이 역력히 느껴지는 듯했다. 나중에 살인을 저지를 범인의 가족이 헌혈을 호소한다고 죄를 물을 수 있을까. 며느리가 미우면 손자까지 밉다는 말처럼 감정에 의해 사람의 도리까지 부정하고 있었다.

과격한 논쟁이 이어지자 - 보존이 어려운 혈액은 헌혈에 의지할 수밖에 없습니다. 헌혈 거부를 선동하는 것은 범인과 마찬가지로 살인에 가담하는 겁니다. - 살아날 목숨을 빼앗지 마세요 - 내 발언이 사람을 죽

일 수도 있는데 눈앞에서 목숨이 없어지는 게 아니라고 너무 막말하는 거 아니냐 라는 반박 댓글이 달렸다. 하지만 폭주하는 인간들은 그것을 올바른 자신들에 대한 트집으로 보고 차단하고 받아들이려 하지 않았다.

트위터에서는 아버지의 모든 언행이 비판받고 있었다.

다음 날 낮이 되자 마사노리는 울적한 기분으로 아르바이트를 갔다. 하늘에 납빛 구름이 짙게 깔리고 찬바람이 휘몰아쳤다. 시들기 시작한 가로수에서 갈색 잎사귀가 흩날렸다. 편의점 앞에 도착하자 저절로 한숨이 흘러나왔다. 매장에 들어가자 늘 그렇듯 두 사람의 눈이 동시에 마주쳤다.

"앗……."

그녀의 목소리가 새어 나오더니 재빨리 시선을 돌렸다.

"누나, 안녕하세요."

마사노리는 먼저 인사를 건넸다. 그녀가 어색하게 머뭇거렸다.

"그래……."

돌아온 것은 인사가 아니라 무시할 수 없어서 마지못해 하는 반응이었다. 둔감한 사람조차 눈치를 챌 난감한 분위기였다. 도대체 무슨 일이 있었던 걸까? 마사노리는 옷을 갈아입고 매장으로 돌아와 그녀에게 말을 걸었다.

"……오늘은 날씨가 꿀꿀하네요."

무난한 화제로 그녀에게 말을 걸며 분위기를 살폈다. 그러나 이번에는 아무런 반응도 없었다.

"또 한소리 들었어요?"

마사노리는 나이 많은 아르바이트생을 흘깃 쳐다봤다. 두 사람이 근무할 때 시비 거는 아저씨가 말을 걸었을지도 몰랐다. 그러나 그녀 대신에 대답한 것은 나이 많은 아르바이트생이었다.

"남 탓하지 마. 말도 안 해."

그럼 왜 이렇게 기분이 안 좋은 건데요?

그렇게 따지고 싶었다. 하지만 오자마자 말다툼을 하고 싶지 않았기 때문에 꾹 참았다. 마사노리가 다시 말을 걸자 그녀는 미간을 찌푸린 채 한동안 아랫입술을 깨물고 있다가 한숨과 함께 고개를 돌렸다.

"……눈치 좀 챙길래? 너랑 말하기 싫어."

너.

보통은 부드러운 어조로 '마사노리'라고 불렀다. 그런 착한 누나 같은 스타일에 호감이 갔었다. 그러나 지금은 평소의 따뜻함은 눈곱만큼도 찾아볼 수 없고, 마치 끈질긴 성희롱 가해자를 대하는 듯한 거절의 느낌이었다.

마사노리는 당황했다. 자신에게 분노의 화살이 향할 만한 일이 있었는지 생각해봤지만 짐작 가는 게 없었다. 아니, 한 가지 있었다.

"지난번 서명 때문이면……."

그녀의 눈썹 끝이 치켜 올라갔다.

"범인 실명은 이미 주간지가 폭로했는데? 이제 내 말 알겠지?"

마사노리는 깜짝 놀랐다. 그녀는 알고 있었던 것이다. 엽기 살인범인 소년의 실명이 오오야마 마사노리라고.

동성동명.

"아, 아니. 근데 저랑 범인은 다른 사람이고······."

"그건 당연하지. 범인은 체포됐으니까."

"그. 그렇죠."

"그런 문제가 아니야. 마음의 문제라고."

"마음의 문제라고 하셔도 전 태어날 때부터 이 이름이고, 제 의지로는 어떻게 할 수가 없잖아요."

너무 억울하다고 반론이 튀어나올 뻔했다. 하지만 생각해보면 그녀가 벌레처럼 혐오하고 미워하는 엽기 살인범과 동성동명인 것이다. 신경이 쓰일 만하다. 그런 그녀의 기분은 이해가가지만 자신의 감정이 납득할 수 없었다.

갑자기 등 뒤에서 큰 웃음소리가 났다. 마사노리는 입을 크게 벌리고 웃음을 터뜨리는 나이 많은 아르바이트생을 노려봤다. 무신경한 웃음소리가 신경에 거슬린다.

"뭔데요."

목소리에는 주체할 수 없는 노기가 감돌았다.

"아니, 안이하게 실명 공개에 동참한 인간의 말로가 우스워서 말이야. 참 얄궂지."

때리고 싶은 충동이 휘몰아쳤다. 움켜쥔 주먹에 점점 힘이 들어갔다.

내가 대체 무엇을 했다고. 아무것도 하지 않았다. 그저 매일 필사적으로 낮은 시급의 아르바이트를 하며 먹고살았을 뿐이다. 연애를 해도 잘된 적이 없었다. 작은 바람이 있다면 함께 아르바이트를 하며 호감이 가던 사람과 친해지고 싶었을 뿐이다. 하지만 끔찍한 이름이 그 가능성을 송두리째 무너트려 버렸다. 결국 아르바이트가 끝날 때까지 손님을 대할 때 말고는 목소리를 낼 기회도 없이 마사노리는 침묵 속에서 지냈다.

가게를 나오자 겨우 감옥에서 풀려난 기분이었다. 자신의 이름을 의식할 때마다, 지나가는 사람들 모두가 자신을 비난하는 듯한 착각에 시달렸다. 많은 사람이 주간지의 실명 공개 기사를 보고 엽기 살인범이 '오오야마 마사노리'라고 알고 있을 것이다. 분명히 '오오야마 마사노리'에게 분노를 느끼고 용납할 수 없다고 생각하고 있을 것이다. 그 분노는 범인 '오오야마 마사노리'를 향하고 있다고, 머리로는 알아도 마음은 달랐다.

퇴근한 후, 스마트폰으로 상황을 확인했다. 확인하지 않을 수 없었다. 범인이 동성동명이라는 이유로 나와 전혀 무관했을 엽기 살인사건과 꼼짝없이 쇠사슬로 한데 묶여버렸다. 그 상태로 큰 소용돌이에 휩싸여 심해까지 빨려 들어갔다.

'오오야마 마사노리'의 아버지로 신상이 유출된 인물에 대한 공격은 갈수록 거세지고 있었다. 범인의 부모가 사는 '키요미 가든 빌라'까지 찾아간 인터넷 방송에서 현장 사진을 업로드했다. 206호의 문을 확대한 사진이었다. 현관문에 종이들이 덕지덕지 붙어 있었다. 빚 때문에 붙은 빨간 딱지처럼.

- 살인자!
- 살인자 가족 떠나라!
- 죽어라! 죽어라! 죽어라!
- 목을 매달아라!
- 마나미 사건의 범인이 사는 곳입니다

　피처럼 진한 붉은 매직으로 휘갈겨 쓴 종이들이 갈색 문이 보이지 않을 만큼 다닥다닥 붙어 있었다. 너무하네, 라고 꾸짖는 목소리는 여론의 증오와 분노에 파묻혔다. 심지어 벽보를 비난하는 사람조차 계정을 확인하니 범인과 그 가족을 비판하고 똑같이 분노를 흩뿌리고 있었다. 유명 인권 변호사가 이끄는 열다섯 명의 변호인단이 구성됐다는 뉴스가 논란에 기름을 부은 듯했다. 16세인데 실명이 공표되고 욕설 등 과도한 사회적 제재를 받고 있다는 이유로 감형을 받도록 애쓰고 있다는 정보도 퍼졌다. 마사노리는 가슴에 통증이 느껴져서 스마트폰의 전원을 껐다.

다음 날 아르바이트는 무단으로 빠졌다. 호감이 갔던 그녀가 확실히 자신을 싫어하고 있었다. 어쩔 수 없는, 내가 전혀 잘못하지 않은 이유로. 자신이 오오야마 마사노리인 이상, 그녀가 느끼는 혐오감에서 벗어날 방법은 없다.

점장한테 온 전화를 받자 화가 난 목소리가 고막을 쩌렁쩌렁 울렸다. 책임감이 없다며 끝없이 잔소리를 했다. 점장의 입장에서 보면 그럴 만하기 때문에 아무런 변명도 하지 못했다.

"······죄송합니다. 이제 그만두려고요."

"뭐? 무슨 소리야, 너."

"개인적인 사정이 있어서요."

"네 사정 물어봤냐? 내일부터 제때 출근해라. 그만둘 거면 다른 사람 찾아와!"

"억지 부리지 마세요. 아르바이트니까 그럴 책임은 없다고 생각합니다."

"말이 심하다?"

"아무튼 끊겠습니다."

전화를 끊는 순간 "오오야마 마사노리는 진짜 인간 망종이네······"라고 내뱉는 말소리가 들렸다. 점장의 말이 계속 귀에 달라붙었다.

일부러 성과 이름을 말한 의미.

딱 하나밖에 떠오르지 않았다. 오오야마 마사노리는 살인도 저지르고 아르바이트도 무책임하게 그만둔다, 아마 그런 뜻이겠지.

외국인이니까. 남자니까. 여자니까. 장애가 있으니까. 백수니까. 노숙자니까. 오타쿠니까. 아픈 환자니까. 세상은 온갖 편견으로 가득 차 있다. 타고난 속성뿐만 아니라 특정 직업과 특정 취미나 취향을 이유로 혐오하고 바보 취급을 하거나 박해한다.

거기에 '오오야마 마사노리니까'라는 이유가 들어갈 줄은 몰랐다. 오오야마 마사노리라는 이름은 앞으로 자신이 안고 가야 할 죄가 된 것이다. '오오야마 마사노리'가 엽기 살인을 저질렀기 때문에.

그 누구도 아니었던 내가 이런 식으로 누군가가 되다니.

하지만 그렇게 생각하다가 문득 깨달았다. 성범죄나 살인사건의 범인과 동성동명인 사람은 반드시 몇 명, 아니 수십, 수백 명씩 세상에 존재할 것이다. 결코 자신만 특별한 것은 아니라는 뜻이다. 범죄자와 동성동명인 최악의 상황은 맞지만, 현실에서 자신만 겪는 일이 아니고, 많은 사람이 어려움을 겪고 있을 거였다.

이틀 후, 오오야마 마사노리 아버지 규탄 소동의 흐름이 바뀌었다. 다카이 전기가 공식 성명을 발표한 것이다.

'이번 츠다 마나미 양 사건에 관해 마나미 양의 명복을 빌며 유족 분들에게 깊은 조의를 표합니다. 또한 당사의 임원 오오야마 하루마사는

인터넷에 언급된 내용과 달리 체포된 소년과 혈연관계가 아닙니다. 너
그러운 이해를 부탁드립니다.'

SNS상의 비난은 급속도로 잠잠해졌다. 그중에는 믿지 못
하고 - 뻥치네!, - 변명이야, - 어딜 속이려고, - 범인의 아버지가 틀림없
다 라며 물고 늘어지는 트윗도 존재했지만, 대부분의 사람들이
돌변했다. 심상치 않은 분위기를 파악한 것이다.

그러자 이번에는 범인의 아버지로 저격해 유언비어를 확산
하고 선동한 계정이 비판의 대상이 됐다. 그리고 속아서 '아버
지'를 공격하던 계정들도 태연히 유언비어를 비판했다.

그야말로 인터넷의 무책임한 이면이었다.

결국 '악인'에 관해 당사자의 생활권에서 비판하는 전단지
를 뿌리거나 붙이거나 했던 행위는 SNS에서 비방하는 행위와
실질적으로 차이가 없다. 현실 세계에서 공격하는지, 인터넷에
서 공격하는지의 차이일 뿐이다.

내가 똑같은 일을 당한다면······.

인생이 완만하게 무너지는 소리가 들리는 듯했다.

9

그라운드에서 공을 쫓으며 동아리 부원들이 우왕좌왕하고 있었다. 시스템도 포지션도 없이 그저 이리저리 공을 쫓아 뛰고 있었다.

"여기!"

오오야마 마사노리는 전방에서 손을 들어 패스를 요구했다. 같은 팀 수비수가 길게 볼을 때렸다. 그러나 커다란 포물선을 그린 공은 저 멀리 날아갔다. 지금이라면 아무도 따라붙고 있지 않기에 내 쪽으로 왔으면 좋았을 텐데. 마사노리는 낙하지점을 예측하고 달렸지만, 공은 크게 바운드돼 상대 팀 골키퍼의 손으로 쏙 들어가버렸다.

허탈함에 한숨이 절로 나왔다. 뒤를 돌아보니 롱패스를 시도한 수비수가 손을 들어 미안한 듯 고개를 꾸벅이고 있었다. 마사노리는 몸짓으로 괜찮아, 라고 전했다.

골키퍼의 롱킥으로 공이 중앙으로 날아온다. 여러 명의 선수가 일제히 공을 향해 달려든다. 아무도 받지 못하고 공은 한

번 크게 튕겼다. 한 명이 헤딩을 해서 반대편으로 튕기고 다른 선수가 다시 헤딩을 한다. 정신없는 싸움에서 같은 팀 선수가 공을 빼앗아 이번에는 정확하게 땅볼 패스를 했다.

중앙까지 돌아와 패스를 요구했던 마사노리는 공을 받자마자 몸을 돌려 혼자서 공격 진영까지 침투했다. 발바닥을 이용한 볼 컨트롤로 가로막는 수비수의 폼을 무너뜨리고, 아웃사이드와 인사이드로 더블터치를 해서 따돌린다. 두 번째 수비수도 특기인 라보나킥으로 제쳤다.

"대박!"

뒤에서 상기된 목소리가 들려온다. 마사노리는 그대로 왼쪽 사이드를 향해 수비수를 앞에 두고 공을 가져갔다. 연이은 백시저스와 삼바를 추는 듯한 스텝으로 상대를 속였다. 바로 중앙에 뛰어들지 않고 같은 팀이 올라오는 걸 기다린다. 오오, 하고 다시 함성이 일었다.

마사노리는 같은 팀 공격수가 적의 페널티 에어리어에 진입함과 동시에 승부를 걸었다. 아웃사이드에서 볼을 튕겨 공간을 만들었다. 주로 쓰는 오른발로 센터링하는 모션. 상대편 수비수가 왼발로 블로킹을 시도했다. 그 순간 크루이프 턴으로 제쳤다. 먼저 페널티 에어리어를 파고들어 다른 상대편 수비수의 마크를 유도한다. 그리고 시저스에 이은 더블 터치로 반대편을 돌파해 자유로워진 같은 팀 공격수에게 패스를 준다.

결정타!

골키퍼도 반응할 수 없는 근접거리. 골대로 차는 것만 남았다. 그러나 같은 팀 공격수는 볼을 제대로 받지 못하고 실축했다. 데굴데굴 구르던 공은 골키퍼에게 허무하게 넘어갔다.

"식겁했네!"

상대편 수비수들이 가슴을 쓸어내리고 있었다.

공을 차기만 하면 됐는데 슈팅 실책이라니.

페널티 지역으로 깊숙이 진입했기에 마사노리 혼자 끝까지 가도 됐었다. 동료에게 패스하는 척 페인트를 주면 마지막 수비수도 쉽게 속일 수 있었다. 패스가 연결되면 득점이 확실하니 반드시 막아야 했기에 손쉽게 속일 수 있었을 것이다. 하지만 팀에서 붕 뜰 정도로 역량 차이가 있을 경우, 혼자서 마무리를 하면 반감을 살 수 있었다. 그렇기에 능숙함을 보이면서도 요소요소에서 팀 동료들이 공을 세우도록 만드는 플레이가 중요했다. 어쨌든 기껏해야 재미로 하는 동아리니까.

마사노리는 불만을 감추고 손뼉을 치며 "괜찮아! 괜찮아!"라고 격려했다.

어둑해질 무렵, 축구 연습을 끝낸 마사노리는 동아리방에서 동료들과 샤워를 하고 옷을 갈아입었다. 그리고 다 같이 이야기를 하면서 학교를 나섰다. 패스트푸드로 대충 끼니를 때우며 신나게 해외 축구 얘기를 했다. 한 사람이 취업 실패담을 늘어놓기 시작하자 자연스럽게 화제는 그쪽으로 옮겨갔다. 대학교 3학년 가을학기가 되면 원하지 않아도 장래를 고민해야 할 시기였다.

"마사노리는 어떤데?"

"글쎄, 잘 모르겠어."

"아직도 잘 모르겠다는 건 좀 그렇지 않냐."

"솔직히 실감도 안 나고, 뭘 하면 좋을지 모르겠어. 넌 뭐 준비하고 있냐?"

"시간 날 때 엔트리 시트를 만들거나 기업끼리 비교도 하고. 그 정도?"

동아리 후배가 감자튀김을 먹으면서 말했다.

"오오야마 선배면 프로도 갈 수 있었을 텐데, 왜 이런 작은 축구부만 있는 학교를 왔어요?"

옆에 앉은 동기가 야, 라고 말하며 후배를 팔꿈치로 쿡 찔렀다. 동아리 후배가 어리둥절한 얼굴로 물었다.

"어, 저…… 뭐 잘못 말했나요?"

가슴속 깊은 곳에서 통증이 느껴졌다.

프로의 세계는 이제 딴 세상이었다. 원래는 프로로 진출하기 위해 존경하는 감독이 인솔하는 축구 명문대에 들어가고 싶었다. 그 학교 감독님에게 능력을 인정받았다. 스포츠 추천전형도 약속했었다. 그러나 감독이 최종적으로 선택한 것은 경쟁 학교의 에이스였다.

내가 더 잘하는데 어째서…….

불합리하다고 생각했다. 세상을 원망하고 감독을 저주했다.

자신이 뽑히지 못한 이유. 감독이 마지막 순간에 원하는 선수를 바꾼 이유. 상상은 상상에 지나지 않지만, 그 생각을 버릴 수가 없다.

'오오야마 마사노리'가 살인죄로 체포된 후로 약 3년이 흘렀다. 자신은 언제쯤 꺼림칙한 이름으로부터 해방될까.

지난 3년 동안 소치 동계 올림픽, 묻지마 연쇄 사건, 소비세 증세, 히로시마 호우, 온타케산 분화, 신칸센 화재 사건, 야구 선수의 스포츠 도박, SMAP의 해산, 연예인의 성범죄, 남미에서 최초로 개최된 리오 하계 올림픽, 미국의 트럼프 대통령 당선 등 매일매일 새로운 뉴스가 쏟아졌다. 그리고 이제 '오오야마 마사노리'가 사람들의 입에 오르내리는 일은 없었다. 하지만 내 안에서 한번 저주받은 이름은 결코 깨끗해지는 법이 없었다.

한 친구가 문득 생각난 듯 말했다.

"맞다. 오늘 일왕배였나?"

"어, 오늘이야." 다들 입을 모아 대답했다.

"8강 진출이 걸린 전쟁이잖아."

"우리 아마추어의 희망."

평소엔 주로 해외 축구 얘기를 하고 국내 축구, 게다가 컵 경기에 주목하는 일은 별로 없었다. 하지만 이번은 달랐다. 프로팀과 아마추어팀이 같이 출전하는 일왕배 경기는 자이언트 킬링이 나오기로 유명한데, 올해는 도쿄의 대학팀이 성공을 이어가고 있었다. 2차전에서 J2리그 팀을 3대 2로 꺾고, 3차전에서 J1리그 하위 팀을 1대 0으로 꺾었다. 4차전 상대는 지난해 J1 리그 최강팀이었다. 한 번 더 자이언트 킬링을 성공시키면 J리 그 발족 이후 대학팀으로서는 일왕배 첫 8강 진출을 거머쥐는 것이었다.

왁자지껄한 사람들 사이에서 마사노리는 마음이 차갑게 식 어가는 것을 느꼈다. 일왕배에서 좋은 성적을 내고 있는 팀이 바로 자신이 입학할 예정이었던 대학교였기 때문이다. 자신을 대신해 스포츠 추천 전형으로 입학한 경쟁 학교의 에이스가 맹활약으로 주목을 받고 있다는 뉴스를 본 후로 마음이 술렁 거리고 진정되지 않았다.

잊고 있었다. 아니, 잊은 척했던 미련이 되살아나면서 불합 리한 현실에 대한 분노가 일렁였다.

마사노리는 감정을 죽인 채 적당히 대꾸하다가 친구들과 헤 어져 집으로 돌아왔다. 대학교에서 지하철로 두 정거장 거리 에 구한 아파트였다. 집세와 생활비는 부모님의 용돈에 의존 하고 있었다. 침대에 누워 심심함을 달래려 만화를 읽었다. 그 러나 만화 속 세계에 빠져 있다가도 탁상시계를 힐끔힐끔 확 인하게 된다. 일왕배 경기의 킥오프까지 앞으로 8분. 7분. 6분. 5분…… 볼 생각이 없는데도 안절부절못했다. 천장을 보고 누 우니 온몸이 붕 뜬 것 같았다.

그 녀석은 오늘도 선발인가.

"돌겠네!"

마사노리는 만화책을 내던지고는 머리카락을 쥐어뜯었다. 몇 번이나 TV로 눈이 간다.

'내가 보나 봐라.'

집을 나와 도보로 4분 거리에 있는 편의점으로 갔다. 만화 주간지를 대충 훑어보다가 한 권을 장바구니에 던져 넣었다. 치즈 맛 감자칩과 바닐라 맛 컵아이스크림을 집어 들었다. 고 등학교 때는 영양사 자격증이 있는 어머니가 손수 만들어주는 요리에 익숙했다. 영양 밸런스에 맞춰 철저하게 몸을 만들기 위해 노력했다. 하지만 그것도 이제는 필요 없었다. 마사노리 는 돈가스 덮밥과 명란 주먹밥을 장바구니에 담았다. 그리고 감자칩을 한 봉지 더 담았다.

프로를 단념했다고는 하지만 대학에 입학하고 나서 한동안 은 정크푸드를 먹는 것이 꺼림칙하고 죄책감도 들었다. 그러 나 시간이 흐르며 꿈을 체념한 뒤로 과자에 손이 가게 되었다. 아니, 꿈을 포기했기 때문에 정크푸드를 손에 들고 있는 것이 아니라, 정크푸드를 탐하는 생활을 함으로써 꿈을 체념하려고 하는 것이다.

느긋하게 시간을 보내고 계산대로 가서 물건 값을 계산하고 아파트로 돌아왔다. 시간을 확인해보니 킥오프로부터 35분이 흘러 있었다. 휴, 하고 숨을 내쉬며 시커먼 TV 화면에서 고개 를 돌렸다. 봉지를 열어 과자를 집어 먹으며 만화 잡지를 읽었다. 그러나 마음이 어수선해 줄거리가 눈에 들어오지 않는다.

마사노리는 혀를 차며 TV을 켰다. 채널을 돌리자 경기 영상이 나왔다. 가장 먼저 눈에 띄는 것은 화면 왼쪽 상단의 점수였다.

2:1

리드하고 있는 것은 J1 최강팀이었다. 마사노리는 안심하고 TV를 껐다. TV에 나오는 라이벌의 모습은 보고 싶지 않았다. 이대로 순조롭게 시합이 끝났으면.

그 후로 계속 만화를 읽으며 시간을 때웠다. 경기 종료 시각이 되자 트위터를 확인했다. 트렌드에 J1 최강팀과 맞붙었던 대학교 이름이 올라와 있었다. 느낌이 안 좋았다. 무시하려고 했지만 그럴 수 없었다. 대학교 이름을 누르자 트윗이 주르륵 떴다.

- 기적적인 동점!
- 연장전 돌입
- 2:2!

몇 개의 트윗만 봐도 무슨 일이 일어났는지 알 수 있었다. 시합이 아직 계속되고 있는 것이다. 대학 축구팀이 J1 최강팀과 호각을 이루고 있다. 심장 소리가 커지고 주먹에 힘이 들어간다. 다른 트윗을 보니 라이벌의 이름이 여기저기 눈에 띄었다. - 2골, - 해트 트릭 가겠는데! 라며 반응이 뜨겁다.

일왕배에서 J1 최강팀을 상대로 두 골을 넣는 활약이라니.

상자에 넣어 땅속에 묻어버린 꿈이 파헤쳐진다. 저 자리에 서 있는 건 나였어야 했는데. 후회와 미련에 가슴이 죄여온다.

어디서부터 잘못된 걸까. '오오야마 마사노리'가 사건을 일으켰다는 이유 하나만으로 인생이 망가졌다. 설마 이렇게 되리라고는 생각도 못 했다. 마사노리는 트위터를 끄고 대학팀, 정확히는 라이벌의 패배를 빌었다.

'J1 최강팀, 프로의 힘을 보여줘.'

내가 봐도 삐딱하다. 고등학생 시절엔 라이벌의 존재야말로 동기 부여가 되었고, 스포츠맨십에 준거해 자신을 갈고닦았다. 하지만…… 지금은 다르다. 자신의 잘못이 아닌 이유로 꿈과 미래가 짓밟혔음에도 삐딱해지지 않고 살아갈 수 있을까?

"제장."

마사노리는 소리 내어 욕을 내뱉고 침대에 드러누웠다. 천장을 노려보며 존재할 수 있었던 미래를 망상했다. 점점 눈꺼풀이 무거워졌고, 정신을 차리고 보니 의식을 놓고 있었다. 일어나 눈을 비비면서 멍한 머리로 무슨 꿈을 꾸고 있었는지 생각하려고 했다.

아무것도, 없었다.

오랫동안 꿈을 꾸지 않았다. 잠자는 동안에는 늘 허무하고 캄캄한 암흑이었다. 꿈을 꿨어도 기억에 남지 않았다.

옛날에는 침대에 누워서도 꿈을 꿨는데…….

새벽 2시 반이었다. 일왕배는 어떻게 되었을까. 스마트폰을 꺼내 검색 사이트에 접속했다. 뉴스에 올라온 두 글자 '석패'. 심장이 꽉 조여왔다. 조심스레 뉴스를 열어보니 간발의 차로 패배한 건 대학 축구팀이었다. 동점으로 연장전이 끝나고 승부차기에 들어갔지만, 역시나 J1 최강팀이 관록을 보이며 승리했다. 어렴풋이 기쁨을 느끼고 있는 자신에게 짜증이 났다.

마음이 술렁대는 기사를 본 것은 사흘 후였다. J1 최강팀을 상대로 두 골의 활약을 펼친 라이벌을 여러 J리그 팀이 주목해 접촉하고 있다는 소식이었다.

'프로 진출 확정?'

마지막 문장을 보자마자 심장이 뛰기 시작했다. 자신이 가고 싶었던 길을 라이벌이 걷고 있었다.

마사노리는 자신의 이름을 저주했다.

10

사무직으로 근무 중인 오오야마 마사노리는 밤늦게 일을 마치고 귀가했다. 슈퍼에서 반값 할인 중인 주먹밥 도시락을 사고 아파트 현관문을 열었다. 맞아주는 이 없는 원룸의 양쪽 벽에는 침대와 작은 책상이 있고, 구석에 있는 옷장 때문에 공간의 절반 이상이 사라진다. 지은 지 20년 된 낡은 아파트는 전용 면적 약 4평, 실평수는 겨우 3평이다. 에어컨을 틀지 않고 전기세를 절약하는 중이라 방은 후덥지근하고, 셔츠 한 장 차림에도 땀이 흥건히 배어 나온다.

'벌써 몇 년째 일하는데 이래!'

'일머리가 참 없어!'

귀에 박힌 상사의 고함. 혼나지 않으려고 기를 쓰면 쓸수록 실수를 거듭한다. 그리고 욕을 먹는 일의 반복이다.

나는 왜 이렇게 무능한 것인가.

비참함에 무력해진다.

마사노리는 마스크를 쓰레기통에 던지고 손을 씻은 다음 방으로 돌아왔다. 익명으로 계속하고 있는 트위터에 들어가 '신상'이 들키지 않도록 디테일을 생략한 뒤 회사 생활의 푸념을 올린다. 분노의 냄새를 맡고, 리트윗이 눈 깜짝할 사이에 증가하기 시작한다. 댓글도 10개 이상 달린다. 공감의 목소리, 동정의 목소리, 격려의 목소리, 그리고 당사자인 자신보다 더 분노하는 목소리.

아무도 아닌 고독한 나라도 괴로움이나 분노를 토해내면 잠시나마 시선을 받을 수 있다. 그것이 유일한 위로였다. 예전엔 평화로운 트윗을 올리기 위해 노력했는데 지금은 바뀌어버렸다.

왜 이런 인생이 되었을까.

'오오야마 마사노리'가 증오의 대상이 된 날의 기억이 어제처럼 생생하다.

약 6년 전, 낮에 편의점 아르바이트를 하며 야간 고등학교에 다니는 생활을 했다. '오오야마 마사노리'의 체포 뉴스를 안 것은 그때였다. 마음에 둔 여성에게 이름 때문에 비호감이 됐다. 이성에 호소해도 소용없었다. 그건 감정의 문제였다. 생리적으로 거북한 것을 논리로 뒤집을 수 있을 리가 없었다.

하필이면 여섯 살 여자아이를 공중화장실에서 난도질한 엽기 살인이었다. 게다가 성범죄도 의심되는. 사람들의 생리적 혐오감을 자극하는 최악의 저질 범죄였다. 적어도, 하다못해 남자끼리 말다툼을 하다 상해를 입혔다든지, 그런 수준의 범죄였다면 체포되어 이름이 밝혀져도 사람들의 기억에 남지는 않았을 것이다.

그러나 일본을 뒤흔든 몇몇 큰 사건의 범인처럼 지금 '오오야마 마사노리'는 악의 상징이 되었다.

학교와 일을 병행하는 게 육체적, 정신적으로 어려워서 고등학교 생활을 소홀히 했지만, 편의점을 그만둔 후로는 열심히 다녀서 졸업은 했다. 그리고 취업 준비에 힘썼다.

그러나…… 목표를 크게 잡지 않았는데도 계속 불합격이었다. 서류 전형을 통과해서 면접까지 본 곳은 열 곳이 넘는 회사 중에 겨우 한 곳. 경력이 특출 나지 않아 이력서로 가치를 매기는 것은 어쩔 수 없다고 생각한다. 그러나 만약에 경력 말고 다른 부분이 고려됐다면?

오오야마 마사노리라는 이름.

요즘 기업들은 지원자의 이름을 인터넷에서 검색한다고 한다. 대다수의 국민이 SNS를 사용해 발언을 하는 현대 사회인만큼 SNS를 보면 면접에서 바른말로 일관하는 인간의 본성마저 알 수 있기 때문이다. 인간성 파악에 도움이 되는 것이다.

그런데 오오야마 마사노리라고 이름을 검색했을 때, 나오는게 엽기적인 사건의 기사뿐이라면…….

범인은 체포됐으니까 다른 사람이라는 것을 알고 있을 것이다. 하지만 이미지가 나쁠 것이다. 대외적으로 이름이 드러나는 일도 맡기기 어렵다.

"자네, 여자애를 죽이거나 하진 않았지?"

서류 불합격을 거듭한 뒤 간신히 참석한 면접 자리에서 연배가 지긋한 면접관이 맥락 없이 내뱉은 발언이다.

옆자리의 여성 면접관은 미간을 찌푸렸지만, 긍정적으로 해석하면 냉소적인 농담을 던져 지원자의 긴장을 풀어주려는 의도였을지도 모른다. 하지만 '아이스 브레이킹'으로 받아들이기에는 너무 무거웠다. 사건 그 자체의 잔혹함, 그리고 무엇보다 자신은 오오야마 마사노리의 이름에 오랜 세월 시달려 왔다.

면접관이 사건의 이야기를 꺼낸 순간, 마치 자기 자신이 살인범인 오오야마 마사노리고, 이제껏 숨겨온 죄가 갑자기 폭로된 것 같은 기분이 들었다.

사회에 복귀하기 위해 면접을 보는 전과자의 기분이 이럴까? 뺨이 경직되고 말이 나오지 않았다. 그 동요하는 모습이 외려 진짜 살인범처럼 보였을 것이다.

그날 이후로 서류 전형에서 떨어질 때마다 이름 때문에 떨어진 것은 아닌가, 하고 의심이 들었다. 서류 전형을 통과해 면접에 가도 몇 시 몇 분에 '오오야마 마사노리의 죄'를 언급할까, 하고 경계하는 태도로 횡설수설하게 됐다.

불합격, 불합격, 불합격, 불합격, 불합격. 회사로부터 튕겨 나올 때마다 자기 자신의 인격을 완전히 부정당한 것 같은 열등감에 시달렸다.

그래도 버틸 수 있었던 건, 지금 생각하면 아이러니하게도 이름 덕분이었다. 꺼림칙한 이름을 탓하면 자신의 부족한 능력에서 눈을 돌릴 수 있었다.

어떤 의미에서는 좋은 핑곗거리였다. 자신이 '오오야마 마사노리'만 아니었다면 채용 합격 통보를 여러 회사에서 받았을 것이다. 그렇게 믿음으로써 마음의 위안으로 삼았다.

실제로는 어땠을까? 정말로 이름이 기피의 이유였을까?

만약 아니라면 자신은……

마사노리는 자조적인 웃음을 흘렸다. 자신은 결국 누군가가 필요로 하는 사람이 아니다. 그 현실을 깨닫고 만다.

결국, 취직할 수 있었던 곳은 직원 25명의 작은 회사였다. 마치 지옥으로 내려온 거미줄 한 가닥 같아서 필사적으로 매달렸다. 칸다타(단편소설 「거미줄」에 나오는 죄인—옮긴이)가 된 심정이었다. 아니지, 아무것도 될 수 없는 자신은 거미줄에 옹기종기 모여 있는 다른 망자일지도 모른다. '합격'이라는 두 글자를 준 회사는 그야말로 부처와 같았고, 그저 감사할 뿐이었다. 상사의 욕설도 신입을 가르치는 애정 어린 질타로 여기고 버텼다. 지금은 평온한 삶만이 작은 바람이다. 이젠 세상의 단역이라고 해도 이름의 지배를 받고 싶지 않다.

마사노리는 도시락을 먹은 뒤, 샤워를 하고 인터넷을 보며 시간을 때웠다. 늦은 밤이 되자 침대에 누웠다. 고독했다. 초등학생 때 아버지는 바람을 피워 집을 나갔고, 어머니는 파친코에 빠져 생활비를 거의 다 써 버렸다. 돈이 떨어지면 화풀이를 했다. 초등학교 급식비도 못 주던 어머니가 고등학교 학비를 댈 수 있을 리가 없었다.

'고등학교에 다니고 싶으면 직접 돈을 마련해.'

그래서 고민 끝에 야간 고등학교를 선택했다. 중졸이면 장래의 선택지가 좁아지는 것은 엄연한 사실. 학비 때문에 일을 할 수밖에 없었다. 그렇게 부모를 떠나 내 삶을 찾을 수 있었다. 하지만 그것은 고독과 종이 한 장 차이였다.

가족과의 관계도 주위의 인간관계도 없었다.

이름 때문에 마음에 둔 상대로부터 미움을 받고 나서는 자신이 먼저 적극적으로 사람을 사귀지 않게 되었다. 자기소개마저 두려울 정도다.

불행 중 다행인 것은 '오오야마 마사노리'에게 유죄 판결이 나오고 시간이 흐름과 동시에 그 이름의 무거움이 가벼워졌다는 것이다. 흉악 범죄를 저지르고 도주 중인 지명수배자라면 그 이름이 계속해서 TV과 신문에 오르내린다. 절대 희미해지지 않는다.

마사노리는 몸을 웅크리고 옆으로 누워 눈을 감았다. 아무것도 생각하지 않으려고 노력했다. 의식적으로 생각을 포기하지 않으면, 아침까지 몸부림치며 자신의 인생에 대해 괴로워하게 된다. 이윽고 의식이 암흑 속으로 빠져들었다.

알람시계가 울리는 소리에 눈을 뜨고, 마사노리는 외출 준비를 한 뒤 집을 나섰다. 눈부신 한여름의 태양과 현기증이 날 것 같은 열기가 온몸을 휘감는다. 전 세계에 만연한 코로나 예방을 위해 마스크를 쓰고 있자니 답답하고 머리도 어질어질해진다. 30분 넘게 지하철을 탔다. 회사가 보이기 시작하니 두통이 심해졌다. 미리 두통약을 복용했지만 효과는커녕 구역질이 치밀어 오른다.

좋은 회사에 취직할 수 있었다면 인생이 달라졌을까.

출근하자마자 서류 업무를 시작했다. 야근을 해도 업무는 끝나지 않고 산더미처럼 쌓여 있다. 상사의 호통이 머리 위로 떨어지지 않도록 빨리 마무리하지 않으면 안 된다. 어느새 마스크를 쓴 직원들이 차례차례 출근했다. 마사노리를 슬쩍 봐도 인사는 없다. 원래 사원끼리 인사하거나 친하게 이야기하는 분위기가 아니다.

서류 업무를 하고 있는데 갑자기 머리에 충격이 가해졌다. 뇌가 울렸다. 머리를 만지면서 올려다보니 구겨진 잡지를 움켜쥔 상사가 우두커니 서 있었다.

"왜 그러시는지…….”

상사가 혀를 찼다.

"오늘 내가 출근할 때까지 제출하라고 했지? 얼마나 무능한 거야, 멍청아!"

"……죄송해요.”

고개를 숙이자 돌돌 만 잡지로 또 뒤통수를 한 대 맞았다. 뇌 속이 찌릿찌릿 저리다.

"죄송합니다, 라고 해."

"……죄송합니다."

"어제 몇 시에 퇴근했어?"

"……11시 반입니다."

"하여간 노력이 부족해요, 노력이. 무능하면 시간을 더 들여야지. 남들보다 갑절을 일해야 1인분이니까."

주구장창 머리를 숙이고 계속 사과할 수밖에 없었다. 실컷 호통을 듣고서야 풀려났다.

마사노리는 복부를 눌렀다. 위가 쥐어짜듯 아프고 점점 구역질이 심해졌다. 입안에 쓴맛이 퍼진다. 앞으로 수십 년씩이나 이 회사에서 일할 거라고 생각하니 눈앞이 캄캄해진다. 인생의 전환점에서 길을 잘못 들면, 혹은 선택지가 달리 없으면 더 이상 돌이킬 수 없다. 인생을 다시 시작하고 싶어도 늦었다. 취업 준비 때문에 그렇게 고생을 했다. 이제 와서 다른 회사에 면접을 본다고 채용될 것 같지도 않다.

무언가 이룬 사람이 부럽다. 특기가 있고, 재능이 있고, 사교성이 있고, 그리고…… 이름이 깨끗한 사람이.

이름이라. '오오야마 마사노리'의 이름이 희미해진 지금이라면 좀 다를까. 취업 준비를 하던 당시에 기업으로부터 외면당한 이유가 만약 이름이었다면, 더 나은 회사로 이직할 수 있을지도 몰랐다.

마사노리는 진지하게 이직을 생각하기 시작했다.

11

난방을 틀어놓아 따뜻해진 방에는 인터넷으로 대량 구매한 과자 봉지가 넘쳐나 움직일 때마다 발밑에서 바삭거리는 소리가 난다. 커튼은 온종일 닫혀 있고, 천장의 조명이 방을 차갑게 비추고 있다. 햇빛을 직접 쐬는 게 한 달에 며칠이나 될까. 그런 히키코모리 생활이 벌써 몇 년째 계속되고 있다.

오오야마 마사노리는 침대에 반듯이 누운 채 스마트폰으로 애니메이션을 멍하니 보고 있다. 따뜻한 세상은 이제 애니메이션 속에만 존재한다. 현실은 잔인하고, 아무런 매력이 없다.

애니메이션을 다 보고 트위터에 들어갔다. 좋아하는 일러스트레이터만 팔로우하고 있기 때문에 마음에 쏙 드는 일러스트가 타임라인에 올라온다. 그것이 몇 안 되는 자신만의 힐링 방법이었다. 하지만 맨 먼저 눈에 들어온 것은 트위터 트렌드였다.

자신의 이름 오오야마 마사노리가 1위였다. 거대한 소용돌이에 휩쓸려 과거로 돌아간 듯한, 아니 과거의 망령이 쫓아온 것 같은 공포를 느꼈다. 심장 박동이 요동치고 위가 꽉 쥐어짜

듯 아파왔다.

왜 오오야마 마사노리의 이름이 다시 주목을 받는 거지? 또 다른 오오야마 마사노리가 무슨 일을 저질렀나? 칭송받을 공적은 아닐 것이다. 막연하지만 확신이 든다.

마사노리는 트렌드에 오른 오오야마 마사노리의 이름을 조심스럽게 눌렀다. 오오야마 마사노리의 이름을 포함한 트윗이 일제히 표시된다.

- 오오야마 마사노리가 돌아온다는데?
- 초등학생 여자아이를 끔찍하게 살해하고 7년 만에 출소하다니 #오오야마 마사노리
- 지금이라도 오오야마 마사노리를 사형시켜라!
- 범행 당시에 열여섯 살이었다고 처벌을 약하게 받는 게 말이 되나? 지금은 스무 살 넘었으니까 엄벌에 처해야 한다!
- 최악이다. 사이코패스를 세상에 풀어놓다니! #오오야마 마사노리
- 츠다 마나미 사건을 잊지 마! 엽기 살인범 오오야마 마사노리에게 죽음을!

몸이 나락으로 떨어진다. 스마트폰을 쥔 손에 꽉 힘이 들어갔다.

그놈이 나온다.

기사에 따르면 소년원이 소년의 갱생과 사회 복귀를 목적으

로 두는 것에 비해 '오오야마 마사노리'가 수감된 소년 교도소는 중대 범죄를 일으킨 16세 이상 26세 미만의 청소년에게 형벌을 부여하는 시설이라고 한다.

'오오야마 마사노리'는 실명이 세상에 나돈 탓에 커다란 사회적 제재를 받은 점, 우수한 인권 변호사로 구성된 변호단의 변호로 감형을 받은 뒤 재판에서 본인이 반성하는 모습을 보였으며 소년 교도소에서도 모범수였던 점이 영향을 끼쳐 약 6년 만에 석방된다고 한다. 정확히는 체포부터 유죄 판결을 받을 때까지의 구류 기간, 즉 미결 구류 150일이 포함됐으므로 7년간 복역한 것이 된다. 기사 속 재판관의 의견에 따르면 소년 사건에 흔히 선고하는 부정기형-미리 형기를 정하지 않고, 형의 상한과 하한을 정하는 형태-이었다고는 해도 7년 만에 석방되는 것은 짧은 편이라고 한다.

믿을 수 없는 심정이었다. 또 오오야마 마사노리의 이름이 클로즈업되어 일본 전역의 증오를 자아내고 있었다.

마사노리는 주먹을 불끈 쥐었다. 손톱이 손바닥을 파고들 정도로 세게, 강하게, 그저 꾹 쥐었다.

더 이상 내 인생을 망치지 마. '오오야마 마사노리'도, 세상 그 누구도. 제발…….

마사노리는 인터넷에서 '오오야마 마사노리'와 관련된 뉴스를 검색해 사람들이 올린 게시글을 이것저것 읽었다. 세 시간쯤 지났을 때 기사 제목 하나가 눈에 들어왔다.

'츠다 케이치로 씨 체포. 전(前) 소년 습격'

마사노리는 눈을 의심했다.

전 소년이라니. 지금 타이밍에 이런 표현과 체포된 사람의 성까지, 자연스레 나쁜 상상이 밀려온다. 마사노리는 떨리는 손으로 화면을 터치해 기사를 열었다.

'소년 교도소에서 출소한 전 소년(23)이 칼로 습격당해 크게 다쳤다. 체포된 것은 츠다 케이치로 씨(45). 츠다 씨의 딸 마나미(당시 6세)는 7년 전 공중화장실에서 살해당했다. 배를 찔린 전 소년은 생명에 지장은 없다고 전해졌다'

역시 상상한 대로였다. 유족이 범인에게 복수를 하다니.

피해자가 7년 전의 가해자이고, 이번에 체포된 가해자가 7년 전의 유족이었다. 난감한 기사였을 것이다. 하지만 기자는 숨김없이 두 사람의 관계를 밝히길 결정한 것 같다. 이름이 알려진 유족이라 그런지 이름에 '씨'를 붙였다. 인터넷은 이제 더욱 불타오를 것이다.

마사노리는 방금 뜬 기사를 닫고 트위터의 반응을 살펴봤다.

- 충격 영상! 억장이 무너지는 유가족의 복수가 실현되지 않았다. 왜 막아! 열 받네! 붙잡은 놈도 오오야마 마사노리랑 똑같은 놈! 머리는

왜 달고 사냐!

분노로 과격해진 거친 내용의 트윗에 첨부된 것은 2분짜리 동영상이었다. 1만 2천 번이나 리트윗된 동영상을 마사노리는 불안에 떨며 틀었다.

스마트폰으로 촬영한 듯 보이는 영상이었다. 몇몇 사람들의 목소리가 요란하게 들리는 가운데 화면이 현실감 넘치게 흔들리고 있다. 핀에 꽂힌 곤충처럼 길바닥에 엎드린 채 제압당한 중장년의 남성이 보인다. 세 명의 청년이 양손과 다리를 붙잡고 있다. 남성은 유일하게 움직일 수 있는 얼굴을 들어 고함을 지르고 있다.

"놔! 방해하지 마! 왜 막는 건데! 나쁜 건 그놈이잖아! 저놈을 돕지 말란 말이야!"

피를 토하는 영혼의 외침이었다.

다음 날 마사노리는 일어나자마자 TV를 켰다. 아침 방송으로 채널을 돌리자 방송에서는 7년 전 '마나미 사건'을 재차 설명하고 있었다. 난도질당한 사실은 언급돼도 주간지에 나온 처참하게 모습으로 발견됐던 사실은 역시 다루지 않았다.

사건의 처참함을 생각하면 세상 사람들의 분노도 납득이 간다. 잘 알지만, 그걸 정의라고 여기고 싶지는 않았다.

"유족 분이 손을 썼다는 사실은 결국 촉법소년에게 유리하게 적용하는 사법 시스템에 문제가 존재했다는 방증입니다."

남성 사회자가 혐오감을 드러낸 얼굴로 말했다. 여성 사회학자가 동조한다.

"그렇습니다. 슬픔과 괴로움을 치유하기에 7년이란 세월은 너무 짧은 세월입니다. 악마 같은 소년이 활개를 치며 살아갈 수 있는 이 사회는 뒤틀려 있어요. 참 무서운 일입니다."

젊은 남성 아나운서가 "악마 같은 소년이라는 표현은 좀……"이라며 당황해했다.

"악마가 맞죠! 여섯 살 여자아이의 억울함을 생각하면 악마도 부족하다고 생각해요. 항의가 두려워 사실대로 말할 수 없는 프로그램이면 저는 하차하겠습니다!"

감정을 숨길 생각이 없는 여성 사회학자는 단호하게 쏘아붙였다. 마치 잔 다르크를 자처하듯.

"열여섯 살은 성인과 동일하게 재판해야 합니다!"

풍채 좋은 남자 변호사가 "진정해주세요"라며 끼어들었다.

"이번 사례는 역송됐습니다. 성인과 동일하게 형사 재판을 받아서 이러한 판결이 났어요."

"성인과 동일하게 형사 재판을 받는다고 해도 실제로는 같지가 않잖아요. 심리적 소년법이 적용되고 있습니다!"

"심리적이요?"

"그렇습니다. 이번 사건을 일으킨 범인이 40세의 중년 남성이라면 7년 만에 사회로 돌아올 수 있었을까요? 돌아올 수 없겠죠. 최소 무기징역이었을 겁니다. 그렇게 되지 않은 시점에서 이미 심리적인 소년법이 적용되고 있는 겁니다. 형사 재판에서도 성인과 소년은 구분돼 있어요!"

"······재판은 같은 범죄라고 같은 판결이 나지 않습니다. 범죄 동기와 반성의 여부, 갱생의 여지, 여러 가지 사정 등을 고려하여 각각 판결을 내리는 거예요. 당연히 피고인의 나이도 고려됩니다. 당연한 것이죠."

"이런 끔찍한 살인을 용서하는 게 말이 됩니까!"

"어떤 말씀이신지는 알겠지만, 원래 소년법의 취지는 촉법 소년의 갱생과 사회 복귀입니다."

"당신, 가해자 편을 드는 거예요?"

"비약하지 마세요. 저도 이번 사건에 분노를 느끼고 있지만, 변호사는 사사로운 감정으로 법을 적용하는 대상을 바꿔선 안 됩니다. 법에 개인적인 감정을 대입하는 사람은 변호사 자격이 없어요."

여성 사회학자가 눈을 치켜뜨고 울분을 터뜨리듯 말했다.

"당신의 발언으로 마나미의 유족이 얼마나 상처를 받을지 짐작도 안 되나 보네요! 살해당한 건 여섯 살 난 여자아이입니다! 그걸 용서하라는 것은 폭력이고, 여성 차별이에요!"

"갑자기 무슨 말씀이시죠? 저는 한마디도 그런 말을 한 적이 없습니다."

"당신 같은 사람이 그런 식으로 언론에서 발언할 수 있기 때문에 피해자가 고통 받는 세상이 된 겁니다. 피해자와 유족의 억울함을 조금이라도 상상할 수 있다면 그런 말은 할 수 없죠!"

아나운서가 여성 사회학자를 진정시키기 전까지 거센 규탄이 이어졌다. 트위터를 확인해보니 가해자 편을 드는 변호사라며 비판이 쏟아졌다. 인터넷에선 그가 마치 차별주의자에다가 악당인 것처럼 비난을 받고 있었다. 평소 사회 문제에 목소리를 내는 유명인은 프로그램에 대한 비판을 선동했다. 이에 기름을 부은 듯 변호사의 하차를 호소하는 목소리가 높아졌다.

말한 적 없는 발언이 조작되고, 의역되고, 과장되어 '차별주의자 변호사가 여자아이 살해범을 옹호했다'라며 편파적으로 퍼진 탓에 인민재판처럼 사람들의 분노는 커져만 갔다.

- 남편하고 이 자식 얼굴 때려주고 싶다고 얘기 중
- 피해자의 인권을 지켜라!
- 이놈의 딸이 같은 일을 당하길! 대신 죽지 그랬어
- 누가 좀 해줘라

냉정함은 눈곱만치도 없는 그곳에서 변호사는 두 번째 희생양이었다. 그리고 다음 주 방송에 해당 변호사는 등장하지 않았다. 방송은 '천적'이 사라진 여성 사회학자의 독무대였다.

"여섯 살 여자아이를 끔찍하게 살해하더라도 소년이면 7년 정도로 용서받을 수 있다, 이런 메시지를 사회에 줄 수 있습니다. 말도 안 되는 일이죠. 유족 분이 칼로 찌르게 된 이번 소동에서 오오야마 마사노리는 피해자가 아니라 가해자예요!"

스튜디오가 일순간 얼어붙고 곧바로 소란스러워졌다. 당황한 여성 아나운서가 수습하기 시작했다.

"방금 부적절한 발언이 있었습니다. 죄송합니다."

"부적절하다고요?" 여성 사회학자가 짜증을 낸다. "사람이 찔리면 피해자의 이름이 공개되잖아요."

"아니, 이번 경우는 상황이……."

"나는 피해자의 이름을 말했을 뿐이에요."

오오야마 마사노리는 피해자가 아니라 가해자라고 했으면서, 억지스러운 주장이었다. 누구나, 아마 본인도 알고 있을 것이다. 하지만 오기가 발동한 그녀는 오히려 떳떳했다. 어색한 공기가 흐르는 스튜디오와 달리 인터넷에서는 칭찬이 잇따랐다.

오오야마 마사노리.

TV에서 처음으로 소년의 이름이 폭로되었던 것이다.

트위터에는 - 그렇지, 언론도 양심이 있었다! 드디어 TV에서 오오야마 마사노리의 이름이 나왔어! 용기에 박수를 보낸다! 라는 코멘트와 함께 오오야마 마사노리의 이름이 나온 짤막한 영상이 올라왔고, 1만 5천 번 이상 리트윗됐다.

생방송을 이용한 제재였다. TV의 확산력은 인터넷에 비할 바가 아니다. '오오야마 마사노리'라는 이름이 전국 방송에서 퍼진 지금, 어떤 불합리한 불이익이 자신에게 닥칠지 상상도 할 수 없었다.

여성 사회학자는 자신의 트위터 계정으로 영상이 올라온 트윗을 직접 리트윗했다. 이름을 폭로한 것에 대해 인권의 관점에서 비판하는 댓글도 있었지만, 곧바로 여자아이 살해범을 옹호하는 가해자인 것처럼 몰아붙이며 공격했다.

결국 그 여성 사회학자도 방송에서 볼 수 없게 됐다. 방송국 규정상 문제가 컸을 것이다. 개인적인 감정에 따라 마음대로 행동하는 사람을 생방송에 내보내는 게 두려운 것이다.

그녀는 트위터에서 - 피해자인 여자아이와 유족들의 억울함을 대변했을 뿐인데 일방적으로 하차당했다. 찍소리도 못할 정도로 압력이 거셌다 라고 고발하며 많은 사람으로부터 동정과 격려를 받았다.

'오오야마 마사노리'

자신의 인생을 몇 번이나 더 망가뜨려야 직성이 풀리는 걸까. '오오야마 마사노리' 때문에 등교도 거부하고, 사회에 돌아갈 수 없게 됐다. 꿈도 포기했다.

마사노리는 피 맛이 날 정도로 아랫입술을 깨물었다. '오오야마 마사노리'를 용서할 수 없었다.

7년이 넘는 세월 동안 축적된 살의가 흘러넘쳤다.

12

∞∞∞∞

'합격'

경력직 채용 면접을 보러 다닌 지 반년이 넘은 뒤에야 25번째 회사에서 받은 두 글자였다. 오오야마 마사노리는 조용히 승리의 기쁨을 만끽했다. 열악한 지금의 회사와는 비교가 안 될 정도로 큰 회사에 연봉도 좋았다.

다음 날 퇴직 의사를 전하기 위해 출근해서 일을 하고 있는데, 여느 때와 다름없는 상사의 호통이 날아왔다.

"서류 안 꺼내놓고 뭐 하냐! 느려 터져가지고!"

평소라면 자존심이 짓밟혀 굴욕적인 기분이 들었을 것이다. 하지만 오늘만큼은 달랐다. 저도 모르게 슬며시 웃음이 흘러나왔다.

"뭐야, 왜 히죽거려, 너?"

상사의 얼굴이 일그러진다. 기분이 얼마나 언짢은지 저울로 잴 수 있다면, 분명 바늘이 눈금을 훌쩍 벗어났을 것이다.

마사노리는 의자를 쓰러뜨릴 기세로 일어섰다. 상사의 어깨가 움찔한다.

"뭐, 뭐."

상사를 노려보던 마사노리가 가방에서 봉투를 꺼내 책상에 내려치듯이 올려놓았다. 상사가 책상에 시선을 떨궜다. 마사노리가 손을 치우자 '사직서'라는 글자가 나타난다.

"뭐냐, 그게."

"그만두겠습니다."

"뭐라고? 갑자기 무슨 소리야, 너."

"더 이상 견디기 힘들어서 퇴사하겠습니다. 내일부터 남은 유급 휴가 소진하고 출근하지 않겠습니다."

그러고 보니 야간 고등학교 시절에 다니던 편의점 아르바이트도 이렇게 갑자기 그만뒀던 게 떠올랐다.

"너 같이 근성 없는 놈이 여기 그만두면 어디 고용해주는 회사가 있을 것 같아? 죽기 살기로 하란 말이야!"

비웃음이 새어나올 뻔했다.

"벌써 옮길 회사 정해졌거든요. 월급 조건도 더 좋은 회사로."

상사가 눈을 치켜뜨고 마구 소리를 질렀다. 온갖 욕설이 쏟아져 나왔다. 참다못한 마사노리가 주머니에서 녹음기를 꺼냈다.

"붙잡으시면 갑질로 신고하겠습니다. 제가 인터넷에 폭로하면 악플 달리고 회사 망할 거예요."

상사의 얼굴이 순식간에 창백해졌다.

통쾌한 기분이었다.

마사노리는 최소한의 인수인계를 끝내고 회사를 나섰다. 상사의 꺼림칙한 눈초리를 받으면서. 지금 생각하면 왜 그렇게 고민만 했을까 싶다. 그만두면 어차피 앞으로 만날 일 없는 생판 남인데. 욕설 섞인 말들에도 더는 마음이 찢어지지 않았다. 지옥 같은 회사에서 해방되고, 이제 새로운 회사의 첫 출근만을 기다릴 뿐이었다.

그런데…… 3주 후, 새로 출근할 회사의 인사 담당자에게서 메일이 왔다. 메일을 연 순간 '대단히 송구스럽게도'로 시작하는 사죄의 한 줄이 맨 먼저 눈에 들어왔다. 막연한 불안감이 엄습했다. 심호흡하며 글을 읽기 시작하자 코로나의 영향으로 채용할 수 없게 되었다는 내용이었다.

경악했다. 발밑이 소리를 내며 무너져 내리는 듯했다. 심장에 통증이 오고 호흡이 흐트러졌다.

코로나? 코로나가 왜?

마사노리는 체면이고 뭐고 인사 담당자에게 전화를 걸어 따졌다. 하지만 그는 어떻게 해볼 도리가 없다는 말만 반복하며 그저 사과만 되풀이했다.

"전 벌써 회사를 그만뒀다고요!"

감정에 호소해도 상대방의 대답은 변하지 않았다. 포기하면 백수 신세였던 그는 물러서지 않고 반론을 계속했다. 코로나란 말 한마디로 끝낼 수는 없는 노릇이었다. 그러나 30분 넘게 이야기를 해도 결론이 나지 않았고, 결국 끈기에 밀려 전화를 끊고 말았다.

현기증이 났다. 화가 치밀어 평소처럼 트위터에 푸념을 토해내야겠다고 생각했다. 세상에 이 회사를 고발해 정당성을 따지고 싶었다. 그러나 트위터에 들어간 그는 눈에 들어온 트윗을 보고 소름이 돋았다.

그 '오오야마 마사노리'가 사회에 돌아왔다. 오오야마 마사노리를 악마의 이름으로 덧씌운, 다른 오오야마 마사노리들을 지옥의 밑바닥에 떨어뜨린 엽기 살인범이.

무의식중에 오오야마 마사노리의 유죄 판결로 사건은 끝났다고 생각했었다. 세월과 함께 악명 높은 이름의 기억도 희미해져 마침내 자신의 이름을 되찾았다고. 하지만 아니었다. 사형이 집행되지 않았기에 언젠가는 사회로 돌아올 것은 알고있었다. 그게 지금이었다.

관련 정보가 정리된 사이트를 보니 더욱 자세하게 현재 상황을 알 수 있었다. 여섯 살 마나미를 참혹하게 살해한 '오오야마 마사노리'는 소년 교도소를 나오고 며칠 뒤 유족에게 습격당해 병원에 옮겨졌다고 한다. 구속된 유족의 석방 탄원 서명활동이 벌어지고 있었다. 그리고 아침 방송에 출연하는 여성 사회학자가 생방송에서 '오오야마 마사노리'의 이름을 언급하며 소동이 과열됐다. 시청률이 10퍼센트를 넘는 방송을 통해 소년 A였던 범인의 실명이 전국으로 퍼진 것이다.

합격이 한순간에 불합격으로 바뀐 진짜 이유가 이거였나.

'오오야마 마사노리'가 또 인생을 짓밟으려 하고 있었다. 대체 언제까지 나를 괴롭히려는 걸까. 트위터에는 '오오야마 마사노리'에 대한 분노와 증오, 복수를 시도하다 체포된 유족에 대한 동정과 공감이 넘쳐났다.

- 딸이 살해당한 유족을 체포하다니, 일본은 틀렸다! 미친 사회!
- 복수 인정! 딸아이의 목숨이 고작 징역 7년 이하가 말이 되냐! 당연히 부모로서는 용서 못 하지
- 법이 사형시키지 않기 때문이다. 법 미비로 이렇게 됐는데도 유족은 처벌한다? 석방 탄원 서명합시다! 형벌을 받아야 할 사람은 오오야마 마사노리. 유족을 살리자!

대중들에게는 가해자가 형벌을 받고 죗값을 치렀어도 부족한 것이다. 자신들의 감정이 법보다 중요하고, 여론이 법보다 중요한 것이다.

옛날의 자신 같으면 세간의 감정에 동조해, 불의를 향한 분노에 사로잡혀 분노의 목소리를 높였을지도 모른다. 마음속으로 그렇게 하는 게 더 호감 가고 착한 사람으로 보인다는 계산으로 사람들 앞에서 정의로운 척했을 것이다.

하지만 지금은 세상을 뒤덮은 감정의 폭발이 무서웠다. 범죄자에게 온정을 쏟아야 한다느니, 범죄자에게도 인권을 달라느니, 범죄자를 용서하라느니, 하는 말들을 할 생각은 없다. 범

죄자의 편에 설 생각도 없다. 다만 마구잡이로 분출하는 마그마 같은 분노와 증오가 두려울 뿐이다. 분노는 너나 할 것 없이 모두에게 스며들고, 만연한 악에 받친 감정이 사람을 지배한다.

분노하라!
미워하라!
원망하라!
비난하라!

그렇게 하지 않는 인간은 가해자의 편이고, 예비 범죄자이며, 인간 망종이라고, 완전한 동조를 요구받는다. 그것이 트위터 사회의 현실이었다.

'오오야마 마사노리'는 이제 다른 큰 사건이 일어나기 전까지 '이성적이며 도덕적으로 훌륭한 사람들'이 마음껏 돌을 던져도 상관없는 살아있는 제물이 됐다. 학교나 직장의 괴롭힘과 달리 아무리 가혹한 비난을 퍼부어도 누구도 손가락질하지 않는, 그러기는커녕 정의의 대변자로서 칭찬 받고 공감 받는 제물.

그는 스스로도 세상을 바라보는 시각이 바뀌었다고 생각한다.

'오오야마 마사노리'의 범죄 행위를 혐오하고 있음에도 불구하고 이름이 같다는 이유만으로 자신과 동일시하고 있다. 살인을 범한 '오오야마 마사노리'가 잘못했다는 걸 알지만, 그것을 공격하는 인간들의 몰지각한 공격성에 공포를 느낀다.

트위터에 - 법치국가에서는 복수는 용납되지 않아요, - 그것이 법입니다, - 사형이 인정된다면 질서는 지켜질 수 없죠, - 그거야말로 야만 국가입니다 라고 주의하는 목소리도 작게나마 존재했지만 대부분 공감 받지 못했다. 리트윗과 '좋아요'도 한자리, 많아 봐야 두 자릿수였다.

냉정해지라는 반론의 목소리 또한 모든 것을 집어삼키는 파도와 같은 여론에 휩쓸려, 바른말을 해서 훼방을 놓는 인간이 되어 버린다. 정론이 늘 여론에 공감을 받는다고 볼 수는 없다. 자신이 품고 있는 분노나 혐오의 감정이 법보다 앞선다는 확신. 그건 독선과 오만이 아닐까.

마사노리는 스마트폰을 침대에 내던졌다.

자신이 동성동명의 고통에 관해 강력히 목소리를 내봤자 분명 이해하는 사람은 극소수일 것이다. 중대 사건의 범인과 이름이 같은 사람이 몇이나 될까? 호수에 떨어진 먹물 한 방울처럼 있어 봤자 아주 약간일 것이다.

사람은 누구나 크게 와닿지 않거나 무관심한 것에는 감정이입도 공감도 할 수 없다.

'오오야마 마사노리'는 죗값을 치렀다. 이제 다 치렀는데, 내가 용서할 수 없다는 감정적인 이유로 사회에 복귀한 인간을 두들겨 패는 건 옳은 일인가?

그래, 7년 전에는 잔혹한 살인사건을 일으켜 체포됐다. 그러니 범인이 악플에 시달리는 것도 당연하다. 하지만 지금은 다르다. 법에 따라 소년 교도소에서 벌을 받고 사회로 나왔다. 그 다음은 유족이 민사 재판으로 손해배상 청구를 하거나 그런 순서일 텐데. 인터넷에서 악감정을 퍼뜨리고 있는 구경꾼 같은 패거리들은 대체 자신들과 무슨 상관이 있는 걸까.

'오오야마 마사노리'를 용서해줘.

'오오야마 마사노리'는 나란 말이야.

범죄를 저지르고 실명이 공표된 범인에게 분노를 느끼는 것은 충분히 이해한다. 익명의 인간과 달리 뚜렷한 '개인'인 만큼 미워하기 쉽고, 몰아세우기도 쉽다. 나도 그렇다. 악질적인 범죄자에 화가 나고, 가혹한 비난을 던지고 싶어진다. 하지만 그 뒤에서 짓밟히는 기분을 상상할 수 있는 사람이 얼마나 될까?

자신의 고뇌를 알고 있던 지인이 종종 그에게 말했다.

"중대 사건을 일으킨 범인의 부모가 되거나 피해자의 유족이 되는 게 더 힘들지. 더 싫지. 너는 고작 이름이 똑같은 거잖아. 그 정도로 인생이 바뀌진 않아."

그 정도로, 라니.

자신을 이해해주는 이는 없었다. 상대가 나쁜 걸까, 자신이 나쁜 걸까. 이름이 낳는 마음의 거리감에 어색해진 분위기를 견디기 어려워 결국 그는 적당히 사무적인 웃음으로 말을 끝내버리는 버릇이 생겼다.

그 정도로, 라고 하는 상대에게 동성동명인 사람 때문에 시달린 경험이 있는지 물으면 없다고 할 것이다. 자신과 같은 이름을 가진 사람이 어떤 사람인지 알고 있는지, 찾아본 적이 있는지 물으면 그것도 없다고 하겠지. 그 자리에서 찾아보라고 하면 누구나 그렇게 알 만한 사람은 나오지 않을 것이다. 그밖의 무수히 많은 동성동명만 나올 뿐.

회사원, 과외 선생님, 공장장, 변호사, 미술가, 기술자, 교사, 게임회사 직원, 조교수, 마라톤이나 장기나 야구 등에서 그저 그런 결과를 낸 학생. 누구나 본인에게는 유일한 '개인'이지만, 타인에게는 그 외의 무수히 많은 동성동명 중 하나다.

광고에 자주 나오는 유명한 연예인이나 세계적으로 활약한 스포츠 선수도 아니고, 엽기 살인범도 아니었다.

압도적인 이름의 소유자에게 짓눌려 있는 사람은 한 명도 없었다. 그러니 이 괴로움을 알 턱이 없다. 사람의 상상력에는 한계가 있다. 당사자의 입장이 되지 않으면 진정한 괴로움을 이해할 수 없다. 그것을 뼛속 깊이 깨달았다.

상대가 '오오야마 마사노리'의 이름에 관심을 나타내면, 처음엔 자신의 고뇌를 이해받고 싶어서 자신이 얼마나 피해자인지 필사적으로 호소했다. 말주변이 없어도 열심히 설명했다. 하지만 돌아오는 답은 정해져 있었다.

'진짜 싫겠다.'

그야말로 딱 그 정도였다. 그 정도로 취급받고 싶지 않았지만 딱 그 정도였다.

가벼워. 너무 가벼워. 이해한 척하지만, 귀찮은 이야기를 후딱 끝내고 싶어 이해하는 척할 뿐이다. 피상적이고 공허한 대사만 연발하며.

왜 나만 이렇게…….

억울함이라는 감정에 휘둘리던 순간, 범인의 실명이 밝혀지기 전 편의점에서 아르바이트를 하다가 오오야마 마사노리를 검색했던 일이 떠올랐다. 세상에는 자신 외에도 다양한 오오야마 마사노리가 존재하고 있었다. 이들의 이름도 이제 인터넷에서는 찾기 어렵겠지.

'오오야마 마사노리'는 분명히 우리를 괴롭혔다.

우리…… 그래, 괴로워하고 있는 것은 우리들, 동성동명인 오오야마 마사노리다. 분명 다른 오오야마 마사노리도 마찬가지로…….

마사노리는 문득 마음을 먹고 사이트에 글을 올렸다.

- 여러분, 동성동명이라 괴롭거나 고민한 적이 있으신가요? 체험담이 있으면 듣고 싶습니다.

이틀이 지나자 다양한 답변이 올라왔다.

- 예쁜 모 아이돌과 동성동명입니다. 반 배정을 할 때마다 자기소개 하는 시간이 지옥입니다. 얼굴을 물끄러미 쳐다보고 비웃어서 힘들어요.

- 난 완전 유명한 연예인과 똑같은 이름. 병원에서 이름을 부르면 주위가 술렁거려요

- 옛날에 결혼을 전제로 사귀자고 고백을 받았는데, 결혼해서 성이 바뀌면 못생기기로 유명한 개그맨과 이름이 똑같아진다는 생각에 결혼은 꿈도 꾸지 못했어요.(웃음) 지금의 남편은 평범한 성을 가진 사람입니다

- 저는 직업으로 소설을 쓰는 사람인데 악역과 동성동명인 인터넷 유명 인사가 '내 이름으로 나를 디스했다'면서 트집을 잡아 성가셨습니다. 부끄러울 정도로 자의식이 지나쳤어요. 자기가 그렇게 지명도가 있다고 생각하는 건지

- 애니메이션 캐릭터와 동성동명이다. 자기소개 할 때 웃음거리가 된다. 유명한 대사를 해달라며 놀린다

- 아버지가 야구 광팬이라 예전 유명했던 선수의 이름이 된 후배가 있어요. 아버지의 기대에 부응하기 위해 야구부에 들어갔는데 야구는 서툴러요. 이름하고 너무 차이가 나서 안쓰러웠어요

- 예쁘다고 생각한 이름을 딸에게 지어줬는데 AV 여배우와 동성동명이란 걸 알고 절망했다. 이름 짓기 전에 검색할걸

- 내 얘기는 아닌데 모 가수와 동성동명이고 엄청 예쁜 애가 있는데, 그걸 자기가 먼저 말하고 다니면서 인기도 많았음. 그러다 그 가수가 대마초 피우고 체포돼서 필사적으로 숨기더라. 짠해.(웃음)

답변에는 동성동명으로 인한 고민이 가득했다. 하지만 어

떤 것도 절실함은 찾아볼 수 없었고 공감하기 어려웠다. 대마초로 체포된 가수와 동성동명이라도 직접 피해자가 나오는 범죄가 아니었다. 자기비하를 해서 웃기게 살리면 동정심을 유발하는 좋은 얘깃거리가 될 수도 있을 것이다. 하지만 여섯 살 여자아이를 참혹하게 살해한 엽기 살인은 어렵다.

만족할 만한 답변이 없었기 때문에 질문에 문장을 추가했다.

- 사실 유명한 범죄자와 동성동명이어서 고민이 많아요. 비슷한 분 있나요?

새로운 답변이 달렸는지 수십 분 간격으로 사이트를 확인하며 시간이 흘렀다. 반나절 동안 몇 건의 답변이 늘어났다.

- 나. 새로 알게 된 여자한테 이름을 알려주면 잠수타더라. 검색했는데 범죄자가 나왔겠지
- 재미로 찾아봤더니 체포 뉴스가 나오더라고요. 사실 기분이 엄청 나빠요. 유명한 사건이 아니라서 안 찾아봤으면 몰랐을 텐데……. 쓸데없는 짓 하지 말걸 그랬어요
- 어느 날 실명으로 하던 SNS에 악플이 몇 개씩이나 달려서 무슨 일인가 했더니 그날 체포돼서 뉴스에 나온 범죄자의 계정으로 오해받음
- 약혼자 이름이 범죄자와 동성동명이라 고민이 많습니다. 검색해봤더니 성범죄자의 이름이 나왔는데 혹시 어쩌면 싶어서. 나이도 같고

요. 믿고 싶은데 불안해서⋯⋯. 본인에게 확인하기도 어렵고. 어떻게 알아볼 방법은 없을까요?

- 고등학교 때 좋아하던 사람의 이름을 찾아봤더니 사기로 체포됐더라. 본인인지 아닌지 아직도 모르겠어

- 저는 악명 높은 살인범과 동성동명이라 빨리 결혼한 다음 성을 바꾸고 싶어서 열아홉 살에 결혼했습니다. 이제는 예전 성을 얘기하지 않는 한, 이상한 시선을 받는 일은 없습니다

세상에는 역시 존재하고 있었다. 같은 고민을 하는 동료가 있다고 생각하니 아주 조금이지만 위로가 된다.

동료라⋯⋯ 그러나 글을 쓴 사람들도 '오오야마 마사노리'는 아닐 것이다. 이왕이면 같은 '오오야마 마사노리'로서 시달리고 있는 동료와 고민을 나누고 싶었다.

마사노리는 노트북을 켜고 사이트를 개설했다. 최소한의 디자인으로 아래쪽에 대표 메일 주소를 올린 게 전부라 시간은 그리 오래 걸리지 않았다.

사이트의 이름은 '오오야마 마사노리' 동성동명 피해자 모임이었다.

13

∞∞

　오오야마 마사노리는 어깨를 움츠린 채 1학년 3반 교실에 들어섰다. 대부분의 반 친구들이 이야기를 나누고 있는 가운데 남자 여자 같이 다니는 한 무리가 힐끗 그를 쳐다봤다. 그리고 무언가 속삭이며 비웃는 듯 떠들었다.

　마사노리는 그룹에서 눈길을 돌려 자기 자리에 앉았다. 교과서를 가방에서 꺼내 책상에 넣고 공책을 꺼냈다. 공책을 넘기자 애니메이션과 비슷한 그림체로 그린 여자아이의 얼굴 일러스트가 나타났다. 얼굴에 활짝 웃음을 띠고 이쪽을 바라보고 있는.

　마사노리는 연필을 능숙하게 사용해 몸을 그리기 시작했다. 곡선을 의식해서 가슴 라인부터 잘록한 허리까지 밑그림을 그린다.

　마사노리의 장래희망은 애니메이션에 종사하는 일러스트레이터였다. 초등학교 때 푹 빠졌던 애니메이션 같은 명작을 만들고 싶었다. 괴로워하는 사람들에게 따스함을 주는, 매력이 넘치는 애니메이션을.

갑자기 시야에서 노트가 미끄러지듯 사라졌다.

마사노리는 어엇, 하며 얼굴을 들었다. 책상 앞에 여느 때와 같이 여자애 셋과 남자애 둘이 서 있었다. 가운데 여자애가 공책을 들고 있었다. 뺨을 감싸고 있는 웨이브 넣은 갈색 머리 너머로 복장 단속에 걸릴 피어싱이 보였다. 여자애가 해충이라도 보듯이 그림을 보았다.

"이거 뭔데? 징그러워!"

다른 네 명이 공책을 들여다본다.

"헐, 다 벗었잖아."

"뭐야? 여자 알몸 그리고 있는 거야?"

"대박!"

저마다 비웃음과 모멸감을 드러냈다.

"아, 아니야, 그거" 마사노리는 말을 더듬으면서 작은 목소리로 반박했다. "밑그림이야. 옷을 그리기 전에 제대로 인체 윤곽을 그리고⋯⋯."

"뭐?" 가운데 여자애가 혐오스러운 얼굴로 귀에 손을 댄다. "중얼중얼 뭐라는지 잘 안 들리는데?"

멀대 같은 남자애가 혀를 찼다.

"뭐라고 혼자 툴툴거리는 거냐?"

"변태면서." 다른 여자애가 장단을 맞춘다. "이런 거 교실에서 그리면 성희롱이거든. 성희롱!"

"이런 모에(애니메이션이나 만화 속 등장인물을 향한 애정을 의미하는 말-옮긴이) 그림, 뭐라 그러더라? 기분 나쁘니까 꺼졌으면 좋겠는데."

마사노리는 책상으로 눈을 떨궜다. 집단으로 몰아세우는 상황에 그저 마음을 죽이고 견딜 수밖에 없었다. 가운데 여자애는 공책을 팔락팔락 넘기면서 "악, 징그러워"라고 반복했다.

자신이 애정을 담아 그려온 일러스트가 매도당하자 낡은 걸레가 된 것처럼 비참한 기분이 들었다. 가슴이 답답하고 심장이 죄여온다.

"야, 무시해?"

남자애가 웃으며 손바닥으로 책상을 내리쳤다. 파열음이 울리자 몇몇 반 아이들이 반응했다. 하지만 어차피 남의 일일 뿐, 다시 저희들끼리 대화를 나눈다.

마사노리는 남자애를 흘끗 바라보았다.

왜 일방적으로 시비를 걸고, 뭔가 반응하기를 강요하는 걸까. 일방적인 가치관으로 욕을 먹어서 힘들고, 괴롭고, 죽고 싶었다. 대체 뭐라고 말을 하면 될까.

가운데 여자애가 지긋지긋하다는 얼굴로 말을 뱉었다.

"이런 거 구역질 나."

여자애는 지난달 국어 시간에 쓴 글로 많은 칭찬과 함께 최우수상도 받았다. 제목은 '인터넷에서 사람을 상처 주는 사람들'이었다. 인터넷에선 아무렇지도 않게 타인을 공격하는 사람들이 넘쳐나고 있으며, 욕설은 사람의 마음을 죽인다는 내용으로, 그 공격성을 비판한 글이었다.

"……이것도 괴롭히는 거 아니야?"

마사노리가 기어드는 목소리로 말했다. 질문이라기보다는 솔직한 생각이 입 밖으로 나왔다.

"뭐?" 가운데 여자애가 불쾌한 듯 얼굴을 일그러뜨렸다. "뭐라고 했어?"

"괴롭히는 거……."

그녀는 콧구멍을 벌름댔다.

"괴롭힌다고? 혹시 피해자인 척하는 거야? 우리는 그림에 대해서 느낀 점을 솔직하게 말한 것뿐이잖아. 언론의 자유 모르니?"

"아니, 근데……."

가운데 여자애가 다른 페이지를 넘겼다. 교복 차림으로 치어리더처럼 높이 뛰어오르는 포즈의 여자아이가 그려져 있다. 활짝 펼쳐진 치마가 눈에 띈다.

"우와, 이것 봐! 허벅지 다 보여!"

"팬티 보이겠다!"

"가슴 엄청 커! 완전 야하잖아!"

"현실에서 상대해주지 않는다고 이런 그림을 그리는 거야?"

"진짜 최악이야! 여자를 그런 눈으로 보면 안 돼."

마사노리는 주저하며 반박했다.

"스커트는…… 캐릭터의 움직임을 알기 쉽게 표현하기 위한 일반적인 테크닉인데…… 그래서……."

"변명하지 마. 징그러워! 완전 허벅지 그리고 싶었네, 딱 알겠거든."

"맞아. 아니면 이런 구도는 처음부터 선택하지 않겠지."

표현 하나하나로 트집을 잡고, 성적으로 모욕당하고 있는 기분이 들었다.

"……좋아서 그림을 그리면 안 되는 거야?"

마사노리는 중얼거리듯이 말하고는 그녀들을 올려다보고, 다시 시선을 떨어뜨렸다.

"보고 싶지도 않은 그림을 본 우리가 피해자인데?"

"……멋대로 먼저 봤잖아."

"공적인 장소에서 그리니까 눈에 들어오잖니. 방에 틀어박혀서 혼자 그려."

"그렇다고 징그럽다니, 집단 괴롭힘이야……."

"징그럽다는 건 내가 그림을 보고 느낀 소감인데?" 다른 여자애가 말했다. "받아들여야지."

"이런 그림, 트위터에 올리면 반응 더 할 거야. 우리가 인터넷보다 착할걸?"

마사노리는 허벅지 위에서 주먹을 꽉 쥐었다. 인터넷에 애니메이션적인 그림을 혐오하는 사람들이 있는 건 알고 있다.

지난해 라이트 노벨 표지를 그린 여성 일러스트레이터의 그림이 사람들에게 잘못 찍혀서 '선정적'이라며 표적이 됐다. 트위터를 통한 많은 사람의 비방에 정신적으로 힘들어진 그녀가 계정을 삭제했을 때, 마사노리도 큰 충격을 받았다. 온갖 지나친 욕설에 자신이 공격당하는 것 같아 가슴이 답답했다.

남자애 중 한 명이 킬킬대며 물었다.

"징그러운 그림을 징그럽다고 한 건데 뭐 잘못됐냐?"

말이 고통스럽다. 퍼붓는 말들이.

심장은 터질 듯하고 위는 칼부림을 당한 것처럼 아프다. 이마에는 진땀이 배어났다. 마사노리는 아랫입술을 깨물며 그들을 바라보았다.

"……그 표정 뭔데." 가운데 여자애가 노트를 높이 쳐들어 동급생들에게 자랑하듯 보여주기 시작했다. "얘들아! 다들 기분 나쁘지 않아, 이런 거?"

몇 명이 얼굴을 마주 보았다.

"그치? 징그럽지?"

그녀가 재차 묻자 여러 명이 동조했다. 동조하지 않으면 자신들에게 화살이 날아갈 것 같아서인지, 누군가를 성토하면 자신이 훌륭한 사람처럼 느껴져서인지, 지금까지 방관자였던 아이들이 입을 모아 매도하기 시작했다.

"응, 솔직히 별로야."

"나도 불쾌해, 그런 거."

"징그러워. 토 나와."

여러 사람이 합세해 비난의 말을 쏟아낼 때마다 마음이 칼로 도려내는 듯하다.

"거봐." 그녀가 비웃었다. "다들 그렇게 생각해. 이해됐어?"

자신이 소중하게 여기는 것을 애정을 담아 열심히 그린 그림인데. 그것을 기분 나쁘다고 욕하는 것은 자신의 인격을 욕하는 것과 같다. 같은 반 아이들이 쏟아내는 말에 마음은 상처 투성이가 되어 피를 흘리고 있었다.

어떻게 그런 심한 말을 태연하게 할 수 있을까? 예쁜 여자 캐릭터가 등장하는 따스한 이야기를 좋아하고, 따스한 세계에 빠져들고 싶은 것이 그렇게 나쁜 건가. 왜 멋대로 나의 인격을 짓밟는 거지.

이해할 수 없었고, 이해하고 싶지도 않았다.

애니메이션에 종사하는 일러스트레이터가 되는 것이 꿈이고, 그림을 그리고 있을 뿐인데, 왜 무자비한 비난을 받아야 하는가.

창작자라면 누구나 그렇겠지만, 내가 창작한 작품은 내 영혼 그 자체이고, 모든 마음이 담겨 있다. 한껏 멋을 부리고 개성을 표현한 옷을 입었는데 비웃는 것과 같이, 마사노리는 자신 자체를 전부 부정당한 기분이 들었다.

심지어 여자애의 어머니는 학부모회의 임원인데 교내 도서관에 라이트 노벨이 있는 것을 문제시하며, '저속'하고 '불건전'하므로 그대로 두면 안 된다고 주장했다고 한다. "훌륭한 책은 이런 불쾌한 애니메이션 그림이 표지가 되지 않은 책을 말하는 거죠"라고 지껄였던 것이다. 평소에 그런 엄마의 모습을 보고 자랐으니 여자애가 애니메이션 그림을 혐오하는 건 당연할지도 모른다. 아니면 엄마한테 그렇게 교육을 받는 건가. 여자애는 엄마의 가치관을 물려받은 것이다.

그래서 이렇게 괴롭힘을 당하고 있다. 단지 여자아이의 그림을 그린 것뿐인데.

마사노리가 그들에게 주목받은 것은 '오오야마 마사노리'가 일으킨 사건 때문이다.

범죄자 예비군.

그들은 범인 '오오야마 마사노리'와 나이도 다른데 동성동명이라는 이유만으로 자신이 나중에 똑같은 범죄를 일으킬 거라고 단정 짓는다. 귀여운 여자아이가 등장하는 애니메이션을 좋아한다는 이유로.

"눈에 들어오면 불쾌해. 존재 자체가 사라져야 한다니까."

"아 징그러워! 없어졌으면 좋겠어." 여자애는 생각난 듯 덧붙였다. "아, 이 그림 얘기야. 그림을 본 개인 소감."

내가 증오의 대상이 될 만큼, 그렇게 나쁜 짓을 한 걸까. 단지 좋아하는 그림을 그렸을 뿐인데.

"또 오타쿠가 무슨 짓 했어?"

난리 통에 목소리가 들려온다. 고개를 돌리자 옆 반인 1학년 4반 남자애가 서 있었다. 거무스름하게 그을린 피부에 깔끔해 보이는 스포츠머리를 했다. 친구를 만나려고 자주 오는데, 여자애 중 한 명이 공책을 가리켰다.

"이런 기분 나쁜 그림을 그렸다니까."

그는 "오?"라고 흥미진진한 얼굴로 공책을 들여다보더니 "아……"하고 질색한 듯 소리를 냈다.

"나, 이런 모에 그림이라 그런가? 거부감 든다니까. 생리적으로. 세상에는 건전한 작품이 산더미처럼 쌓여 있잖아. 그런 명작을 접해야 해."

한 여자애가 교태를 부리며 그를 치켜세웠다.

"역시 오오야마. 이쪽이랑은 완전 달라."

그렇다, 옆 반에서 온 남자애도 오오야마 마사노리였다. 잘생기진 않았지만, 키가 크고, 사람들과 잘 어울리며, 여자애들과 친하고, 공부도 잘한다. 그리고…… 오타쿠도 아니다.

상위 호환인 오오야마 마사노리.

같은 학년에 두 명의 오오야마 마사노리가 있는 것이다.

'오오야마 마사노리'가 범죄를 저질러도 절대 동일시되지 않고, 미래에 같은 범죄를 저지를 거란 의심도 받지 않는, 아주 도덕적인 오오야마 마사노리다.

같은 이름인데 왜 이렇게 다를까?

"그림을 좋아하다가 만족이 안 되겠으니까 성범죄라니 말도 안 되지. 오오야마 마사노리가 또 죄를 지으면 내 이름이 더럽혀지니까 말이야."

여자애 두 명이 "맞아, 맞아" 하고 동조한다.

"민폐야, 진짜."

"맞다." 가운데 여자애가 갑자기 이야기를 바꾸었다. "오오야마, 봉사활동 시작했다며?"

"혼자 하는 미화부 같은 건데, 이왕이면 학교가 깨끗한 게 다들 좋잖아."

여자애들이 존경의 눈빛을 보낸다.

"역시!"

"모에 그림 같은 거나 그리고 있는 오타쿠 쪽이랑 천지 차이야."

가운데 여자애가 마사노리를 모멸어린 표정으로 노려보았다.

"너도 학교나 사회에 공헌 좀 하지?"

마사노리는 오오야마 마사노리를 보았다.

"나, 난……."

"야, 최소한 운동이라도 좀 해." 오오야마 마사노리가 말했다. "몸을 단련하지 않으니까 그렇게 비쩍 마른 거야."

여자애가 말했다.

"오오야마는 운동 잘하잖아. 구기 대회 때 농구 멋있었어."

"기분 나쁜 그림을 그리는 쪽이랑은 완전 딴판이지."

오오야마 마사노리에게 멸시당할 때마다 의지와 상관없이 비교당하고 '혐오스러운 오오야마 마사노리'로 매도당한다.

오오야마 마사노리는 그녀에게 공책을 건네받아 팔랑팔랑 페이지를 넘겼다. 그리고 흠, 하고 코웃음을 치며 책상을 두드리듯 내려놨다.

"여자애들이 싫어하는 취미는 가지지 않는 게 좋아. 네가 잘못한 거니까 반성하고 고쳐. 네 그림 때문에 상처받았으니 여자애들한테는 비판할 권리가 있는 거야."

여자들이 "그치!"라고 동의하듯 목소리를 높였다.

"오오야마 말 잘했다."

"여자 마음을 완전 잘 알아!"

"우리 상처받았어. 불쌍해."

"자기 잘못을 인정하지 않는 누구랑은 다르다니까."

올바른 오오야마 마사노리와 잘못된 오오야마 마사노리. 구도는 명백했다. 각자의 역할은 이미 모두 결정됐고 무슨 일이 있어도 뒤집을 수 없다.

"나, 초등학생 여동생이 있어서 걱정돼!" 가운데 여자애가 일부러 겁먹은 말투로 말했다. "잡지에 사진이 실릴 만큼 귀엽거든. 눈에 띄면 어떡하지."

오오야마 마사노리가 "그렇구나" 하고 반응했다. "그렇게 귀여워?"

"볼래?"

여자애가 대답을 듣기도 전에 스마트폰을 꺼내 들었다. 손가락으로 사진을 찾더니 "여기" 하고 오오야마 마사노리에게 스마트폰 화면을 보여주었다.

"……아, 가까이하게 하면 안 되겠다." 오오야마 마사노리가 말했다. "이쪽 오오야마 마사노리는 사건 낼지도 모르잖아."

"그치. 이쪽은 진짜 할 것 같잖아."

가만히 있는데 범법자 예비군 취급을 받아 비참했다.

"……안 할 거야. 편견이야."

그의 말에 가운데 여자애가 코웃음을 쳤다.

"증거 있어?"

"증거라니. 안 한다고 말할 수밖에 없지."

"여동생을 위험에 빠트리지 않는 게 나쁜 거야? 아니면 너한테서 여동생을 멀리하면 곤란한 이유라도 있어?"

"그런 말이 아니고……."

"그럼 별문제 없잖아."

어린 여자아이를 덮치는 성범죄자로 몰아서 반박한 것뿐인데 얘기가 바뀌었다. 그러나 집단의 압력 앞에는 묵묵히 고개를 숙일 수밖에 없었다. 한마디라도 대꾸하면 몇 배가 되어 폭언이 쏟아지는 것이다.

마사노리는 굴욕을 참아냈다.

14

∘∘∘∘

   우연히 그것을 발견했을 때, 오오야마 마사노리는 뭐지 싶었다.

'오오야마 마사노리' 동성동명 피해자 모임

   이건 대체 뭘까? 희생자가 한 명인 사건인데 '피해자 모임'이라니. 게다가 무슨 동성동명? 사이트에 접속해서 취지를 읽고 나서야 납득이 갔다. '오오야마 마사노리'와 동성동명이라 불이익을 받은 사람들이 서로 체험담을 나누는 것 같았다. 게다가 이번 주 토요일에 시내에서 첫 '오프라인 모임'이 예정되어 있었다. '오오야마 마사노리'와 동성동명인 사람들이 실제로 한자리에 모여서 괴로움이나 고민을 서로 이야기하는 것이다.
   똑같이 오오야마 마사노리인 사람들.
   마사노리는 과거의 고뇌를 되짚었다. 죄를 범한 '오오야마 마사노리' 때문에 얼마나 고민이 많았는지 모른다. 범죄자 오오야마 마사노리와는 다르다고 주위에 어필하기 위해서 진짜 얼굴을 거짓으로 덮고 숨기게 되었다. 비록 남들에게는 부족한 것 없어 보였겠지만 마음은 죽어 있었다. 그저 '오오야마 마사노리'와의 차이를 어필하는 것에 필사적이었다.

나는 저런 놈과는 다르다.

결단코 다르다.

그래, 이름으로 동일시되고 싶지 않았다. 그때부터 인생이 꼬이기 시작했다. 그리고 지금, 그때의 자신과 같은 고민을 하는 오오야마 마사노리가 몇 사람이나 더 있다. 그는 같은 이름을 가진 이들에게 관심이 생겼다.

그들이라면 알아줄지도 모른다.

마사노리는 사이트에 참가 의사를 알리고, 토요일까지 기다린 다음 약속 장소로 향했다. 시부야역에서 도보로 10분으로 20명을 수용하는 행사장을 대여했다고 한다.

행사장에 도착해 안으로 들어갔다.

안내판을 본다.

'비즈니스 소모임'

공공연하게 말할 수 없는 이름이니 '비즈니스 소모임'이란 명목으로 모임 장소를 예약했다고 사이트에 나와 있었다. 예약한 방은 가장 안쪽에 있었다.

마사노리가 문을 열자 여러 개의 둥근 테이블과 의자가 나란히 놓인 방이 보였다. 벽면 전체에 붙어 있는 흰 타일에 창문으로 들어온 햇빛이 반사되고 있었다. 그리고 안쪽에는 남자 몇 명이 서 있었다. 마사노리는 방에 들어서자 그 사람들에게 다가가서 "안녕하세요"라고 말을 걸었다.

"안녕하세요……."

무거운 공기처럼, 사람과 사람 사이를 긴장감이 가로막고 있었다. 당연하다. 화기애애하게 이야기를 즐길 사이는 아닌 것이다.

마사노리는 얼굴을 쭉 둘러보았다. 자신 외에 여덟 명. 그중 다섯 명은 동년배 같았다. 실눈인 청년, 복코가 특징인 청년, 다부진 체격인 청년, 큰 키에 마른 청년, 갈색 머리인 청년. 확연히 연령대가 다른 것은 몸집이 작은 중학생쯤 되는 소년과 안경을 쓴 나이가 지긋한 남자, 야구 모자를 쓴 중년 남자, 이렇게 세 명이다.

잠시 불편한 침묵의 시간이 흘렀다. 5분 후, 건장한 체격의 청년이 와서 총 열 명이 되었다.

큰 키에 마른 청년이 손목시계를 확인하고 모두에게 눈길을 건넸다.

"어, 일단 시간이 됐으니 슬슬 시작해볼까요. 먼저 자기소개부터……" 그가 미소를 지었다. "아, 전부 오오야마 마사노리구나."

분위기를 누그러뜨리기 위한 농담이었을 것이다. 하지만 모두가 머금은 것은 건조한 쓴웃음뿐이었다. 큰 키에 마른 오오야마 마사노리가 하하, 하고 어색한 웃음을 지었다.

"……전부 오오야마 마사노리라고 생각하니까 자신의 분신을 만난 거 같이 묘한 느낌이네요. 그럼 이름 이외의 자기소개를 할까요. 예를 들어 직업이라든가, 취미라든가, 아무튼 뭐든 말하죠. 서로에 대해 아무것도 모르면 구별하기도 어렵고……."

몇 사람이 잠자코 고개를 끄덕인다.

"그러고 보면 이름이란 게 사람의 구별을 위해 중요한데, 동성동명이면 무용지물이네요. 아무 소용도 없어요. 저는 이렇게 되고 나서 처음으로 이름의 애매함을 깨달았습니다."

그가 머리를 굴려서 제안했다.

"자기소개는 그쪽부터 오른쪽으로 돌아가면서 하시죠."

큰 키에 마른 오오야마 마사노리는 짙은 다홍색 니트 스웨터에 짙은 파란색 청바지를 입고, 운동화를 신고 있다. 가장 캐주얼한 옷차림이었다.

"그럼 '오오야마 마사노리' 동성동명 피해자 모임을 만든 제가 먼저 시작하겠습니다. 저는 부끄럽지만 지금은 백수입니다. 악덕 회사를 견디지 못하고 이직하려고 했는데 코로나 한마디로 채용이 취소돼 버렸어요. 그런데 사실은 이름 때문인 것 같아요. 그래서 피해를 공유하고 싶어서 사이트를 개설했습니다."

큰 키에 마른 주최자 오오야마 마사노리가 말을 마치자 갈색 머리인 오오야마 마사노리가 박수를 쳤다. 박수를 친 것은 그뿐이라 정적 속에 공허한 소리가 울렸다.

그가 주위를 둘러보며 "죄송합니다……"라고 머리를 숙였다.

"……다음은 제가."

복코인 오오야마 마사노리가 말했다. 얼굴에는 주근깨가 나 있고 빨간색과 검은색 체크무늬 셔츠 위에 검은색 다운재킷을 걸치고 있었다. 촌스럽고 못생긴 외모였다.

"작은 회사에서 영업일을 하고 있습니다. 업무상 처음 만나는 상대에게 명함을 건네줄 기회가 많은데요. 건네준 순간 '어?' 하는 표정을 보는 게 싫습니다."

"아, 그거 싫죠."

주최자인 오오야마 마사노리가 동정심을 가득 담아 공감을 나타냈다.

"'오오야마 마사노리' 사건으로 이름이 유명해지면서 주목을 받은 뒤로 본인이 아니냐고 의심받거든요. 하지만 직접 물어보기 뭐하잖습니까. '마나미 사건'을 분명히 떠올린 것 같은데, 상대방이 뭐라고 하는 것도 아니고. 그냥 '아, 잘 부탁드려요' 하고 넘기는데, 그게 또 답답하고요."

"왜요?"

"괜히 신경 쓰지 말고 좀 더 노골적인 반응을 보였으면 싶어요. 아니면 직접 물어보거나. 그러면 '동성동명인 다른 사람입니다'라고 부정할 수 있을 텐데."

"의심의 눈초리가 장난 아니죠. 우리는 그런 반응에 또 민감하고요."

침울한 분위기가 만연했다. 그러자 갈색 머리인 오오야마 마사노리가 입을 열었다. 검정 반코트에 스키니 진을 입고 있는 호리호리한 체형이었다.

"대학교에 다니고 있습니다. 이름 때문에 솔직히 어색해질 때가 많아요. 자기소개 하자마자 공기가 싸해져서요. 그래서 제가 먼저 레퍼토리로 만들었죠. 여자아이는 죽이지 않았으니까 안심해, 라고 웃으면서. 그랬는데 한번은 처음 만난 여자 분이 완전 열이 받아서……."

"뭐라고 했는데요?"

주최자 오오야마 마사노리가 물었다.

"조심성 없다고요. '여자아이가 살해된 거로 장난치다니 최악이야. 하나도 안 웃겨', '유족이 들으면 얼마나 상처받을지 몰라? 그거 무자각한 공격이야'라고."

"그 말에 더 상처받았겠어요."

"네." 갈색 머리인 오오야마 마사노리는 파마를 한 머리끝을 손가락으로 만지작거렸다. "저, 이렇게 가벼워 보이지만 별로 불성실하지도 않고……. 그냥 레퍼토리로 소화해야 이름 가지고 같은 사람 취급받는 걸 견딜 수 있었어요. 얼굴은 웃고 있어도 마음은 상처투성이고 힘들었어요. 왜냐면 나를 깎아내리는 그런 말은 원래 할 필요 없잖아요. 그런데도 자기비하를 해서 내 멘탈을 지키려고 했는데, 살인을 저지른 범인처럼 비난받고, 인격을 부정하는 말을 퍼부어대요……. 한순간에 미움 받는 거죠. 결국 주위에 사람이 다 떠났어요."

그는 고뇌에 물든 얼굴로 괴로움을 토로했다.

실눈인 오오야마 마사노리가 혀를 끌끌 차며 말했다.

"투덜거린다고 별수 있나, 나는 딱히 할 말 없어."

그는 올백 머리에 트위드 재킷을 입고 그 위로 코트를 걸치고 있었다. 바지도 가죽 구두도 다 검정색이었다. 옷차림이 모노톤이라서 그런지 다가가기 어려운 분위기가 물씬 풍겼다. 다른 사람들 모두가 당황한 눈빛으로 그를 보았다. 처음부터 엇박자를 내는 느낌이 들었다.

"그야 그렇지만……" 다부진 체격인 오오야마 마사노리가 말했다. "아무래도 하고 싶은 말은 있죠. 그래서 다들 모인 거 잖아요."

"그럼 당신이 이야기하지?"

"……네, 그러죠."

럭비 선수 같은 몸을 조금이라도 날씬하게 보이려는 듯 테일러드 재킷을 입었다. 하지만 사이즈가 맞지 않는 듯 팔뚝 부분이 빵빵했다.

"저는 사이타마에서 왔습니다. 고향에 있는 중소기업에 입사한 지 1년 됐는데, 송년회에서 이름으로 놀림거리가 된 후로 계속 고통받고 있습니다. 동료들이 거래처에 저를 소개할 때도 '이 사람 이름이 뭐게요?'라고 놀리면서 '힌트는 유명인과 동성동명이라는 겁니다'라고 자꾸 언급해요. 오오야마 마사노리의 이름을 밝히면 질색하거나 동정하거나 흥미진진해서 물고 늘어지거나 반응이 가지각색이에요. 아무튼 불쾌한 기억밖에 없어요."

다음으로 자기소개를 한 것은 안경을 쓴 오오야마 마사노리다. 깔끔하게 뒤로 빗어 넘긴 희끗희끗한 머리에 창백하고 까다로워 보이는 얼굴이다.

"저는 직급으로는 연구원입니다. 의학 분야에서 연구를 하고 있습니다. 불행 중 다행인지 나이가 쉰을 훌쩍 넘어서 살인을 저지른 오오야마 마사노리와는 겹치는 부분이 적고 여러분처럼 불쾌한 경험은 많지는 않습니다. 그래도 살인범과 동성동명인 건 역시 기분 좋은 일은 아니죠. 오늘 참석한 건 다른 분들의 이야기에 흥미가 있었기 때문입니다. 불쾌하셨다면 죄송합니다."

"아닙니다." 주최자인 오오야마 마사노리가 말했다. "오오야마 마사노리라면 누구나 참가할 권리가 있으니까요. 오히려 평온한 생활을 보내고 있는 분의 존재는 희망이 됩니다."

"다음은 저네요."

건장하고 훤칠한 체격의 오오야마 마사노리가 손을 들었다. 깎아 만든 조각처럼 단정한 얼굴이지만 미소를 지으면 눈이 우아하게 가늘어진다. 주변에 안도감을 주는 표정이다.

"저는 개인 과외를 하고 있습니다. 실제 나이보다 아래로 보이지만 사실 서른다섯이에요. 저도 연령대가 달라서 살인범인 오오야마 마사노리와 동일시되는 경우는 별로 없기 때문에 힘들진 않습니다. 그런데 아무래도 부모님들은 경계하시는 것 같고, 서류상으로 이름을 꺼리는 느낌은 있습니다."

그리고 다른 이들의 재촉으로 자신을 소개한 것은 소년 오오야마 마사노리였다. 앳된 얼굴은 초등학생으로도 보였다.

"저, 저는 중학교 1학년입니다. 반에서 범죄자처럼 놀림 받으면서 괴롭힘을 당하고 있습니다. 인터넷에서 주로 활동하고 온라인 게임 같은 걸 많이 하고 있어요. 그러다가 '피해자 모임'을 처음 알게 됐는데 오프라인 모임 장소가 같은 야마노테 선으로 한 정거장이라서 참가했습니다."

중학생인 오오야마 마사노리인가. '오오야마 마사노리' 동성동명 피해자 모임에서 최연소 참가자였다.

"나는 음악 관련된 일을 합니다."

계속해서 야구 모자를 쓴 오오야마 마사노리가 인사했다. 나이는 마흔 안팎일까. 빽빽하게 수염을 기르고 있었다. 튼튼한 턱에 어울리지 않는 얇은 입술인데, 입을 열자 흡연을 많이 해서 누레진 이가 살짝 보인다.

주최자인 오오야마 마사노리가 말했다.

"이번 오프라인 모임은 저분의 제안이었습니다. 얼굴이 안 보이는 인터넷상에서 이야기하는 것보다 실제로 만나서 이야기하면 속마음을 더 말하기도 쉽고, 연대감도 생기지 않겠냐고 의견을 주셨어요."

"오프라인 모임이 있어서 다행인 것 같아요. 나도 여러분과 같은 체험을 했습니다. 물론 얼굴을 보면 범인인 오오야마 마사노리와 나이가 너무 달라서 의심받지는 않지만, 이름밖에 보이지 않는 장소에선 여러 가지 불이익이 있었어요. 그래서 '동지'의 이야기를 듣고 싶은 마음에 참가했습니다. 잘 부탁드립니다."

여러 사람이 "잘 부탁드립니다"라고 응했다.

"마지막으로……"

주최자인 오오야마 마사노리의 눈이 마사노리에게 향했다.

"저네요. 전 고등학교 때 축구부에서 열심히 활동했어요. 프로를 꿈꿨지만 '오오야마 마사노리'가 사건을 일으키는 바람에 학교에서 이상한 눈으로 보고, 팀 동료로부터 따돌림을 당하게 됐어요. 손을 들어도 패스를 안 주고 그래서 못해 먹겠더라고요."

"힘드셨겠네요."

"제가 그 '오오야마 마사노리'가 아니라고 몇 번이나 말해도 소용이 없고, 그런 세상에 지쳐서 이렇게 여기까지 오게 됐습니다."

'오오야마 마사노리'가 사건만 일으키지 않았다면……. 고등학교 때부터 그렇게 생각한 것은 틀림없는 사실이다. 인생은 고작 그 정도로도 비뚤어진다.

복코인 오오야마 마사노리가 고녀를 곱씹듯 말했다.

"이름이 똑같아도 다른 사람인데…… 너무 당연한 말이잖아요. 그래도 모두 감정이 앞서 둘을 동일시하니까 정말 힘들어요. 왜 우리가 고통스러워야 하는 건지. 누가 잘못한 건지. 우리는 누구를 탓하면 되는 건지."

모두가 고개를 숙이며 입술을 깨물었다. 각자의 머릿속에는 자신이 세상으로부터 받아온 부당한 대우가 되살아나고 있었다.

오늘 다른 오오야마 마사노리의 체험담을 듣고 그들은 다시한 번 깨달았다. 동성동명인 사람의 죄는 동성동명인 사람이 물려받는다는 것을.

"……자." 주최자 오오야마 마사노리가 사람들을 둘러보았다. "자기소개도 끝났고 이제 편하게 이야기 나누는 타이밍 같네요. 음료는 편하게 가져가세요."

테이블에는 2리터짜리 페트병 몇 개와 종이컵 10여 개가 놓여 있었다. 마사노리는 종이컵에 음료를 따르고 입을 대면서 오오야마 마사노리 일행의 대화에 섞였다.

"진짜 너무하지 않아요?" 갈색 머리인 오오야마 마사노리가 한숨을 내쉬었다. "애초에 제가 이름을 레퍼토리로 삼은 것도 사람들의 눈초리를 견딜 수 없어서 제 멘탈을 지키기 위해그런 건데……. 그런 속마음을 은근슬쩍 알아채주는 사람은 조심성 없다든가 하면서 저를 비난하지 않고 동정해줬거든요. 저는 그렇게라도 불행을 웃어넘길 수 있었고요."

복코인 오오야마 마사노리가 고개를 끄덕였다.

"뭔지 알아요."

"그러다가 처음 만난 여자 분이 조심성이 없다고 뭐라고 하는 바람에 한순간 몹쓸 놈이 됐어요. 그동안 제 개그에 같이 웃어주던 친구들도 갑자기 그 여자한테 동조하며 절 비판하기 시작하고……. 제 편을 들면 저처럼 윤리관이 결여된 끔찍한 인간으로 간주되는 분위기였어요."

"요즘 그런 식으로 '윤리를 동조하는 압력'이 있죠. 윤리적으로 용납될 수 없다고 하면 뭐라 대꾸도 할 수 없고요. 그냥 몹쓸 놈이 되고 얻어맞는 일만 남는 거예요……."

"저는 반대였어요." 다부진 체격인 오오야마 마사노리가 끼어들었다. "저는 이야깃거리가 되는 게 정말 고통스러웠습니다."

갈색 머리인 오오야마 마사노리가 답했다.

"전 제가 먼저 그랬어요. 저도 당신의 입장이라면 싫었을 것 같아요."

연구원인 오오야마 마사노리가 침착한 어조로 말했다.

"마음의 상처는 남에게 보이지 않아요. 명확한 악의뿐만 아니라, 다정함이나 선의조차 다른 사람에게 상처를 줄 수도 있죠. 좋은 마음도 어떤 사람에게는 아픔을 줄 수 있다는 걸 사람들은 상상도 못 합니다."

함축적인 그의 말이 다른 오오야마 마사노리들의 공감을 얻은 듯 여러 사람이 고개를 끄덕였다. 주최자인 오오야마 마사노리가 화제를 돌렸다.

"옛날에 당신 기사를 본 적이 있어요."

"네?"

마사노리는 갑작스러운 주목에 당황했다.

"고등학교 축구에서 해트 트릭을 달성하고 인터뷰했던 기사요."

"아, 아아……." 마사노리는 기억을 더듬었다. "아마…… 전국대회 진출에 대한 포부를 말한 것 같아요."

"그렇지만 그런 기사도 전부 '오오야마 마사노리'에게 밀려났네요. 이제 검색해도 찾을 수 없겠죠? 우리 모두 '오오야마 마사노리' 때문에 인생이 망가졌어요."

전원이 희생자였다. 그래, 시작은 '오오야마 마사노리'인 것이다. 동성동명인 인간은 모두 하나로 연결된 것과도 같다. 접점이 없더라도 전혀 무관할 수는 없었다. 그 후로 그들은 각자 자신의 체험담을 쏟아내며 서로를 위로하고 분노를 공유했다. 특별한 목적 없이 고민을 가진 사람들끼리 불평을 나누는 교류 모임과도 같았다.

흐름을 바꾼 것은 야구 모자를 쓴 오오야마 마사노리의 한마디였다.

"여러분은 앞으로 어떻게 할 예정이십니까?"

전원이 "네?"라고 되물으며 그를 바라보았다.

"아니, 이렇게 상처를 서로 보듬어도 상황이 달라질 게 없잖아요. 모처럼 모였으니 앞으로의 이야기라든가, 대책이라든가, 그런 이야기를 하는 게 좋지 않을까 싶은데."

실눈인 오오야마 마사노리가 코웃음을 쳤다.

"대책이라니. 우리한테 잘못은 없지만 뭐 할 수 있는 게 없잖아. 세상은 '오오야마 마사노리'를 증오한다고."

"그래도 생각해볼 가치가 있을 것 같아요."

"힘들다니까. 우린 미움받고 있어. 개명이라도 하지 않는 한 우리의 이미지는 변하지 않아."

주최자인 오오야마 마사노리가 팔짱을 끼었다.

"개명이라……."

갈색 머리인 오오야마 마사노리가 고개를 저었다.

"어려울 거예요. 저도 진지하게 생각한 적이 있었는데 그리 간단하지 않거든요. 개명하려면 가정재판소에 제기가 필요한데 '정당한 이유'가 없으면 인정되지 않아요."

그에 말에 의하면 명의 변경 허가 신청서에는 다음과 같은 이유가 기재되어 있다고 한다.

기묘한 이름이다, 어려워서 정확히 읽을 수 없다, 동성동명이 부적절하다, 이성과 혼동된다, 외국인과 혼동된다, 출가를 했다(혹은 그만뒀다), 널리 알려진 이름으로 장기간 사용되었다

등등.

"동성동명이 부적절하다고 해야 하나? 피해를 본 우리라면 가능성이 있지 않을까요?"

"범죄자와 동성동명이라는 건 개명 사유에 해당될 수도 있지만, 그래도 사회생활에 중대한 지장이 없으면 어려워요. 주위 사람들이 편견을 가지고 본다든가, 그 정도가 아니면 거의……."

"그럼 저는요?" 복코인 오오야마 마사노리가 손을 들었다. "제 상황이라면 가능성이 있지 않을까요? 이웃 사람한테 그놈으로 오해받았는데, 그래선지 요즘 우편함에 쪽지가 엄청 들어왔거든요. '범죄자는 떠나라!'라고 빨간 매직으로 쓰인 쪽지요."

"아, 그러면 인정받을 수도 있겠네요."

"진짜 해볼까……."

"괜찮네요. 그럼 해방될 수 있잖아요."

"그렇긴 하죠……."

"어쩐지 마음이 내키지 않으신 것 같네요."

"이렇게 되긴 했지만, 저는 제 이름을 좋아하거든요……." 복코인 오오야마 마사노리는 눈을 내리깔며 말했다. "실제로 이름을 바꾼다고 상상하니까 왠지 내가 사라지는 것 같고, 내가 내가 아닌 것 같은…… 말로 하기 어려운데 그런 불안감이……."

"알 거 같아요." 갈색 머리의 오오야마 마사노리가 말했다.

"동성동명이 이렇게 많이 존재하고 있고, 이름이라는 게 참 불확실하다, 개인을 의미하지 않는다고 생각하고 또 알고 있지만, 그래도 오오야마 마사노리는 분명히 나인 거죠."

"맞아요."

"오오야마 마사노리가 아니게 된다면 그건 이미 저 자신이 아니라는 생각이 들어서요……."

침묵이 내려앉았다.

그 침묵을 깬 것은 야구 모자를 쓴 오오야마 마사노리였다.

"여러분에게 묻고 싶은데…… '오오야마 마사노리'에 대해 어떻게 생각하시죠? 소년 교도소를 나와 유가족에게 습격당했잖아요."

주최자인 오오야마 마사노리가 얼굴을 찌푸렸다.

"……솔직히 지금은 유족에게 분노를 느낍니다. 그런 복수 사건을 일으키지 않았다면 '오오야마 마사노리'는 다시 논란이 되지 않았을 텐데……."

"그건……."

"압니다, 저도 알아요! 잘못한 건 '오오야마 마사노리'라고요. 머리로는 알지만 그렇게 느끼는 건 어쩔 수 없어요. '오오야마 마사노리'는 죗값을 치렀어요!"

끓어오르는 감정이 분출되고 있었다.

야구 모자를 쓴 오오야마 마사노리는 잠깐 숨을 내쉬고 물었다.

"……'오오야마 마사노리'는 정말로 죗값을 치렀을까요? 불과 7년 만에 세상에 돌아왔는데요."

"'오오야마 마사노리'가 반성을 했건 하지 않았건 우리 인생과 아무 상관없지 않나요?"

"……죄송합니다, 이상한 말을 해서요."

주최자인 오오야마 마사노리가 아니라고 말하며 시선을 피했다.

"저도 감정적으로 말씀드려서 죄송해요."

'오오야마 마사노리' 동성동명 피해자 모임은 감정이 뒤섞여, 대립하고 부딪히는 자리이기도 했다.

15

오오야마 마사노리는 쇠창살 너머로 짙은 파란색 상하의를
입은 상대를 노려보았다. 흘러넘치는 적대심이 얽히고설켰다.

"비열한 살인범!" 상대방이 침을 뱉듯 호통을 쳤다. "여자아
이를 그런 식으로 끔찍하게 죽인 너 같은 놈은 사형당했어야
했어!"

마사노리는 싸늘한 웃음을 흘렸다.

"뭐가 웃기지!"

상대가 침을 튀기며 말했다.

무엇이 유쾌한지, 친절하게 알려줄 생각은 없었다.

그보다…….

"……자기 입장이나 생각하지그래. 간수 말 안 듣고 후회하
지 말라고."

간수는 죄수의 목숨을 살리고 죽일 생살지권(生殺之權)을 손
에 쥐고 있다.

"지금 할 수 있을 때 실컷 떠들어. 내가 여기서 나가기만 하

면 맨 먼저 뭘 할지 알아?"

"뭐지?"

"너한테 복수할 거야."

"……아직도 입이 살았나 본데. 할 수 있으면 해봐. 그러다 금방 반성하고 사죄하면서 울부짖겠지."

"그게 싫으면 날 죽여. 안 그러면 난 너를 계속 노릴 거야."

상대는 감정을 드러내며 느닷없이 방범창을 걷어찼다. 위협이라도 하듯 몇 번이고 쾅, 쾅, 쾅.

"그렇게 감정에 휘둘리지 마."

마사노리는 옷을 걷어 올리고 자신의 복부를 살폈다. 멍 자국이 여러 개 있었다.

"또 폭력을 휘두르려고?"

"……너 같은 살인귀는 몇 대 때려도 모자랄 거야!"

"폭력으로 바로잡을 수 있다고 생각해?"

"누가 할 소린데! 쓰레기는 고통으로 배우는 거야!"

"유족 대신 복수하는 거야? 너한테 무슨 권리가 있는데. 자기 분수를 알아야지."

상대는 이를 갈았다. 그러나 이쪽에 손댈 수 없는 인간의 분노 따위 하나도 무섭지 않다.

'어차피, 나는 공기다.'

마사노리는 고등학교에서 자신을 공기 취급하던 무리를 떠올렸다. 그는 교실에 눌러앉은 지박령이나 마찬가지여서 모습은 보이지만 존재하지는 않는 무엇과 같았다. 누군가 그에게 악의가 있었던 것은 아니다. 따돌림을 당한 것도 아니었다. 교과서가 사라지지도 않았고, 체육복이 찢기지도 않았고, 욕을 먹지도 않았다.

그저 공기였다.

누구의 시야에도 비치지 않았다. 악의나 적의를 품을 가치조차 없었다.

만약 교통사고나 병으로 죽더라도 담임선생님의 사무적인 보고에 반 아이들은 고개를 끄덕일 뿐, 이야기가 끝나면 일상으로 돌아갈 거였다. 자신은 그 정도의 존재라는 것을 알고 있었다.

반에서 눈에 띄는 애처럼 특기가 있는 것도 아니었다. 아무것도 없었다.

운동도 못 해. 공부도 평균 이하. 얼굴도 마찬가지다. 키도 크지 않았다. 사람들과 이야기하는 것조차 서툴고, 장래성도 없었다. 아무것도 없는 자신의 인생의 마지막도 상상이 갔다.

그래서 나는…….

마사노리는 아랫입술을 꽉 깨물었다. 쇠창살이 흔들리는 소리에 얼굴을 돌렸다. 상대는 쇠창살을 움켜쥐고 적의를 드러냈다.

"반드시 네 죗값을 치르게 해주겠어."

코웃음이 나올 것 같다.

이 녀석은 적의를 드러내야 할 방향을 잘못 잡았다.

"웃어?"

상대가 초조함을 드러냈다.

마사노리는 이번엔 확실히 비웃어주었다.

내가 하지도 않은 '마나미 사건'의 죗값 따위를 치를 리가 있나.

하지만 그러한 '진실'은 결코 입에 담지 않았다.

16

·····

'오오야마 마사노리' 동성동명 피해자 모임은 인터넷상에 넘치는 '마나미 사건' 관련 뉴스나 사이트를 줄일 수 있는 방법을 각자 고민해보자는 결론을 내리고 해산했다.

오오야마 마사노리는 건물을 나와 납빛 구름이 드리워진 흐린 하늘을 바라보다가 코웃음을 쳤다. 참가한 여러 오오야마 마사노리들은 저 하늘처럼 울적한 얼굴로 동성동명의 울분을 토해내기 바빴다. 동성동명이라 사회에서 얼마나 어려움을 겪어왔는지.

모임의 모두가 피해를 공유하는 동지라고 믿고 있었다. 그는 그들의 믿음이 약간 유쾌하기도 했다. 결과적으론 자신의 이름이 오오야마 마사노리인 것에 감사했다. 야마다도 스즈키도 아니고, 오오야마 마사노리였다는 사실에.

다른 여러 오오야마 마사노리의 앞에서는 시종일관 숨기고 있었지만, 그는 내심 '오오야마 마사노리'가 '마나미 사건'을 일으켜줘서 좋았다. 물론 자신이 '오오야마 마사노리' 동성동명 피해자 모임에서 이야기한 '동성동명 피해'는 사실이었다. 그러나 누명을 쓴 못된 이름도 잘만 이용하면 결코 나쁘지만은 않다.

오오야마 마사노리는 길을 건너 역을 향해 걸음을 뗐다.

나는 '오오야마 마사노리' 동성동명 피해자 모임에 섞여 들어온 배신자다. 결코 의도를 들켜선 안 된다.

오오야마 마사노리의 악명(惡名)이 세상에서 지워질 리가 있나.

고마워, '오오야마 마사노리'. 네가 저지른 '마나미 사건'을 잘 이용해서 나는 인생을 되찾고야 말 것이다.

17

죄를 저지른 '오오야마 마사노리'와 동성동명이지만 예비 범죄자 취급을 받지 않는 또 하나의 오오야마 마사노리.

오오야마 마사노리는 책상을 노려보았다. 같은 학년에 두 명의 오오야마 마사노리가 있었다. 그것이 그의 불행이었다.

담임선생님이 교실에 들어서고 조회가 시작되었다. 출석을 부른 선생님이 다다음 주부터 시작되는 미화 기간 얘기를 꺼냈다.

"포스터를 만들어서 복사한 다음 교내에 붙이고 한 명이라도 더 많은 학생이 미화의식을 가졌으면 좋겠다. 그리고 우리 반이 포스터 제작 담당이 됐어."

반 아이들은 관심이 없어 보였다. 담임선생님이 미술부 학생을 지목했다.

"눈에 확 띄는 일러스트가 좋겠는데. 해줄래?"

미술부 남자애는 왜 하필 나냐고 입술을 삐죽거렸다. "전 대회 작품 마감이 있어서요, 선생님."

"어떻게 안 될까?"

"아, 정말 마감이 빠듯해요."

"그래? 곤란하네."

담임선생님은 눈썹을 여덟 팔(八) 자로 만들고는 교실 안을 둘러보다가 마사노리를 쳐다보았다.

"그러고 보니, 오오야마도 그림을 잘 그렸지?"

"네?"

갑자기 지목을 당할 줄은 몰랐다.

"쉬는 시간에 항상 그림 그리잖아. 잘 그리지? 딱 좋을 것 같은데 어떨까?"

"저, 저요?"

마사노리는 시선을 떨어뜨렸다. 난감하면서도 선생님이 자신을 봐주고 있다는 사실이 기뻤다. 처음으로 다른 사람에게 인정받은 것 같았다.

"저라도 괜찮다면……."

그 순간, 오른쪽 끝 쪽에서 "반대합니다!"라는 여자 목소리가 들려왔다.

마사노리는 목소리의 주인공을 보았다. 예의 그 무리의 여자애가 오물을 보는 얼굴로 손을 들고 있었다. 담임선생님이 당황한 얼굴로 왜, 라고 물었다.

"오타쿠 그림에 영향을 받고 싶지 않아서요. 그런 포스터를 교내에 붙이는 거 반대하겠습니다!"

모든 반 친구들 앞에서 자신이 전부 부정당하고 자존심이 짓밟힌 기분이었다. 새하얀 종이에 핏빛 물감을 치덕치덕 처 바른 듯 마음이 상처투성이었다. 말의 칼에 베인 상처는 잘 낫 지 않는다. 어차피 항의해도 저번처럼 '너를 부정하는 게 아니 라, 그림을 부정하는 거다'라고 우기면 끝일 것이다. 상처를 주 는 쪽은 자각이 없다. 왕따 문제가 거론될 때 자주 나오는 말 을 그는 실감했다.

"거참, 그러지 말고." 담임선생님은 쓴웃음을 지었다. "그런 게 요즘 그림이잖니."

"불쾌해요. 선생님은 불쾌해하는 사람이 있어도 하실 거예 요?"

"아니, 좋아하는 학생도 있을 것 같은데 봐줄 수 없을까?"

"집에 가서 엄마와 이야기하고 정식으로 항의할게요. 그래 도 되나요?"

학부모회 임원인 어머니가 뒤에 있기 때문에 담임선생님도 그녀에게는 강하게 주의를 줄 수 없었다. 마사노리는 비참함 을 씹으면서 말했다.

"포스터 안 하겠습니다. 비판 받으니까요."

담임선생님은 "오, 오, 그래……"라고 고개를 끄덕였다. 스 스로 물러나줘서 안도하는 표정이었다.

"그럼 포스터는 다시 생각해보자."

모처럼 자신의 '애정'을, 그림을 인정받았는데……

담임선생님이 교실을 나가자 여자애가 반 아이들 네 명과 함께 다가왔다.

"방금 말투 뭐야?"

다섯 사람이 노려보자 마사노리는 움찔했다.

"말투?"

"비판 받으니까, 라고 했지? 괜히 우리가 나쁜 것 같잖아."

"그야……."

대꾸하지 못하고, 마사노리는 입을 다물었다. 입을 다문 채 고개를 숙이고 있는데 목소리가 들렸다.

"뭔데, 또 오타쿠가 뭐 했어?"

고개를 들자 또 다른 오오야마 마사노리가 서 있었다. 1학년 4반에서 온 것이다. 또 다른 오오야마 마사노리가 마사노리의 책상을 빤히 쳐다보았다.

"오늘은 기분 나쁜 그림 안 그렸구나?"

가슴이 도려진 마사노리는 또 시선을 피했다.

"그리는 걸 그만두었다는 건 실수를 인정하고, 자신의 무엇이 잘못되었는지 자각했다는 거잖아."

실수라. 귀여운 여자아이의 그림을 그리는 것이 그렇게 잘못된 걸까? 욕을 먹어도 싼 걸까? 자신에게 잘못이 있다고 생각하지 않는다. 교실에서 그림을 그리지 않게 된 것은 그들에게 인격을 부정당하는 말이 괴롭고 또 피로웠기 때문이다.

어째서 자신들이 무조건 옳다고 생각할 수 있는 것일까.

또 다른 오오야마 마사노리는 주위로부터 '역시 오오야마'라고 칭찬 받고 있었다.

"난 애랑 다르지."

본인이 차이를 강조하니까 상대를 비교하게 된다. 주변도 마찬가지다. 그리고 우열을 가린다.

다른 오오야마 마사노리가 존재하지 않으면 얼마나 좋을까…….

마사노리는 마음속 깊이 바랐다.

18

두 번째 '오오야마 마사노리' 동성동명 피해자 모임은 첫 번째 모임을 한 날로부터 일주일 뒤에 열렸다. 오오야마 마사노리는 주최자로 지난번 모임 장소를 다시 대관하고 사이트에 공지를 올렸다. 같은 곳에 첫 번째 모임에서 본 얼굴들이 모두 모였다.

"그 후로 어떻게 잘 지내셨나요?"

마사노리는 다른 오오야마 마사노리들에게 물었다. 모두가 똑같이 괴로운 표정을 지었다. 유리창을 통해 들어오는 밝은 햇빛과 어울리지 않게 음울한 침묵이 흐른다.

"……악플이 아주 후벼 파던데요." 복코인 오오야마 마사노리가 말문을 열었다. "나가 죽으라느니, 기분 나쁘다느니, 욕설이 넘쳐나잖아요. 범인 '오오야마 마사노리'에게 하는 말이라는 걸 알고 있어도 저한테 하는 말처럼 느껴지니까……."

"맞아요." 마사노리는 고개를 끄덕였다.

"실은 중학교랑 고등학교 때 반 여자애들한테 괴롭힘을 당했던 적이 있어서……. 제 얼굴이나 분위기가 생리적으로 맞지 않는다면서 징그럽다, 기분 나쁘다고 그러더라고요. 그래서 지금도 제 외모에 콤플렉스가 있어요. '오오야마 마사노리'에 대한 비난 글을 볼 때마다 트라우마가 자꾸 떠올라서……. 사실 저한테 하는 말이나 다름없잖아요."

아직도 선혈을 흘리는 마음의 상처가 눈에 보이는 듯했다. 너무나 애처로워서 무심코 마사노리는 눈을 돌렸다.

"상대가 범죄자든 누구든 욕설 같은 건 쓰지 않는 게 좋죠." 다부진 체격의 오오야마 마사노리가 말했다. 사이타마에서 온 중소기업 신입 사원이었다. "예전에 논란이 된 사람을 비판하는 글을 올리려고 한 적이 있었어요. 하지만 트위터 맞팔 중에 똑같은 이름이 있었다는 게 생각이 나서 그만두었습니다. 같은 이름이니까, 자신이 비판받는 느낌일 것 같아서 불쾌해지지 않을까, 하고요."

이해받지 못한다는 것은 알고 있었다. 아픔을 호소해도 당신한테 하는 말이 아니라고 일축하면 그만이었다. 인권을 중요시하는 약자의 편에 선 사람이 자기도 모르게 행하는 가해의 모습.

"저는요." 갈색 머리인 오오야마 마사노리가 쭈뼛쭈뼛 입을 열었다. "유족들이 소란을 피우는 모습이……."

그는 말하기가 난처한 듯 말끝을 흐렸다.

"짜증 나." 실눈인 오오야마 마사노리가 멋대로 문장을 끝맺었다. "그렇지?"

"아, 아니요……."

갈색 머리인 오오야마 마사노리가 눈을 굴렸다.

"이제 와서 아닌 척하지 마. 우리는 다 '오오야마 마사노리'라는 이름 때문에 피해를 입고 여기 모인 거야. 당연히 유족이 괜히 쓸데없는 일을 한다 싶겠지."

한 달 전쯤 '오오야마 마사노리'를 덮친 피해자의 아버지는 여론의 지지를 받은 탓인지 불기소됐다. 중대한 피해를 주지 않은 것도 영향을 미쳤을지 모른다. 주간지의 기사에 의하면 '오오야마 마사노리'는 전치 10일 정도의 얕은 상처를 입었다고 한다.

석방된 유족은 기자회견에서 계속 억울함을 호소했다. 그때마다 '오오야마 마사노리'의 이름이 트위터의 실시간 트렌드에 올랐다. '오오야마 마사노리'에 대한 증오와 분노가 들끓었다.

세상은 '오오야마 마사노리'를 잊지 않는다.

"마음은 이해하지만" 연구원 오오야마 마사노리가 참견했다. "유족을 원망하는 건……."

말도 안 됩니다, 라고 지나치게 강한 표현을 뱉을 뻔했지만 애써 삼킨 듯했다.

"번지르르한 말은 그만하라고." 실눈인 오오야마 마사노리가 말했다. "당신은 좋겠어, 나이 때문에 같은 사람 취급 받을 일 없잖아. 방관자의 훈계처럼 열 받는 것도 없지."

"그런 게 아니라……."

"유족이 다시 불을 지피니까, 우리는 언제까지고 용서받지 못하는 거야."

"하지만 애초에 죄를 범한 '오오야마 마사노리'가 절대적으로 잘못을 했고 유족은 희생자이지 않습니까."

"'오오야마 마사노리'는 복역하고 죗값을 치렀어. 그런데 폭력을 가했으니까 이제 유족이 가해자잖아. 일본에서 유족이 범인에게 복수한 사건 중에 생각나는 거 있어?"

"아니……."

"모두 법을 지키면서 참고 있는데 말이야. 선 넘은 유족을 동정할 수 있겠냐고."

"그래도 할 말 못 할 말이라는 게……."

"그러니까 양반인 척 그만하라고. 우리끼리 하는 얘기야. 나도 유족이 보는 앞에서 이런 소리는 안 해. 겉으로는 말할 수 없는 본심을 털어놓기 위해서 모인 거 아니야?"

연구원 오오야마 마사노리는 말문이 막혔다.

"그러지들 마시고……." 마사노리가 끼어들었다. "피해자끼린데 서로 언성 높이지 마시죠."

'모임'의 주최자로서 분위기를 진정시키지 않으면 안 됐다. 실눈인 오오야마 마사노리는 자신의 이야기를 하지 않았지만, 그도 나름대로 힘든 일을 마주해왔을지도 몰랐다.

야구 모자를 쓴 오오야마 마사노리가 턱에 덥수룩하게 난

수염을 만지작거리며 말했다.

"좀 더 생산적인 이야기를 하면 어떨까요? 예를 들어 검색 사이트가 '오오야마 마사노리'로 도배된 상황을 어떻게 할지."

이름으로 검색하면 '마나미 사건'과 '오오야마 마사노리'의 기사가 몇 천 건, 몇 만 건씩 쏟아져 나오고 있었다.

실눈인 오오야마 마사노리가 "그런 건 별수 없지"라고 하자, 다부진 체격의 오오야마 마사노리가 말을 꺼냈다.

"검색 사이트에 기사 삭제를 요구하는 건 어때요? '잊힐 권리'라는 게 있잖아요."

"맞아요." 갈색 머리의 오오야마 마사노리가 고개를 끄덕였다. "'잊힐 권리'는 망각권, 소거권, 삭제권으로 알려져 있어요. 인터넷상의 범죄 경력이나 개인 정보나 악플을 삭제할 수 있는 권리입니다."

"잘 아시네요." 마사노리가 물었다. "얼마 전에도 개명에 대해 잘 알고 계셨고, 원래 많이 알아보셨나 봐요?"

"아, 잘하진 않지만 전공이 법 공부라서……."

몇 사람이 "와!" 하고 감탄하는 소리를 냈다.

건장한 체격의 개인 과외를 하는 오오야마 마사노리가 쓰읍, 하고 미간을 찌푸렸다. 깔끔한 얼굴에 고뇌가 묻어나왔다.

"……솔직히 그건 어려울 것 같은데요. 저도 사회 과목에서 인터넷의 사용법이나 위험성을 가르칠 때가 있어서 그런 문제는 꽤 공부했어요. 그런데 잊힐 권리는 알 권리나 표현의 자유와 정면으로 대립하는 겁니다."

야구 모자를 쓴 오오야마 마사노리가 고개를 끄덕였다.

"표현의 자유는 헌법에 규정된 국민의 권리니까요. 실명 보도는 그 표현의 자유로 보장되거든요. 법률로 규제할 수는 없습니다."

"맞아요, 아쉽지만."

"법에는 명기되어 있지 않지만 알 권리도 있죠. 국민이 누구에게도 방해 받지 않고 자유롭게 정보를 수집할 수 있는 권리입니다."

음악 쪽 일을 하는 사람치고는 자세히 알고 있었다. 범인 '오오야마 마사노리'와 동일시되지 않는 나이지만, 그도 지금의 상황을 바꾸고 싶다고 엄청나게 원했을지도 모른다.

"그렇다고 해도!" 갈색 머리인 오오야마 마사노리가 언성을 높였다. "표현의 자유도 알 권리도 무제한으로 인정되는 건 아니잖아요. 프라이버시 보호 차원에서 삭제된 사례도 있고요."

"맞는 말이에요." 야구 모자를 쓴 오오야마 마사노리가 대답했다. "미성년 성추행으로 체포된 남성의 사례 말이죠?"

"맞아요, 맞아요. 검색 사이트에 자신의 기사 삭제 의뢰를 해서 지방 법원이 삭제 명령을 내렸다고 하더라고요. '갱생을 방해할 수 없는 이익의 침해'라는 이유로요. 죗값을 치르면 일반 시민으로 사회 복귀가 예상되는데 그걸 막으면 사회에 이익이 안 되니까요."

과외 선생님인 오오야마 마사노리가 고개를 절레절레 흔들었다.

"체포 이력 삭제 의뢰는 인정받기 힘들어요. 악플과 달리 사실 보도니까요 잊힐 권리도 사건 후 얼마나 시간이 지났는지를 보기 때문에 경범죄라면 2, 3년 정도로 인정받지만, 더 죄가 커지면 몇 년 만에 되기는 힘들어요. 심지어 이번엔 엽기 살인이라⋯⋯."

갈색 머리의 오오야마 마사노리가 분한 듯이 웅얼댔다.

"삭제 의뢰가 인정된다면 고생스럽지 않겠죠."

과외 선생님인 오오야마 마사노리가 말했다.

"인터넷 기사는 엄청나게 많아요. 끝이 없죠. 애초에 이번 사건은 유족의 분노가 가라앉지 않았고, 복수 미수 같은 소동도 있어서 여론이 들끓고 있습니다. 현재 진행형의 사건인 거죠, '마나미 사건'은."

"저기⋯⋯." 축구부였던 오오야마 마사노리가 생각난 듯 말했다. "갑자기 생각났는데 원래 오오야마 마사노리의 이름이 공개되면 안 됐던 거잖아요. 이름이 너무 당연한 것처럼 세상에 알려지다 보니까 사람들이 잘 기억하진 않지만요."

그러고 보니 그랬다. 20세 미만의 실명 보도는 소년법 제61조에 따라 금지된다. 그러나 정의감에 사로잡힌 주간지가 분노에 치우쳐 '오오야마 마사노리'의 이름을 공표해 세상에 알려지게 되었다. 그 후 인터넷을 중심으로 여러 가지 정보가 범람했다.

"게다가 한 사회학자가 폭주해서 방송에서 실명을 폭로했잖아요. 그래서 '오오야마 마사노리'가 공공연한 정보가 됐고요, 이래저래 규칙 위반이죠. 그렇기 때문에 지금 상황은 옳지 않다고 보는 게 맞는 겁니다. 범행 당시에 열여섯 살이었던 범인의 실명이 인터넷에 넘쳐나는 건 문제니까 재판소도 삭제 명령을 내려주지 않을까요?"

축구부였던 오오야마 마사노리가 열변을 토했다.

"좋네요." 복코인 오오야마 마사노리가 몸을 내밀며 말했다. "가능성이 있다면 해보는 게 어떨까요. 우리를 위해서!"

"그런데……" 마사노리가 말했다. "우린 당사자가 아니에요. 같은 오오야마 마사노리라도 범인 '오오야마 마사노리'가 아닙니다. 동성동명인 다른 사람이 삭제 의뢰를 해서 인정받을 수 있을까요?"

모두 침묵했다.

"빚져야 본전이죠!" 갈색 머리 오오야마 마사노리가 목소리를 높였다. "우리가 본인은 아니지만 그래도 동성동명이라 큰 피해를 본 건 사실이잖아요. '오오야마 마사노리' 이름이 적힌 기사나 사이트가 계속 존재하면 힘들잖아요."

야구 모자를 쓴 오오야마 마사노리가 말했다.

"뭐, 전례는 없을지 몰라도 시도한다고 지금보다 사태가 악화되는 것도 아니죠. 혹시 다른 방법을 생각한 분은 없습니까?"

대답하는 사람은 한 명도 없었다.

'오오야마 마사노리 동성동명 피해자 모임'이라는 이름을 만들었지만 '모임'으로서 목적이 없고 애매모호했다. 자신과 같은 고통을 공유하는 동지를 원했던 것이다. 결국 서로 속상함을 털어놓고. 상처를 보듬을 수밖에 없다.

"……얼마 전에 진짜 어이없는 일이 있었어요." 다부진 체격의 오오야마 마사노리가 말했다. "처음으로 가는 거래처에서 선배가 또 제 이름을 걸고넘어지더라고요. 이 친구, 유명한 사람하고 동성동명이에요. 오오야마 마사노리, 이러면서."

"그래서요?" 마사노리는 다음 말을 재촉했다.

"상대방 여성이 딱 한마디 하더라고요, 무리라고."

"무리……."

"그것만으로 거절할 이유가 되는 것처럼 말하는데……." 오오야마 마사노리가 분한 듯이 말했다. "전 도대체 누굴 원망하면 좋을까요? 이름을 걸고넘어진 선배? 거절한 거래처 사람? 사건을 일으킨 오오야마 마사노리? 아니면 오오야마 마사노리라는 이름을 가진 저 자신?"

그 물음에 답할 수 있는 사람은 아무도 없었다. 분명 모든 오오야마 마사노리는 자문했던 적이 있을 것이다.

누가 잘못된 것인가.

무엇이 잘못된 것인가.

"……편견은 논리적이지 않으니까요." 축구부였던 오오야마 마사노리가 고민하는 얼굴로 말했다. "범인 '오오야마 마사노리'와 나이가 비슷하면 다른 사람이라고 증명할 수단도 없고요."

범행 당시의 '오오야마 마사노리'는 16세였다. 나이는 보도됐지만 생년월일까지는 밝혀지지 않았다. 생일을 맞았는지 안 맞았는지에 따라 나이는 달라진다. 현재 스물두 살일 수도 있고, 스물세 살일 수도 있었다.

"악순환이에요." 축구부였던 오오야마 마사노리가 다시 말했다. "처음 만난 상대가 이름을 물으면 대답하기가 망설여져요. 그렇지만 망설이다가 이름을 말하면 그것 때문에 괜히 더 수상해지는 느낌이라⋯⋯."

"알죠." 마사노리는 고개를 끄덕였다. "이름 때문에 고생하고, 고민하면서 살다 보니까 이름을 말하는 것만으로도 긴장이 되잖아요. 하지만 당사자의 그런 고민을 상상도 못하는 상대방은 망설이는 것을 보고 수상하다는 식으로 멋대로 단정 짓거든요."

"제가 얼마나 고생을 했는데⋯⋯. 다 주간지랑 그 사회학자 때문이에요."

"축구 쪽에도 영향이 있었나요?"

그는 아랫입술을 깨물고 미간을 찌푸렸다. 표정으로 헤아려 달라고 말하는 듯했다.

"⋯⋯물어볼 필요도 없잖아요?" 마사노리는 쓴웃음을 지었다. "다들 자신의 인생에 영향이 있었기 때문에 여기에 모인 거겠죠."

그가 활약을 펼쳤을 무렵의 축구 관련 기사는 이제는 인터넷에서 이름을 검색해도 찾기 힘들었다.

"전 학교가 싫어서 정말 죽겠어요." 중학생 오오야마 마사노리는 상처투성이가 된 강아지 같은 얼굴로 고개를 숙이고 있었다. "이름이 같으니까 저도 그런 사건을 저지를 사람이라면서 놀리고 저를 뒤에서 욕해요. 어제도 학교 가는 길에 떠드는 초등학생 애들을 우연히 보고 있었을 뿐인데, 등교했더니 초등학생에게 눈독을 들였다면서 뭐라고 해서……."

몇몇 사람이 "너무하네……"라며 위로의 말을 건넸다.

"친구랑 만화나 애니메이션 이야기를 하는 것뿐인데 어린 애를 덮칠 것 같다, 라면서 단정 짓고요. TV에서 사회학자가 그런 얘기를 했다면서 영향력이 대단하고 높은 사람이 그렇게 말했으니까 그런 거래요. 아무렇지도 않게 '징그럽다'라고 욕하고요. 어떻게 사람의 마음을 후벼 파는 그런 심한 말을 할 수 있는지 모르겠어요."

"……유명인은 자신의 영향력을 알았으면 좋겠어요." 복코인 오오야마 마사노리가 괴로운 듯 말했다. "픽션의 악영향이나 유해성에 대해서 말하려면 우선 현실에서 자신이 한 발언으로 일어나는 괴롭힘에 대한 책임도 져야 한다고 봐요."

마사노리는 동정심을 느꼈다.

"초등학생, 중학생 중에는 자기 말에 상대가 얼마나 상처를 받을지 생각하지 못하는 아이도 있죠."

"어른도 마찬가지예요." 복코인 오오야마 마사노리가 퉁명스레 내뱉었다. "인터넷을 보면 알 수 있지만 자신의 감정을 조절하지 못하고, 쉽게 '죽어라'라든지 '혐오스럽다'라고 트윗을 하거나…… 그래놓고 자신이 도덕적으로 올바른 편에 속하는 사람이라고 믿는다니 놀랍죠."

외모 때문에 괴롭힘을 당한 경험이 있던 그는 중학생 오오야마 마사노리의 괴로움이 뼈에 사무칠 만큼 이해가 갔다.

"왕따시키고 노는 초등학생, 중학생도 아니고. 나이 먹고도 뇌가 진보하지 않은 놈들이에요."

중학생 오오야마 마사노리는 아랫입술을 깨문 채 얼굴을 들었다. 눈동자에는 증오의 불길이 일렁였다.

"그 자식들, 죽여버리고 싶어요……."

"야." 실눈인 오오야마 마사노리가 말했다. "듣기 좀 그렇다."

"힘들단 말이에요……."

"참아줘라. '오오야마 마사노리'가 연달아 사람을 죽이면 우리한테도 민폐니까."

중학생 오오야마 마사노리는 바닥을 노려보며 "죄송합니다……"라고 중얼거리듯 사과했지만, 금방이라도 폭발할 듯한 분위기를 풍겼다. 대학생이나 사회인에 비해 중고등학생은 도망칠 곳이 없다. 마음껏 욕해도 괜찮은 '제물'로 찍힌다면 비

210

참할 것이다. 이름 때문에 도대체 얼마나 괴롭힘을 당하고 있는 걸까.

불만을 토로한 뒤, 그들은 몇몇 그룹으로 나뉘어 음료수를 마시며 대화를 나눴다.

"요즘은 개그 프로를 보고 있어요." 복코인 오오야마 마사노리가 말했다. "인터넷에서 악플이라든가 부정적인 것만 보고 있으면 영혼이 더러워지는 것 같아서 웃음으로 힐링하게 되더라고요."

"저는 정반대인데요." 다부진 체격인 오오야마 마사노리가 말했다. "이름을 소재로 자꾸 놀림을 받고 불쾌한 경험이 많다 보니 그런 개그 특유의 분위기는 별로예요. 보면 개그 프로는 함부로 개그 소재로 사용하잖아요. 외모를 가지고 비웃거나……."

"아니죠. 개그라고 다 그렇진 않아요. 저도 누구를 디스하거나 해서 웃음을 주는 내용은 싫어하고요."

갈색 머리의 오오야마 마사노리가 TV 하니까 생각이 나는데, 하고 운을 뗐다. "저는 지난번에 여자배구 재방송을 재밌게 봤어요. 아슬아슬하게 일본이 이탈리아에 역전해서 이겼잖아요."

어두운 이야기만 늘어놓으면 기분이 가라앉는 것 같아 일부러 이야기를 꺼냈다.

마사노리는 방송을 떠올렸다.

"장난 아니었다면서요. 저는 하이라이트만 봤어요."

"이탈리아 선수가 때린 스파이크 진짜 멋지더라고요. 예쁜 선수도 많고, 상대편인데 반했어요."

갈색 머리의 그가 쑥스러운 듯 헤헤, 하고 웃었다.

"그런 평범한 말도 할 줄 아시네요."

마사노리는 따라서 같이 웃음을 지었다. 여자배구 이야기가 한창 무르익을 때 축구부였던 오오야마 마사노리가 다가왔다.

"무슨 얘기하세요?"

갈색 머리 오오야마 마사노리가 뒤돌아 얼버무리듯이 대답했다.

"이탈리아 대표팀의 스파이크가 멋지다……는 얘기요."

스포츠맨이었던 그에게 경기 기술보다 외모에 관한 이야기로 들떠 있는 모습을 보여주는 것이 뭣했다.

"아, 그대로 득점으로 연결된 스파이크, 몇 개나 때렸죠."

축구부였던 오오야마 마사노리가 곧바로 말을 꺼냈다.

"맞아요! 일본이 질 것 같더니 교체되고 나서 흐름이 바뀌더라고요."

한동안 여자배구 이야기로 꽃을 피웠다. 다들 일부러 축구에 관한 화제는 피하는 분위기였다.

그때였다.

"이봐, 빨리 들어가!"

문이 열리는 소리에 이어 방 밖에서 고성이 들렸다. 놀란 마

사노리가 무슨 일인가, 하고 출입구를 돌아봤다. 실눈인 오오
야마 마사노리가 야구 모자를 쓴 오오야마 마사노리의 어깨를
잡아 방으로 끌고 들어오고 있었다. 야구 모자를 쓴 오오야마
마사노리는 휘청거리며 방 중앙까지 끌려왔다. 모두의 눈이
두 사람에게 집중되었다.

"무, 무슨 일이죠……?"

마사노리가 곤혹스러워하면서 물었다.

실눈인 오오야마 마사노리가 짜증스럽게 혀를 차며 야구 모
자를 쓴 오오야마 마사노리를 노려보았다.

"아니, 이렇고 저렇고 할 것도 없어, 이 자식" 그가 야구 모자
를 쓴 오오야마 마사노리를 가리켰다. "수상한 짓을 하잖아."

"수상하다고요?"

"그렇다니까. 내가 화장실에 들어가려고 하는데 안에서 소
곤대는 소리가 들리는 거야. 딱 봐도 수상한 목소리로 중얼거
리는데. 왜, 딱 느낌이 오는 거 있잖아. 그래서 몰래 들여다봤
더니 이 자식이 스마트폰으로 전화를 하는데……."

야구 모자를 쓴 오오야마 마사노리는 말없이 입술을 깨물고
있었다.

"내가 귀를 쫑긋 세웠지. 무슨 얘기를 한 줄 알아?"

모두 서로의 얼굴을 마주 보았다.

"'자연스레 어울리고 있으니까 문제없습니다.'"

마사노리는 야구 모자를 쓴 오오야마 마사노리를 보았다.

그는 난처한 듯 검지로 미간을 긁적거리고 있었다.

"이 자식이 전화를 끊고 화장실을 나가려고 해서 가로막았지. 그때 당황하는 꼬락서니가 아주 말도 못 해! 아차 하는 얼굴로 눈을 굴리는데, 내가 지금 전화는 뭐냐고 추궁했더니 대답을 못 하고 가족한테 온 전화라면서 얼버무리고 말이야. 딱 거짓말을 하더라니까. 그래서 끌고 온 거야."

자연스레 어울리고 있으니까 문제없습니다. 그 말이 의미하는 건 딱 하나밖에 없었다.

"오오야마 마사노리가 아니다." 마사노리가 불쑥 말했다.

다른 여러 오오야마 마사노리가 경악한 얼굴로 야구 모자의 얼굴을 응시했다. 반론의 말은 없었다. 갈색 머리 오오야마 마사노리가 떨리는 목소리로 따졌다.

"다, 당신 도대체 누구예요!"

"뭐라고 말 좀 해봐요!" 복코인 오오야마 마사노리가 강한 어조로 추궁했다. "당신, 오오야마 마사노리가 아닌가요? '모임'에 참가해도 되는 건 오오야마 마사노리뿐이에요!"

여러 사람이 "말을 해요!"라며 몰아붙였다. 야구 모자를 쓴 남자가 궁지에 몰린 표정으로 후, 하고 숨을 내쉬었다. 모두 순식간에 입을 다문 채 그를 응시했다.

"……죄송합니다." 남자가 체념한 얼굴로 고개를 숙였다. "저는 사실 여러분을 속이고 있었습니다. 저는 오오야마 마사노리가 아닙니다."

짐작은 했지만, 본인의 입으로 확실하게 들으니 더 충격이 컸다. 당연히 모든 사람이 오오야마 마사노리라고 믿고 있었다. 설마 거짓말하는 사람이 있을 줄은 몰랐다.

"그럼 누구죠?" 마사노리가 따졌다.

재미 삼아 '오오야마 마사노리' 동성동명 피해자 모임을 교란시키려는 인터넷 관심 종자? 아니면…….

남자가 심호흡을 한 뒤 침착한 어조로 대답했다.

"저는 프리랜서 기자입니다."

19

○○○○○

기자.

예상치 못한 고백에 오오야마 마사노리는 동요했다. '오오야마 마사노리' 동성동명 피해자 모임의 주최자로서 그는 신분 확인이 불충분했던 것을 후회할 수밖에 없었다. 다른 사람들도 모두 당혹스러워하는 표정이었다.

돌이켜보면 야구 모자를 쓴 그는 같은 고민을 나누는 동지라기보다 방관자 같은 느낌이었다. 연령대가 달라 범인 '오오야마 마사노리'와 동일시되지 않은 입장이기 때문에 그렇다고 넘겼었다. 하지만 아니었던 것이다.

'여러분은 앞으로 어떻게 할 예정이십니까?'

'여러분에게 묻고 싶은데…… 오오야마 마사노리에 대해 어떻게 생각하시죠?'

그는 동성동명인 그들의 의중을 캐내려고 했던 것이다. 모든 것이 취재에 불과했다. '오오야마 마사노리' 동성동명 피해자 모임의 참가자들에게 오프라인 모임을 제안한 것도 더욱

리얼한 기사가 될 거라고 생각했기 때문일 것이다.

마사노리는 긴장한 듯 마른침을 삼키며 기자를 노려보았다.

"우리를 우스꽝스럽게 기사화하려고요? 그러려고 잠입 취재를……."

"아니에요!" 기자가 손바닥을 내밀며 달래듯 말했다. "오해입니다. 그런 안일한 마음이 아니에요."

축구부였던 오오야마 마사노리가 소리를 질렀다.

"우리는 오오야마 마사노리가 아닌 인간에게 농락당하고 싶지 않아요!"

"모임에서 여러분의 고통을 충분히 들었고, 이해하고 있다고 생각합니다. 그 점은 확실히 배려해서……."

"우리는 오오야마 마사노리라는 이유로 세상의 눈을 두려워하며 숨어 살았어요. 그걸 기자인지 뭔지 모르겠지만, 일방적으로 노출시키면 어떻겠습니까. 이제 주목받고 싶지 않아요! 기사라니, 그딴 거 쓰지 말아 주세요!"

간절한 애원이었다.

"정체가 드러나지 않았다면 끝까지 숨기고 아무렇게나 기사를 쓸 생각이었겠죠?"

"아니, 절대……."

"당사자의 기분을 무시하고 독자의 흥미를 끌기 위해 쓰는 그런 기사, 우리는 용납 못 합니다."

"맞아!" 실눈인 오오야마 마사노리가 동조했다. "재미로 기사화하지 말라고!"

"우린 세상의 편견 어린 시선에 시달려왔습니다. 이제 그만 해요!"

기자는 온몸으로 적의를 마주하고 있었다. 그는 오오야마 마사노리 전원을 둘러보았다.

"……제발 해명할 기회를 주세요."

"해명은 무슨!" 실눈인 오오야마 마사노리가 고함쳤다. "기사로 쓰지 말라고 했다."

몇 사람이 두세 번 마주 고개를 끄덕였다.

"잠시만." 갈색 머리의 오오야마 마사노리가 비교적 냉정한 어조로 말했다. "한번 이야기나 들어보죠."

"변명 따위 들을 필요 없잖아."

"안 들으면 아무것도 모르잖아요. 적의가 있는지 없는지 궁금해요. 아니면 이대로 내쫓고 마음대로 기사를 쓰게 할까요?"

실눈인 오오야마 마사노리는 할 말을 잃은 듯이 혀를 차다가 말했다.

"……맘대로 해."

갈색 머리 오오야마 마사노리가 기자를 보며 물었다.

"당신은 왜 우리 모임에 잠입한 거죠?"

"설명할 기회를 주셔서 감사합니다." 기자가 야구 모자를 벗고 말을 꺼냈다. "저는 여러분의 사이트를 보고, 처음으로 동성동명 문제에 관심을 가졌습니다."

"관심이요?"

"네, 아무도 유명한 사건의 범인과 이름이 같은 분들의 고통을 심각하게 여기지 않았습니다. 혹여나 듣더라도 큰 고민이라고 생각하지 않을 겁니다. 예를 들어 피해자나 유족의 고통은 누구나 상상하기 쉽죠. 최근 들어서는 가해자 가족의 고통도 주목받고 있습니다. 언론에서 보도되거나 잡지 특집 기사로도 다루고 있죠. 하지만 이름이 똑같은 사람들은? 당사자에게는 절실한 고민이지만 세상 사람들은 의식조차 하지 않아요."

사뭇 진지한 그의 말투에 방심하다가는 마음이 느슨해져 버릴 것 같았다.

"저도 마찬가지였거든요." 기자는 말했다. "실은 저도 동성동명이었어요."

"네?"

"기자가 되고 얼마 지나지 않았을 때, 일본에서 일어난 큰 사건의 범인과 이름이 같습니다."

그는 자신의 이름을 밝혔다.

"범인의 이름과 한자는 다르지만 읽는 발음이 같아서 소리만 들으면 구별이 되지 않습니다. 유명한 로스 사건 용의자(미국에서 일어난 총격 상해 사건의 피의자 미우라 카즈요시-옮긴이)와 인기 축구선수가 동성동명인 경우와 비슷해요. 기명으로 기사를 쓰기가 어려울 것 같다는 생각을 했던 기억이 나요."

그의 말에 모두가 복잡한 표정을 지었다.

"정체를 속이고 잠입하게 된 건 미안하다고 생각합니다. 기자라고 밝히면 의식이 되니까 속마음을 듣지 못할 것 같기에…… 죄송합니다." 머리를 숙인 기자는 뜸을 들이더니 하지만, 하고 고개를 들었다. 눈빛에는 의연한 빛이 역력했다. "문제의식을 느끼는 것은 진심입니다."

모든 이가 납득한 것은 아니었다. 하지만 믿지 못해도 이해할 수는 있었다.

기자가 덥수룩한 수염을 만지작거리며 주위를 둘러보았다.

"범죄자와 동성동명이라 고통받는 사람들의 존재는 그냥 무심히 지나치기 쉽습니다. 하지만 저는 인터넷이 중심인 현대 사회에서 더욱 주목받아야 할 문제라고 생각합니다."

몇몇 오오야마 마사노리가 고개를 끄덕였다.

"심지어 범인과 같은 성씨라서 친척이라고 오해를 받아 인터넷에 오르내리고 수많은 악플에 시달리는 사건도 끊이지 않아요. 점점 사회 문제가 되고 있습니다."

그는 아직도 생생하게 기억하고 있었다.

끔찍한 교통사고 가해자의 직장에 같은 성을 가진 사람이 있었다. 둘은 아무런 관계도 없는데 가해자의 아들로 찍혀 악플에 시달린 일이 있었다.

또 난폭 운전으로 사상자를 낸 추돌 사고 때는 용의자와 동종 업계인 모 기업의 한자가 같았다. 마침 회사 사장의 성씨도 회사 이름과 같아서 사장이 용의자의 아버지라는 루머가 인터넷에 퍼졌다. 집 주소와 전화번호도 털려서 하루에 수백 통씩 장난 전화가 걸려왔다고 한다.

'마나미 사건'이 일어났을 때도 같은 오오야마 성을 가진 남성이 범인의 아버지로 오해를 받아 큰 논란이 됐었다. 회사가 공식 성명을 발표해 부인할 때까지 비난은 계속되었다.

"요즘처럼 정보 리터러시(literacy, 해석 능력-옮긴이)가 요구되는 시대도 없을 겁니다. SNS를 이용하는 모든 사람이 의식해야 한다고 봐요."

"맞아요." 마사노리가 수긍했다. "대부분 루머에 쉽게 선동되죠."

"괜히 무고한 사람을 범인으로 몰아세운 것을 알게 되면, 일부는 자신의 착각이었다고 반성합니다. 그런데 그런 사람들도 다른 사건에서는 또 안이하게 비판에 가담하곤 합니다. 저는 이런 정보 리터러시 문제와 더불어 동성동명이라는 이유로 불이익을 받는 부당한 현실을 알려야 한다고 생각해요."

갈색 머리인 오오야마 마사노리가 매달리는 어조로 말했다.

"기자님이 우리를 위한 기사를 써주시겠다는 말, 진심이죠? 믿어도 될까요?"

"……제 기사에 세상을 움직일 수 있는 힘이 얼마만큼 있을지 모르겠습니다. 하지만 파문을 일으키고 싶고, 파문을 일으켜야 한다고 생각합니다."

그는 굳센 의지가 담긴 눈빛으로 단언했다.

자신들이 클로즈업되는 건 마음에 걸리지만 냉정하게 보면 모두가 오오야마 마사노리였다. 여타 문제들과 달리 개인이 특정될 우려는 없었다. 그렇다면 세상의 풍향을 바꿀 수 있을지도 모를 가능성에 기대를 걸어봐야 하지 않을까.

"자, 그럼." 기자가 갑자기 얼굴을 굳히며 목소리를 낮췄다. "사실 제가 생각한 게 하나 있어서 잠시 논의 드리고 싶은데요. 여론을 크게 움직이는 한 수입니다."

"여론을 움직이는?"

"'마나미 사건'을 일으킨 '오오야마 마사노리'를 찾아내서 범인의 얼굴 사진을 공개하는 겁니다."

몇 명이 "네?"라고 곤혹스러운 반응을 보였다.

"장난하지 마세요." 마사노리는 동요했다. "범인의 얼굴 사진을 공개하는 게 도대체 무슨 의미가 있죠? 논란만 불러일으키고, 괜히 우리 입장이 더 난처해질 뿐이잖아요."

"아마 난리가 나겠죠. '오오야마 마사노리'의 이름을 인터넷에서 더 많이 보게 될지도 모르죠. 하지만 여기 계신 한 분 한 분의 인생은 오히려 나아질 겁니다."

"믿기 어려운데……."

기자는 연구원 오오야마 마사노리와 과외 선생님 오오야마 마사노리, 중학생 오오야마 마사노리를 차례로 보았다.

"세 사람이 범인으로 보이지 않는 이유는 뭘까요?"

"……범인과 연령대가 아예 다르니까요."

"그렇죠. 다른 분들이 의심을 받는 건 범인 '오오야마 마사노리'의 얼굴이 알려지지 않았기 때문입니다."

얼굴이라.

"엄청난 사건을 일으킨 범인들은 많습니다. 연일 언론에 실명이 보도되며 성만 듣고도 알 정도로 악명을 떨친 범인들 말이죠. 그런데 사형 판결 등으로 감옥 안에 있으면 동성동명이라도 범인이라고 오해받지 않습니다. 출소했더라도 범인의 얼굴이 세상에 알려져 있다면 다른 사람임을 증명할 수 있기 때문이죠. 반면에 '마나미 사건'은 범인이 16세였기 때문에 얼굴 사진이 공표되지 않았습니다."

"왜 주간지는 공개하기를 주저했을까요?" 마사노리가 물었다. "실명만 폭로할 수 있었나요?"

"얼굴 사진을 구하기가 어려웠겠죠. '오오야마 마사노리'가 찍힌 사진이 많이 없었던 것 같아요. 사진이 있었다면 다른 사건들처럼 눈을 모자이크로 가려서 실었을 겁니다. 결과적으로는 그게 나쁜 쪽으로 굴러갔죠, 여러분에게는."

"그렇죠. 어중간했어요. 실명을 공개할 바엔 얼굴 사진도 공개했더라면……."

최근 소년법을 개정하려는 움직임이 있었다. 기소 후 18~19세 소년의 실명과 사진을 보도할 수 있다는 내용의 개정안이 나왔다는 뉴스였다.

"그러니까 우리 손으로 범인 '오오야마 마사노리'를 무대 위로 끌어내는 겁니다. 범인은 이 자식이지, 우리가 아니라고 표시하는 거예요. 벌을 주려면 이놈에게 줘라! 세상에 올바른 표적을 제시해주는 거죠."

그건 동성동명이기에 괴로워하고 있는 이들의 진심이 담긴 외침이었다.

처음에는 말도 안 되는 제안이라고 생각했지만, 이야기를 듣고 보니 이치에 맞는 것 같았다. '오오야마 마사노리'를 무대 위로!

"저기……" 입을 연 것은 복코인 오오야마 마사노리였다. "죗값을 치른 사람의 얼굴을 폭로하면 논란이 돼서 저희가 엄청나게 비난을 받진 않을지……."

"그건 하기 나름이죠." 다부진 체격의 오오야마 마사노리가 말했다. "범인 '오오야마 마사노리'의 얼굴을 공개한다고 해도 우리의 존재를 군이 알릴 필요는 없죠. 요즘 유행하는 익명의 '정의의 사도'를 가장하면 돼요. 7년 만에 세상에 나온 범인을 용서할 수 없어서 사회적 제재를 가하려는 사람의 소행으로 보이게 만들면 안전할 겁니다. 우리에게 불똥은 튀지 않아요."

"아, 그렇겠네요."

"아뇨." 기자가 검지를 세웠다. "저는 '오오야마 마사노리' 동성동명 피해자 모임의 존재를 밝히고, 그런 다음에 범인의 얼굴을 공표해야 한다고 생각합니다."

"뭐 때문에 그런……" 마사노리가 목소리를 높였다. "괜히 반감만 사잖아요."

"세상을 바꾸려면 때론 난폭한 방법을 써야죠. 한번 상상해보세요. 온라인 뉴스의 기사, 주간지 칼럼, 에세이에서 동성동명의 억울함을 호소해봤자 다른 사람에게 가닿을까요? 범죄자와 동성동명이라 고민하는 사람들이나 공감해주고 끝이에요. 대부분의 세상 사람들에게는 남의 일입니다."

"그야 뭐……."

"사회 문제를 제기하는 기사는 수십만 개 존재하죠. 하지만 그중에 기억에 남는 기사가 몇 개나 될까요?"

사회에는 여러 가지 문제들이 있다. 교육, 의료, 저출산, 고령화, 차별, 정치 등등에 관련해 문제를 제기하는 기사는 인터넷에 넘쳐나고 있다. 그러나 다들 크게 관심은 없다.

"현실적으로 얘기하면, 그냥 기사를 써봤자 보통 그 문제에 관심이 있는 독자에게만 전해질 뿐입니다. 물론 공분을 사는 내용이라면 인터넷에서 연예인들이 언급하기도 하고 SNS에서도 화제가 되겠지만, 며칠 지나면 트렌드에서 사라질 가능성이 높죠. 아무도 계속해서 그 문제를 진심으로 고민하지 않을 거예요." 기자의 얼굴에 무력감이 배어 있었다. 그러나 잠시 입을 다물고 있던 기자가 하지만! 하고 강하게 말했다. "관심을 끄는 방법이 있죠. 바로 정치인도 움직일 만큼 소란스럽게 문제를 제기하는 방식입니다."

"그게 뭐죠?"

"여론이 반반으로 갈리는 과격한 주장이나 행동으로 주목을 받는 식으로 문제를 제기합니다. 예를 들어 구속 경력이 있는 성범죄자들의 거주지를 지도에 표시하는 앱을 만들어 공개한다든지 말이죠. 인권의 관점에서 비판도 나올 테고, 반대로 찬성하는 의견도 있을 겁니다. 그렇게 되면 후에 사과하고 앱을 삭제하게 되더라도 의미가 있습니다. 성범죄자가 가시화되면 사람들이 위기감을 느끼고 다른 대책을 생각하려고 할 겁니다. 그런 방법이죠."

"논란을 이용하는 건가요?"

"한마디로 정리하자면 그렇죠. 고의로 논란을 일으켜서 여론을 움직이는 것. 자주 사용되는 방식입니다. 여러분도 몇 가지 떠오르는 게 있으실 거예요."

그러고 보면…….

마사노리는 기억을 더듬었다. 도덕적으로 허용되는지 아닌지 의견이 대립되는 방법들이 떠올랐다. 차별이라고 볼 수 있는 주장으로 문제가 제기되면 여론이 들끓는다. 신문과 TV에서도 보도를 해서 연예인과 정치인이 반응하고 때로는 국회에서도 거론된다.

"그런 겁니다." 기자는 망설임 없이 말했다. "범인 '오오야마 마사노리'의 얼굴을 드러내면 '모임'이 비판을 받겠지만 그만큼 궁지에 몰린 사람들의 존재가 알려질 겁니다. 여러분은 철저히 피해자가 되는 거죠. 피해자의 괴로움을 알리기 위해서 이런 과격한 수단으로 호소하는 방법을 택할 수밖에 없었다고 대중이 옹호하도록 만들면 됩니다. 그게 수단에 대한 '면죄부' 가 될 거예요."

다부진 체격의 오오야마 마사노리가 말했다.

"하나를 내주고 하나를 얻는 거군요. 그런데 방식을 비판하는 사람들이 더 많으면 어떻게 합니까?"

"피해자가 필사적으로 소리를 지르는데 입을 막느냐, 라고 반박하시면 됩니다. 비판하는 사람이 찝찝함을 느끼도록 만들면 성공하는 겁니다. 비판하는 쪽이 나쁜 놈으로 보이게 하면 되는 거죠. 형세가 나빠지면 비판의 목소리는 약화될 겁니다. 사람들은 모두 도덕적인 인간으로 보이고 싶어 해요."

기자가 중학생 오오야마 마사노리를 보았다.

"저 친구가 인터뷰를 하는 것도 효과적일 겁니다."

"네?" 중학생 오오야마 마사노리의 눈이 흔들렸다. "저, 저요?"

"아이의 입을 빌리는 건 아주 좋은 수단입니다. 어른이 호소하는 것보다 좀 더 쉽게 동정을 얻을 수 있고, 반대 의견도 막을 수 있습니다. 반론하는 사람이 마치 아이를 탓하는 것처럼 보일 테니까요."

SNS에서 인지도가 없는 사람이 내는 의견은 공감을 이끌어 내기 어렵고, 리트윗도 거의 되지 않는다. 하지만 같은 의견이라도 외국인이나 어린이의 입을 통해 올리면 사물의 본질을 꿰뚫는 지적으로 돌변해 많은 사람들이 감탄하고 공유한다. 그건 안다. 하지만 중학생인 오오야마 마사노리를 전면에 내세워도 되는 걸까.

마사노리가 의구심을 전하자 기자가 대답했다.

"걱정하지 않아도 됩니다. 동영상이 아니라 기사이기 때문에 내용은 얼마든지 가필이나 수정을 해서 다듬을 수 있습니다."

다부진 체격의 오오야마 마사노리가 흥분 섞인 목소리로 감탄했다는 듯 말을 던졌다.

"역시 기자님이시네요! 승산이 있을 것 같아요!"

"승산은 충분합니다. 범인 '오오야마 마사노리' 폭로를 '모임'의 활동 목표로 하시죠. 우리가 찾아내는 겁니다!"

여러 명이 "좋아요!"라고 목소리를 높였다. 모두가 자신의 인생을 되찾고 말겠다는 결의에 가득 차 있었다.

"잠시만!" 이의를 제기한 것은 연구원 오오야마 마사노리였다. "잠시만 진정하시죠. 분노에 사로잡혀 행동해버리면 잘못을 저지르는 법입니다."

"또 선비 노릇 하시네." 실눈인 오오야마 마사노리가 쏘아붙였다. "방관자는 당사자들 문제에 참견하지 마."

"저도 당사자입니다."

"이건 올바른 분노라고!" 실눈인 오오야마 마사노리가 찬동자들에게 "그렇지?"라고 물었다. 여러 사람이 주저하지 않고 고개를 끄덕였다.

연구원 오오야마 마사노리가 곤혹스러운 얼굴로 물었다.

"그 분노가 정당하다고 누가 결정하죠? 우리들도 세상이 말하는 '정당한 분노'로 막다른 골목에 내몰려서 지금 상황에 이른 게 아닙니까?"

"그거랑은 다르지."

"사람들은 누구나 자신의 분노가 정당하고 순리라고 생각하는 법이죠. 그런 생각은 위험해요."

"우리가 틀렸다는 겁니까?" 복코인 오오야마 마사노리가 갓 배운 논리로 반박했다. "불합리한 일에 화를 내는 게 부끄럽고 어리석다는 식으로 말하면서 억압하지 마세요."

"그런 말이 아닙니다. 억압하는 게 아니에요."

"하고 있잖아요."

"그런 악의적인 해석으로 기우는 모습 자체가 이미 평정심을 잃고 악감정에 사로잡혀 있는 겁니다."

"악감정이라뇨. 이건 기자 분이 말했듯이 '정당한 분노'예요."

"……원래 분노나 증오에는 죄책감이 늘 따라다닙니다. 그래서 사람은 그 발로(發露)에 정당성을 원합니다. 화를 내고 미워할 정당성을 뒷받침하는 논리나 윤리를 찾기 때문에 본질을 망각하는 겁니다."

"우린 어떻게든 이 상황을 해결하고 싶다고요!"

대립이 격화되기 시작하자 실눈인 오오야마 마사노리가 마사노리에게 눈을 돌렸다. "그래서 어쩔 거야?"

"네?"

"주최자가 정리해야지."

"정리……."

마사노리는 당황해 모두를 돌아보았다. 부탁한다고 말하는 듯한 시선이 자신에게 집중되고 있었다. 주최자로서 책임이 막중했다.

"음……" 마사노리가 뺨을 긁적이며 물었다. "다수결로 정할까요?"

그는 무난한 아이디어라는 비난을 각오했다. 하지만 여러 오오야마 마사노리가 동의해주었다.

"……그럼 범인 '오오야마 마사노리'의 얼굴 공개에 반대하는 분?"

마사노리가 물었다.

연구원인 오오야마 마사노리가 제일 먼저 손을 들었다. 축구부였던 오오야마 마사노리와 과외 선생님인 오오야마 마사노리가 주저하면서 뒤를 이었다.

"얼굴 공개는 아무래도 좀……" 축구부였던 오오야마 마사노리가 말했다. "애초에 많은 미디어가 폭력적으로 범죄자의 실명을 폭로하는 바람에 우리가 피해를 본 건데 같은 수준으로 떨어질 필요는 없다고 봅니다."

과외 선생님인 오오야마 마사노리도 "동의합니다"라고 대답했다. "저도 직업이 직업인지라 집단 폭력 행위에 찬성할 수 없어요."

"……반대는 세 분이신가요?" 마사노리가 물었다.

다른 오오야마 마사노리들은 반대하지 않았다. 축구부였던 오오야마 마사노리를 제외하고, 겉모습으로 범죄자와 동일시되지 않는 두 사람이 반대파로 돌아선 상황이었다.

"그럼 찬성은요?"

남은 여섯 명이 손을 들었다. 주최자가 가세할 틈도 없이 찬성파가 다수가 되어 모임의 목표가 결정됐다.

실눈인 오오야마 마사노리가 반대파 세 명을 보았다.

"결론은 났고, 당신들은 어떻게 할래?"

연구원 오오야마 마사노리가 체념 섞인 침묵에 잠겨 있다가 고개를 저었다.

"전 함께하기 어렵겠네요. 모임 참석은 이번을 마지막으로 하겠습니다. 정의감이 폭주하다가는 돌이킬 수 없는 상황이 올 겁니다."

"아, 그래." 실눈인 오오야마 마사노리는 그 말을 한 귀로 흘리더니 다른 두 사람에게 시선을 돌렸다. "두 사람도 나가고?"

축구부였던 오오야마 마사노리는 궁리 끝에 대답했다.

"……저는 다수를 따르겠습니다."

"저는……" 과외 선생님인 오오야마 마사노리가 떨떠름하게 말했다. "여러분의 '브레이크'가 되겠습니다."

실눈인 오오야마 마사노리가 그를 노려보았다.

"거치적거리지 말고."

과외 선생님인 오오야마 마사노리는 고개를 끄덕이지 않았다.

"그런데⋯⋯" 다부진 체격의 오오야마 마사노리가 말했다. "서로 신분을 먼저 확인할까요?"

마사노리가 "네?" 하고 그를 쳐다보았다. "확인⋯⋯ 이요?"

"네, 이렇게 기자 분이 들어왔잖아요. 악의가 없었던 건 결과론 아니겠어요? 우리는 각자 자기소개를 해서 모두가 오오야마 마사노리라고 믿었는데, 혹시 아니라면⋯⋯."

"설마, 그럴 리가⋯⋯."

모두가 서로를 돌아보았다. 눈을 가늘게 뜨고, 자신이 아닌 누군가가 동성동명이 아닐 가능성을 상상하는 얼굴로.

"아, 죄송합니다!" 다부진 체격의 오오야마 마사노리가 당황한 듯 덧붙였다. "다른 분들을 의심하는 게 아니고요. 갑자기 궁금해서요. 혹시나 하고."

"찬성합니다." 과외 선생님인 오오야마 마사노리가 말했다. "개인 정보를 별로 알리고 싶지 않은 분도 있을 테고, 이름 확인 정도가 어떨까요?"

축구부였던 오오야마 마사노리가 좋네요, 하고 고개를 끄덕였다. "이름이 증명되면 문제없잖아요. 다들 괜찮으실까요?"

몇 사람이 떨떠름한 얼굴로 고개를 끄덕였다. 축구부였던 오오야마 마사노리가 유일하게 대답하지 않은 실눈인 오오야마 마사노리를 쳐다보았다. 그는 귀찮아 죽겠다며 구시렁대더니 면허증을 꺼내 보였다.

"봐. 별로 숨길만 한 다른 개인 정보는 없다고."

면허증에는 그의 얼굴 사진과 생년월일, 이름이 나와 있었다. 주소 부분은 엄지손가락으로 가리고 있었다. 그는 틀림없이 오오야마 마사노리였다. 스물여섯 살의.

"다른 사람들도 얼른 증명해."

연구원인 오오야마 마사노리가 한숨을 내쉬며 말했다.

"참가는 오늘이 마지막이지만, 의심받으면 찜찜하니까요."

그가 "여기요"라고 말하며 면허증을 내밀었다. 다부진 체격인 오오야마 마사노리도 신분증을 보여줬다. 두 사람도 오오야마 마사노리였다.

"저기……" 복코인 오오야마 마사노리가 난감해하는 표정으로 말했다. "저 오늘 면허증을 안 들고 왔는데 다음에 가져와도 될까요?"

"네, 그럼요." 마사노리가 말했다. "괜찮습니다."

"잠깐만." 실눈인 오오야마 마사노리가 혀를 찼다. "증명하려면 오늘 해야지. 빨리 집에 가서 가져와."

억지를 부리는 느낌에 마사노리가 반박했다.

"그렇게 서두를 필요 없잖아요. 다음 모임 때 확인하면 되는 거고요."

"오오야마 마사노리 말고 다른 사람이 있을 가능성이 있는데 속마음 같은 건 말 못 하지. 그 점은 확실히 해야 해. 싫으면 모임에서 나가."

그의 말에 누구도 반박하지 못했다. 결국 확인은 당일에 마치기로 했다. 면허증이 없는 몇몇 오오야마 마사노리는 다른 신분증을 가지러 집으로 돌아가야 했다.

두 시간이 흐르고, 모두 오오야마 마사노리라는 것이 확실해졌다.

20

◇◇◇◇

핏빛 석양이 거리를 붉게 물들이고 있었다.

두 번째 '오오야마 마사노리' 동성동명 피해자 모임이 끝나고 오오야마 마사노리는 건물 밖으로 나왔다. 그리고 앞에서 걷고 있는 오오야마 마사노리를 미행하기 시작했다. 시부야 거리는 사람들로 넘쳐나고 있었다. 젊은이들 무리를 방패 삼아 미행하고 있기 때문에 뒤돌아봐도 들키지 않을 것이다.

표적인 오오야마 마사노리는 많은 사람이 오가는 시부야역으로 향했다. 마사노리는 주먹을 꽉 쥐고, 미행을 계속했다. 표적인 오오야마 마사노리가 인파를 헤치며 승강장으로 향했다.

곧장 집으로 가는 걸까.

마사노리는 거리를 두고 벽 뒤에 몸을 숨겼다. 스마트폰으로 게임을 하는 척하며 가끔 표적의 동태를 살폈다. 상대방은 앞에서 세 번째 줄에 서 있었다.

안내 방송이 나오고, 지하철이 승강장에 들어왔다. 공기가 빠지는 소리와 함께 문이 열리자 표적인 오오야마 마사노리가 다섯 번째 칸에 올라탔다. 마사노리는 그를 따라 빠른 걸음으로 옆 칸인 여섯 번째 칸에 탔다.

퇴근 시간대가 조금 지난 터라 객차는 콩나물시루처럼 빽빽하지 않았다. 안쪽으로 자리를 옮겨 연결칸 미닫이 창문 너머로 다섯 번째 칸을 살폈다. 표적인 오오야마 마사노리는 문 쪽에 서서 스마트폰을 보고 있었다. SNS나 만화라도 보는지 주위에 경계심이 없는 모습이었다.

지하철이 역마다 멈춰도 표적은 내릴 기미가 없었는데, '오오야마 마사노리' 동성동명 피해자 모임에 참가하기 위해 꽤 멀리서 온 것 같았다. 그리고 20분쯤 지났을 때, 표적이 움직였다. 어깨에 멘 가방에 스마트폰을 넣고 지하철에서 내렸다.

마사노리는 마주치지 않도록 창문으로 승강장의 상황부터 확인했다. 승강장은 몇 사람만 있을 뿐 한산해 보였다. 표적인 오오야마 마사노리는 반대쪽 방향으로 걸어갔다. 사람이 줄어들면 줄어들수록 미행은 어려워진다.

마사노리는 재빨리 객차에서 내려 계단을 올라가는 그의 등을 노려보았다. 갑자기 뒤돌아봐도 문제가 없도록 상대의 모습이 시야에서 사라지고 나서 움직이기 시작했다. 계단을 오르자 남쪽 출구를 빠져나가는 표적의 모습이 보였다. 마사노리는 몇 초 기다렸다가 미행을 재개했다.

역에서 나오자 찬바람이 몰아쳤다. 마사노리는 좌우를 둘러보았다. 표적이 어둠 속에서 길을 걷고 있었다. 주위에는 몇 사람뿐이었다. 표적인 오오야마 마사노리가 건널목 앞에서 멈추더니 전봇대에 손가락을 뻗었다. 누르면 바뀌는 버튼식 신호등일 것이다.

마사노리는 역의 출입구 모퉁이에 숨어 타이밍을 가늠했다. 신호등이 파란불로 바뀌고, 표적이 횡단보도를 건너간다. 그 앞은 어둑해진 주택가였다. 마사노리는 차가 오지 않는 것을 확인하고 뛰어서 차도를 건넜다. 횡단보도로 건너면 들킬 수 있었다.

아스팔트를 밟는 발소리에 주의하면서 미행을 계속했다. 적당한 물건이 없는지 살피며 걷다가 주택 부지에서 돌덩이를 발견했다. 마사노리는 돌덩이를 집어 들었다. 무게가 꽤 나가고, 단단했다.

'쓸 만하겠어.'

수십 미터 앞을 걸어가는 그의 등을 응시했다. 마사노리는 거리를 좁히려고 걸음을 재촉했다. 그러나 멀리서 인기척이 났다. 혀를 차며 속도를 늦췄다. 적당한 기회는 반드시 온다고 믿고 계속해서 뒤를 쫓았다. 이윽고 표적이 인적 없는 주택가로 들어섰다. 가로등 불빛이 없는 길을 어둠이 침식하고 있었다.

마사노리는 마른침을 삼키며 걷는 속도를 높였다. 오른손에 움켜쥔 돌덩어리의 묵직함이 느껴졌다. 표적인 오오야마 마사노리는 뒤에서 쫓는 사람의 존재를 눈치 채지 못한 채 무방비 상태로 걷고 있었다. 돌아보지 않기를 바라며 그는 상대의 등 뒤로 다가갔다. 팔을 뻗으면 닿는 거리였다.

마사노리는 주위를 한 번 더 살피고 돌덩이를 치켜들었다.

너만 없었으면!

뒤통수를 향해 있는 힘껏 내리쳤다. 돌덩어리가 두개골에 박히는 감촉이 손아귀에 전해졌다. 표적인 오오야마 마사노리가 신음을 토하며 뒤를 돌아볼 새도 없이 아스팔트에 쓰러졌다. 팔이 씰룩대며 경련을 일으켰다.

마사노리는 어깨를 들썩이며 어둠 속에서 오오야마 마사노리를 내려다보았다.

이로써 복수는 달성했다.

21

오오야마 마사노리는 교복 바지 주머니에 손을 넣었다. 커터 칼이 만져진다.

'더는 못 참겠어.'

학교에 올 때마다 욕설을 듣고 짓밟히고 있었다. 내가 왜 이렇게 모욕을 당해야 하는 걸까.

수업이 끝나고, 청소 시간이 되었다. 무리의 중심에 있는 여자애는 반 아이들에게 둘러싸여 즐겁게 수다를 떨다가 담임이 "쓰레기 버리기 까먹지 말아"라고 주의를 주자 귀찮은 듯이 네, 라고 대답했다.

"어쩔 수 없지, 갔다 올게."

여자애가 쓰레기통을 안고 1학년 3반 교실을 나선다.

마사노리는 주머니의 감촉을 확인하고 따라 일어섰다.

다시는 상처받고 싶지 않다. 그러기 위해서…… 마사노리는 교실을 나왔다. 복도를 청소하고 있는 몇몇 학생을 거들떠보지도 않고 여자애를 따라갔다.

증오가 가슴을 불태우고 있었다.

여자애가 복도를 지나 출입구로 향했다. 신발장에서 신발을 꺼내 실내화를 갈아 신었다. 마사노리는 신발장 뒤에서 상황을 계속 살폈다.

"아, 귀찮아."

여자애가 혼잣말을 하더니 밖으로 나간다. 쓰레기를 버리는 곳은 학교 건물 뒤편에 있었다. 마사노리는 실내화를 신은 채 뒤를 밟았다. 발밑에서 짤그락 소리가 난다. 하지만 여자애는 눈치 채지 못했다. 건물에 붙어 조심조심 걷고 있는데 여자애가 갑자기 멈춰 서더니 오른쪽을 바라보았다. 시선의 끝에는 또다른 오오야마 마사노리가 빗자루를 지팡이 삼아 서 있었다.

두 사람이 대화를 나누기 시작했다.

마사노리는 학교 건물 모퉁이에 몸을 숨겼다. 벽에 등을 기댔다.

'괜히 끼어들기는…….'

주머니 안에서 커터 칼을 쥔 손이 땀으로 축축했다. 손을 꺼내 바지에 땀을 닦았다. 후우, 숨을 헐떡거리며 상황을 주시했다.

무슨 말을 하는 걸까. 기분 나쁘다느니 뭐니 하며 태연하게 타인을 욕하며 상처 입힐 수 있는 사람들끼리 또 누군가를 욕하며 들떠 있는지도 모른다.

이야기를 마치고 여자애가 학교 뒤편으로 향했다. 또 다른 오오야마 마사노리는 학교 풀숲 쪽으로 가는 것 같았다. 마사노리는 들키지 않도록 발소리를 죽이면서 뒤를 쫓았다. 건물 모퉁이를 돌자 커다란 쓰레기통 앞에 여자애가 등을 돌리고 있었다.

마사노리는 깊게 숨을 내쉬고 한 걸음 내디뎠다. 주머니에서 손을 빼내 커터 칼을 살핀 뒤 엄지손가락으로 칼날을 밀어냈다.

드르륵.

녹슨 칼날이 튀어나왔다.

마사노리는 한 발짝 더 내디뎠다. 한 걸음, 두 걸음, 세 걸음…….

드르륵.

칼날이 충분한 길이가 됐다.

마사노리는 교복의 왼쪽 소매를 걷어 올렸다. 몇 줄이나 흉터가 남아 있었다.

'이거 모에라 그러나? 기분 나쁘니까 꺼졌으면 좋겠는데.'

'구역질 나.'

'눈에 들어오면 불쾌해. 존재 자체가 사라져야 된다니까.'

비수와 같은 말들에 괴로워하며 벼랑으로 내몰렸을 때, 자살을 결심하고 자신의 팔에 커터 칼로 상처를 냈다. 아팠다. 하지만 마음에 새겨진 상처가 몇 배나 더 아팠다.

그렇다면, 내 아픔의 몇 분의 일이라도 느끼도록 만드는 게 뭐가 어때서.

거리가 1미터에 육박했을 때, 실내화 밑에서 자갈 소리가 났다. 깜짝 놀란 여자애가 뒤를 돌아본다. 눈이 마주쳤다.

마사노리는 눈을 부릅뜨고 우뚝 섰다. 여자애의 시선이 커터 칼로 향했다.

"너……" 목소리에 노기가 드러난다. "그거 뭐야?"

"이, 이거……."

마사노리는 독사가 노려본 듯 움츠러들었다. 괴롭힘을 당한 기억이 머릿속을 스쳐 지나가며 두 다리가 뿌리가 내린 듯 움직이지 않고 떨려왔다.

"설마 날 덮치려는 거야?"

마사노리는 이를 악물고 떨리는 손으로 커터 칼을 꽉 쥐었다. 공격하기 위해서라기보다 자신을 지키기 위해서였다. 그렇지 않으면 당장이라도 사과하고 도망칠 것만 같았다.

"여자를 덮쳐? 오타쿠, 진짜 최악이다. 그런 그림을 그리니까 범죄를 저지르지."

"아, 아니야……."

반박하는 말에는 힘이 없었고, 상대의 귀까지 닿지 않았다.

"사과해! 미쳤나 봐! 기분 나빠."

또다시 마음에 상처가 새겨진다. 몸에 남는 것보다 더 아픈 상처가.

여자애가 얼굴을 일그러뜨리며 다가왔다. 칼이 있어도 겁먹지 않았다.

마사노리는 어깨를 움찔하며 뒤로 물러섰다.

"왜 도망가는데?"

몸에, 아니 마음에 새겨진 공포를 거스를 수 없었다.

"말을 해봐!"

커터 칼을 쥔 손은 계속 떨리고 있었다.

"나, 나는……."

"무슨 일이야!"

등 뒤에서 들려오는 목소리에 마사노리가 화들짝 놀라 뒤를 돌아보았다. 또 한 명의 오오야마 마사노리가 빗자루를 한 손에 들고 서 있었다. 여자애의 고함 소리가 들렸던 것이다.

여자애가 마사노리를 가리켰다.

"아니, 만화 오타쿠가……."

이쪽, 만화 오타쿠, 오타쿠 쪽…… 여자애는 그를 이름으로 부른 적이 없다. 언제나 쏟아지는 모멸감을 마주할 뿐이다. 그 야말로 쓰레기통처럼.

"와, 돌았나." 또 다른 오오야마 마사노리가 커터 칼에 시선을 고정시킨 채 아연실색했다. "여자애나 덮치고, 완전 쓰레기 잖아."

"아, 아니, 나는……."

"남자 중에 제일 쓰레기잖아, 그런 짓. 남자면 자기보다 더 강한 상대를 찾아서 싸워야지. 약자만 공격하지 말고."

"맞아, 맞아." 자기 말이 그 뜻이라는 듯 여자애가 동조했다. 공감을 받아 기뻐 보였다. "오오야마 말이 맞아. 여자애만 노리고, 완전 쓰레기야."

두 사람이 몰아세우자 아무 말도 할 수 없게 되었다. 눈동자가 흔들렸다.

"그래서 여자한테 미움을 받는 거야." 또 다른 오오야마 마사노리가 진심으로 깔보는 눈빛을 하고 있었다. "그러니까 아무도 안 좋아하지."

여자애가 크게 웃음을 터뜨렸다. "저런 그림 그리면서 좋아하는 놈은 평생 동정이야."

성적인 모욕을 당하고 수치심에 얼굴이 달아올랐다. 마치 사람들 앞에서 벌거벗은 듯이.

"네가 칼 들고 덮친 거, 조회에서 문제 삼을 테니까 그런 줄 알아."

마사노리는 눈을 내리뜨고 그녀를 노려보았다.

자신이 맛본 상처를 느끼게 할 수조차 없었다.

22

"오오야마 씨가 습격당했다고 합니다."

오오야마 마사노리는 자신이 주최한 세 번째 '오오야마 마사노리' 동성동명 피해자 모임에서 소식을 알렸다.

다른 여러 오오야마 마사노리의 얼굴에 긴장감이 드리웠다. 표정에 불안이 감돌았다.

"습격이라니, 누가?"

갈색 머리 오오야마 마사노리가 주변을 둘러보았다. '모임'에 참가하지 않은 것은 지난번 모임에서 불참을 표명한 연구원 오오야마 마사노리, 답이 없었던 중학생 오오야마 마사노리, 그리고…….

"과외 선생님인 오오야마 씨입니다." 마사노리가 대답했다. "어제 연락을 받았습니다."

'오오야마 마사노리' 동성동명 피해자 모임의 주최자로서 그는 모든 사람과 연락처를 교환했었다.

"두 번째 모임 날, 집으로 걸어가는데 갑자기 습격을 당했다고 하더군요. 돌 같은 걸로 뒤통수를 맞았다고……."

"괜찮대요?"

갈색 머리 오오야마 마사노리가 걱정스럽게 물었다.

"쓰러져 있는 오오야마 씨를 발견한 사람이 구급차를 불렀고, 빨리 병원에 옮겨졌다고 합니다. 두개골에 금이 갔지만, 다행히 생명에는 지장이 없대요."

"다행이네요. 정말 별일이 다……."

어떻게 묻지마 범죄에 당한 것일까. 자신들이 처한 상황을 생각하면 우연이라 치부하기 어려웠다.

"설마 '오오야마 마사노리 사냥'이……."

축구부였던 오오야마 마사노리가 떨리는 목소리로 말했다. 몇몇 사람이 멍한 얼굴로 그를 쳐다보았다.

"아니죠. 아니죠." 복코인 오오야마 마사노리가 고개를 흔들었다. "무슨 소리예요. '오오야마 마사노리 사냥'이라니……."

"그냥 하는 말이 아니에요. 실은 말할까 말까 망설였는데" 축구부였던 오오야마 마사노리가 가방을 뒤져 종이 한 장을 꺼냈다. "제 등에 이런 게……."

종이에는 '범죄자 오오야마 마사노리에게 천벌을!'이라는 새빨간 글자가 적혀 있었다.

"그게 뭐예요?"

"지난번 쉬는 날에 외출했다가 지하철을 탔는데 역에 내리니까 사람들이 슬금슬금 쳐다보더니…… 저를 앞질러서 간 사람도 뒤돌아서 제 얼굴을 보더라고요, 이상한 눈으로. 뭐지 하고 어리둥절해하는데 어떤 아주머니가 '학생 등에 이상한 종이 붙어 있어'라고 하셔서 확인해보니 이게 붙어 있었습니다. 아마 복잡한 지하철에서 붙였겠죠."

'범죄자 오오야마 마사노리에게 천벌을!'

그가 '오오야마 마사노리'임을 알고 있는 자의 범행이 분명했다.

"누가 붙였는지 수상한 사람은 못 봤어요?"

마사노리가 물었다.

"……죄송합니다." 축구부였던 오오야마 마사노리가 떨떠름한 얼굴로 대답했다. "지하철에 사람이 많아서 몰랐습니다. 누가 건드려도 별로 특별한 것도 아니고……."

"섬뜩하네……" 다부진 체격의 오오야마 마사노리가 몸을 떨었다. "한 사람이 누군가에게 습격당하고, 다른 한 사람은 등에 종이가 붙고……."

동일인의 소행인가, 다른 사람의 소행인가.

축구부였던 오오야마 마사노리가 말했다.

"인터넷에선 시간이 갈수록 '오오야마 마사노리'에 대한 증오가 높아지고 있어요. '오오야마 마사노리'를 찾아내자는 과격한 주장도 있고, '네티즌 수사대'도 움직이고 있습니다. 이건 엄연히 '오오야마 마사노리 사냥'이에요. 만약 착각해서 찍히기라도 한다면……."

팽팽한 긴장감이 맴돌았다.

인터넷의 폭주인가? 범죄자가 불기소로 끝나거나 벌을 불충분하게 받았다고 생각하면, 자신이 '폭력'을 가해 사회적 제재를 하려는 것이 요즘 세상의 흐름이었다. 결국 오해로 인해 습격당할 가능성이 있었다.

"무슨 수를 쓰지 않으면……."

누구라고 할 것 없이 내뱉은 그 말에는 자신들의 목숨을 지키기 위한 간절한 바람이 섞여 있었다.

"여러분, 생각하기 나름입니다." 기자가 입꼬리를 올리며 말했다. "이번 피해, 운이 좋아요. 써먹을 수 있겠네요."

마사노리는 그를 돌아보았다.

"무슨 말이에요?"

"동성동명이기 때문에 실질적인 손해가 발생했습니다. 이런 식으로 세상에 어필을 하는 건 중요해요. 솔직히 동성동명이라는 이유로 불이익을 호소하더라도 그것만으로 사람들 마음에 가닿지는 않습니다. 하지만 이렇게 무고한 사람이 협박문을 받고, 실제로 습격을 당해서 크게 다친 피해자까지 나왔다면 다르죠."

"과외 선생님인 오오야마 씨가 '사냥'을 당한 건지 아닌지는 아직……."

"갖다 붙이는 건 세상이죠."

"네?"

"한 사람의 등에 협박문이 붙고, 다른 한 사람이 습격을 당했다. 그 사실로 충분합니다. 피해 고발과 함께 '오오야마 마사노리 사냥'이라는 단어를 언급하고 나면 세상이 알아서 결부시켜 생각하겠죠. '오오야마 마사노리 사냥'이라는 표현도 임팩트 있고 좋은 것 같네요."

그 말이 맞을지도 모른다. 과외 선생님인 오오야마 마사노리를 습격한 것은 누구일까. 단순한 괴한일 수도 있다. 하지만 두 사건을 나란히 고발한다면 누구든 연루되었다고 생각할 것이다.

"기폭제 역할은 저한테 맡겨주세요." 기자가 스마트폰을 꺼내 들었다. "누구나 정보를 올릴 수 있는 블로그를 사용해서 동성동명의 피해를 고발하겠습니다. 고발의 발단이 일반 시민이어야 공감대를 형성할 수 있으니까요. 그런 다음, 기자로서 제 실명 계정에서 거론하고 퍼트리겠습니다."

"……알겠습니다. 부탁할게요."

기자가 결연히 끄덕이며 스마트폰을 조작했다. 실눈인 오오야마 마사노리가 그를 곁눈질하며 말했다.

"우리끼리 범인부터 빨리 찾아내자고. 그 자식의 얼굴을 폭로하면 아무 죄 없는 우리는 이제 표적이 되지 않아."

"그러기 위해서라도 우선……" 마사노리가 제안했다. "각자 얻은 정보를 공유해서 정리할까요?"

지난번 두 번째 '오오야마 마사노리' 동성동명 피해자 모임은 '오오야마 마사노리'를 찾아내기 위해 각자 할 수 있는 일을 하자며 마무리되었다. 그러나 실제로 행동에 옮기려면 무엇을 해야 할지 감도 잡을 수 없었다. 결국 형식적으로 인터넷에서 정보를 알아본 게 다였다.

"여러분, 뭔가 알아낸 게 있었나요?"

다부진 체격인 오오야마 마사노리가 손을 들었다.

"아마추어는 어려울 것 같아서 사설탐정한테 의뢰하면 어떨까 생각했어요. 그런데 문의를 해보니까 너무 비싸더라고요…… 제대로 움직이려면 하루에 몇 만 엔씩 인건비나 경비가 들 것 같아서 포기했어요."

"전문가를 고용하는 건 돈이 많이 들죠."

갈색 머리 오오야마 마사노리가 안타깝다는 듯 말했다.

"혼자 부담하기는 힘드니 만약에 사설탐정을 쓴다면 각출을 하는 게 어떨까 합니다. 다 같이 나누면 부담이 적으니까요."

"나는 돈은 안 내." 실눈인 오오야마 마사노리가 딱 잘라 말했다. "수상쩍은 놈들한테 있는 돈 없는 돈 뜯기다 끝나겠지."

"그렇겠네요." 축구부였던 오오야마 마사노리가 동의했다. "성과가 없어도 조사하고 있다고 하면 반박할 방법도 없고요. 악덕 업체인지 아닌지 알기도 힘들잖아요."

"하긴." 마사노리도 고개를 끄덕였다. "전문 업체는 최후의 수단으로 하시죠. 다른 분들은요?"

갈색 머리 오오야마 마사노리가 슬쩍 고개를 저었다.

"고민은 해봤는데 뭘 하면 좋을지 모르겠더라고요……. 죄송합니다, 도움이 안 돼서."

"괜찮아요. 저도 마찬가지입니다."

"저기……" 복코인 오오야마 마사노리가 말을 꺼냈다. "저는 인터넷 위주로 정보를 수집했는데 신경 쓰이는 뉴스를 봐서요……."

전원의 시선이 쏠리자 그가 스마트폰을 꺼내 손가락으로 몇 번 터치하더니 화면을 내밀었다.

마사노리는 다른 이들과 함께 화면을 들여다보았다. 짤막한 뉴스 기사였다.

'20일 오전 8시 30분경, 오쿠타마의 벼랑 아래에서 사망한 남성의 시신을 발견했다는 신고가 들어왔다. 경시청에 의하면 남성은 산길 옆 경사면 약 5미터 아래에서 나무에 걸린 상태로 발견되었다고 한다. 사망한 남성은 오오야마 마사노리 씨(23세)로 어머니는 며칠 전 하이킹을 다녀오겠다고 말한 뒤 연락이 되지 않았다고 말했다. 경찰은 하이킹 중 실수로 추락사한 것으로 보고 있다.'

오오야마 마사노리 사망.

기분 좋은 소식은 아니었다. 약 3주 전의 사망 사고이지만 자신들의 앞날을 예견하는 듯한 불길함이 밀려왔다.

"이거……" 복코인 오오야마 마사노리가 말했다. "나이로 보면 범인 '오오야마 마사노리'랑 비슷하잖아요. 만약 죽은 게 진짜 본인이라면, 저희는 해방될 거예요."

"아니, 그렇게 딱 맞춰서 죽었다고요?"

갈색 머리 오오야마 마사노리가 말을 이었다.

그들은 추락사한 오오야마 마사노리가 '마나미 사건'의 범인이었으면 좋겠다고, 저도 모르게 바랐다. 범인 '오오야마 마사노리'가 사망했다면 동성동명인 흉악범의 사형이 집행된 것과 마찬가지로 사건은 끝이 난다. 범인이 더 이상 세상에 존재하지 않는다면 동성동명인 사람이 살인범으로 오해받을 가능성 또한 사라지는 것이다.

"추락사한 오오야마 마사노리의 신원을 조사할 방법은 없을까요?" 마사노리가 물었다. "혹시 모르니까요."

갈색 머리 오오야마 마사노리가 기자를 바라봤다.

"지금이야말로 프로가 솜씨를 발휘할 차례 아닌가요? 기자니까 이런 거 전문이시죠?"

스마트폰을 보고 있던 기자가 얼굴을 들었다.

"그렇죠. 사고나 사건 희생자의 신원을 많이 조사하니까요. 한번 알아보겠습니다."

"시간 낭비야." 실눈인 오오야마 마사노리가 끼어들었다. "그거 범인 아니야."

모두가 그를 바라보았다.

"네?" 복코인 오오야마 마사노리가 그에게 다가가며 말했다. "조사해봐야 알죠, 그건."

"그걸 알 수 있다잖아."

실눈인 오오야마 마사노리는 자신만만한 얼굴로 애태우듯 한참 뜸을 들이더니 스마트폰을 꺼냈다.

"게시판이랑 트윗을 보다가 어제 발견했어. 증거로 남기려고 스크린샷까지 해뒀지."

스크린샷은 컴퓨터나 스마트폰 화면을 사진으로 보존하는 것인데, 화면에는 일주일 전에 올라온 두 개의 글이 있었다. '이름 없는 저변'이라는 트위터 계정이었다.

- 어제 오오야마 마사노리 봄! 편의점 앞에서 지나가는 사람이랑 어깨
  가 살짝 부딪혀서 사과했는데 "무릎 꿇고 사과해!"라면서 소리 질러
  서 쫄려 죽는 줄!
- 무릎 꿇기 싫다 했더니 내가 누군지 아냐면서 오오야마 마사노리라
  고 면허증을 보여줬다! "너, 사람을 칼로 난도질하는 감촉 알아? 흥
  분되거든. 여동생은 있어?" 이러던데 선 넘더라. 돌았음!

고발 트윗은 458명이 리트윗한 상태였다. 리트윗 수가 그리 많지 않은 것은 신빙성이 부족한 탓인 듯했다. 익명인 트위터 계정의 글은 아무런 근거가 없으니까. 증거가 있었다면 수천 번 리트윗됐을지도 모른다.

"범인 '오오야마 마사노리'는 일주일 전에 살아있었던 거

야." 실눈인 오오야마 마사노리가 화면의 글을 손끝으로 가리켰다. "3주 전에 오쿠타마에서 추락사했으면 목격되지 않았겠지."

"아니, 그렇지만" 복코인 오오야마 마사노리가 말했다. "이 트위터가 진짜인지 아닌지 증거가 없잖아요."

"이런 걸 조작해서 뭐 하려고?"

"주목받는 쾌감 때문에 리트윗을 목적으로 올렸을지도 몰라요."

"뭐?"

"흔하잖아요. 있었던 일이라면서 거짓말하고 루머를 떠들어대거나 공감을 얻을 만한 말을 하거나."

실눈인 오오야마 마사노리는 혀를 찼다.

"그래도 귀중한 정보 아니야? 다른 단서도 없는데."

"어떠신가요?" 마사노리는 전원을 둘러보았다.

"알아볼 가치는 있겠네요." 기자가 대답했다. "계정에 접근해봅시다."

마사노리가 고개를 끄덕이며 자신의 스마트폰에서 '이름 없는 저변'을 치자 바로 검색됐다. 트윗을 거슬러 올라가니 문제의 글도 남아 있었다. 리트윗 수는 스크린샷보다 조금 늘어 762명에 40명 넘게 답글이 달려 있었다.

- 반성 안 했네!

- 한 번 더 감옥에 가둬라!

- 살인 자랑이라니, 미쳤다! 또 사람 죽일 듯

- 어디 편의점이죠? 도쿄죠? 우리 동네에 살면 무서워서 밖에 못 나감

'이름 없는 저변'은 답글에 답을 달았다.

- 무슨 경찰인 줄. 자기가 먼저 면허증 딱 보여주는데 대박이었음. 살
  인도 자랑하더라. 아, 이건 퍼뜨려야겠다 싶어서 트윗함. 많이 퍼가
  라. 오오야마 마사노리가 얼마나 미친놈인지 더 알려지길!

- 편의점 이름은 내 신상이 드러나니까 대놓고는 좀…… DM으로 물어
  보면 알려줄게

DM은 트위터의 기능 중 하나로 비공개로 나누는 대화였다.
기자도 자신의 스마트폰으로 같은 화면을 보고 있는 것 같았다.

"저도 한번 연락해 보겠습니다."

기자가 진지한 얼굴로 스마트폰을 조작했다. 그리고 잠시
뒤 숨을 내쉬며 말했다.

"범인 '오오야마 마사노리'에 대한 정보 제공을 부탁했습니
다. 기자로서 접근했으니까 이제 상대 쪽에서 어떻게 나오느
냐에 달렸어요."

답이 올 것인가. 만약 엉터리 고발이라면 기자의 접근에 당
황할 것이다. 그리고 무반응으로 일관하거나 사과를 할 것이

다. 그러나 사실이라면 어떤 답변이 있을 것이다. 과연 어떨까.

기자는 다시 피해 고발 작업에 열중했다. 미간에 주름이 잡힌 얼굴로 스마트폰 화면을 노려보며 손가락으로 키패드를 누를 때였다. 15분 정도 지났을까.

"아!" 기자가 갑자기 소리를 질렀다. "바로 반응이 왔네요."

"정말이요?"

"뭐래요?"

여러 오오야마 마사노리가 기자를 응시했다.

"……익명을 보장하는 조건으로 편의점 장소를 알려줬어요. 나쁜 놈을 처벌해달라고."

기자가 편의점의 주소를 읽었다. 도쿄 교외였다. 기자에게 장소를 대답했다는 것은 이야기가 사실일 가능성이 크다는 뜻이다.

"어떻게 할까요?" 기자가 물었다.

마사노리는 동지들을 쳐다봤다. 물어볼 필요도 없이 대답은 정해져 있는 것 같았다.

"'오오야마 마사노리'를 찾으러 가죠!"

23

세 번째 '오오야마 마사노리' 동성동명 피해자 모임으로부
터 이틀 후, 기자의 연락을 받은 모두가 약속 장소에서 모이기
로 했다. 기자는 '오오야마 마사노리'의 얼굴을 봤던 '이름 없
는 저변'의 협조를 얻어냈다고 했다.

오오야마 마사노리는 지하철을 갈아타고 도쿄 교외의 한 동
네로 이동했다. 약속 시각을 10분 앞두고 여섯 명의 오오야마
마사노리와 기자가 모두 모였다.

살을 에는 칼바람이 휘몰아쳤고 마사노리는 옷깃을 여몄다.
니트 위로 긴 코트를 껴입어도 1월의 추위는 막을 수 없었다.

"찾으면 좋겠네요."

갈색 머리 오오야마 마사노리가 기도하듯이 시린 손을 비비
며 말했다.

"그러게요." 다부진 체격의 오오야마 마사노리가 고개를 끄
덕였다. "감옥에 갔는데도 전혀 반성하지 않는 것 같고. 오히
려 고맙네요. 얼굴 사진을 퍼뜨려도 죄책감이 들지 않을 것 같

아요."

범인은 여섯 살 여자아이를 참혹하게 살해했던 과거를 적극적으로 과시하며 협박 도구로 사용하고 있었다. 7년의 복역 기간은 역시 너무 짧았던 것이다. 그런 극악무도한 인간은 사회적 제재를 받아야 마땅한 것이 아닐까.

'이름 없는 저변'을 기다리는 동안, 마사노리는 스마트폰으로 인터넷상의 분위기를 확인했다.

기자가 오오야마 마사노리의 이름을 꺼내 피해 고발 기사를 내자 인터넷에서 동성동명 문제가 주목받고 있었다. '오오야마 마사노리'를 향한 증오나 살의는 줄어들지 않았지만 '신상 털기'에 관해서 신중하자는 의견이 나왔다.

약속 시간에서 5분이 지났을 때, 붉은 니트 모자 밑으로 노란 염색 머리가 삐죽 나온 청년이 다가왔다. 파마머리 사이로 피어싱이 보였고, 검정색 패딩을 입고 있었다.

"기자 맞아요?"

기자는 그렇다고 대답한 뒤, "이름 없는 저변 님?" 하고 물었다.

"……뭐 트위터에서는 그렇죠."

"오늘 시간 내주셔서 감사합니다."

"집 근처인데요, 뭘." 노랑머리 청년은 여섯 명의 오오야마 마사노리를 둘러보았다. "이 사람들은?"

"한마디로 말하면 범인 '오오야마 마사노리' 때문에 피해를 본 사람들입니다."

"……예?"

노랑머리 청년은 눈을 가늘게 뜨고 수상한 듯 둘러보았다. 의심하는 눈초리였다. 그러나 더 이상 추궁하지는 않았다.

"근데 제가 뭘 하면 돼요?"

노랑머리 청년이 물었다.

"DM에도 썼지만 '오오야마 마사노리'를 찾는 걸 도와주었으면 합니다. 얼굴을 본 유일한 분이니까요."

"아, 그거요."

"협조해 주시겠습니까?"

"그럼요. 그런 놈을 사회에 내버려두면 큰일 난다니까."

"'오오야마 마사노리'와 무슨 일이 있었는지 구체적으로 이야기해 주시겠어요?"

"알았어요." 노랑머리 청년은 순순히 응하더니 사거리 모퉁이의 편의점을 가리켰다. "저 가게에서 저녁밥을 사서 나오다가 편의점에 들어가던 녀석이랑 어깨를 부딪쳤어요. 반사적으로 '죄송합니다'라고 머리를 숙였는데 상대방이 엄청 고함을 쳤고……. 나머지는 트윗한 그대로예요."

마사노리는 "면허증을 보여줬죠?"라고 물었다.

"무슨 암행어사 마패인 줄 알았어요. 완전 난리였다니까요."

"그 후로는 보지 못했나요?"

"한번 큰길 건너편에서 걷고 있었나? 그래서 거리가 있긴

했는데 확대해서 사진 찍었어요."

"네? 사진이요?"

기자가 "처음 들었습니다"라고 놀라움을 보이며 물었다. "사진은 지금 가지고 계십니까?"

"스마트폰에 있어요."

"보여주시겠어요?"

"잠시만요."

노랑머리 청년은 스마트폰을 꺼내 사진 폴더를 열었다. 모두 화면을 들여다보았다. 그곳엔 사회를 원망하는 듯한 얼굴의 청년이 찍혀 있었다. 미간에 깊은 세로줄을 새긴 찡그린 얼굴, 공격적인 눈빛이었다. 사소한 자극에도 불같이 폭발할 것만 같은 기색이 역력했다.

"이게 '오오야마 마사노리'……."

소년법의 그늘에 숨어 있던 엽기 살인범의 본모습이 처음으로 밝혀진 것이다.

"사진이 있는 걸 빨리 알았으면 좋았을 텐데." 갈색 머리 오오야마 마사노리가 쓴웃음을 지었다. "그럼 일부러 이런 곳에 모일 필요가 없었을 텐데요."

"그러게요." 복코인 오오야마 마사노리가 동의했다. "그 사진을 받아서 인터넷에 공개하면 목적을 달성할 수 있었겠네요."

"아니……" 기자가 참견했다. "아직 완전히 파악된 게 아닙니다. 사진 속 인물이 범인 '오오야마 마사노리'가 틀림없는지 조사할 필요가 있습니다."

"뭐, 그렇긴 하죠."

"얼굴 사진을 공유한 다음, 흩어져서 찾죠."

"무작정 찾으러 다니나요?"

"무작정 찾기보다 예를 들면 상업 시설이나 음식점을 중심으로 도는 건 어떨까요?"

"주로 집에만 있거나 하면 찾아내는 건 힘들잖아요."

"편의점에 온 걸 보면 평소에도 돌아다닌다는 겁니다. 오늘 중에는 어렵더라도 꾸준히 찾다 보면 발견할 수 있을 겁니다."

기자가 사진을 전원에게 보내고, 모두 흩어져 '오오야마 마사노리'를 찾기 시작했다. 그러나 저녁까지 찾아다녀도 '오오야마 마사노리'는 만나지 못했다.

"모두 모이지 않더라도 그날그날 움직일 수 있는 분들이 계속 찾아보죠."

마사노리는 동지들에게 제안한 뒤 모두를 이끌고 가까운 역으로 향했다. 역 앞에서 나이 지긋한 여성이 근엄한 표정으로 전단지를 나눠주고 있는 것이 눈에 띄었다. 수십 장의 종이 뭉치를 가슴에 끌어안고 있었다. 무시하고 빠져나가려 했지만 여성이 다가왔고, 이어서 들려오는 말에 마사노리는 제 귀를 의심했다.

"살인범이 이 마을에 살아요! '오오야마 마사노리'를 조심

합시다!"

"네?"

마사노리는 여성을 다시 보았다. 그리고 다른 일행들과 얼굴을 마주 보았다.

"주의하세요!"

여성이 막무가내로 전단지를 내밀었다. 받은 전단지에 오오야마 마사노리의 얼굴 사진이 있었다. 자신들이 공유하고 있는 사진과 똑같았다.

이게 뭘까.

여성은 다른 오오야마 마사노리들에게도 전단지를 나눠주었다. 그녀가 떠나자 마사노리는 노랑머리 청년에게 얼굴을 돌렸다.

"왜 똑같은 사진이 있죠?"

노랑머리 청년은 아무렇지도 않은 듯이 대답했다.

"기자 아저씨 말고도 몇 명한테 DM을 받았거든. 오오야마 마사노리를 만난 편의점이 어디냐고. 그래서 가르쳐줬지."

그러고 보니 그는 편의점의 위치를 알고 싶으면 DM으로 물어보라고 답글을 달았었다. 재미로 물어본 사람도 많았을 것이다. 대중으로부터 모습을 감춘 '오오야마 마사노리'의 소재를 밝혀내고 싶어서 근질근질한 것이다.

"'오오야마 마사노리'의 특징 같은 걸 끈질기게 묻더라고. 기억나는 대로 얘기했는데 사진을 찍었으니까 그것도 줬지.

그랬더니 이상한 전단지 아줌마가 나타난 거야. 거의 매일 여기서 전단지를 돌려."

전단지를 받은 사람은 모두 범인의 진짜 얼굴을 알고 있는 것인가.

마사노리는 지나가는 행인에게 전단지를 억지로 쥐어주는 나이 지긋한 여성을 바라보았다. 분노로 가득 찬 표정 때문인지 다가가기 어려운 분위기를 온몸에서 발산하고 있었다. 여성이 말을 건네는 이들 대부분은 엮이는 걸 피하듯이 무시하며 지나가고 있었다.

"당신 가족의 생명이 위협받고 있다고요!"

그녀는 불의에 대한 분노가 일렁이는 얼굴로 행인들을 물고 늘어지며 전단지를 건넸다.

"저 사람, 유족 아니죠?"

"생판 남." 청년이 말했다. "말을 걸기에 물어봤더니 '정의감으로 사람들을 환기시키고 있어요'라고 하던데."

정의감이라.

순간, 가슴속에 짜증스런 감정이 치밀었다. 왜 그런지 자신도 알 수 없었다.

"저기……" 갈색 머리 오오야마 마사노리가 고민에 빠진 얼굴로 말했다. "우리 정말로 범인 '오오야마 마사노리'의 얼굴을 폭로하는 건가요?"

실눈인 오오야마 마사노리가 곧바로 되물었다.

"이제 와서 무슨 소리야?"

"아니, 그게……" 그는 나이가 지긋한 여성을 한번 쳐다봤다. "우리, 저 사람과 똑같은 짓을 하려고 하는 거잖아요."

"하면 안 되나?"

"……뭔가 그래서요. 아무리 봐도 저 아줌마, 스토커 같잖아요."

"어디가?"

"비난하는 전단지를 근처에 뿌리는 건 스토커의 전형적인 수법이에요. 직접 보니까 소름이 끼쳐서……. 우리는 그걸 인터넷에 뿌리려고 하는 거잖아요?"

"상대는 엽기 살인범이야! 게다가 반성하는 기색도 없고."

"하지만 폭력이죠, 이건."

"목적이 다릅니다." 복코인 오오야마 마사노리가 반론했다. "우리는 자기방어를 위해 움직이고 있어요. 폭력이 아니죠."

"목적은 수단을 정당화한다는 건가요?"

"그렇죠. 목소리를 높이는 것은 피해자의 특권입니다. 애초에 살인을 범한 '오오야마 마사노리'가 절대 악이지, 우리가 죄책감을 가질 필요는 없어요."

"하지만……."

"'마나미 사건'이 일어났을 때도 우리는 동성동명이라는 이유만으로 시달렸잖아요. 범인이 출소해서 다시 이름이 주목받고……. 대체 언제까지 참아야 하죠? 평생 이래야 되나요? 목소리를 높이는 건 정당한 권리입니다. 이제 입 다물고 견디지 않아도 된다고요."

두 사람의 주장에 밀린 듯 갈색 머리의 오오야마 마사노리는 입을 닫았다. 결국 '오오야마 마사노리'를 계속 찾는 것으로 대화는 끝이 났다.

일이 있는 사람은 매일 참석하기 힘들기 때문에 하루에 모이는 인원은 두세 명이 고작이었다. 하지만 '오오야마 마사노리'를 찾아내면 자신들의 인생을 구제할 수 있을 거라는 믿음으로 그들은 계속 모였다. 그리고 주최자로서 책임감을 느끼고 마사노리는 매일 밤 '오오야마 마사노리'를 찾아 나섰다. 무직인 몸이라 시간은 많았다.

축구부였던 오오야마 마사노리로부터 전화가 온 것은 비가 내리는 어느 날 밤이었다.

"범인 '오오야마 마사노리'입니다! 찾았어요!"

심장이 뛰었다. 심장 박동이 눈 깜짝할 사이에 빨라졌다. "정말요?" 하고 되묻는 목소리에 힘이 들어갔다.

"네, 맞아요. 사진 속 그놈입니다!"

"장소는요?"

"편의점이요."

축구부였던 오오야마 마사노리는 편의점 이름과 장소를 말한 뒤 "어떡할까요?"라고 물었다.

어떻게 해야 할까.

오늘은 자신과 그, 둘뿐이었다. 직접 기습하기는 불안했다. 하지만 절호의 기회를 놓칠 수는 없었다.

"거기서 기다려주세요. 저도 금방 가겠습니다. 아마 10분 정도면 도착할 거예요."

"알겠습니다!"

전화를 끊고 마사노리는 알려준 편의점을 향해 달리기 시작했다. 우비에 빗방울이 튀고 웅덩이를 밟을 때마다 신발 밑에서 첨벙첨벙 소리가 났다. 주택가 모퉁이를 몇 번이나 돌고 빨간불에 멈춰 섰다. 가쁜 숨을 고르며 좌우를 살폈다. 지나가는 차는 없었다. 마사노리는 도로를 뛰어 건넜다. 조금 더 달리니 T자 도로가 보였다. 은막에 내리는 비 사이로 흐릿해진 풍경 속에 편의점이 눈에 들어왔다. 건물 옆에 우비를 입은 사람이 보였다. 손을 살짝 들고 있었다. 축구부였던 오오야마 마사노리다.

마사노리는 그쪽으로 뛰어갔다.

"놈은요?"

"아직 안 나왔어요." 축구부였던 오오야마 마사노리가 엄지손가락으로 편의점을 가리켰다. "이것저것 사는 것 같아요."

"본인과 마주치는 건 위험해요. 찾고 있다는 걸 알면 오히려 정체를 숨기거나 속이거나 할지도 모르고."

"그럼 어떻게 할까요?"

"미행해서 주소를 알아내면 범인이라는 증거도 찾아낼 수 있을 거예요. 문패라든가, 우편물이라든가."

"……아, 그렇겠네요."

둘은 편의점 근처에 숨어서 놈을 기다렸다. 유리 너머로 안을 들여다보고 싶은 충동을 억눌렀다. 10분 넘게 지났을 때, 출입구 쪽에서 문이 열리는 소리가 났다. 귀를 기울이고 있었기 때문에 빗소리 사이로 똑똑히 들려왔다.

마사노리는 조심스레 편의점 모퉁이에서 놈을 훔쳐봤다. 사진 속 오오야마 마사노리는 양손에 편의점 봉투를 들고 있었다.

"꽤 많이 산 것 같네요." 축구부였던 오오야마 마사노리가 말했다. "양을 보면 평소에 밖에 잘 안 나온 걸 수도 있어요."

"생각해보면 자기 이름을 대고 사람들을 막 협박했을 리가 없죠. 사회의 적이 됐으니까 어떤 위험이 도사릴지 모르고……. 아마 평소에는 숨어 살았을 거예요."

"운이 좋았네요."

"그러게요. 절대 놓치면 안 돼요."

사진 속 오오야마 마사노리가 우산을 펼친 뒤 두 개의 편의점 봉투를 한 손에 쥐고 걷기 시작했다. 우산을 쓰고 있으면 뒤를 확인하기 어렵다. 빗소리가 발자국 소리도 지워주니 미행하기에 안성맞춤이다. 비가 내리는 가운데, 그들은 거리를 두고 뒤를 쫓았다. 오오야마 마사노리는 주택가를 걸어갔는데

15분이 흘러도 집에 도착할 기미가 보이지 않았다. 꽤 먼 편의점을 이용하고 있는 것 같았다. 스스로 정체를 밝힌 탓에 가장 가까운 편의점은 경계하고 있는지도 모른다.

오오야마 마사노리가 마침내 지은 지 3, 40년은 되었을 듯한 외딴집에 멈춰 섰다. 외벽은 도장이 벗겨져 있었다. 집 앞에 세워둔 회색 세단에 다가간 그가 주머니에서 꺼낸 키를 누르고는 차 문을 열고 조수석에 편의점 봉투를 던져 넣었다.

두 사람은 T자 도로 근처에 몸을 숨긴 채 상황을 살폈다.

"놈의 집일까요?"

"아마도요." 축구부였던 오오야마 마사노리가 젖은 얼굴을 손등으로 닦더니 쌍안경을 꺼내 들여다봤다. "……문패에 '오오야마'라고 적혀 있어요!"

"진짜요? 집을 알아냈네요!"

마사노리가 주먹에 불끈 힘을 줬다.

"그런데……" 축구부였던 오오야마 마사노리가 의아한 듯 중얼거렸다. "좀 이상하지 않아요?"

"이상하다고요?"

"집에 도착했는데 편의점에서 산 걸 다 차에 싣잖아요."

듣고 보니 그랬다. 마치 지금부터 어디로 멀리 나가는 것처럼…….

"게다가 차 안에 톱도 있어요." 쌍안경으로 살펴보는 그의 목소리에 긴장이 묻어났다. "지금 놓치면 안 될 것 같아요."

"차로 이동하면 우리는 못 쫓아가요."

축구부였던 오오야마 마사노리는 뭔가 곰곰이 생각하더니 입을 열었다.

"어떻게든 놈의 주의를 끌어주세요."

"주의라니……."

"이걸 붙인 뒤에 택시를 타고 쫓아가죠."

그가 가방에서 꺼낸 것은 손바닥 안에 감춰지는 크기의 네모난 검은 상자 같은 물건이었다.

"GPS 발신기입니다. 쓸 데가 있을까 해서 인터넷으로 샀어요."

준비성이 좋았다.

축구부였던 오오야마 마사노리는 "잘 끌어주세요"라고 말하고 옆집 왜건 뒤에 몸을 숨겼다.

마사노리는 머리를 굴리며 스마트폰을 꺼내 인근 지도를 표시했다.

"이 방법으로 가자."

그리고 심호흡을 한 뒤 사진 속 오오야마 마사노리에게 다가가 말을 걸었다.

"저기요……."

차 쪽으로 상반신을 숙인 오오야마 마사노리는 소리가 들리지 않았는지 작업에 몰두하고 있었다.

"저기 죄송한데요!"

큰 소리를 내자 상대가 차에서 몸을 일으켰다. 그리고 마사노리에게 적의로 가득 찬 시선을 보냈다.

"뭐야, 너." 마사노리는 기세에 압도당하면서도 붙임성 있게 입가에 웃음을 띠었다.

"길 좀 여쭤볼 수 있을까요?"

오오야마 마사노리가 혀를 차더니 귀찮은 듯이 다가왔다. 마사노리는 긴장한 얼굴로 스마트폰 화면을 보여주며 적당한 위치를 가리켰다.

"여긴데요……."

오오야마 마사노리가 화면을 들여다보는 뒤쪽으로 축구부였던 오오야마 마사노리가 몸을 웅크리고 세단으로 다가가 활짝 열린 문을 향해 소리 없이 움직였다. 행여나 돌아보지 않을까 노심초사하느라 심장과 위가 쥐어짜듯이 아팠다.

"저쪽인 것 같긴 한데……."

마사노리는 곤혹스러운 얼굴로 반대쪽을 가리키며 상대의 시선을 잡아두었다. 사진 속 오오야마 마사노리가 북쪽을 가리켰다.

"맞은편으로 쭉 갔다가 오른쪽으로 돌아서 큰길을 따라 걸어가면 돼. 모르겠으면 거기서 다른 사람한테 물어봐."

그가 말을 마치고 돌아섰다.

"앗."

자신도 모르게 목소리가 새어 나왔다. 하지만 축구부였던 오오야마 마사노리는 이미 세단에서 자취를 감춘 뒤였다.

마사노리는 후우, 하고 가슴을 쓸어내리며 발길을 돌렸다. 떠나지 않으면 수상하게 여길 게 분명했다. 주택가 모퉁이를 돌아 몸을 숨기고 대기하자 2, 3분 뒤에 축구부였던 오오야마 마사노리가 와서 "다 됐어요"라며 엄지손가락을 세웠다.

그가 스마트폰 화면을 내밀었다. 지도 위로 빨간 점이 반짝이고 있었다. 그리고 그 점이 움직이기 시작했다.

"택시를 타고 따라가죠."

오오야마 마사노리가 운전하는 차가 역 쪽으로 움직였다. 둘은 택시를 잡아 함께 뒷좌석에 올라탔다.

"일단 남쪽으로 가주세요."

축구부였던 오오야마 마사노리가 부탁하자 백발인 운전기사가 당황해하며 차를 출발시켰다. 그는 스마트폰의 빨간 점을 확인하며 방향이 바뀔 때마다 지시를 내렸다. 차는 점점 주택가에서 멀어지더니 산길로 들어섰다. 한쪽의 급사면을 가드레일이 테두리를 두르고 있었다. 황혼 속에서 사선으로 내리는 비가 앞 유리창에 얼룩을 만들고 노면을 반들반들 빛내고 있었다.

"도대체 어디로 가는 걸까요? 톱과 편의점 봉투를 들고."

축구부였던 오오야마 마사노리가 중얼거리듯 말했다.

"상상도 안 가요. 근데 불길한 예감이 들어요." 마사노리가 운전기사에게 물었다. "앞에는 뭐가 있나요?"

운전기사가 백미러 너머로 뒷좌석을 힐끗 보더니 감정이 실리지 않은 목소리로 대답했다.

"그냥 산길이지, 뭐. 올라갔다가 내려가면 현 경계가 나오지만, 몇 시간이나 걸려서 일부러 지날 일은 없어."

더욱 의아해졌다. 사진 속 오오야마 마사노리는 어디로, 무엇을 하러 가는 걸까. 이윽고 양쪽으로 수목이 우거진 산길이 나왔다.

"……멈췄어요."

마사노리는 스마트폰 화면을 들여다보았다. 산길을 벗어난 곳에 빨간 점이 찍혀 있었다. 대체 이런 첩첩산중에 무슨 볼일이 있는 것일까.

"죄송합니다. 일단 내리겠습니다."

마사노리는 요금을 내고, 운전기사를 설득해 미터기를 돌리며 대기해 줄 것을 부탁했다. 택시에서 내린 둘은 다시 우비를 껴입었다. 저녁 하늘을 뒤덮은 먹구름에서 비가 줄기차게 내리고 있었다. 젖은 나뭇가지와 나뭇잎들이 고개를 숙이고 망령의 신음처럼 희미하게 웅성거렸다.

"저쪽이요."

축구부였던 오오야마 마사노리가 풀숲 안쪽을 가리켰다. 숲속에선 동서남북이 모호하지만 GPS 발신기의 반응에 의지해 둘은 앞으로 나아갔다. 무엇이 기다리는지 몰라 조심스럽게 움직였다. 수목군을 가르듯 산길이 이어지고 있었지만, 중간부터는 길을 벗어나 밑동을 헤치며 나아가야 했다.

그리고 마침내 이끼가 낀 쓰러진 나무 너머, 멈춰선 세단과 사진 속 오오야마 마사노리의 모습이 보였다. 그 앞에는 곰이라도 가두어 놓을 만한 대형 우리가 있었고, 한 소년이 감금돼 있었다.

24

"자, 사료를 먹으라니까."

오오야마 마사노리는 편의점 봉투에서 도시락을 꺼내 우리 안에 집어넣었다.

소년은 축 늘어져 있었다. 처음 가뒀을 당시의 위세는 사라지고, 이제 용서해 주세요, 라고 애원하는 눈빛을 하고 있었다.

마사노리는 우산도 쓰지 않고 차디찬 비를 맞고 있었다. 흠뻑 젖은 옷은 무겁고, 몸은 뼛속까지 차갑게 식어 있었다. 마사노리는 톱으로 우리를 가볍게 두드렸다. 항상 우위에 있다는 걸, 공포를 보여줘야 했다.

그때였다. 소리가 들려왔다. 마사노리는 깜짝 놀라 뒤를 돌아보았다. 나무 옆에 우비 차림의 두 남자가 서 있었다. 심장이 쿵 내려앉았다.

'들켰다. 들켜버렸다.'

세 명 모두 꼼짝 않고 서로를 마주 보았다. 비가 나뭇가지와 잎을 두드리는 소리가 마치 우박이 쏟아지는 듯했다. 먼저 움직인 것은 상대방이었다. 두 사람이 질퍽거리는 흙을 밟으며 다가왔다.

마사노리가 경계의 자세를 취했다. 두 사람은 정면으로 다가오더니 멈춰 서서 우리 안의 소년을 보았다. 소년이 간절한 표정으로 바라보며 "살려주세요……"라고 속삭였다.

두 사람이 마사노리에게로 시선을 돌리고 입에서 새어 나오는 듯이 중얼거렸다.

"오오야마 마사노리……."

마사노리는 질끈 눈을 감았다. 이름을 알고 있었다. 두 사람은 처음부터 자신을 미행했던 것이다. 부주의했다. 얼마 전부터 전단지 때문에 '오오야마 마사노리'로 주의를 끌고 있었으니 행동에 더욱 세심한 주의를 기울여야 했다.

"더 이상 죄를 짓지 마." 한 사람이 말했다. "너 때문에 우리가 얼마나……."

상대방의 주장에 위화감이 들었다.

정의감을 들먹인 건 놈들이 아닌가? 우리가 법을 대신해 폭력으로 벌을 내리겠다, 라면서. 어쨌든 자신이 오오야마 마사노리라는 것을 알고 왔다면 그 이름도 위협을 가하는 데 도움이 되지 않을 것이다.

"너희는 누구지?"라고 묻자 한 명이 대답했다.

"우리는 너야."

비가 쏟아지는 가운데, 어느새 어둠이 나무 사이를 기어 다니듯 내려앉고 있었다.

"뭐라고? 무슨 소리야."

"우리도 오오야마 마사노리야."

무슨 소리인지 영문을 알 수 없었다.

"우리도?"

"우린 동성동명이야. 네 범죄 때문에 우리가 얼마나 고통을 받아왔는데. 이름 때문에 욕도 먹고……. 그래서 트위터의 고발 글을 보고 널 찾아냈어."

상대방의 고뇌 어린 하소연을 듣고 그제야 납득이 갔다. 하지만 전혀 공감할 수 없는 얘기였다.

"너희들도 이놈하고 한통속이군." 마사노리가 소년을 흘끔 쳐다봤다. "트위터에 올라온 고발 글을 그대로 받아들이다니, 멍청하다고 방송을 하지 왜."

"사실 고발이지."

"사실? 트위터에서 피해자인 척하는 놈들이 다 정직하다고 생각하는 거야? 다 공감 받고 관심 받고 싶어서 자기 잘못은 숨기고, 조금이라도 상대가 나쁜 놈으로 보이도록 자기한테 유리하게 말하는 거지."

"사람 죽여 놓고 발뺌하지 마!"

"……나는 살인 따위 저지른 적 없어."

"억지 부리지 마!"

거짓말은 하지 않았다.

"……트위터에서 고발한 놈, 실제로는 세 명이었어. 편의점 앞에서 계속 큰소리로 웃고 떠들었지. 속으로 왜 저러나, 하면서 그냥 지나쳐 편의점에 들어가려고 했더니 지금 째려봤냐고 시비를 걸면서 돈을 뜯어냈어. 지갑을 뺏겼는데 그중에 한 명이 재미로 면허증을 보더니 어? 하는 거야. 그 순간에 생각했지."

그는 "너, 사람 칼로 난도질하는 감촉 알아? 흥분되거든" 하고 살짝 웃으면서 말했다. 자기방어를 위한 거짓말이었다. 있는지 없는지도 모르는 상대방의 여동생 이야기는 꺼내지도 않았다. 그러자 삼인조의 얼굴이 싹 굳더니 태도가 돌변했다. "농담한 건데 쫄기는……" 하고 웃어준 다음 그는 지갑을 돌려받았다.

"자기들이 먼저 시비 걸어놓고 망신당했다고 피해자인 척 고발하는 게 말이 되냐."

눈앞의 두 오오야마 마사노리는 아연실색했다.

"난 그것 때문에 전단지까지 돌아서 얼마나 피곤한데. 이렇게 착각에 빠진 정의의 사도가 습격하고 말이지."

소년을 감금한 직후의 기억이 되살아났다.

"여자아이를 그런 식으로 끔찍하게 죽인 너 같은 놈은 사형당했어야 했어!"

쇠창살 너머로 짙은 파란색 교복을 입은 고등학생이 소리쳤다. 마사노리는 자신도 모르게 싸늘한 웃음을 흘렸다.

"뭐가 웃기지!"

고등학생이 점점 목소리를 높였다.

마사노리는 우리 안의 고등학생에게 말해주었다.

"……자기 입장이나 생각하지그래. 간수 말 안 듣고 후회하지 말라고."

간수의 입장은 이쪽이고, 감금된 것은 너다. 항상 생살지권을 쥐고 있다.

"지금 할 수 있을 때 실컷 떠들어." 고등학생의 기는 꺾이지 않았다. "내가 여기서 나가기만 하면 맨 먼저 뭘 할지 알아?"

"뭐지?"

"너한테 복수할 거야."

"……아직도 입이 살았나본데. 할 수 있으면 해봐. 그러다 금방 반성하고 사죄하면서 울부짖겠지."

감금되고서 더 큰소리치는 모습에 두 손 두 발 다 들었다. 하지만 며칠 지나면 죽음을 의식하고 잘못했다고 빌기 시작할 게 분명했다.

"그게 싫으면 날 죽여. 안 그러면 난 너를 계속 노릴 거야."

고등학생이 쏘아붙이더니 우리 안에서 쇠창살을 걷어찼다. 위협이라도 하듯 여러 번 쾅, 쾅, 쾅.

"그렇게 감정에 휘둘리지 마."

마사노리는 옷을 걷어 올려 자신의 복부를 보았다. 이곳저

곳 멍이 들어 있었다.

"또 폭력을 휘두르려고?"

집을 나섰을 때였다. 자신을 여자아이를 참혹하게 살해한 '오오야마 마사노리'라고 믿은 고등학생에게 습격을 당했다. 갑자기 두들겨 맞아 쓰러졌다. 일어날 틈도 없이 발길질로 배를 얻어맞았다.

마사노리는 호신용으로 가지고 다니던 페퍼 스프레이를 뿌리고 전기 충격기를 사용했다. 기절한 고등학생을 내려다보면서 일깨워주고 싶다는 복수심이 치밀어 올랐다.

아무것도 아닌 자신의 허무한 삶에 싫증이 나서 자살을 생각하고 숲에 들어간 적이 있었다. 그때 대형 동물을 가둬둘 만한 방치된 우리를 발견했다. 그걸 떠올리고 아직 철거되지 않았다면 이용할 수 있다고 생각한 것이다.

집 차고에서 부모님의 차를 꺼내 고등학생을 트렁크에 가두고 여기까지 옮겼다. 그리고 우리에 감금한 것이다.

"……너 같은 살인귀는 몇 대를 때려도 모자라!"

무턱대고 정의를 외치는 고등학생이 소리쳤다. 폭력을 정당화하는 인간의 추악함에 구역질이 났다.

"폭력으로 바로잡을 수 있다고 생각해?"

고등학생에게 물었다.

"누가 할 소린데!" 고등학생이 침을 튀기며 말했다. "쓰레기는 고통으로 배우는 거야!"

"유족 대신 복수하는 거야? 너한테 무슨 권리가 있는데. 자기 분수를 알아야지."

친절하게 옳은 말을 해줘도 고등학생은 자신이 옳은 일을 하고 있다고 믿어 의심치 않았고, "반드시 네 죗값을 치르게 해주겠어"라며 씩씩거렸다.

마사노리는 눈앞의 두 오오야마 마사노리를 노려보았다.

"짓지도 않은 죗값을 치를 리가 있나."

두 사람이 반신반의하는 얼굴로 아니라는 듯 고개를 흔들고 있었다.

"이게 갑자기 무슨……."

"면허증이라도 볼래?"

"면허증……."

키가 큰 오오야마 마사노리가 앵무새처럼 중얼거렸다.

면허증을 보여줘도 괜찮지만, 그렇게까지 친절을 베풀 생각은 없었다.

곁눈질로 보니 우리 안에서 비를 맞고 있는 고등학생은 충격을 받은 눈을 하고 있었다. 푸르스름한 번개가 나무를 물들이고, 뒤늦게 천둥소리가 메아리쳤다.

마사노리가 우리 창살을 걷어찼다.

"알았냐? 인터넷 속 글만 믿고 정의의 철퇴를 내리겠다면서 너는 무고한 인간을 덮쳤어."

"거짓말……."

"거짓말은 무슨. 너는 인터넷에 놀아나서 죄 없는 일반 시민을 덮친 범죄자야."

"범죄자……."

"갑자기 폭력을 휘둘렀으니까 상해죄지."

동요한 듯 눈빛이 흔들린 고등학생이 반론했다.

"다, 당신이 범인이라고 속여서 그렇지. 나를 감금하고 나서도 계속 '진짜'인 척 연기를 해서……."

'오오야마 마사노리'가 살인사건을 일으켰기에 아무것도 아니었던 내가 누군가가 되었다. 범인의 실명이 인터넷에 퍼진 다음부터 학교에서도 공기 같았던 나를 반 아이들이 의식하게 됐다. 하지만 '오오야마 마사노리'가 유죄 판결을 받아 사건이 끝나자 또 텅 빈 인생으로 되돌아갔다. 파견직으로 근무하는 직장에서도 그저 공기였다. 그랬기에 '오오야마 마사노리'가 출소하고 또 이름이 세상에 주목받기 시작해서 기뻤다. 아무것도 아닌 자신에게 손쉽게 햇빛이 드니까.

'진짜'로 오해받아 습격을 당할 거라는 단점까지는 상상하지 못했지만, 세상에 아무런 영향도 없고, 누구로부터도 관심을 받지 않는 것보다는 나았다.

마사노리는 두 오오야마 마사노리를 쳐다봤다.

"너희들도 날 패려고 왔지? 같은 부류겠지?"

"아, 아니요……" 키가 큰 오오야마 마사노리가 당혹스러워하며 대답했다. "우린 아니에요. 정말 아닙니다."

'진짜'가 아니라는 걸 알았기 때문인지 존댓말을 썼다.

"뭐가 다른데?"

"그건……"

'진짜'였다면 하려고 생각한 행위가 있었을 것이다. 자신과는 달리, 그들은 오오야마 마사노리의 이름을 거부하는 것 같았다. 범인에게 원한을 품고 있었다. 잡담이나 하자고 찾아다녔을 리는 없을 테니까.

"나를 때려눕히고 싶었나? '오오야마 마사노리' 때문에 인생을 망쳤다고 생각해서 복수하고 싶었던 거잖아."

키가 큰 오오야마 마사노리는 땅바닥을 노려봤다. 번갯불에 뒤이어 장대비 소리를 찢을 듯이 천둥소리가 울려 퍼졌다.

"내 말이 맞지?"

키가 큰 오오야마 마사노리가 고개를 좌우로 흔들며 얼굴을 들었다.

"절대로 폭력은……"

"말은 잘하네."

악명 때문에 고민할 정도이니 원래 깨끗한 이름이었을 것이다. 투명인간 같은 고독 속에서 악명을 얻고서야 처음으로 존재가 알려진 자신과는 다르게.

"우리는 '진짜 범인'을 찾고 있어요. 우리들의 울분을 풀고 싶어서……"

거짓말 같았다.

범인 '오오야마 마사노리'에게 분풀이를 해서 뭘 한다고. 그걸로 자신들의 상황이 바뀌는 것도 아닐 텐데. 뭐, 다른 오오야마 마사노리가 무엇을 하건 나와는 관계없다.

다만 다른 오오야마 마사노리들의 존재가 마음을 혼란스럽게 했다. 이름 덕분에 누군가가 될 수 있었던 자신의 존재를 희석해버릴 것 같아서.

"'진짜'를 찾고 싶으면 더 신빙성이 있는 정보를 찾지그래."

키가 큰 오오야마 마사노리가 둘러대듯이 반론했다.

"다른 단서가 아무것도 없었어요. 그래서 무작정 트위터의 고발 글을 조사하게 됐는데……."

"나는 로리콘 아니야. 진짜인 놈이라면 따로 있었잖아."

"진짜?"

"인터넷에서 찾아본 거 아니야? 놓쳤구나."

키가 큰 오오야마 마사노리가 흥분한 표정으로 한 걸음 다가왔다. 비에 젖은 앞머리가 이마에 붙어 있었다.

"당신, 뭐 찾은 게 있나요?"

곧바로 질문하는 모습을 보고 확신했다. 역시 뭔가 속셈이 있는 것이다.

"공짜로 가르쳐줄 수는 없어."

키가 큰 오오야마 마사노리가 눈살을 찌푸렸다.

"……원하는 게 뭐죠?"

마사노리는 흠뻑 젖은 얼굴을 손등으로 닦으며 고등학생을 노려보았다.

"입막음…… 이지."

습격을 받고 복수심에 우리에 감금한 것까지는 좋았지만, 솔직히 물러날 기회를 놓쳤다. 애원한다고 해서 문을 열어주고 그럼 잘 가라, 하고 마무리가 가능할 리가 있나. 결국 의도치 않게 며칠이나 감금을 하게 됐다.

두 사람의 등장은 석방의 빌미가 된다. 하지만 풀어줘서 체포되고 싶지는 않았다.

"그렇지만……."

큰 키의 오오야마 마사노리가 우리를 보았다. 자신들이 입을 다물어도 고등학생 녀석이 신고하면, 그게 염려될 것이다.

마사노리는 우리 앞에 쪼그리고 앉아 쇠창살을 움켜쥐었다. 그리고 쏟아지는 비를 맞고 있는 고등학생을 노려보았다.

"경찰에 신고할 거냐?"

고등학생은 울먹거리는 표정으로 열심히 고개를 저었다. 뺨으로 흘러내리는 빗물이 눈물처럼 보였다.

마사노리는 철창에 얼굴을 가까이 댔다.

"나는 잃을 게 없어. 원흉이 누구였는지 잊지 마."

고등학생이 매달리듯 고개를 위아래로 끄덕였다.

마사노리는 일어서서 두 사람을 돌아봤다.

"이제 당신들 대답하기 나름이야."

두 오오야마 마사노리는 얼굴을 마주 보았고 키가 큰 오오야마가 대답했다.

"알겠습니다. 저 친구를 풀어준다면 아무것도 보지 않았던 걸로 하겠습니다."

"……말만 그러는 거 아니고?"

"우리는 오히려 큰일이 되지 않았으면 하는 입장이니까요."

어조에 진심이 담겨 있었다. 믿어도 괜찮을지 모르겠다.

마사노리는 고개를 돌렸다.

"그럼 알려줄게. '진짜'의 단서 말이지."

"네."

"살인사건이 일어났을 때, 어린아이에게 집착하던 오오야마 마사노리가 있었어. 트위터에서 약간 논란이 됐지."

"약간이요?"

"범인의 실명이 나오기 전에 계정을 삭제했던데, 아카이브는 남아 있었어."

"그런 얘기 처음 들었어요."

"너희는 자기 이름에서 눈을 돌렸기 때문에 찾지 못했겠지."

'마나미 사건'이 일어난 당시, 그는 인터넷에서 범인 '오오야마 마사노리'의 이름을 검색하며 즐기고 있었다. 누구나 내 이름을 언급하고 있었다. 누구에게도 이름이 불리지 않을 듯 고독한 학교생활을 했던 자신이 처음으로 사회에 존재하고 있다고 실감했다. 그때 오오야마 마사노리의 실명 계정이 논란이 됐던 예전 사건을 알게 됐다.

"여성 차별 발언으로 계정이 들통나고 로리콘 발언이 파헤쳐져서 난리가 났던 거지. 그 소동으로 계정을 삭제했기 때문에 '오오야마 마사노리'의 이름이 주간지에서 폭로되었을 때는 이미 아무도 기억하지 못해서 찾아내지 못한 것 같았어."

키가 큰 오오야마 마사노리는 긴장한 표정을 하고 있었다. 마른침을 삼키는지 목젖이 오르내렸다.

"그게…… 진짜 오오야마 마사노리?"

마사노리는 입술 끝을 올렸다.

"그건 직접 확인해."

25

_{⊶⊷⊶⊷⊶}

오오야마 마사노리는 네 번째 '오오야마 마사노리' 동성동
명 피해자 모임에서 어제 있었던 일을 보고했다. 이번에는 기
자를 제외한 여섯 명이 모였다.

"감금……" 갈색 머리의 오오야마 마사노리가 아연실색한
얼굴로 현실을 부정하듯 고개를 저었다. "정말요?"

기자에게 일부러 연락하지 않은 것은 경찰을 부르는 사태를
피하고 싶어서였다. 감금 사건으로 신고를 당하면 곤란했다.

"네." 마사노리는 대답했다. "'진짜'라고 믿어서 습격한 고등
학생에게 보복하려고 야산 속 우리에 감금했더군요."

"큰일이었네요. 고등학생은?"

"약속대로 풀려났어요. 택시를 타고 저희랑 같이 시내로 나
가서 집으로 돌려보냈습니다."

"그런데……" 복코인 오오야마 마사노리가 걱정스러운 듯
이 말했다. "그 고등학생이 신고하면 우리가 난처해지잖아요.
오오야마 마사노리가 또 사건을 일으켰다고요."

"살인범 '오오야마 마사노리'가 아니었잖아요." 갈색 머리 오오야마 마사노리가 말했다. "또 그랬다고 생각은 안 할 것 같은데……."

희망을 가져보려는 목소리였다.

"우리는 살인을 저지르지 않았는데 동성동명이란 이유만으로 혐오하고 동일시하잖아요. 그런데 또 오오야마 마사노리가 감금 사건을 일으켰다는 게 알려지면……."

오오야마 마사노리의 이미지는 바닥에 떨어지게 될 거였다. 그의 우려가 이해가 되었다.

"일단 괜찮을 것 같아요." 마사노리가 말했다. "그 고등학생도 무고한 인간을 덮친 게 찔리는 모양인지 일을 크게 만들고 싶지 않은 것 같더라고요."

"그래도 며칠씩 집에 들어가지 않았으니까 집에서 난리가 나서 벌써 경찰이 개입한 건 아닐까요?"

"그것도 걱정할 거 없어요. 혼자 살고 있고, 평소에도 학교를 땡땡이치고 놀러 다녔던 것 같던데요."

돌아오는 택시 안에서 학생에게 이야기를 들었다. 가정환경뿐만 아니라 속마음도.

'트위터에서 다들 불같이 화를 내니까 오오야마 마사노리를 두들겨 패면 히어로가 될 수 있을 것 같았어요. 반성하지 않는 놈에게 세상의 분노를 일깨워주고 싶었어요.'

악인을 때리는 것은 정의다. 실제로 폭력을 휘두르는 게 뭐

어때서? 그런 사고방식이었다.

코로나가 전 세계에 만연하기 시작해 일본에서도 비상사태를 선언했을 때는 '방역 경찰'이 트렌드가 되었다. 거리 두기에 협조하지 않는 가게에 협박하는 벽보를 붙이거나 강하게 비판하고, 집단으로 데모를 벌이며 폭력을 가했다.

폭력이라.

폭력은 어디까지 허용될 수 있는 걸까. 거리 두기에 협조하지 않는 가게? 차별적인 실언을 한 유명인? 불기소된 범죄자? 출소한 살인범⋯⋯?

자문하는 마사노리의 가슴속에 막막한 감정이 소용돌이쳤다. 그러나 답은 나오지 않았다.

"결국 헛수고였네." 실눈인 오오야마 마사노리가 거칠게 털썩 의자에 주저앉았다. "찾느라 생고생했는데."

헛수고는 맞지만 '진짜'라고 믿고 미행했기 때문에 그 오오야마 마사노리가 돌이킬 수 없는 사건을 일으키기 전에 막은 것이다. 긍정적으로 봐야 한다.

실눈인 오오야마 마사노리가 혀를 찼다.

"아, 열 받아! 코로나 때문에 일도 끊겨서 미치겠는데."

그를 알게 될 계기를 잡았다는 생각에 마사노리가 물었다.

"전에 무슨 일을 했어요?"

"⋯⋯업소 웨이터. 유흥업소 일이 어려워져서 잘렸는데, 짜고 쳤나 싶게 '오오야마 마사노리'가 출소했다니까. 재취업을 하려고 해도 전직과 이름을 색안경 끼고 본다고."

"그랬군요."

"'진짜'를 찾아서 겨우 인생을 되찾을 수 있다고 생각했는데, 인정받고 싶어서 안달 난 관종을 꼬이게 만든 가짜였다니."

인정받고 싶은 욕구라. 악명을 반가워하는 인간이 있을 거라고 생각하지 않았다. 우리는 그 악명에 시달리고 있으니까. 그러나 사회를 소란하게 만드는 큰 사건이 일어나면 본인이 범인이라고 밝히는 전화가 경찰서에 걸려오는 경우도 있다고 한다. 세상에는 악명이라도 갖고 싶어 하는 인간이 있는 것이다.

마사노리는 자신의 야간 고등학교 시절을 떠올렸다.

편의점에서 아르바이트를 할 때, 우연히 동성동명 이야기가 나와서 오오야마 마사노리를 검색한 적이 있었다. '마나미 사건'의 범인 이름이 공개되기 전이었기 때문에 여러 오오야마 마사노리가 나왔다. 그중 몇 명은 '오오야마 마사노리' 동성동명 피해자 모임에서 만나게 됐다.

축구 유망주인 오오야마 마사노리와 연구 분야에서 주목받는 오오야마 마사노리.

아무것도 아닌 자신과 달리 이름이 있는 다른 오오야마 마사노리. 같은 이름인데 어쩌면 이렇게까지 다를까. 그런 비참함을 느꼈었다.

그래, 누군가가 되고 싶었다. 누군가가 되지 않으면 이 세상에서는 존재하지 않는 거나 다름없었다.

그는 누구도 시선을 주지 않는 괴로움과 고독감을 알고 있었다. 하지만 그렇더라도 악명을 달가워하지는 않았다. 엽기 살인범과 동성동명이라는 이유로 주목받길 원치 않았다. 아무 사람도 아니었던 자신이 이런 형태로 누군가가 되어버린 것에 동요하고 괴로워했다. 오오야마 마사노리라는 이름은 저주였다. 범인이 살아있는 한, 평생 시달릴 저주.

악명이라도 좋을까?

그렇게 누군가가 되고 싶을까?

아니다. 사고하는 순서가 반대일지도 모른다.

악명이라도 갖고 싶을 정도로 고독하고 허무한 인생……. 그 오오야마 마사노리는 존재를 인정받지 못한 사회의 희생자 중 한 사람일지도 모른다.

현대 사회에서 사람들은 공감을 얻기 위해 애를 쓴다. 감성 넘치는 사진을 올려 '좋아요'가 얼마나 달렸는지 경쟁한다. 많은 이들이 듣고 싶은 의견을 트윗해 리트윗 수를 올린다. 과격한 발언으로 주목을 끈다. 자신의 글과 발언으로 공감을 형성하면서 인정받고 싶은 욕구를 충족한다. 그것이 비록 한때뿐이라고 해도…….

악명을 떨친 오오야마 마사노리도 그런 사람들과 같은 것이다. 그렇게 생각했을 때, 마사노리는 화들짝 놀랐다.

지금의 자신은 어떤가. 오오야마 마사노리라는 이름 때문에 저주받아 일상생활에서 괴로워하는 '피해자'의 입장에 취해 있지 않았는가. '피해자'의 입장이면 주위로부터 동정을 받아 누구에게도 상처주는 일 없이 누군가가 될 수 있다고……. '피해자 모임'을 결성한 것도 마음속 깊은 곳에 자신이 중심이 되어 사람들에게 주목받고 싶은 욕구가 있어서가 아니었을까.

마사노리는 고개를 저었다.

아니다. 자신은 정말로 괴로워하고 있었다. 이 상황에서 벗어나기를 간절히 바라고 있었다.

마사노리는 심호흡을 한 뒤 말했다.

"아직 범인 '오오야마 마사노리'를 밝혀낼 단서가 있습니다."

모두의 시선이 자신에게 향했다. 실눈인 오오야마 마사노리가 "정말이야?"라고 의심스러운 듯이 물었다.

마사노리는 숲에서 들은 이야기를 설명하고, 스마트폰을 조작해서 테이블에 올려놓았다.

"정말 아카이브가 있었어요. 이겁니다."

스마트폰에는 논란 내용이 정리된 사이트의 아카이브가 표시되어 있다. 마사노리는 검지로 화면을 스크롤했다.

'토우야'라는 계정의 신상이 털려 있었다. 프로필에는 - 푸드 소녀/금발 로리코는 며느리/오타쿠/애니메이션/게임/로리코 우는 얼굴 사랑해! 라고 적혀 있었다.

"경위를 설명하자면 애초에 계기는 이 '토우야' 계정이었습니다."

발단은 하나의 트윗이었다. '마나미 사건' 범인의 실명이 거론되지 않은 시기였다.

- 아저씨와 예쁜 여자 중에 고른다면, 예쁜 여자가 타준 차가 더 좋고, 더 맛있다고 생각하는 게 당연한 것 같은데, 친구에게 그렇게 말했더니 인성 타령을 하고 차별한다며 욕을 먹었다. 심지어 맞팔한 현실 계정에 내 욕을 썼다……. 음험하다. 여자는 무섭다.(부들부들)

그리고 '토우야'의 트윗을 발견한 사람이 비판하는 글과 함께 리트윗을 해서 눈 깜짝할 사이에 퍼져나갔다.

- 꼰대세요? 언제 적 사람임?
- 여자를 무시하는 거지. 쓰레기
- 애니메이션을 좋아하면 현실에 나오지 마세요
- 당신의 존재는 여성을 불행하게 만드니까 현실 여성에게는 평생 상관하지 마시길
- 자기가 비정상적인 여성 비하 발언을 했으면서 그걸 비판받으니까 음험해서 여자가 무섭다 그러네, 멍청한 거 봐. 안 죽고 뭐 하냐

빗발치는 수많은 욕설들. 계속해서 논란이 불거졌고, 그 결과 '토우야'가 올린 과거의 트윗도 차례차례 발굴되었다.
소셜 게임의 뽑기로 어린 소녀 캐릭터가 나왔을 때의 트윗.

- 드디어 나왔다! 비명 보이스 대박 #푸드소녀

그리고 현실 세계의 여자아이를 언급한 트윗도.

- 오늘은 공원에서도 현실 로리코와 만났다. 심쿵!

범죄 경향이 느껴지는 트윗이 발각되자 비판이 해일이 되어 밀려들었다.

- 얘 트윗 찾아봤더니 '어린이'나 '로리' 얘기밖에 없네. 현실에서도 사 건 일으키는 거 아니냐?
- 밖에 나오지 마라
- 방에만 있어
- 계정 삭제할 때까지 가자!
- 넌 차별주의자야. 네가 존재하는 한 앞으로 비판할 테니까 각오해
- 많이 안 바람. 그냥 죽어줬으면

푸념 트윗이 논란이 되어 주목을 받은 결과, 당사자의 귀에 들어간 것 같았다. '토우야'의 계정에 - 마사 맞지, 너. 익명으로 뒷 담하는 거 뭔데? 라고 답글이 달렸던 것이다. 결국 오오야마 마 사노리의 실명 계정이 밝혀졌다.

본명이 들통났기 때문에 오오야마 마사노리는 계정을 삭제

했다. 범인의 실명이 공개된 것은 그로부터 얼마 뒤였다.

트윗 소동의 흐름을 확인한 갈색 머리 오오야마 마사노리가 "이놈이 틀림없네요"라고 단언했다.

여자아이에게 집착했던 오오야마 마사노리…… 그런 오오야마 마사노리가 몇 명이나 있을까. 우연으로 단정 짓기는 어려웠다.

마사노리는 설명을 이어갔다.

"이 논란이 일어났을 때, 주소를 알아내려는 움직임도 있었던 것 같아요."

마사노리가 스마트폰 화면을 탭하자 페이지가 바뀌었다.

'오오야마 마사노리'의 과거 트윗 중에서 주소를 파악할 만한 단서로 이어질 주변 풍경이 나오는 사진 등의 트윗이 정리돼 있었다.

"그렇지만……" 복코인 오오야마 마사노리가 말했다. "이게 '진짜'라고 해도 지금은 다른 동네에 살고 있지 않을까요? 근처에 사는 사람한테는 '마나미 사건'이 알려져 있겠죠."

"혹시 그렇다고 해도 이사 간 곳을 밝혀낼 수 있을지도 모르니까요. 조사해볼 가치는 있습니다." 마사노리는 화면의 문장을 가리켰다. "보세요. 장소는 벌써 꽤 좁혀졌어요."

실명 계정에 오오야마 마사노리가 - 오랜만에 모교 초등학교에 왔다. 귀여운 여자아이가 줄넘기를 하며 놀고 있었다 라고 올린 글과 함께 학교 사진이 첨부되어 있었다. 프라이버시를 배려한 듯 여자아이의 얼굴은 핑크색으로 칠해져 있었지만, 네티즌 수사대가 주목한 것은 풍경이었다. 학교 담장 건너편에 찍힌 풍경을 보고 초등학교 이름을 알아낸 것이다.

다음으로 '토우야' 계정의 트윗이 주목받고 있었다.

- 동네에 예쁜 여자애가 있는 메이드 카페가 새로 생겼다. 서비스 잘 부탁해!
- 고양이 귀 장착이 필수인 건 역시 부끄러웠다

첨부된 메뉴 사진에는 입에 담기에도 부끄러운 요리명이 줄지어 적혀 있었다.

네티즌 수사대는 해당 초등학교 근방에서 트윗의 날짜와 가까운 시기에 오픈한 메이드 카페를 찾아냈다. 메뉴가 일치했고 꽤 확실한 정보였다. 장소를 언급한 다른 글도 단서가 돼서 오오야마 마사노리의 주소가 꽤 파악된 상태였다.

하지만 수사는 거기서 멈췄다. '오오야마 마사노리'의 이름이 공개되기 전의 논란이라 아마도 네티즌 수사대의 관심은 바로 다른 사건으로 옮겨갔을 것이다.

실눈인 오오야마 마사노리가 스마트폰 화면을 가리켰다.

"그놈 찾는 것, 우리가 끝을 보자고."

26

불길함을 상징하듯 납빛 구름이 무겁게 드리워졌다. 찬바람이 앙상한 나뭇가지들을 흔들고 있었다. 군데군데 불그스름한 초록색 낙엽이 벌레가 기어 다니는 소리를 내며 모래밭을 굴러가고 있었다.

오오야마 마사노리는 낡고 오래된 아파트 앞에 서서 동료들을 둘러보았다. 모두 흥분한 기색이 역력한 얼굴이었다. 기자에게는 아직 알리지 않고 무단으로 행동하는 중이었다.

놈의 주소를 특정할 단서는 1천 개 이상 거슬러 올라간 시간대의 트윗에 있었다. 미소녀 피규어가 늘어선 선반을 촬영한 사진 속에 창문이 찍힌 것이다. 커튼이 반 이상 쳐져 있었지만, 그 사이로 바깥 풍경을 확인할 수 있었다.

결정타가 된 것은 개인 주점의 간판이다. 이름으로 검색했더니 홈페이지가 나왔고 가게 주소가 기재되어 있었다. 지도 앱을 이용해 가게 간판이 그 각도로 찍히는 아파트를 찾기만 하면 됐다.

"오오야마…… 맞아요."

갈색 머리 오오야마 마사노리가 101호의 문패를 가리켰다. '오오야마'라고 쓰여 있었다.

트위터에서 여자아이에 집착을 보였던 오오야마 마사노리의 아파트를 밝혀냈다. 범인 '오오야마 마사노리'는 범행 당시 부모님과 셋이서 살았다고 알려졌다. 지금도 부모와 함께 있을까.

"어떻게 할까요?"

마사노리는 동료들의 얼굴을 둘러보았다. 복코인 오오야마 마사노리가 긴장을 풀려는 듯 입김을 내뿜으며 말했다.

"부모와 만나보는 건 어떨까요? 범인 '오오야마 마사노리'에 대해 뭔가 정보를 얻을 수 있을지 몰라요."

실눈인 오오야마 마사노리가 코웃음을 쳤다.

"머리는 장식이냐, 너. 부모가 가르쳐줄 리가 없잖아. 이사를 안 갔으면 몰려드는 기자들 질문 공세가 지긋지긋할 텐데."

"물어보지 않으면 모르잖아요. 서로 인연을 끊었으면 감싸줄 이유도 없고요."

"절연한 상태라면 더더욱 끼어들고 싶지 않겠지. 우리 같이 누군지도 모르는 인간한테 술술 말하겠어?"

맞는 말이다. 아파트까지 왔지만 어떻게 해야 할지 쉽게 결론이 나지 않았다. 마사노리는 아파트의 길 건너에 있는 카페를 가리켰다.

"일단…… 잠깐 앉아서 작전부터 세워볼까요. 아파트는 어디 안 가니까요."

실눈인 오오야마 마사노리는 불만스러운 듯이 입술을 삐죽거렸지만 반대는 하지 않았다.

다 같이 카페로 이동했다. 커피 향에 섞여 나무 냄새가 풍기는 복고풍 인테리어에 꽃이 피어난 모양의 유리 펜던트 라이트가 천장에 달려 있는 카페였다.

난방이 잘 되어 있어 복코인 오오야마 마사노리가 "따뜻하네요"라고 말하며 검정색 다운재킷을 벗어 의자에 걸쳤다. 마사노리는 나도 코트를 입을걸, 하고 생각했다. 니트로 된 스웨터는 쉽게 벗거나 입기가 힘들었다.

테이블에 모두 앉았다. 도로 쪽이 통유리로 되어 있어 아파트를 감시할 수 있었다.

입지 때문에 장사가 잘 안 되는지 다른 손님은 없고, 콧수염을 기른 주인이 슬쩍 호기심 어린 시선을 보내고 있었다. 하지만 느긋한 템포의 재즈가 배경음악으로 흐르고 있어 아주 큰 소리로 말하지 않는 한 대화가 들릴 걱정은 없었다.

마사노리는 커피를 마시며 동료들의 의견을 모았다. 갈색 머리 오오야마 마사노리가 커피에 우유를 넣고 휘휘 저으며 말문을 열었다.

"누군가인 척하는 게 가장 좋은 방법 아닐까요?"

다부진 체격의 오오야마 마사노리가 "예를 들면요?" 하고 물었다.

"글쎄요. 구청 직원이나 동창처럼 나쁜 의도가 없다고 생각할 만한 사람이 좋을지도 모르겠네요."

"잘 믿어주지 않을걸요. 그럴듯한 이유가 아닌 이상 퇴짜만 맞지 않을까요."

"……쉽지 않네요."

커피를 마시며 서로 아이디어를 냈다. 하지만 한 시간 넘게 이야기를 해도 뾰족한 수가 나오지 않았다.

그때였다.

"어!"

실눈인 오오야마 마사노리가 마사노리를 팔꿈치로 쿡쿡 찔렀다.

마사노리가 그의 시선을 따라가자 101호 앞에 등을 돌리고 서 있는 청년이 보였다. 손동작을 보니 문을 잠그고 있는 듯했다. 키는 170센티미터 정도로 체크무늬 상의를 입고 있었다.

"저거, 설마……."

복코인 오오야마 마사노리가 소리를 냈다.

"본인……." 마사노리가 말을 이었다.

"진짜라고?" 실눈인 오오야마 마사노리가 눈을 번쩍였다. "아직도 같은 아파트에 살고 있을 줄이야."

"생각해보면 열여섯 살부터 소년 교도소에 있었고, 부모도 유족에게 배상금을 주고 그랬다면 돈이 없을 테니까 여기서 계속 살 수밖에 없었을지도 모르겠네요."

"그러네. 두 팀으로 갈라져서 조사할까?"

"두 팀?"

"놈을 미행하는 그룹하고 아파트를 조사하는 그룹. 부모랑 같이 살고 있다면 지금 이야기를 들을 수 있고, 아니라면 아파트를 조사할 수 있어."

축구부였던 오오야마 마사노리가 곤혹스러운 얼굴로 물었다.

"조사라뇨?"

"방에서 증거를 찾아내는 거지."

"아니, 그건 좀 그렇죠. 주거 침입인데……. 전 체포되고 싶지 않습니다."

"쫄지 마. 우린 잃을 게 없어. 넌 인생을 되찾고 싶지 않냐?"

축구부였던 오오야마 마사노리는 고개를 숙였다. 무릎 위에 놓인 주먹에 불끈 힘이 들어갔다.

"봐봐, 늑장 부리다 가버리겠네."

실눈인 오오야마 마사노리가 아파트 쪽으로 턱을 들어 올렸다. '오오야마 마사노리'가 복도를 걸어가고 있었다.

"저는…… 미행 쪽이요."

축구부였던 오오야마 마사노리가 말했다. 그 외에 갈색 머리 오오야마 마사노리와 복코인 오오야마 마사노리가 미행 그룹을 선택했다.

"갑자기 집으로 돌아가거나 무슨 일이 생기면 전화하겠습니다."

축구부였던 오오야마 마사노리를 필두로 세 사람이 가게를 나섰다.

마사노리는 남은 두 사람을 번갈아 보았다.

"어떻게 할까요?"

"……초인종 눌러야지, 별수 있나."

마사노리는 다른 사람들의 몫까지 커피 값을 내고 카페를 나섰다. 온기로 가득했던 가게 밖으로 나오자 일교차로 몸이 얼어붙는 듯했다. 그들은 손바닥을 비비며 도로를 건넜다.

실눈인 오오야마 마사노리가 아파트로 다가가 101호의 초인종을 눌렀다. 집 안에서는 아무 반응이 없었다. 두 번, 세 번, 다시 눌렀다. 그러나 아무 소리도 나지 않았다. 인기척도 없었다. '오오야마 마사노리'는 혼자 살고 있었던 것일까. 아들의 체포 후, 부모들은 도망쳐 버렸을지도 모른다.

실눈인 오오야마 마사노리가 아파트 옆쪽으로 돌아갔다. 따라가 보니 그가 창문에 얼굴을 붙이고 있었다.

"……뭐가 보여요?"

창문의 커튼은 닫혀 있었지만, 틈이 살짝 벌어져 있어 그 사이로 실내를 살펴볼 수 있었다. 불이 꺼져 있는 탓에 방은 어두컴컴했다.

"밖에서는 무리겠지."

실눈인 오오야마 마사노리는 혀를 차더니 주변을 둘러보다가 앞마당으로 돌아가 화단에서 벽돌 하나를 가져왔다.

"저, 저기……" 다부진 체격의 오오야마 마사노리가 당황해 말을 더듬었다. "그걸로 뭐 하려고……."

"방을 조사한다고 했잖아."

"지, 진심이에요?"

"당연하지. 뭐 하러 거짓말을 하냐?"

실눈인 오오야마 마사노리가 유리창에 왼쪽 손바닥을 대고 오른손으로 벽돌을 휘둘렀다.

"앗, 그만……."

마사노리가 제지하려고 손을 뻗었지만 한 발 늦었다. 벽돌을 내리치자 창문 구석이 깨지며 유리 조각을 떨궜다.

이제 상황은 되돌릴 수 없다.

마사노리는 멍하니 그의 행동을 응시할 수밖에 없었다.

실눈인 오오야마 마사노리가 깨진 유리 사이로 팔을 집어넣고 안쪽 걸쇠를 돌렸다. 창문을 열고는 뒤돌아보며 만족스러운 듯이 미소를 지었다.

"자, 놈이 돌아오기 전에 알아보자고." 그는 신발을 벗더니 창문으로 몸을 집어넣었다. "유리가 위험하네. 현관에서 기다려."

두 사람이 현관 앞으로 가자 그가 안쪽에서 문을 열었다.

"들어와."

마사노리는 주저했다. 발을 디디게 된다면 주거 침입이 된다. 경찰에 체포되는 사태는 피하고 싶었다. 하지만 상대가 '오오야마 마사노리'라면…… 일이 커지는 것을 꺼려 신고하지 않을지도 몰랐다.

"우리들의 이름을, 인생을 되찾아야지."

실눈인 오오야마 마사노리의 목소리에 절실함이 묻어났다.

마사노리는 심호흡을 한 뒤, 각오를 다지고 현관으로 들어가 신발을 벗었다. 거실에는 하얀색 소파가 마주 보고 놓여 있었다. 책장에는 만화책과 라이트 노벨이 빼곡히 꽂혀 있었다. 벽에는 교복 차림의 분홍 머리 미소녀 캐릭터가 그려진 등신대 태피스트리가 걸려 있었다. 정면에는 벽걸이 TV가 있고, 그 옆 책상에 데스크톱이 놓여 있었다.

실눈인 오오야마 마사노리는 주저하지 않고 컴퓨터를 켰다. 하지만 패스워드로 잠겨 있었다. 그가 젠장, 하고 욕설을 퍼부으며 전원을 껐다.

"안 되려나. 컴퓨터를 보면 아동 포르노 같은 게 있을 줄 알았는데."

실눈인 오오야마 마사노리는 책상에 장식된 미소녀 피규어를 집어 들었다. 초등학생 정도 되는 캐릭터였다. 그가 피규어를 거꾸로 들고 치마 속을 확인하며 투덜거렸다.

"교도소에서도 갱생 안 했네. 로리콘 같이 이런 거나 집착하고. 트위터에서도 로리 좋아한다고 그랬었지."

다부진 체격인 오오야마 마사노리가 뒤에서 쭈뼛쭈뼛 말했다.

"아직 범인이라고 정해진 건……."

"순진한 소리 하네. 딱 봐도 냄새가 나잖아."

"……이 정도는 요즘 흔하지 않나요?"

"뭐야?" 실눈인 오오야마 마사노리가 멸시하는 눈빛으로 비웃었다. "너도 오타쿠냐?"

"아, 아니요……."

실눈인 오오야마 마사노리는 코웃음을 치더니 실내를 둘러보다가 벽장의 미닫이문을 열었다. 개어 놓은 이불 옆에 작은 상자가 놓여 있었다.

"수상하지, 이런 거."

그가 상자를 꺼내 열었다. 안에는 초등학생 여자아이가 마법 소녀로 변신해 싸우는 애니메이션의 캐릭터가 그려진 동인지가 몇 권이나 들어 있었다. 표지에 '불쌍하면 귀엽다'라는 글자와 함께 우는 얼굴의 소녀가 그려져 있었다.

오오야마 마사노리는 다른 두 사람과 '오오야마 마사노리'를 미행하고 있었다.

'놈이 마나미 사건의 범인이라면 반드시 정체를 폭로할 테다.'

앞서가던 '오오야마 마사노리'가 들어간 곳은 어린이집이었다. '호시마치 어린이집'이라고 쓰인 간판이 세워져 있는 앞뜰

끝자락에 2층짜리 콘크리트 건물이 있었다.

마사노리는 전봇대 옆에서 그 모습을 훔쳐보다가 다른 두 사람과 얼굴을 마주 보았다. '오오야마 마사노리'가 왜 어린이집에 들어갔지? 출소한 지 얼마 안 되어 아이가 있을 리도 없을 텐데. 설마 싶었다.

30분 정도 감시했을 때, 어린이집 건물에서 '오오야마 마사노리'가 열 명 정도의 아이들과 나타났다. 양손으로 두 여자아이의 손을 잡고. 100미터 정도 떨어진 공원에 아이들을 데려간 오오야마 마사노리가 놀이기구를 타고 싶어 하는 여자아이의 겨드랑이를 껴안아 그네에 태워주거나 안아주고 있었다. 아이들은 "선생님, 선생님!" 하고 신나게 떠들고 있었다.

'오오야마 마사노리'가 어린이집에서 일하고 있다!

악명 높은 본명과 전과를 숨기고 있는 것이다. 어린이집 교사 아르바이트라면 자격증은 필요 없었겠지. 보육 인력 부족이 문제시되는 시대니까 어린이집에서 마침 인력이 부족해 놈을 고용했을 수도 있다. '마나미 사건'의 범인이라고는 생각도 못 한 채…….

'오오야마 마사노리'는 여자아이들과 놀아주면서 확연하게 육체적인 접촉이 많았다.

마사노리는 위험을 감지했다. '오오야마 마사노리'의 정체를 어린이집에 전하고 주위에 알려야 하지 않을까.

마사노리는 스마트폰을 꺼내 멀리서 한 장, 확대해서 한 장 사진을 찍었다. 귀중한 증거가 될 사진을 다른 그룹에게 단체로 보냈다.

자신들의 이름을, 자신들의 인생을 되찾는 것도 물론 중요했다. 그러나 지금은 제2의 마나미를 만들지 않는 것이 가장 우선이다. 놈은 욕망의 불이 아직 꺼지지 않아 여자아이와 접할 수 있는 어린이집 아르바이트를 선택한 것이 분명하다.

마사노리는 다른 두 사람과 아파트로 서둘러 돌아왔다. 그리고 세 사람과 합류해 서로 결과를 보고했다.

"'진짜' 맞는 것 같았나요?"

마사노리가 묻자 모두 의견을 나눴다.

"틀림없잖아. 이렇게 로리콘인 '오오야마 마사노리'가 세상에 몇 명이나 되겠냐고."

"하지만 확증은 아직 아무것도 없어요."

"이미 충분하지 않을까요?"

"저는 그렇게 생각하지 않습니다."

"전 '진짜' 맞는 것 같아요. 얼굴 사진을 공표하죠."

"지난번에 오해한 일도 있고 신중해야 합니다. 만약 다른 사람을 폭로했다면 돌이킬 수 없어요."

오랜 시간 논의했지만, '오오야마 마사노리'를 어떻게 할지 바로 결론은 나지 않았다.

27

오오야마 마사노리는 나무 벤치에 앉아 공원에서 신나게 뛰어노는 어린이집 아이들을 바라보고 있었다. 추운 날씨에도 아이들은 기운들이 넘친다.

경계 받지 않고 여자아이를 접할 수 있는 어린이집 선생님 아르바이트는 페도필리아(어린 여자아이에게 성적 관심을 나타내는 부류-옮긴이)에게 천직이다.

마사노리는 손바닥으로 입술을 훔쳤다. 묻어나온 침을 청바지에 문질러 닦았다. 아이들 중 가장 귀여운 것은 누구인가. 하반신을 우뚝 솟게 해줄 것 같은 아이는…….

마사노리가 주목한 것은 꽃무늬 원피스를 입은 여자아이였다. 차가운 바람에 찰랑거리는 검은 머리칼에 해바라기 머리끈이 달려 있었다. 귀여운 토끼 귀 모양의 귀마개를 하고 있어 아담한 동물 같은 인상을 준다. 어딘지 모르게 마나미를 닮은 모습이었다. 여자아이는 순진무구한 웃음을 터뜨리고 있었다.

"레나야, 같이 놀자!"

친구들이 불러도 여자아이는 고개를 저었다.

"나는 모래 장난 할래!"

아이는 삽으로 계속 동산을 만들고 있다. 다른 어른의 모습은 보이지 않았다. 근처에 지나가는 사람도 없었다. 기회는 지금 밖에 없다.

마사노리는 벤치에서 일어나 여자아이에게 다가갔다. 속셈을 숨기고 불안감을 일절 주지 않는 미소를 지으며 말을 걸었다.

"레나는 선생님이 좋아?"라고 묻자 여자아이가 웃는 얼굴로 "응!" 하고 크게 고개를 끄덕였다.

절로 미소가 지어진다.

"그래, 선생님을 많이 좋아하는구나."

"진짜 좋아해!"

"정말로 선생님을 많이 좋아한다면 뽀뽀를 해야 하지 않을까? 뽀뽀 뭔지 알아?"

"알아. 코 자기 전에 엄마랑 아빠한테 하는데."

"착하네. 그럼 선생님한테도 해볼까?"

마사노리는 스마트폰을 꺼내 동영상 촬영을 위해 카메라를 켰다.

욕망을 억제하지 마.

참을 필요 없어.

본능대로 행동해.

자제가 가능했다면 교도소에도 들어가지 않았을 것이다. 성적 취미와 기호는 그리 쉽게 변하지 않는다.

"선생님이 진짜 좋으니까 뽀뽀할 수 있지?"

28
∘∘∘∘∘

‘오오야마 마사노리’ 동성동명 피해자 모임이 다시 시작되고, 오오야마 마사노리는 모두를 차례차례 쳐다보았다.

기자가 나무라는 눈빛으로 말했다.

"왜 그렇게 제멋대로……."

여러 오오야마 마사노리가 서로의 얼굴을 돌아보았다.

"……사진 말이죠?" 축구부였던 오오야마 마사노리가 심각한 얼굴로 말했다. "난리가 났어요."

다부진 체격인 오오야마 마사노리가 머리를 내저었다.

"전 아무 짓도 안 했어요!"

모두가 자신들도 마찬가지라는 듯이 고개를 끄덕였다.

"하지만 이 '모임'의 이름이 나왔죠."

'오오야마 마사노리'의 아파트를 수색하고 이틀 후, '살인범 오오야마 마사노리의 현재 모습'이라며 공원에서 여자아이와 장난치는 사진이 인터넷에 올라왔던 것이다.

당연히 큰 소동이 일어났다.

원래부터 인터넷에서는 '오오야마 마사노리'에 관한 개인적인 수사가 과열되던 상태였다. 결국 범인이 아니라고 밝혀진 오오야마 마사노리를 진짜라고 믿는 사람들이 대다수였고, 범죄 이력을 과시하고 있다며 사회적 제재를 요구하는 목소리가 넘쳐나고 있었다. 그때 갑자기 올라온 사진 한 장. 큰 논란에 휩싸이지 않을 리가 없었다.

"누가 인터넷에 올렸죠?"

마사노리가 모두에게 물었다.

오오야마 마사노리 모두가 고개를 저었다. 누구도 인정하지 않았다.

마사노리는 일행의 표정을 살폈다.

사실을 숨기고 있는 것은 누구인가. 이틀 전에 찍어 '오오야마 마사노리' 동성동명 피해자 모임에 공유한 사진이 인터넷에 나돌고 있으니 '모임'에 참가한 자신 이외의 다섯 명 중 누군가의 소행으로 생각할 수밖에 없다.

도대체 누가 앞서 나갔을까. 축구부였던 오오야마 마사노리, 갈색 머리인 오오야마 마사노리, 복코인 오오야마 마사노리, 다부진 체격인 오오야마 마사노리, 실눈인 오오야마 마사노리. 이 중에 누군가가 마음대로 사진을 인터넷에 흘렸다. 사진을 어떻게 할지 논의했을 때, 일단 보류하자는 결론에 이르렀는데도 독단으로 행동한 것이다.

인터넷에서는 어린이집의 이름을 알아내려는 움직임이 빨

라지고 있었다. 알아내는 것은 시간문제였다.

　- 오오야마 마사노리로부터 여자아이를 보호해라!

　- 어린이집에 경고하지 않으면 또 아이가 죽는다!

　- 오오야마 마사노리를 사회로부터 격리하자!

　- 일시적으로 모든 남자 교사의 근무를 정지시켜야 한다!

　- 한시라도 빨리 어린이집을 밝혀내라!

　- 오오야마 마사노리는 죽음으로 속죄하게 하자

　많은 사람이 트위터에 격한 표현을 쏟아내고 있었다. 마그마처럼 분노가 분출하고 있는 것이다.

　"언젠가는 이렇게 됐겠죠." 복코인 오오야마 마사노리가 말했다. "나머지는 사람들에게 맡겨두죠. 그들이 어린이집까지 알아내서 제재를 가해줄 거예요."

　실눈인 오오야마 마사노리가 그를 노려보았다.

　"네가 올렸냐?"

　"……저 아닙니다."

　"모르지."

　"정말이에요."

　"아직 확증이 없잖아."

　"그렇긴 하지만……" 복코인 오오야마 마사노리의 눈동자가 흔들렸다. "당신도 '오오야마 마사노리'라고 확신했잖아요.”

“상관없어. 아직 눈치 볼 단계잖아. 왜 멋대로 올렸어? 난리
난 걸 알면 도망쳐버릴걸.”

“그러니까 제가 아니라고요.”

“그럼 누구야!”

실눈인 오오야마 마사노리는 모두를 둘러보았다. 모두 아무
말이 없었다.

그러나 어린이집에서 일하는 오오야마 마사노리가 ‘진짜’가
맞는다면 얼굴을 공개하는 목적은 달성한 것이다. 그가 도망
쳐버렸다고 해도 괜찮다.

마사노리는 고개를 기자에게로 돌렸다.

“어떡하죠?”

기자가 거뭇거뭇한 턱을 쓰다듬었다.

“……한번 본인의 모습을 봐두고 싶어요. 아파트가 있는 장
소로 안내해줄래요?”

“그건 상관없는데…….”

“안 돼!” 실눈인 오오야마 마사노리가 반대했다. “그냥 놔둬
야 해. 우리가 액션을 취할 필요는 없어.”

“아니죠.” 기자가 말했다. “무슨 액션을 취하자는 게 아니라
상황을 파악하려는 겁니다.”

“신중해야 한다고!”

“이 정도로 난리가 났으니 신중하게 행동해봤자 더는 의미

가 없죠. 오히려 '진짜'와 부딪혀야 동성동명 문제를 세상에 알
릴 수 있습니다."

다 같이 지하철을 타고 이동해 어린이집에서 일하는 오오야
마 마사노리가 사는 아파트로 향했다. 얼어붙은 공기가 팽팽
한 거리에 핏빛 석양이 건물과 나무의 그림자를 길게 드리우
고 있었다.

"여깁니다."

마사노리가 아파트를 가리켰다.

"여러분들이 침입한 곳이……."

기자의 말에 마사노리는 아파트 옆쪽으로 그를 안내했다.
전에 깨뜨린 유리창은 벌써 교체돼 있었다. 경찰에 신고하지
않은 것일까. 범인 '오오야마 마사노리'로서는 역시 경찰과 최
대한 엮이고 싶지 않은 것이다. 아무것도 도둑맞지 않았다면
신고는 피하겠지.

경찰이 움직이지 않는다면 괜찮다.

"집에 없나요?"

기자는 유리창에 얼굴을 대고 집 안을 살폈다. 커튼에 비치
는 전등 불빛이 없었다.

"출근했는지도 모르겠네요."

"위험하네요." 다부진 체격인 오오야마 마사노리가 미간에
깊은 주름을 만들었다. "이러고 있는 사이에도 놈은……."

어린이집에서 여자아이와 함께 있을 것이다. 정말로 갱생했다면 어린이집을 직장으로 선택하지는 않았을 것이다.

"놈이 또 사건을 일으키면 저희 입장이……."

다른 오오야마 마사노리의 얼굴에 불안감이 퍼져나갔다.

"우리가 어린이집에 주의를 줘야 하지 않을까요?"

갈색 머리 오오야마 마사노리가 말했다.

그 선택지도 생각해볼 필요가 있었다. 소년범죄를 일으킨 전과자의 사회 복귀를 방해하고 있다고 비난받을지언정 다소의 비판을 각오하고 정의의 목소리를 높이는 것도 필요하지 않을까.

실눈인 오오야마 마사노리가 조바심을 내듯 반론했다.

"몇 번이나 똑같은 소리 하게 만들지 마. 너무 성급해."

"시간이 없어요!" 갈색 머리 오오야마 마사노리가 받아쳤다. "내일, 아니 당장 오늘 최악의 사태가 일어날 가능성도 있는 거예요."

"확실한 물증을 찾을 때까지 지켜봐야지."

"눈치만 보다가 피해자가 생기면 주객이 전도되는 거죠. 아동 학대나 마찬가지예요. 조금이라도 수상하다고 생각하면 즉시 신고를 해야 피해를 미연에 방지하는 겁니다."

"딸과 산책하던 아버지가 신고당해서 불쾌한 경험을 하거나, 육아 얘기를 올린 여자 유명인이 학대가 의심된다고 장난으로 신고를 당하기도 해. 요즘은 일방적인 신고가 문제라고."

"자꾸 신고해야죠. 그래서 피해가 없으면 해프닝으로 끝이 잖아요. 주위 사람들이 아이를 그렇게까지 지켜봐주고 있다는 건 부모로서 든든해하지 않을까요?"

"독신이잖아, 너. 설득력 없다."

"그건 피차일반이죠. 어쨌든 전 어린이집에 경고해야 한다 고 생각해요."

실눈인 오오야마 마사노리는 "마음대로 해"라고 내뱉었다. "후회 말라고."

마사노리는 그를 바라보았다.

"뭐 알고 있어요?"

"뭐? 무슨 소리야?"

"아뇨. 뭔가 의미심장해서……."

"알 리가 없잖아."

실눈인 오오야마 마사노리는 고개를 돌린 뒤 더는 반응하지 않았다.

갈색 머리 오오야마 마사노리가 힘차게 말했다.

"그럼 경고하는 쪽으로 결정됐네요."

반대 의견은 없었다.

"갑시다."

다 같이 어린이집으로 출발하려고 한 순간이었다.

"아!" 축구부였던 오오야마 마사노리가 소리를 질렀다. "놈 이 돌아왔어요!"

전원이 동시에 얼굴을 돌렸다.

길 건너에서 오오야마 마사노리가 걸어오고 있었다. 옆으로 키 작은 여성의 모습이 보였다. 중간 기장의 검은 머리에 수수한 생김새였다. 베이지색 코트에 검정 롱스커트를 입은.

"여자를 끼고?" 실눈인 오오야마 마사노리가 내뱉었다. "어린 여자애를 좋아하는 주제에 성인 여자한테 얼쩡대는 거야?"

다부진 체격인 오오야마 마사노리가 물었다.

"근데 분위기는 앳돼 보여요."

여성은 몸집이 작아서 얼핏 체형만 보면 중학생으로도 보였다. 교제하는 상대를 봐도 취미와 성향을 알 수 있었다.

"좀 위험한 것 같은데요." 갈색 머리 오오야마 마사노리가 걱정스러운 듯이 말했다. "저러다 저 여자 분도 무슨 일을 당하면……."

어린이집에서 일하는 오오야마 마사노리는 아파트에 여성을 데리고 들어갔다. 커튼이 닫힌 창문이 밝아졌다.

마사노리가 기자를 돌아보았다.

"범인에게는 형제가 없었죠?"

"네. 외동이었어요."

"그럼 저 여자 분은 누나나 여동생이 아니네요."

"우리가 도와줘요!" 갈색 머리 오오야마 마사노리가 결연히 말했다. "정체를 알리고 경고해야죠!"

여성이 과거의 죄를 알면서도 사귀고 있다곤 생각하기 힘들다. 그녀를 위해서도 경고는 필요하다. 만나는 사람이 여자아이를 참혹하게 살해한 엽기 살인범이라는 사실을 알게 되면 여성도 식겁할 것이다. 여성을 구한 후, 어린이집에도 경고하면 제2의 희생자가 나오는 것을 막을 수 있다.

그들은 어떻게 할지 의논한 끝에 지난번 카페에서 여성이 나오는 걸 기다리기로 했다. 한 시간쯤 지났을까. 집에서 여성이 나왔다. 엽기 살인범의 아파트로 끌려갔지만, 일단은 무사한 것 같았다.

"지금이에요." 갈색 머리 오오야마 마사노리가 소리쳤다. "갑시다."

다 같이 일어나 계산을 하고 카페를 나왔다. 숄더백을 든 여성은 아파트 단지에서 나와 길을 걷고 있었다.

"저기요!"

갈색 머리 오오야마 마사노리가 말을 걸자 여성이 "네?" 하며 뒤돌아보았다. 여러 남자를 보고 얼굴에 경계심이 어렸다.

"뭐, 뭐에요……."

나이는 아마 20대일 것이다. 그러나 가까이서 보니 역시 얼굴 생김새가 앳되다. 교복을 입으면 중학생으로도 보일 듯했다. 어린이집에서 일하는 오오야마 마사노리가 주목한 이유도 그 때문이겠지.

갈색 머리인 오오야마 마사노리가 가볍게 손을 들어 무해함을 어필했다.

"앗, 저희는 수상한 사람들이 아닙니다."

"갑자기 무슨……."

여성이 도움을 청하려는 듯 좌우를 살폈다.

"당신이 만나는 남자 얘기예요!"

여성이 소란을 피우기 전에 마사노리는 황급히 본론으로 들어갔다. 다른 사람들 모두 고개를 끄덕였다.

여성이 미심쩍은 듯 눈을 가늘게 떴다.

"도, 도대체 뭐죠?"

마사노리는 동지들을 살폈다. 단도직입적으로 말할까 돌려서 떠볼까. 망설인 끝에 애매한 말은 소용이 없을 거라고 결론지었다.

"당신은 남자 친구의 정체를 아시나요?"

"정체요?"

"그렇습니다. 남자 친구의 이름, 모르나요?

여성이 미간을 찌푸리고 고개를 갸웃했다.

"본명이라고 하죠?" 마사노리가 말했다. "문패에 제대로 성이 있었고요."

"네, 네……."

"오오야마 마사노리."

여성의 얼굴에 당혹함이 떠올랐다.

"그 살인사건이요?"

"맞아요. 우리는 당신에게 경고하러 왔습니다."

여성은 수상쩍은 것이라도 보는 눈빛으로 모두를 둘러보았다.

"······무슨 말씀이신지 전혀 모르겠네요."

"당신과 함께 있는 '오오야마 마사노리'는 그 사건의 범인입니다."

여성의 표정은 변하지 않았다. '오오야마 마사노리'라는 이름을 들으면서 '마나미 사건'이 생각나지 않았던 것일까. 그 둔감함에 의문이 일었다.

"여섯 살 여자아이를 참혹하게 살해한 엽기 살인범입니다. 빨리 떠나지 않으면 당신도 위험해요."

"저기······" 여성이 망설이다가 입을 열었다. "뭔가 착각하신 것 같은데······. 남자 친구는 오오야마 마사노리가 아니에요."

"아니, 오오야마 맞잖아요."

"어쩌면······" 복코인 오오야마 마사노리가 참견했다. "성은 그대로 두고 이름만 가명이라던가."

여성은 천천히 고개를 저었다.

"우리는 6년 넘게 사귀고 있어요."

"네?"

"남자 친구는 범죄 같은 건 저지르지 않고요."

"아니, 근데······" 마사노리가 아연실색하며 말했다. "저희는 트위터 계정을 보고 여기를 찾아냈어요."

스마트폰을 꺼내 화면을 보여줬다. 7년 전에 논란이 된 오오야마 마사노리(大山正紀)의 본명으로 사용한 계정이 보였다.

여성의 눈동자가 흔들렸다.

"이거…… 남자 친구 아니에요. 제 계정이에요."

"하지만 이름이……."

"이건 오오야마 마사노리(大山正紀)가 아니에요. 제 이름 오오야마 마사키(大山正紀)라고요."

29

오오야마 마사키(읽는 방법에 따라 마사키 또는 마사노리로 발음한다-옮긴이)는 자신을 둘러싼 남자들을 둘러보았다. 야구 모자를 쓴 사람 말고는 대부분 또래로 보였다. 아마 20대일 것이다. 남자 친구를 엽기 살인범 '오오야마 마사노리'로 착각해 정의의 제재를 가할 생각으로 행동하는 집단일까. 감정만으로 타인을 규탄하는 사람들의 무서움은 이미 뼈에 사무치도록 잘 알고 있었다.

"……진짜 남자 친구가 '오오야마 마사노리' 아니에요?"

남자 중 한 명이 동요한 얼굴로 물었다.

"아니에요."

그와는 7년 전, 공원에서 처음 만났다. 친구와의 약속 시간이 되기를 기다리고 있을 때였다. 공원에서 놀고 있는 어린이집 아이들을 발견했다. 원피스를 입은 여자아이가 오더니 받으라며 모래를 뭉친 경단을 내밀었다. 고맙다고 받아 냠냠, 먹는 시늉을 했더니 여자아이가 까르르 웃었다. 그 모습을 보고 있던 것이 어린이집의 남자 선생님이었다. 그녀는 죄송해요, 라고 미안해하면서 머리를 숙였다.

'아이들을 좋아해서요. 정말 천진난만하고 천사 같네요.'

'맞아요. 정말 사랑스럽죠.'

그의 미소에 이끌려 마음에도 없는 말로 받아쳤다.

'이왕이면 아이와 관련된 일에 종사할걸, 하고 후회했거든요.'

그랬더니 그가 기쁘다는 듯이 말했다.

'눈을 뗄 수 없어서 힘들지만 재미있는 직업이에요. 저한텐 천직이죠.'

그 후로 잠시 동안 즐겁게 이야기를 나눴다.

그 사람을 다시 만난 것은 트위터가 논란이 되고 난 후였다. 그녀는 계정을 삭제하고 나서 공원으로 비틀비틀 걸음을 옮기다가 그를 보았다. 오타쿠에다 다른 사람과의 커뮤니케이션도 서툴고 미인도 아닌 자신에게 그는 웃는 얼굴로 이야기를 해주었다. 그리고 속마음을 털어놓고 위로를 받다가 호의를 품었다.

몇 달 뒤, 그에게 고백을 받고 사귀게 됐다. 그는 자신의 오타쿠 취미도 인정해준다. 거짓 없이 떳떳하다. 그런 일은 처음이었다. 지금은 아파트에서 함께 살고 있었다.

마사키는 눈앞의 남자들을 노려보며 그의 이름을 전했다. '오오야마 마사노리'와는 한 글자도 일치하지 않았다.

남자들이 곤혹스러운 표정을 지었다.

살인사건의 범인 이름이 '오오야마 마사노리(大山正紀)'라고 보도되었을 때, 자신의 이름과 발음은 다르지만, 한자가 동성동명이란 걸 알고 꺼림칙한 느낌을 받았었다. 하지만 어찌 됐든 남자가 일으킨 사건이라서 여자인 자신이 경계 당하는 일은 없었다. 그러니 7년 전에 삭제한 실명 계정의 논란이 파헤쳐져 남자 친구가 범인 '오오야마 마사노리'로 오해받을 줄은 생각도 못했다.

"정말로 그 트위터가 당신 거야?"

칼집을 낸 것처럼 눈이 가느다란 남자가 물었다. 어조에는 초조함이 배어 있었다.

"예쁜 여자가 끓인 차가 어떻다느니 써놨잖아. 남자 계정 아니야?"

그 얘기구나.

그때만 해도 여성 차별 문제로 불똥이 튈 줄은 몰랐다. 지저분한 아저씨와 예쁜 여자 중에 선택하라고 한다면 굳이 아저씨가 끓인 차를 마실 여성이 있을까?

부동산에 함께 간 친구도 평소에 미용실에서 담당이 아저씨면 소름 끼친다, 근사한 가게에 아저씨가 점원이면 김이 샌다고 말했었다. 가치관을 공유하고 있다고 믿었기 때문에 공감할 거라는 생각에서 한 말이었는데, 그것 때문에 공개적으로 인격을 부정당할 거라고는 예상하지 못했다. 친구는 남자와 밥을 먹을 때 계속 각자 부담했던 일로 불만이 많았으니 그 화풀이로 자신이 희생양이 되었을지도 모른다.

실눈인 남자가 반신반의하는 얼굴로 말했다.

"트위터에 애니메이션 얘기만 잔뜩 있던데, 온통 미소녀였잖아."

그는 오타쿠 문화를 전혀 모르고 있었다. 주위에 그런 취미를 가진 지인이 없는 것이다. 여자 오타쿠는 모두 BL을 선호한다고 생각하는 게 분명하다.

평소에 친한 여자 오타쿠 친구들은 모두 미소녀 게임을 아주 좋아하고, 2차원의 귀여운 여자아이에게 열광한다. 미소녀 캐릭터를 좋아하는 것이다. 오히려 칙칙한 남자 캐릭터가 등장하면 싫어한다. 그래서 방에도 2차원 미소녀 캐릭터의 태피스트리와 포스터가 많이 붙어 있다.

"미소녀 캐릭터를 좋아하고 즐길 권리가 남자한테만 있는 게 아니에요. 여자에게도 있죠. 여자는 예쁘면 질투하고 못되게 괴롭힌다고들 생각하는데 귀여운 거 싫어하는 여자는 없을걸요? 그리고 범인의 계정이라면 타이밍이 안 맞죠. 체포된 다음에 유치장 안에서 계정을 지웠다고요?"

"범죄적인 내용도 있었잖아. 가학적인 걸 좋아하고……."

"픽션과 현실은 달라요."

현실과 성적 취향은 별개다. 그림 속 캐릭터라서 여자아이의 우는 얼굴이 귀엽다고 생각한 것뿐이다. 어린이집 선생님인 남자 친구가 예뻐하는 현실 속 여자아이의 우는 얼굴은 보고 싶지 않았다. 논란이 되기 전까지 그녀는 인터넷에서 여자 오타쿠들끼리 귀여운 미소녀 캐릭터가 나오는 동인지 이야기를 신나게 했었다.

"남자 친구는 오타쿠는 아니지만, 제 취미를 이해해주고 있어요."

"그럼 방에 있던 굿즈는……."

"네?"

마사키는 상대가 한 말을 놓치지 않았다. 며칠 전 아파트의 유리창이 깨져 있었다. 도난당한 것은 없어서 망설인 끝에 경찰에 신고하지 않았다. 귀찮은 일은 싫었다.

"설마 방에 침입한 게……?"

말실수를 한 실눈의 남자가 눈을 피하며 아랫입술을 깨물었다.

"……범죄예요." 마사키는 낮은 목소리로 말했다. "창문까지 깼던데……. 경찰 부를게요."

"잠깐만요!" 키가 큰 다른 한 명이 초조한 표정으로 끼어들었다. "진짜 미안하게 됐어요. 우린 그 사람이 '오오야마 마사노리'인 줄 알고 그랬어요. 그 증거를 잡으려고 하다가 선을 넘어버렸던 거예요."

다른 몇 사람이 "죄송합니다"라고 함께 머리를 숙였다. 초조한 얼굴로 우두커니 서 있던 실눈의 남자가 머리를 쥐어뜯었다.

"젠장."

마사키는 남자들을 노려보았다.

"애초에 당신들은 무슨 권리로 이런 짓을 하는데요? 정의의 사도라도 돼요? 범인이나 가족들 신상 털면서 놀고 그래요?"

"아닙니다." 키 큰 남자가 대답했다. "우린 사회 정의나 불의 같은 그런 애매한 사상이나 마음으로 이러는 게 아니에요. 각자 개인적으로 사연이 있어서……."

"사연?"

남자들의 얼굴에 망설임이 떠오른다. 하지만 잠시 숨을 고른 키 큰 남자가 체념 섞인 답을 건넸다.

"……사실 우리는 오오야마 마사노리에요."

마사키는 의미를 이해하지 못하고 남자들을 차례로 보았다.

"동성동명이에요. 이름이 같은 '오오야마 마사노리'가 사건을 일으키는 바람에 사회에서 여러 가지로 피해를 본 사람들의 모임입니다. 우리들의 인생을 되찾기 위해서 범인 '오오야마 마사노리'를 찾고 있어요."

그는 '오오야마 마사노리' 동성동명 피해자 모임의 존재와 목적을 설명했다.

믿을 수 없는 이야기였다.

눈앞에 똑같은 이름의 사람이 몇 명씩이나 모여 있다니. 그 상황이 어딘지 모르게 이상하고 불쾌한 느낌을 주었다. 얼굴도 체형도 복장도 다른데, 같은 인간이 다른 사람의 가죽을 쓰고 있는 것만 같았다. 그런 생각이 든 순간, 온몸에 소름이 끼쳤다. 직감 같은 것이었다.

다른 사람의 가죽을 뒤집어쓴.

마사키가 남자에게 물었다.

"모두가 동성동명이라고 확인했다고요?"

"일단 서로 신분은 증명했습니다."

마사키는 심호흡을 하면서 머리에 떠오른 가능성을 입 밖으로 냈다.

"……만약 이 안에 여러분이 찾고 있는 '오오야마 마사노리'가 있다면요?"

30

몸서리치는 전류가 등골을 타고 내달렸다. 오오야마 마사노리는 멍하니 선 채 말을 잇지 못했다. 우리 중에 범인 '오오야마 마사노리'가……?

그런 가능성이 있을까. 모든 사람이 오오야마 마사노리라는 것은 이미 서로 확인했다. 그러나 그 과정만으로 범인 '오오야마 마사노리'임을 부정할 수는 없지 않을까.

마사노리는 고개를 저으며 동료들의 얼굴을 살폈다. 그녀의 말이 신호탄이 되어 한순간에 의심이 퍼진 듯했다.

"난 아니야." 실눈인 오오야마 마사노리가 맨 먼저 부정했다. "면허증으로 나이를 확인했잖아. 범인보다 나이가 많아."

"저도 아닙니다. 당연히."

축구부였던 오오야마 마사노리도 단언했다. 다른 오오야마 마사노리도 저마다 부정한다. 복코인 오오야마 마사노리가 혐오감이 드러나는 얼굴로 중얼거렸다.

"동료를 의심하다니……."

그러나 모두가 부정해도 머릿속에 싹튼 의심은 떨쳐버릴 수 없었다.

'오오야마 마사노리' 동성동명 피해자 모임은 인터넷에 올린 공지로 그 존재를 알렸다. 공지가 있었기 때문에 그것을 본 여러 오오야마 마사노리가 한자리에 모였다. 그런데 범인인 '오오야마 마사노리'도 공지를 봤다면⋯⋯. 하지만 일부러 '오오야마 마사노리' 동성동명 피해자 모임에 들어와서 얻을 메리트가 있을까.

내가 범인이라면 어떨까.

자신이 모르는 장소에서 동성동명인 사람들이 모였다. 그런 상황이 막연히 불안감을 부추길지도 모른다. 신경이 쓰여 정체를 속이고 얼굴을 비추고 싶어질 가능성도 있다. 만약 그렇다면 '오오야마 마사노리' 동성동명 피해자 모임이 '오오야마 마사노리'를 찾아다니기 시작했을 때 아주 초조하지 않았을까. 범인으로서는 어떻게든 저지하고 싶었을 것이다.

마사노리는 기억을 더듬었다.

'오오야마 마사노리'를 찾는 데 부정적이었던 사람이 누구였지?

다수결로 정했을 때, 반대파였던 사람은 연구원 오오야마 마사노리, 축구부였던 오오야마 마사노리, 과외 선생님인 오오야마 마사노리였다. 하지만 머리를 굴려 앞에서는 찬성하고 뒤에서 방해하는 게 낫다고 생각했다면 찬성파에 있을지도 모른다.

모두가 의심스러워진다. '오오야마 마사노리'가 섞여 들어왔는지 확인할 방법은 없을까.

마사노리는 문득 떠오른 생각에 스마트폰을 꺼냈다. 그리고 모든 사람의 얼굴을 촬영하기 시작했다.

"무, 무슨……."

동요하며 곤혹스러워하는 목소리가 들렸다.

"유족이나 경찰 관계자라면 범인의 얼굴을 알고 있을 겁니다. 범인 '오오야마 마사노리'가 아니면 확인을 받아도 괜찮겠죠?"

31

도내 주택가에 위치한 번듯한 서양식 저택이었다. 철로 된 대문 옆에 화강암 문기둥이 있지만, 살짝 파인 공간에 문패는 빠져 있었다. 사람들의 호기심 어린 눈초리를 견디기 어려웠던 것일까.

"이 집이군요……."

오오야마 마사노리가 기자를 바라봤다.

"네, 유가족의 자택입니다." 기자가 손목시계를 확인했다. "약속 시각이 2, 3분 남았지만…… 들어가시죠."

기자가 문기둥의 초인종을 눌렀다. 두 사람이 잠시 기다리자 현관문이 열렸다.

나타난 사람은 볼이 홀쭉하고 입술이 얇은 남성이었다. 사십 대 중반이라고 알고 있는데 꽤 연배가 있어 보였다. 얼굴에 절망적인 체념이 배어 있는 남자는 기자회견에서 몇 번 보았던 유족, 마나미의 아버지였다. 현관문 앞까지 다가온 그가 쥐어짜듯이 입을 열었다.

"전화 주신?"

"네." 기자는 인사를 건네며 문 너머로 명함을 내밀었다. "갑작스럽게 연락드렸는데도 불구하고 시간 내주셔서 감사합니다. 유족 분들이 얼마나 억울하실지 감히 짐작도 가지 않습니다."

그는 고뇌를 곱씹듯 작게 고개를 끄덕였다. 팔짱을 낀 주먹에 힘이 실려 있었다.

"사실 저희는 '오오야마 마사노리'를 추적하고 있습니다."

그가 악문 치아 틈새로 증기처럼 보이는 숨을 내뱉었다. 분노와 미움을 분출하는 것처럼 보이기도 했고, 욕설을 간신히 삼키기 위한 것처럼 보이기도 했다.

"……들어오시죠."

그는 답을 기다리지도 않고 발길을 돌렸다.

유족의 자택에 초대되리라고는 상상도 못 한 일이라 마사노리는 당황한 모습이었지만, 기자는 말없이 앞장을 섰다. 직업상 피해자나 유족에 익숙한 모습이었다.

안내받아 들어간 곳은 대략 4평 크기의 일본식 방이었다. 유족의 마음속처럼 공허하고 텅 빈 방이었다. 장롱 등 최소한의 가구만 있는 방 안쪽에 불단이 있었다.

피해자의 아버지는 책상다리를 하고 바닥에 앉아 있었다. 어깨가 굳어 있고, 양손으로 허벅지를 움켜쥐고 있었다.

마사노리는 기자 옆에 나란히 무릎을 꿇고 앉았다.

피해자 아버지의 눈동자에는 증오와 비슷한 분노가 떠올라 있었다. 소년 교도소에서 출소한 '오오야마 마사노리'를 노리고 직접 복수를 하려다가 붙잡혔던 모습이 뇌리에 되살아났다.

"사모님은?"

기자가 조심스러운 어조로 물었다.

"……3년 전에 이혼했습니다. 큰딸은 혼자 삽니다."

"모르고 여쭤봤네요. 죄송합니다."

"아닙니다……."

기자가 불단을 응시했다.

"향을 피워도 될까요?"

그가 입술을 깨문 채 묵묵히 고개를 끄덕였고, 기자는 몸을 일으켜 불단 앞 방석에 무릎을 꿇고 앉았다. 향을 올리고 손을 모으는 동안 숨이 막힐 듯 침묵이 흘렀다. 다음으로 마사노리가 불단 앞에 앉았다. 불단에 놓인 영정 사진 속 여자아이의 웃는 얼굴이 보였다.

범인 '오오야마 마사노리'에게 난도질당한 희생자.

향내가 생생하게 죽음을 말하는 듯했다.

유족과 피해자를 직접 마주하자 자신들의 괴로움이 보잘것 없는 것만 같아 침착함을 유지하기 어려웠다. 고통은 상대적이지 않다고 머리로는 알고 있지만 마음이 그걸 부정한다.

마사노리는 묵념을 마치고 원래 자리로 돌아갔다.

피해자의 아버지는 눈을 가늘게 뜨고 시선을 아래로 떨어뜨리고 있었다.

"오오야마 마사노리는…… 사회에 존재해서는 안 됩니다."

상대를 태워 죽일 듯한 미움과 분노가 분출되고 있었다. 마주 보고 있는 것만으로도 격한 감정이 이쪽을 향할 것만 같았다. 범인 '오오야마 마사노리'를 향한 감정이란 걸 알고는 있지만, 그는 동성동명인 사람을 구별하고 있지 않기 때문에 가해자로서 유족의 앞에 있는 기분에 휩싸였다. 마음이 요동쳤다.

"범인은 큰딸과 같은 고등학교에 다녔습니다."

금시초문이었다. 하지만 기자는 별로 놀라지 않는 기색이었다. 이미 정보를 얻었던 것일까.

"언론에는 공표하지 않았습니다. 큰딸은 사건하고 관계가 없고, 그저 재미로 보도되는 걸 원하지 않았거든요. 같은 고등학교 학생이 여동생을 살해하고, 큰딸은 학교에 갈 수 없게 돼서 결국 전학을 갔어요. 오오야마 마사노리는 큰아이의 인생도 엉망으로 만들었습니다."

오오야마 마사노리. 그의 죄가 수많은 사람을 상처 입히고, 수많은 인생을 엉망으로 만들었다. 법적으로 속죄했기에 용서를 받았다면 대체 누가 유족의 원한을 풀어줄까. 세상이다. 세상밖에 없다. 범인 '오오야마 마사노리'는 세상에 살해당해도 어쩔 수 없는 것이다.

마사노리는 무릎 위에서 주먹을 움켜쥐었다.

"저희도 같은 마음입니다." 기자가 말했다. "범인이 반성했다고 생각되지 않아요. 갱생했을지 의문입니다. 범인 '오오야마 마사노리'에게는 사회적인 제재가 필요하다고 봅니다."

"당연히 그래야죠."

"실은 저희가 '오오야마 마사노리'일지도 모르는 사람의 사진을 가지고 왔는데, 혹시 확인을 부탁드릴 수 있을까요?"

피해자의 아버지는 출소한 '오오야마 마사노리'의 현재 얼굴을 알고 있었다.

기자가 이겁니다, 하고 순서대로 스마트폰 속 사진을 보여주기 시작했다. '오오야마 마사노리' 동성동명 피해자 모임의 참가자 얼굴 사진이 차례대로 지나갔다. 고개를 좌우로 저으면서 화면을 응시하던 것도 잠시. 유족이 앗, 하고 목소리를 높였다.

"이놈입니다! 이놈이 오오야마 마사노리예요!"

스마트폰 화면에 비춘 것은 축구부였던 오오야마 마사노리였다.

32

○○○○○

'오오야마 마사노리' 동성동명 피해자 모임에는 지난번에 참가한 인원 중 축구부였던 오오야마 마사노리 한 사람만이 참가하지 않았다.

오오야마 마사노리는 어제 있었던 일들을 모두에게 전했다. 기자와 둘이서 유족을 찾아가 얼굴 사진을 확인했고, '마나미 사건'의 범인이 축구부였던 오오야마 마사노리라고 밝힌 것이다.

"설마 그놈이……."

실눈인 오오야마 마사노리가 자책하듯이 주먹을 꽉 쥐었다. 진작 알았더라면 때려눕혔을 터였다.

"사칭…… 이라는 거죠?"

복코인 오오야마 마사노리가 물었다.

축구 유망주로 활약했던 오오야마 마사노리가 엽기 살인범이었다면, 실명을 폭로했던 주간지도 '무엇이 축구에 몰두하던 소년을 살인으로 내몰았는가?'라고 언급했을 것이다. 축구 유망주였던 오오야마 마사노리와 얼마 전까지 '모임'에 참가한 오오야마 마사노리는 다른 사람인 것이다. 모임에서 '오오야마 마사노리'와 나눈 대화가 떠오른다.

몇 명씩 모여서 여자 배구 이야기를 나눌 때였다. '오오야마 마사노리'가 무슨 얘기하세요, 라고 물으면서 다가왔었다. 갈색 머리 오오야마 마사노리가 이렇게 말했었다.

"이탈리아 대표팀의 스파이크가 멋지다…… 는 얘기요."

분명 그렇게 대답했다. '오오야마 마사노리'는 그 말만 듣고 "아, 그대로 득점으로 연결된 스파이크, 몇 개나 때렸죠"라고 자연스럽게 대화에 끼어들었다. 당시엔 그 누구도 아무런 위화감을 느끼지 못했다.

하지만…… 사칭인 걸 알고 나서 다시 생각해보니 아니었다. 축구에 청춘을 바쳤다면, 스파이크라는 단어를 듣는 순간 축구화의 스파이크를 먼저 떠올리지 않았을까. 이탈리아 대표팀 선수의 축구화에 달린 멋진 스파이크에 대해 사람들이 이야기꽃을 피우고 있다고 생각하는 게 자연스럽지 않은가. 그러나 '오오야마 마사노리'는 누가 이야기하기도 전에 배구 얘기라고 알아들었다. 축구에 관심이 없는 '오오야마 마사노리'였기 때문에 나온 반응이었던 것이다.

첫 모임에서 '오오야마 마사노리'는 축구 경험을 언급하며 자기소개를 했다.

"프로를 꿈꿨지만 '오오야마 마사노리'가 사건을 일으키는 바람에 학교에서 이상한 눈으로 보고, 팀 동료로부터 따돌림을 당하게 됐어요. 손을 들어도 패스를 안 주고 그래서 못 해먹겠더라고요."

경험담은 거짓이었을 것이다. 그 뒤에 "축구 쪽에도 영향이 있었나요?"라고 물었을 때 '오오야마 마사노리'는 아무것도 말하고 싶지 않다는 표정을 짓는 것으로 답을 대신했다. '마나미 사건'의 여파로 멀어진 축구라 얘기를 꺼리는 줄 알았는데, 사실은 들통날까 두려웠던 것이 아닐까. '오오야마 마사노리'를 찾자는 의견에 반대한 것도 당연한 수순이었다.

"연락이 안 된다고?"

실눈인 오오야마 마사노리가 물었다.

"오늘 아침부터 계속 전화하고 문자를 보내고 있는데 반응이 없어요. 유족에게 얼굴을 확인하는 걸 알았으니, 앞으로 정체를 숨길 수 없다는 걸 깨달았을 것입니다."

"빌어먹을!"

실눈인 오오야마 마사노리는 테이블을 주먹으로 내리쳤다. 음료가 담긴 컵이 흔들렸다.

"그래도 얼굴 사진은 확보했잖아요." 갈색 머리 오오야마 마사노리가 수습하듯이 말했다. "사진은 찍었으니까 이제 그걸 공개하면 목적은 달성하겠죠?"

그러나 기자는 난감한 표정을 짓고 있었다.

"……지금은 타이밍이 나쁠지도 모릅니다."

"왜요?"

"지금은 무고한 어린이집 남자 선생님이 범인이라고 알려진 상태잖아요. 인터넷에서는 모두가 그 사람을 범인 '오오야마 마사노리'라고 믿고, 어린이집을 찾아내려고 기를 쓰고 있어요. 이런 상황에서 이게 진짜 '오오야마 마사노리'라고 폭로해도 사람들이 믿어줄지…….

충분히 그럴 수도 있을 것 같다. 딱 들어맞는 근거가 없으면 인터넷에서 사람들의 의견을 뒤집을 수 없을 것이다.

마사노리는 문득 떠오른 아이디어를 꺼냈다.

"유족의 증언이 있으면 '진짜'라고 증명이 될 겁니다."

기자가 떨떠름한 얼굴로 말했다.

"……그건 최후의 수단으로 남겨두고 싶네요."

"좋은 방법 같은데, 왜요?"

"물론 유족의 증언이 있으면 범인이라고 증명할 수 있겠죠. 하지만 유족의 도움을 받아 '오오야마 마사노리' 얼굴을 폭로하면 유족의 복수라는 구도가 지나치게 강조되고, 우리의 원래 목적인 흉악범과 동성동명인 사람들의 괴로움에 관한 문제는 약하게 보일 겁니다."

원래 목적은 자신들이 범인과 동일시되지 않는 상황을 만듦과 동시에 동성동명인 사람의 괴로움을 세상에 알리는 것이었다. 그리고 무엇보다 유족을 직접 만났던 자신의 손으로 고통과 분노에 갇힌 그를 끌어들이고 싶지 않았다. 부탁하면 기꺼이 증언해주겠지만 그것이 올바른 일이라고는 생각되지 않았다. 마사노리는 아랫입술을 깨물며 고개를 숙였다. 한참 동안 우울한 침묵이 이어졌다.

기자가 덥수룩한 수염을 쓰다듬으며 입을 열었다.

"축구를 했던 진짜 오오야마 마사노리…… 그 사람에 대한 정보를 가지고 있는 분 안 계시나요?"

마사노리가 고개를 들었다.

"왜요?"

"애초에 범인이 일부러 '모임'에 참가할 필요가 있었을까 해서요. 게다가 왜 그 친구의 행세를 했는지 궁금하고요. 어떤 의미가 있는 것은 아닌지, 아니면 우연이었는지. 사칭 당한 당사자한테 이야기를 들어보면 뭐든 단서를 얻을 수 있을 것 같습니다."

축구 유망주로 활약했던 오오야마 마사노리를 사칭한 이유라. 생각해보면 꽤 위험한 방법이다. '오오야마 마사노리' 동성동명 피해자 모임에는 여러 오오야마 마사노리가 모였다. 축구부였던 오오야마 마사노리라고 했다가 진짜가 참가했다면 거짓말은 한방에 들통난다.

아니지. 놈은 모든 사람이 신분을 밝힌 후에, 그러니까 고교 축구에서 유망주로 활약했던 오오야마 마사노리가 이 자리에 없다고 확신하고 나서야 축구 경험을 이야기했다. '오오야마 마사노리'가 자기소개를 한 것은 제일 마지막이었다. 왜냐?

'자기소개는 그쪽부터 오른쪽으로 돌아가면서 하시죠.'

자기소개를 하는 분위기가 되었을 때, '오오야마 마사노리'가 그렇게 제안했기 때문이다.

자신의 순서가 마지막이 되도록 컨트롤했던 것이다.

거짓 경력을 생각할 시간적 여유가 필요했던 것인지도 모른다. 확신에 찬 말과 행동으로 기만하며. 교묘한 수다. 그런데 자리에 없는 오오야마 마사노리를 사칭하기로 했다면, 축구 유망주로 활약했던 오오야마 마사노리의 존재를 전부터 알고 있었다는 뜻이 된다.

마사노리는 스마트폰으로 검색을 했다. 입력한 단어는 '오오야마 마사노리 축구 고등학교'. 그러나 상위에 표시되는 것은 '마나미 사건'의 관련 기사나 블로그, 기타 게시글뿐이었다.

없으려나.

포기하려던 순간 좋은 아이디어가 떠올라 상세 검색란에서 날짜를 지정했다. '마나미 사건'이 일어나기 전을 선택한 것이다. 그러자 축구 유망주였던 고등학생 오오야마 마사노리의 기사가 여러 건 검색됐다. 순서대로 확인해보니 세 번째 기사에 오오야마 마사노리의 사진이 실려 있었다. '오오야마 마사노리' 동성동명 피해자 모임에 참가했던 오오야마 마사노리와는 역시 다른 얼굴이었다.

왜 더 빨리 얼굴을 찾아보지 않았을까. 아쉬움이 밀려왔다. 하지만 다른 오오야마 마사노리의 정보는 모두 범인 '오오야마 마사노리'의 이름에 밀려나 찾아내기가 어려웠고, 당시에는 그렇게까지 확인할 필요성을 느끼지도 못했다.

기자는 화면을 들여다보고 고개를 끄덕였다.

"고등학교를 알면 찾아볼 방법은 얼마든지 있어요. 주소를 알아내면 다들 가봅시다."

"그나저나……" 갈색 머리 오오야마 마사노리가 생각난 듯 말했다. "어린이집 선생님의 얼굴 사진을 인터넷에 흘린 건 결국 누구였을까요? '모임' 안에 진짜 범인이 있었는데, 완전 어처구니없는 실수였네요."

짐작 가는 바가 있었다.

"아마 범인 '오오야마 마사노리'일 겁니다." 마사노리가 대답했다. "우리에게 자신의 얼굴을 들키고 싶지 않았기 때문에 다른 사람을 앞세우려고 했을 거예요."

갈색 머리 오오야마 마사노리가 앗, 하고 탄성을 질렀다.

"다른 오오야마 마사노리를 진짜처럼 내세우면 자기는 안전하니까요. 뭐, 결과적으로는 오오야마 마사노리가 아니었지만요."

내부에서 방해를 받고 있었던 것이다.

"젠장." 실눈인 오오야마 마사노리가 격렬하게 머리를 쥐어뜯었다. "그놈 손에 놀아났네."

마사노리의 스마트폰에 전화가 온 것은 그때였다. 본 기억이 없는 전화번호였다. 순식간에 긴장감이 온몸에 흘렀다.

혹시 범인 '오오야마 마사노리'가?

마사노리는 다른 오오야마 마사노리에게 눈짓한 후, 긴장에 경직된 손가락으로 통화 버튼을 눌렀다.

"네, 오오야마입니다……."

전화를 받자 찰나의 적막을 깨고 들려온 것은 여성의 목소리였다.

"피해자 모임의 오오야마 마사노리 씨?"

노기가 가득한 목소리여서 순간 누구인지 몰랐지만, 며칠 전 만난 오오야마 마사키라는 것을 깨달았다. 만일을 대비해 전화번호를 일방적으로 알려주었다.

"아, 네, 맞습니다."

마사노리는 대답하면서 다른 이들을 향해 말없이 고개를 저었다. 실망감이 묻어나는 얼굴들이었다.

"하나 물어보고 싶은 게 있어서요."

목소리에서 적대적인 느낌이 확연했다. 무슨 문제가 있었던 것일까.

"무슨 일이시죠……?"

마사노리가 조심스레 물었다.

"남자 친구 얘기인데요, 혹시 무슨 짓 했어요?"

"네? 무슨 말씀이신지……."

주저하던 그녀가 잔잔한 분노가 담긴 목소리로 대답했다.

"어린이집 아이가 행동하는 게 이상하더니 갑자기 남자 친구한테 뽀뽀를 했대요. 왜 그러냐고 물어봤더니 어떤 사람이 와서 선생님이 좋으면 뽀뽀를 하라고 했다는데."

무슨 말인지 전혀 이해할 수가 없었다.

"자, 잠시만요. 그게 무슨……."

"누가 사주한 거 아닌가요? 타이밍이 딱 그런 게, 다른 짐작 가는 일도 없고요."

아직 상황을 파악하지 못했지만 대충 넘길 일도 아닌 것 같았다.

"확인하고 다시 전화드릴 테니까 기다려주시겠어요?"

그녀는 머뭇거리며 한숨을 내쉬더니 알았다고 전화를 끊었다.

마사노리는 한숨을 돌리고 다른 오오야마 마사노리를 둘러보며 통화 내용을 설명했다. 모두가 고개를 갸웃거리며 당황하는데, 실눈인 오오야마 마사노리 혼자만 어색한 듯 시선을 피하고 있었다.

"무슨 짓을 했죠?"

마사노리는 망설이지 않고 추궁했다. 애매하게 물으면 속이려 들 것 같았다.

실눈인 오오야마 마사노리가 초조한 듯 천장을 쳐다보며 끄응 신음 소리를 냈다. 그리고 체념한 듯 긴 한숨을 내쉬더니 자신의 스마트폰을 꺼내 테이블에 올려놓았다.

"이거야, 이거."

그가 가리킨 화면을 들여다보니 어린이집 교사인 남성의 뺨에 뽀뽀를 하는 여자아이의 사진이었다.

"이거……?"

"몰래 찍은 거야."

갈색 머리 오오야마 마사노리가 눈썹을 찡그렸다.

"좀 불건전한 장면이잖아요, 이거. 여자아이가 먼저 했다고 쳐도……."

실눈인 오오야마 마사노리가 불쑥 말했다.

"……내가 만든 거야."

몇 명이 네? 라고 반응하며 그를 쳐다보았다

"내가 만든 거라고. 범인 '오오야마 마사노리'가 어린이집 교사가 됐다는 생각에 여자애를 구슬려서 뽀뽀하게 했어."

"무슨 소리예요?"

"여자아이와 성적으로 접촉하는 모습을 찍으면 결정타가 되잖아. 놈이 교도소에 다시 들어가면 이제 우리는 확실히 고생 끝이라고."

'선생님이 진짜 좋으니까 뽀뽀할 수 있지?'

남자 교사가 한 아이를 화장실에 데려간 사이, 그는 공원에서 놀고 있는 여자아이에게 그렇게 속삭였다고 한다.

갈색 머리 오오야마 마사노리가 화를 내며 나무랐다.

"어린아이에게 그런 일을 시키다니…… 무슨 짓이에요!"

"살짝 쪽 한 거 가지고 땍땍거리지 마."

"살짝? 얼굴 사진만 올려도 목적은 달성할 수 있었어요. 그럴 필요 없었잖아요."

"그거 하나로는 약하지. 얼굴이 공개돼도 어차피 인터넷은 인터넷이라고. 범인으로 오해받을 때마다 검색해서 사진 보여주고 '봐봐, 이게 진짜 범인의 얼굴이야. 나랑은 다른 사람이지?' 이렇게 설명하라는 거야? 준비성이 너무 좋아서 오히려 의심받지 않겠어?"

"그건……" 갈색 머리 오오야마 마사노리가 말을 더듬었다.

"범인이 또 잡혀 들어가면 그런 귀찮은 일은 없어지는 거야. 알잖아? 바깥세상에 없으면 우리가 의심받을 걱정도 없어."

"하지만 그렇다고……."

"애가 하는 볼 뽀뽀가 그렇게 문제야? 어릴 때 좋아하는 선생님 볼에 뽀뽀를 하면 트라우마가 되는 건가? 어른이 되면 기억도 못 해."

마사노리는 석연치 않은 생각이 들었다.

자신들의 인생을 구하기 위해서, 아무런 관계도 없는 아이를 이용한다? 그것은 옳지 않다. 그리고 여자아이가 뺨에 뽀뽀한 사진을 공개해 인터넷에서 '오오야마 마사노리'에 대한 분노가 들끓어 체포로 이어진다고 해도, 가벼운 죄 아닌가. 어른이 손대지 않았다면 무슨 죄가 될까? 임의 소환조사로 끝나면 오래가지 않을 잠깐의 평화일 뿐이다. 범인 '오오야마 마사노리'는 곧바로 사회로 돌아오게 된다. 거기까지 생각하던 마사노리는 끔찍한 가능성에까지 생각이 이르렀다. 발끝부터 전율이 치밀어 올랐다.

마사노리는 실눈인 오오야마 마사노리를 노려보았다. 긴장에 입술이 타들어가 마른침을 꿀꺽 삼켰다. 상상조차 하고 싶지 않은 가능성이었다. 하지만 떠올리고 나니 이미 부정할 수 없었다. 마음을 단단히 먹고 입을 열었다.

"당신의 목적은 범인 '오오야마 마사노리'가 손을 대도록 만드는 것이었어요."

실눈인 오오야마 마사노리가 눈을 부릅떴다.

"당신은 아이가 뽀뽀하도록 만들어 범인 '오오야마 마사노리'의 욕망에 불을 붙이려고 한 거예요."

그는 입을 다문 채로 서 있었다. 반론이 없는 것이 무엇보다 확실한 증거였다. 마사노리는 주먹에 힘을 주었다. 주먹을 휘두르고 싶은 충동을 있는 힘껏 참았다.

"당신은 범인 '오오야마 마사노리'하고 똑같은 짓을 한 거예요. 죄 없는 여자아이를 희생양으로 삼으려고 했으니까."

범인 '오오야마 마사노리'가 여자아이에게 품고 있는 것이 성적 욕망이 아닌 엽기적인 충동이라면 제2의 마나미가 나올 것이다. 그렇게 성인이 된 후 여자아이를 참혹하게 살해했다면 이번에는 쉽사리 사회로 돌아오지 못한다. 20년, 30년 혹은 무기징역도 가능하다. 국민참여 재판에서 상황 증거에 따라 사형 판결이 나올 수 있다. 얼굴 사진도 공개될 것이다. 즉 동성동명인 오오야마 마사노리들은 완벽하게 구제된다. 범인 '오오야마 마사노리'가 저지른 제2의 엽기 살인에 의해서.

그가 갑자기 어린이집 교사의 신상 공개에 반대한 것은 제2의 사건이 일어날 때까지 시간을 끌고 싶었기 때문일 것이다. 정보가 공개되고 소동이 일어나 어린이집 교사가 사라져버리면 자신의 준비가 무의미해질 테니까.

실눈인 오오야마 마사노리는 온몸으로 비난의 눈초리를 받으면서도 위축되지 않고 주변을 노려봤다.

"어쨌든 아무 일도 없었으니까 괜찮잖아."

"결과가 그렇다고 용서를 받을 수 있는 일이 아니죠." 마사노리는 분명히 말했다. "당신의 방식은 도가 지나쳤어요."

"빤한 소리 하지 마. 좋게만 해서 세상이 바뀔 것 같아? 지금 인터넷에서 몇 명이나 진짜로 동성동명의 괴로움을 알아주는데?"

'오오야마 마사노리 사냥'을 고발하는 기사로 동성동명인 사람이 억울하게 습격당한 사건에 관심이 쏠렸다. 하지만 기사에서 호소한 동성동명의 아픔에 대해서는 잠시 화제가 된 정도에 불과했다. 논란은 금세 가라앉았다. 결국 남의 일이니까.

마음 같아서는 자신들의 곤경을 이해하지 못하고 관심을 보이지 않는 사람들에게 '같이 목소리를 높이지 않는 사람은 가해에 가담하고 있는 가해자다!'라고 쏘아붙이고 싶다. 하지만 그렇게 주장해버리면 거꾸로 몇 백, 몇 천 개씩 세상에 즐비한 사회 문제에 대해 의견을 내지 않은 자신들도 같은 논리로 책망 받아도 할 말이 없다. 모든 사회 문제에 동일하게 목소리를 내는 것은 불가능하니까.

그럼 대체 어떻게 해야 하는가? 어떻게 하면 자신들의 고통을 이해받을 수 있을까?

"이제 아무도 관심 갖지 않잖아. 착한 사람 행세를 하고 싶은 인간이 잠깐 트위터로 공감을 나타내고, 동정하고, 끝. 아무런 움직임도 발생하지 않았어. 편견이나 차별과 싸우려면 때로는 폭력적인 행위도 필요해."

목적을 달성하기 위해서 타인의 희생도 이용해야 한다, 라는 그의 오만과 독선이 느껴졌다.

"그건 아닙니다."

"어떻게 아니야? 난 현실과 싸우고 있는 거야. 싸울 각오도 없는 녀석이 혼자만 달관해서 비판하지 말라고."

"……저도 당사자예요."

"너무 순진한 거야. 사이비 평화주의자도 아니고. 같이 술한 잔 걸치고 대화하면 전쟁도 일어나지 않고, 전 세계가 평화로워진대? 이상만 따지는 스타일이지? 세상을 바꾸기 위해서는 희생이 따르기 마련이야. 소리 높여 싸우는 사람한테는 방해라고."

"어린 여자아이를 희생양으로 삼는 게 싸움인가요?"

그의 방식을 인정할 수 없다. 유족 아버지의 비탄을 목격한 마사노리는 똑같이 슬퍼하는 인간을 만들어내고 싶지 않았다. 희생은 현실이다. 단순한 이름도, 기호도, 숫자도 아니다.

"항상 사건을 저지른 범인이 전적으로 나쁜 놈이잖아. 여자가 스킨십했다고 흥분해서 강간하면 누구 죄야? 피해자는 아니잖아."

"이건 그거랑은……."

"차이를 딱 설명해보라고. 스킨십한 여자나 스킨십을 사주한 지인에게 잘못이 있다고 하면 욕먹을걸. 책임 전가니, 2차 피해니 하면서."

"궤변이죠. 그런 말은."

"그러니까 제대로 반박해. 궤변이라고 한다고 뭐든 궤변이 되는 건 아니니까."

기세에 눌린 마사노리가 도움을 청하기 위해 주위를 둘러보았다. 다행히 모두가 실눈인 오오야마 마사노리에게 혐오감을 가지고 있는 것을 확신하고 호흡을 가다듬었다. 마음이 가라앉았다.

"전 이 방식에 반대합니다. 당신은 이제 '모임'에 참가하지 말아 주세요."

"뭐? 피해자인 나를 배제하는 거야?"

"당신은 이미 가해자예요."

실눈인 오오야마 마사노리는 뚫어질 듯 마사노리를 노려보았다. 한참 동안 눈싸움이 계속되었다. 하지만 주위에서 쏟아지는 비판의 눈초리에 더는 안 되겠는지 "착한 척하면서 후회하지 말라고"라는 말을 남기고 방을 나갔다.

마사노리는 오오야마 마사키에게 사건의 진상을 전할 생각에 우울해졌다.

33

○○○○○

붓으로 문지른 것 같은 구름이 저녁놀에 주홍빛으로 물들어 있었다. 멀리서 까마귀 울음소리가 들려왔다.

오오야마 마사노리는 숨을 깊게 내쉬고 204호 초인종을 눌렀다.

기자가 축구 유망주였던 오오야마 마사노리의 주소를 알아냈다. 그는 아파트에 혼자 살고 있었다. 하지만 다시 초인종을 누르고 2분쯤 지나도 반응이 없었다. 몰아치는 찬바람에 마른 나뭇잎이 앞뜰 모래밭을 바스락바스락 굴러가는 소리만 날 뿐이었다.

갈색 머리인 오오야마 마사노리가 "어쩔까요?"라고 물었다.

"……잠시 기다리죠."

마사노리는 대답하고 나서 시간을 보낼 수 있는 장소가 없을까 주변을 둘러보았다. 주위는 단독 주택이 즐비했고, 세 채의 아파트가 늘어서 있었다. 그 외에 부동산, 시술원, 치과가 보였는데, 카페나 패밀리 레스토랑 같은 것은 없었다. 조금 멀리 나가야 할 듯했다.

"올 때 찻집 봤어요."

복코인 오오야마 마사노리가 말했다.

"그럼 거기로 갈까요?"

다 같이 출발하려고 할 때였다. 도로 건너편에서 걸어오는 청년의 모습이 보였다. 석양을 짊어진 청년은 왼손에는 보스턴백 오른손에는 그물망에 넣은 축구공을 들고 있었다.

혹시…….

잠시 기다리자 청년이 아파트로 걸어왔다. 철제 계단을 오르던 청년이 204호 앞에 서 있는 여러 명의 오오야마 마사노리를 보고 멈춰 섰다.

"누구시죠?"

청년이 경계 어린 눈으로 말을 걸었다.

"……오오야마 마사노리 씨?"

마사노리가 먼저 물었다. 그의 얼굴에는 고등학교 때 실린 기사 속 모습이 남아 있었다. 청년이 경계심을 드러낸 채 다섯 명을 둘러봤다.

"그런데요…… 당신들은?"

마사노리는 복도에 늘어선 동료들을 한 차례 쭉 살핀 뒤 축구 유망주였던 오오야마 마사노리에게 다시 얼굴을 돌렸다.

"사실 우리도 오오야마 마사노리예요."

축구 유망주였던 오오야마 마사노리가 미간의 주름을 깊게 만들고 수상쩍은 듯 눈을 가늘게 떴다.

"전부 오오야마…… 마사노리?"

"그렇습니다."

"무슨 일이시죠?"

축구 유망주였던 오오야마 마사노리가 물었다.

마사노리는 심호흡을 하고 입을 뗐다.

"우리는 '오오야마 마사노리' 동성동명 피해자 모임에서 왔어요."

축구 유망주였던 오오야마 마사노리가 고개를 갸웃거렸다. 들어본 적도 없는 듯했다.

"모르시나요?"

"죄송합니다, 하나도 모르겠네요. '동성동명 피해자 모임'이요……?"

"이렇게 서서 얘기하기도 그렇고, 내려갈까요?"

두 사람이 겨우 스쳐 지나갈 수 있는 복도에 모두가 일렬로 서 있었다. 축구 유망주였던 오오야마 마사노리는 고개를 끄덕이고는 다시 철제 계단을 내려갔다. 그리고 앞뜰에 보스턴백을 내려놓았다.

마사노리는 그와 마주 보았다. 기자와 다른 일행도 그 옆에 나란히 섰다.

"그래서요?"

축구 유망주였던 오오야마 마사노리가 말을 재촉했다.

"처음부터 설명할게요."

마사노리는 어떻게 된 일인지 이야기했다. '오오야마 마사노리' 동성동명 피해자 모임을 만든 이유, 모인 멤버, 기자의 제안으로 정해진 목적 등을.

축구 유망주였던 오오야마 마사노리는 그물망에서 꺼낸 축구공을 오른발로 받고 앞뒤로 가볍게 굴리면서도 이야기에 집중하고 있었다.

"범인의 얼굴을 인터넷에 올린다고요?"

그가 자신의 발과 공을 응시하며 물었다. 눈을 내리깔고 있어서 표정을 짐작할 수는 없었다.

"그렇습니다." 마사노리는 고개를 끄덕였다. "범인의 본모습이 공개되면 우리 인생은 구원받을 수 있어요."

"구원이요……?"

"네, 오오야마 마사노리가 사건을 일으키고 나서 우리 인생이 뒤틀리기 시작했죠. 당신도 그렇지 않았나요?"

축구 유망주였던 오오야마 마사노리는 고개를 들며 발끝으로 공을 튕겼다. 무릎으로 리프팅한 공을 양손으로 잡았다.

"저는……."

그는 무언가 말을 하려다가 도로 삼켰다. 한숨을 내쉬며 다시 땅에 떨어뜨린 공을 한 발로 밟고는 한동안 말이 없었다.

"인생에 영향이 있었을 겁니다." 마사노리가 말했다. "난 당신의 기사를 봤어요. 해트 트릭을 달성하고 승리해서 인터뷰를 했었죠. 그렇지만 범인 '오오야마 마사노리'에게 이름이 밀려서…….”

축구 유망주였던 오오야마 마사노리는 발끝으로 공을 살짝 리프팅했다.

“당신도 많이 힘들지 않았나요?”

마사노리가 묻자 그는 공을 높이 차 어깨로 받았다. 그는 공이 마치 몸의 일부인 듯 자유자재로 다뤘다. 등 뒤로 석양이 비춰 한 폭의 그림 같았다.

“영향은…… 물론 있었죠.” 축구 유망주였던 오오야마 마사노리가 다시 발로 공을 힘껏 밟으며 말했다. “축구 명문대에 진학하지 못했어요.”

마사노리는 말없이 고개를 끄덕였다.

역시, 라는 생각이 들었다. 오오야마 마사노리라면 누구나 인생에 무언가 악영향을 받았을 것이다. 진학이나 취직 등 중대한 갈림길에 서 있던 사람은 특히.

복코인 오오야마 마사노리가 앞으로 나섰다.

“범인을 증오하는 마음이 있다면 우리와 함께 인생을 되찾지 않을래요?”

“오오야마 마사노리는 모두 동지입니다.” 다부진 체격의 오오야마 마사노리가 말했다. “범인의 본모습을 공개하는 거예요.”

갈색 머리의 오오야마 마사노리가 결의에 찬 얼굴로 고개를 끄덕였다.

축구 유망주였던 오오야마 마사노리는 모두의 얼굴을 차례차례 바라보았다. 그의 눈에는 올곧은 빛이 어려 있었다.

"그럼 정말로…… 구원이 될까요?"

"물론이죠." 복코인 오오야마 마사노리가 힘차게 말했다. "그렇기 때문에 우리는 싸우는 겁니다!"

"……범인을 폭로하면 정말로 뭔가 달라질까요?"

"달라지죠. 그렇게 하면 우리들의 인생은 더……."

"좋아진다?"

"맞아요!"

"……하지만 동성동명의 존재를 더 의식하게 만드는 결과가 되지는 않을까요?"

"무슨 말씀이신지……."

"동성동명인 사람이 공개적으로 괴로움을 호소해 주목을 받으면, 대중은 오오야마 마사노리의 이름을 더더욱 의식할 겁니다. 결과적으로 이름에 호기심 어린 시선이 집중되면서 역효과가 나진 않을까요?"

"그런 일은 없을 겁니다. 목소리를 높이지 않으면 지금 상황은 아무것도 변하지 않을 거예요."

"맞습니다." 기자가 말했다. "세상에 존재하는 것은 뻔한 차별이나 편견만이 아니에요. 한눈에 피해를 알 수 있는 문제에 대해서는 누구나 쉽게 관심을 보입니다. 이름이 알려진 유명인이 관심을 호소하면 쉽게 찬성표를 모을 수도 있고요. 그러나 정말 심각한 건 아무도 쳐다보지 않는 장소에 존재하는 차별이나 편견이죠."

축구 유망주였던 오오야마 마사노리의 미간에 세로 주름이 한층 더 깊어졌다. 그는 입술을 한일자로 만든 채 입을 다물었다.

"차별에 반대하는 사람조차 자신도 모르게 갖고 있는 편견이 수도 없이 많습니다. 우리는 그런 부분을 조명하고 싶어요."

기자의 말에 축구 유망주였던 오오야마 마사노리가 물었다.

"기자님은 정말 우리를 생각해서 그러는 건가요? 새로운 사회 문제를 만들어내기 위해 우리를 이용하려는 거 아닙니까?"

기자는 살짝 눈살을 찌푸렸다.

"목소리를 높여 문제화하고, 차별이나 편견을 겉으로 배제한다고 해서, 그게 해결책이 될까요?"

"……물론 해결은 안 되겠지만 중요한 부분입니다."

"자칫하면 반감을 살 수도 있죠. 반감을 가진 사람들을 늘리는 행위로 모든 사람을 구할 수는 없어요. 사람의 마음이나 감정까지는 강제할 수 없죠. 겉으로는 상식적인 사람을 가장하면서도 속으로는 편견을 갖고 차별을 하는 사람들이 늘어난다면, 그건 항의나 사회 문제화의 실패가 아닐까요?"

"그럼 가만히 있어야 한다고요?"

"그렇다는 건 아닙니다. 그렇지만 '폭력'을 통해서 동조를 강제하고 입을 막아도, 대립이 깊어지고 악화될 뿐이라고 생각해요. 세상의 비난이 두려워 입을 다물고 있을 뿐, 많은 사람들의 마음속에 편견과 차별이 심각해진다면…….”

“무슨 말을 하고 싶은 거예요?”

“의심이 많아집니다. 자신의 주위에 일어난 모든 것을 의심하게 돼요.”

“의심이요?”

“네, 대학교 스포츠 추천 전형이 물 건너갔을 때, 저는 오오야마 마사노리가 사건을 일으켰기 때문이라고 생각했습니다. 엽기 살인범의 끔찍한 이름을 등에 업은 선수를 팀에 영입하고 싶지 않은 거겠지, 라고요. 하지만 사실은 어떤지 모르는 것이죠. 감독님의 마음속은 결코 알 수 없으니까요. 아무튼 전 대학 축구부 감독님을 의심하고 원망하면서 불합리하다고 억울해했습니다.”

똑같다.

마사노리는 자신이 취업 준비를 하며 계속 불합격하던 시절을 되돌아보았다. 이직을 시도했을 때도 채용이 됐지만, 코로나를 이유로 합격은 물거품이 되고 말았다. ‘오오야마 마사노리’가 소년 교도소에서 나와 세상이 소란해지기 시작한 시기였다. 그 이유를 이름 때문이라고 확신했다.

축구 유망주였던 오오야마 마사노리가 계속 말을 이어갔다.

“저 대신 추천을 받아 입학한 건 경쟁 학교의 에이스였어요.

그리고 녀석은 일왕배에서 J1 팀을 상대로 활약하고 프로팀에 들어가 곧바로 주전이 됐습니다. 재능이 있던 거죠."

"하지만……" 마사노리가 끼어들었다. "그렇다고 당신이 이름 때문에 배제됐을 가능성이 없다는 건 아니죠."

"그건 그래요. 하지만 이름을 원망해서 계속 피해의식에 사로잡히면 세상만사를 악의적으로 보게 됩니다. 그거야말로 편견 아닌가요? 고백했다가 거절당하면 상대방이 어떤 이유를 대든 이름 때문이 아닌가 싶고, 친구와 소원해지면 상대가 바쁘다고 설명해도 이름 탓이라고 오해하기 쉽죠. 오디션에서 탈락하면 내 능력이 부족한 게 아니라 이름 때문이 아닐까, 승진을 못 하는 것도, 평가가 다른 사람보다 낮은 것도, 모두 이름 때문이 아닐까……."

그가 뱉어내는 한마디 한마디가 마음을 찌르는 듯했다.

부정할 수 없는 나 자신이 있었다.

"자기에게 좋지 않은 일이 생길 때마다 '내 이름 때문이야', '편견 덩어리', '차별하는 사람들'이라고 하면서 상대를 비난하는 사람이 있다면, 정작 그 사람과 함께하고 싶은 사람이 있을까요? 그런 대화에 지친 상대가 떠나면 또 이름 때문에 차별을 당했다고 자신을 타이르고, 상대를 미워하고……. 그걸 반복하는 것이죠."

맞는 말을 하려고 노력하고 있었지만 그의 목소리에서 간절함이 묻어 나왔다. 그 역시 지난 7년간 고통스러운 경험을 했을 것이다. 마사노리는 그걸 쉽게 알 수 있었다.

"평범한 친구나 지인이 그렇게 결국 주위에서 떠나면 남는 건……" 그는 여러 오오야마 마사노리를 바라보며 주저하듯 말을 이어나갔다. "분노뿐입니다. 그러나 분노의 고리 속에 갇히면 점점 감정이 커지고 분노를 터뜨릴 곳을 찾게 됩니다. 표적이 없어질 때마다 새로운 표적을 찾는 거죠."

그의 말을 듣고 있으니 '오오야마 마사노리' 동성동명 피해자 모임의 존재 의의를 부정당하는 느낌이 들었다. 반발심이 치밀어 올랐다. 그리고 그것이야말로 그가 지적하고 있는 문제가 아닌가, 하는 생각이 들었다.

"분노할 수 있는 사람 옆에는 분노할 수 있는 사람만 모여요. 트위터가 그렇잖아요. 우리는 분노할 수 있는 세상 사람들 때문에 궁지에 몰린 거 아닌가요?"

기자가 얼굴을 찌푸리며 물었다.

"……우리가 '에코 체임버 효과'에 빠져 있다?"

에코 체임버 효과.

들어본 적이 있다. SNS 등에서 같은 주장을 하는 사람끼리 모여 서로의 주장을 긍정하다 보면 그 주장이 절대적으로 옳고 상식이라고 생각해 다른 주장을 아예 인정하지 않게 되는 현상이다. 편향된 의견에 둘러싸여 편향된 의견만 보이는 폐쇄적인 커뮤니티는 반드시 공격적으로 변한다.

"그런 전문 용어는 모르겠지만 제 솔직한 심정입니다. 여러

일을 겪고, 그렇게 생각하게 됐어요."

부정하고 싶어도 부정할 수 없었다.

'오오야마 마사노리' 동성동명 피해자 모임이 딱 그랬다. 반대파를 몰아내고 찬성파로 굳어졌다. 자신들의 목표도 행동도 정당화하며 질주하고 있었다.

그 결과가 그의 폭주가 아니었던가. 실눈인 오오야마 마사노리는 죄 없는 여자아이를 제물로 삼으려고 했다.

"그, 그럼!" 마사노리는 주먹을 꽉 쥐었다. "그럼 저희는 어떻게 해야 하죠?"

축구 유망주였던 오오야마 마사노리는 고개를 저었다.

"모르겠어요."

"모르겠다니. 범인이 원망스럽지 않아요?"라고 묻자 그의 눈동자에 그늘이 스쳤다.

"주체하기 어려운 감정은 물론 있죠. 그 녀석이 살인사건만 일으키지 않았다면, 하고요. 그렇지만 피해의식에 사로잡혀 분노나 미움을 안고서는 인생을 되찾을 수 없어요."

"그럴지도 몰라요. 하지만……."

"범인의 얼굴을 세상에 알린다고 인생을 되찾을 수 있을지 저는 모르겠습니다. 사건이 일어나 범인의 이름이 같은 오오야마 마사노리라서 내 이름을 엽기 살인범에게 빼앗겼을 때, 축구 추천 전형이 없던 얘기가 되고, 꿈을 잃고 절망했어요……."

범인 '오오야마 마사노리'에게 이름을 빼앗겨 인생이 망가진 괴로움은 모두 공감할 수 있었다.

"하지만 결국 놈은 우리들의 인생에 발을 들여놓지 못했어요."

마사노리는 마음에 총을 맞은 듯했다.

축구 유망주였던 오오야마 마사노리는 크게 숨을 내쉬고 계속해서 말했다.

"내가, 우리가 오오야마 마사노리인 것은 바꿀 수 없고, 범인이 오오야마 마사노리인 것도 바꿀 수 없어요."

그의 말이 가슴속에서 빙글빙글 소용돌이쳤다.

"세상에 구원을 받아야 할 피해자는 많습니다. 저는 '피해자'가 됐다는 사실에서 벗어나지 못하고, 언제까지나 앞을 향하지 않고 고통에 얽매이는 사람은 되고 싶지 않아요. 누구나 '피해자'의 입장으로 계속 살고 싶은 것은 아닙니다."

그는 이제 발로 공을 누르고 있지 않았다. 찬바람이 불면서 공이 데구루루 앞으로 굴러갔다.

"그래서 저는 모임에는 참가하지 않을 거예요." 축구 유망주였던 오오야마 마사노리는 딱 잘라 말한 뒤 뒤통수를 긁적였다. "잘난 척하면서 말은 했지만 저도 고민이 많았습니다. 세상을 원망하고 불합리하다는 생각에 괜히 화풀이를 하거나……. 지금도 그래요. 그렇지만 전 그런 악순환에 얽매이고 싶지 않고, 필사적으로 앞을 향하고 있습니다."

그의 마음이 아플 정도로 전해져 왔다. 하지만 가능하다면 그의 협조를 얻고 싶었다. 조금이라도 마음을 움직일 수 있는 얘기가 없을까. 어떤 얘기가…… 불현듯 한 가지 생각이 떠올랐다.

"범인은 당신을 사칭했어요."

축구 유망주였던 오오야마 마사노리가 네? 라며 당혹스런 표정을 지었다.

"범인은 당신의 경력을 내세워 우리를 속이고 '모임'에 들어왔어요."

"내 경력?"

"네, 자취를 감추고 나서 정체를 알게 됐습니다. 놈은 직접적으로 당신의 이름을 빼앗았어요."

축구 유망주였던 오오야마 마사노리가 얼굴을 찌푸렸다.

"그래서 찾아왔어요. 당신하고 이야기하면 무언가 단서를 얻을 수 있지 않을까 싶어서."

"……전 아무런 관계가 없어요. 범인과 접점도 없고, 그런 이야기를 갑자기 하시면 난감한데요."

마사노리는 잠시 고민한 후 메모장에 연락처를 적고는 종이를 뜯어 내밀었다.

"……뭐죠?" 축구 유망주였던 오오야마 마사노리가 종이를 받지 않고 연락처에만 시선을 주었다.

"범인의 연락처입니다."

"어떻게 연락처를?"

"'모임'의 주최자로서 모든 참가자와 연락을 하기 위해 연락처를 교환했거든요. 임시로 만든 연락처였는지 제가 문자를 보내도 반응이 없어요. 혹시 당신한테는 반응이 있지 않을까 싶어서요."

축구 유망주였던 오오야마 마사노리는 쓴웃음을 지었다.

"아무런 접점도 없는데 반응이 있을 리가 없죠."

"밑져야 본전이니까요."

"저는 엮이고 싶지 않습니다."

"놈의 연결고리는 이제 이 연락처뿐입니다. 제발 도와주세요."

마사노리는 메모를 억지로 손에 쥐어 줬다.

34

오오야마 마사노리는 현관에 축구공을 두고 방으로 들어갔다. 보스턴백에서 지저분해진 유니폼을 꺼내 세탁기에 던져넣었다. 세탁기를 돌리면서 '오오야마 마사노리' 동성동명 피해자 모임에 대해 생각했다. 참가자들은 범인의 얼굴을 세상에 알리기 위해 활동하고 있다고 했다. 세탁기를 돌리는 동안 건네받은 메모지를 뚫어지게 쳐다봤다.

자신의 행세를 했던 범인 '오오야마 마사노리'라니.

왜 나였을까.

신경이 쓰이지 않는다면 거짓말일 것이다.

하지만 그보다 더 큰 궁금증은…….

범인 '오오야마 마사노리'는 왜 '오오야마 마사노리' 동성동명 피해자 모임에 참가했을까. 동기를 알 수 없었다. 그는 동성동명에 의한 피해자가 아니라 가해자가 아닌가.

마사노리는 스마트폰을 꺼내 메시지 작성하기를 눌렀다. 메모 속 연락처를 보면서 번호를 입력했다. 그리고 자신이 누군지 밝힌 다음 '오오야마 마사노리' 동성동명 피해자 모임에서 자신을 사칭한 것을 알고 있다, 라고 썼다. 그대로 보낼까 생각했지만 마음을 고쳐먹고, 지금 기분을 썼다.

마사노리는 '보내기'를 눌렀다.

온몸의 기가 빨린 듯 피로가 몰려왔다. 넋이 나갈 듯한 탄식이 새어 나온다.

분명 답장은 없을 것이다.

혼자 뭐 하는 거지.

마사노리는 쓴웃음을 짓고 세탁기로 갔다. 벌써 빨래는 끝나 있었다. 유니폼을 꺼내니 때가 빠져 새하얗게 깨끗해져 있었다.

그때, 방에서 스마트폰 메시지가 도착했다는 알림 소리가 들렸다.

설마…….

마사노리는 방으로 달려가 스마트폰을 집어 들었다. 범인 '오오야마 마사노리'로부터 온 문자였다. 그는 내용을 읽으며 생각을 정리했다.

범인 '오오야마 마사노리'로부터 답이 온 것을 그 사람에게 보고해야 할까. '오오야마 마사노리' 동성동명 피해자 모임의 주최자 연락처는 알고 있었다. 집요하게 부탁하는 바람에 헤어질 때 전화번호를 주고받았다.

마사노리는 고민 끝에 주최자인 오오야마 마사노리에게 전

화를 걸지 않았다. 대신 범인 '오오야마 마사노리'에게 만나서
얘기하자, 라는 문자를 보냈다.

35

오오야마 마사노리는 검붉게 변색된 카펫이 깔린 복도를 걷고 있었다. 나무문은 열려 있고, 벽지는 벗겨진 피부처럼 말라 비틀어져 있었다. 걸음을 옮길 때마다 깨진 유리 조각들이 발밑에서 비명을 질렀다. 복도 구석에는 빨간색 베개가 떨어져 있었다.

보란 듯이 매듭을 짓는 것이다. 내 삶을 되찾기 위해. 내 인생을 보상받기 위해.

오오야마 마사노리는 걸어가며 객실을 둘러보았다. 유리창이 없어 비가 고스란히 들이친 방에는 곰팡이가 핀 소파와 침대가 있고, 주변은 쓰레기가 어지럽게 널려 있었다. 천장은 당장이라도 무너져 내릴 것만 같았다. 나사가 풀린 삼등의 놋쇠 상들리에가 전깃줄로 간신히 천장에 매달려 있었다.

곰팡내가 나고 버려진 방은 자신의 인생 그 자체 같았다.

오오야마 마사노리 때문에 끔찍한 고등학교 시절을 보냈다. 개인을 나타내는 글자에 불과한 이름에 휘둘려 자신이라는 존재를 잃어버렸다.

오오야마 마사노리는 다시 복도를 걷기 시작했다. 깨진 유리창으로 찬바람이 들어온다. 계단에 이르러 한 걸음 한 걸음 위로 올라갔다. 사형 집행을 받기 위해 계단을 오르고 있는 듯한 착각에 사로잡혔다.

사형이 집행되는 것은 누구인가.

14층 건물의 꼭대기까지 올라가기 위해서는 꽤 많은 체력과 시간이 필요했다. 오오야마 마사노리는 어깨로 숨을 쉬면서, 복도 끝의 철문을 열어젖혔다. 곧바로 휘몰아치는 바람에 온몸이 밀려날 듯했지만 핏빛 노을이 일대를 붉게 물들이고 있는 옥상으로 나아갔다. 돌바닥은 대부분 갈라져 있고, 틈새에 잡초도 자라 있었다.

오오야마 마사노리는 난간에 다가가 경치를 한눈에 담았다. 끝없는 벌판이 펼쳐져 있다. 원래는 전망 좋은 자리에 지어진 호텔이었을 것이다.

모든 걸 매듭짓기에 걸맞은 장소다.

심장 소리가 조금씩 빨라지고 있다. 자신의 인생을 바꾸고 밑바닥으로 떨어뜨린 오오야마 마사노리. 그를 만나면 하소연하고 싶은 이야기가 산더미처럼 많다. 마음은 죽음을 강요당했지만, 감정은 아직 남아 있었다.

다른 오오야마 마사노리가 세상에 단 한 명도 존재하지 않았으면 얼마나 좋았을까? 그러면 비교를 하지도, 당할 일도 없이,

유일한 오오야마 마사노리로서 살아갈 수 있었을 텐데…….

차라리 이름을 밝힌 순간, 크게 웃음을 사는 '특이한 이름'이 동성동명에게 인생을 지배받는 것보다 낫다. 그러나 그는 같은 세상 속 다른 오오야마 마사노리의 존재로 인해 자신의 인생이 자신의 것이 아니게 되었다.

단 하나의 인생을 타인이 가로챈 것 같은 감각.

이제라도 늦지 않았다. 보란 듯이 인생을 되찾는 것이다.

손목시계를 노려보며 기다리자 철로 된 옥상 문이 삐걱거리며 천천히 열렸다.

모습을 드러낸 것은…… 오오야마 마사노리였다.

오오야마 마사노리는 오오야마 마사노리와 마주 보았다. 살을 에는 바람에 온몸이 찢어질 듯 신경이 날카로워진다.

나는 지나칠 만큼 고통받았다. 오오야마 마사노리에 의해.

그러니까 복수를 하겠다.

"솔직히 나올 줄 몰랐어."

상대방이 어깨를 으쓱했다.

"너 때문에 얼마나 괴로웠는지 알아? 너랑 같은 이름이라서 내 인생은 엉망진창이었어."

오오야마 마사노리는 이제껏 받았던 괴로움을 모두 토해냈다. 원흉인 오오야마 마사노리에게 쏟아 부어야만 가라앉을 괴로움이었다.

"네가 살아있는 한 난 평생 고통받을 거야."

상대는 코웃음을 쳤다.

"네 인생을 남에게 책임지라고 하지 마. 책임을 전가해봤자 아무것도 달라지지 않아."

"네가 인생을 엉망으로 만들었어!"

"자기 인생이 시원찮은 건 자기 탓이잖아. 노력이 부족한 거야. 난 노력했다고."

"네가 한 건 사람의 인생을 짓밟는 일뿐이지. 잘못한 건 너잖아."

상대방이 눈을 가늘게 떴다.

"넌 아무것도 모르는구나. 너만 완전한 피해자 같아? 나도 괴로워."

"그건 살인자이기 때문이잖아."

"아니지. 매일 학교에서 내가 어떤 마음고생을 했는지 넌 몰라. 나에 대해서 아무것도 모르지."

"알 리가 없잖아! 여섯 살짜리 여자애를 끔찍하게 죽인 것부터 너는 이미 절대 악이야."

"……그래서 어쩌라고. 징징대려고 일부러 불러낸 거야?"

오오야마 마사노리는 후, 하고 숨을 내쉬었다. 긴장이 배어 나왔다. 어딘지 쇠 비린내가 난다.

"알리바이를 만들어 왔어."

상대방이 눈을 부릅떴다. 목젖이 작게 오르내리는 것이 보였다. 긴장이 전염되었다.

오오야마 마사노리는 지금의 상황, 지금까지의 감정을 모두 토해내면서 한 걸음씩 나아갔다.

상대가 기세에 눌린 듯 뒤로 물러섰다.

"네가 살아있는 한 내 인생을 되찾을 수 없어."

한 걸음 더.

"인생을 되찾을 거야."

이번에는 상대도 단 한 걸음도 물러서지 않았다. 그만큼 거리가 좁혀졌다.

몇 년 동안 쌓여온 증오가 살의로 바뀌며 뱃속이 뜨거워진다. 심장은 북소리처럼 요동치고 있다.

한 걸음, 두 걸음.

오오야마 마사노리가 만남에 응했을 때부터 각오는 되어 있었다. 시간이 흘러도, 지금 이 순간까지도, 살의는 수그러들지 않았다.

"너만 없었으면……!"

오오야마 마사노리는 오오야마 마사노리에게 덤벼들었다. 상대가 키가 크고 힘도 더 좋았다. 하지만 온몸에 타오르는 분노와 기세로 밀어붙일 작정이었다. 멱살을 잡고 단숨에 밀고 나갔다. 녹슨 난간에 두 사람이 동시에 부딪쳐 끼익 소리가 났다.

"이, 이 자식!"

두 오오야마 마사노리는 격렬하게 몸싸움을 벌였다.

지지 않을 거야. 절대로.

"너 이······."

무릎에 배를 맞았다. 허리가 꺾이며 발뒤꿈치가 들린다. 하지만 손을 놓지 않았다. 거리가 멀어지면 승산이 없다는 것쯤은 잘 알고 있다.

젠장, 빌어먹을!

인생을 돌려줘!

나에게 속죄해!

보상해!

오오야마 마사노리는 죽을힘을 다했다. 옥상 전체에 울려 퍼지는 고함 소리를 내며 밀어붙인다.

오오야마 마사노리의 등이 난간에 눌려 꺾인다.

이대로. 이대로······.

오오야마 마사노리의 손바닥이 턱을 밀어 올렸다. 새빨간 피에 물든 듯한 구름이 시야에 퍼졌다.

가슴에 충격이 몰아쳤다. 주먹이었다. 한 방, 두 방, 세 방.

둔통을 견디지 못하고 후퇴한다. 오오야마 마사노리는 그 틈을 놓치지 않고 자리를 바꿨다. 이번에는 거꾸로 난간을 등졌다.

밑에서 불어오는 찬바람이 목덜미부터 뒤통수까지 어루만지는 감촉에 전율했다. 14층 아래에서 기다리는 죽음이 현실로 다가온다.

오오야마 마사노리는 뒤로 난간을 움켜쥐고 포효했다. 아드

레날린이 온몸을 휘젓는다.

여기서 죽으면 평생 패배자로 남는다.

오오야마 마사노리는 오오야마 마사노리의 얼굴에 손톱을 세웠다. 있는 힘껏 할퀴었다.

상대가 신음하며, 한 발 물러섰다.

오오야마 마사노리는 위기를 벗어나려고 날뛰었다. 서로의 몸이 난간에 부딪힌 채 바뀌었다.

그때였다.

"아!"

오오야마 마사노리는 크게 휘청거리며 14층에서 지상으로 낙하했다.

36

오오야마 마사노리는 어두운 자신의 방 침대에 걸터앉았다. 가슴속에서 소용돌이치는 감정을 주체할 수 없었다. 스스로 제어하기가 힘들었다. 심장이 빠르게 뛰고, 관자놀이가 쿵쾅거리는 소리가 귀를 괴롭혔다.

깊게 숨을 내쉬며 흥분을 가라앉히려고 애썼다.

마사노리는 침대 위에 있는 리모컨을 집어 TV를 켰다. 어둠 속에 화면이 떠올랐다. 남녀 아이돌이 요리를 하는 버라이어티 프로그램이 나왔다.

채널을 계속 돌린다.

뉴스 프로그램에서 손가락을 멈췄다. 수도고속도로에서 발생한 연쇄 추돌사고가 나오고 있다. 12명의 사상자가 발생했다고 한다.

전혀 관심 없었지만 계속 뉴스를 틀어 놓았다. 연쇄 추돌사고 소식이 끝나자 여중생 자살 사건이 보도됐다. SNS에 같은 반 아이들이 비난하는 게시물을 올려 스스로 목을 맸다고 한다. 여성 뉴스 캐스터가 묘한 얼굴로 "말은 때때로 육체적인 폭력보다 사람에게 더욱 깊은 상처를 줍니다"라고 말했다.

집단 괴롭힘.

사람의 마음을 죽이는 것은 말만으로 충분하다. 하지만 그래도 마음이 죽은 것에 대한 복수가 정당화될 수 있을까.

뉴스 프로그램은 관동 지역의 지진 보도로 바뀌고, 의료 분야의 발전을 알리는 특집으로 마무리됐다. 오오야마 마사노리의 추락사를 보도하는 뉴스는 없었다.

마사노리는 채널을 돌려 다른 뉴스를 살폈다. 하지만 찾고 있는 사건은 보도되지 않았다. TV를 껐다. 갑자기 빛이 사라지며 실내가 캄캄해졌다. 어둠에 눈이 익숙해질 때까지 잠시 시간이 걸렸다.

자수라…….

오오야마 마사노리는 눈을 감고, 폐에서 짜내듯이 숨을 내뱉었다.

그 일이 공개되면 어떻게 될까.

생각이 꼬리에 꼬리를 문다.

마사노리는 침대에 털썩 누웠다. 어둠 속에서 천장을 노려보았다. 깊어진 고민이 머릿속을 맴돌았다. 동성동명이란 사실이 뭐라고 이렇게나 사람을 고통스럽게 만드는 걸까. 동성동명인 범인의 죄에 둘러싸여 인생이 뒤틀렸다.

사고의 바다에 잠기는 동안 뇌가 피로해지고 수마가 엄습했다. 눈꺼풀이 감기고 꾸벅꾸벅 졸다가 벌의 날갯짓 같은 진동 소리가 귀에 들려왔다.

정신이 든 마사노리는 몸을 일으켰다. 둥근 테이블 위로 연두색 불빛이 깜빡이고 있었다. 마사노리는 손을 뻗어 스마트폰을 집어 들었다. '오오야마 마사노리'라는 이름이 표시되어 있었다. 망설이다가 전화를 받았다.

"네……."

"아, 여보세요."

"무슨 일이시죠?"

"죄송합니다. 상황 확인 차 전화드렸습니다."

꺼림칙한 기분에 모든 게 들통난 것만 같은 불안감이 든다.

"기대하셨던 그런 일은 하나도 없어요."

"……그런가요."

깊은 땅속 바닥까지 가라앉을 듯 낙담한 목소리가 들려온다.

"괜찮으세요?"

"……네, 괜찮습니다."

"하나도 안 괜찮은 것 같은데요."

상대는 자조 섞인 쓴웃음을 지으며 말했다.

"자꾸 후회가 돼서요."

"후회? 왜요?"

"좀 더 일찍 놈의 정체를 알아냈으면 그 자리에서 잡을 수 있었을 텐데, 놓치지 않았을 텐데, 하고요…….”

“잡아서 어떻게 하려고 했습니까?”

“잡았으면 동영상을 찍었을 겁니다. 죄를 자백하게 만들고, 그 모습을 공개하는 거죠. 몰래 찍은 얼굴 사진을 공개하는 것보다 화제도 되고, 큰 소동이 벌어졌을 겁니다. 우리 모임의 존재를 알리면 동성동명의 고통도 관심받을 수 있고요. 또 다른 우리가 생기는 걸 막을 수도 있고.”

동영상 공개라…….

자신을 포함한 모든 오오야마 마사노리를 구할 방법은 또 있다. 그가 다른 오오야마 마사노리들을 구하고 싶어 한다면.

“왜 그러죠?”

감출 부분과 이야기할 수 있는 부분을 고민했다.

마사노리는 각오를 하고 입을 열었다.

“……실은 범인 ‘오오야마 마사노리’와 연락이 됐습니다.”

“진, 진짜요?”

“문자를 보내봤더니 답이 왔습니다. 만날 장소를 지정해줘서 만났어요…….”

“네?”

“본인과 만나고 왔어요.”

숨죽이는 소리가 들렸다.

“……말도 안 돼. 왜 혼자 만났죠?”

나무라는 말투였다.

"개인적으로 이야기하고 싶었습니다."

"멋대로 그런 짓을……. 우리 인생이 걸려 있는 문제예요. 놈의 얼굴을 공개하고 평온한 삶을 되찾기 위해 우리가……."

"둘이서 만났기 때문에 들을 수 있었던 얘기도 있습니다. 언론에서도 전혀 보도되지 않았던 범행 동기요."

"동기라니…… 그런 게 무슨 의미가 있죠? 어린 여자애한테 욕정하는 엽기적인 변태 아닌가요?"

"그게 아니었어요."

"그럼 왜?"

범인 '오오야마 마사노리'에게 직접 들은 이야기가 떠오른다.

발단은 고등학교 1학년 때 당한 괴롭힘이었다고 한다. '오오야마 마사노리'는 교실에서 그림을 그리던 일로 찍혀서 반 아이들 중 한 무리에게 심한 욕을 먹고 괴롭힘을 당했다.

"이거 뭔데? 징그러워!"

"헐, 다 벗었잖아."

"뭐야? 여자 알몸 그리고 있는 거야?"

"대박!"

"변태. 이런 거 교실에서 그리면 성희롱이거든. 성희롱!"

"이런 모에 그림 뭐라 그러더라? 기분 나쁘니까 꺼졌으면 좋겠는데."

자존심이 짓밟혀 인격도 전부 부정당하고, 날마다 마음이 죽어갔다.

반 아이들도 못 본 척했다고 한다. 등교하기 전엔 위가 찢어질 듯 아팠고 심장이 심하게 두근거려 찌그러지는 느낌이었다. 머릿속을 맴도는 욕설들. 단 한 번일지라도 한번 쏟아진 비난과 욕설은 마음에 상처로 새겨져 결코 치유되지 않았다.

마사노리는 범인 '오오야마 마사노리'로부터 들은 이야기를 했다.

"요즘 세상에 그런 덕질 정도로……."

"인터넷 같은 거 보면 알잖아요. 요즘에는 자신의 혐오를 사회 정의로 치환하고, 누구나 다른 누군가를 재판하고 몰려가 비난을 퍼붓죠."

"그건 그렇죠……. 우리도 인터넷 속 혐오는 잘 알고 있어요. 보고 있는 것만으로 자신의 영혼까지 더럽혀지는……."

"마음의 추악함으로 서로 경쟁하듯이 거친 표현으로 누군가를 비판할 뿐이죠. 범인 '오오야마 마사노리'가 받은 집단 괴롭힘은 현실의 연장선상이에요."

"아니면 인터넷의 집단 괴롭힘이 현실에 투영되었거나."

"그렇죠. 그런데 일이 그렇게 단순하지도 않았던 것 같아서……." 마사노리는 스마트폰을 꽉 움켜쥐었다. "범인 '오오야마 마사노리'가 말하기를 자기도 우리와 같았다고 했습니다."

"같다고요?"

"교실에서 얌전히 그림을 그리던 '오오야마 마사노리'가 집단 괴롭힘의 표적이 된 이유는……" 마사노리는 적막을 깨고 말했다. "그에게도 동성동명인 범죄자가 있었기 때문입니다."

전화 너머로 "네?"라는 얼빠진 목소리가 들려왔다. "무슨 소리예요? 동성동명인 살인범에게 고통받는 건 우리라고요."

"말하자면 이건 동성동명의 악순환이에요."

"무슨 얘기인지 전혀……."

"실은 그 당시에 여자아이를 성추행한 오오야마 마사노리가 있었다고 합니다."

전화 너머로 잠시 앗, 하는 목소리가 들렸다.

"그 뉴스, 기억이 나요! 체포된 건 초등학교 교사고요. 20대 초반의."

"기억력이 좋으시네요."

"'마나미 사건'의 범인 이름이 알려지기 전에 같이 아르바이트를 하던 사람이랑 동성동명에 관해서 이야기를 한 적이 있어요. 제 이름을 검색했더니 여러 오오야마 마사노리가 나왔고, 그중에 성범죄자인 오오야마 마사노리도 있었어요."

"진짜 별로네요, 그건."

"그 사건이 크게 보도된 것도 아니고 수많은 성범죄 사건 중 하나라 주목은 거의 못 받은 것 같아요. 그때 저는 '이 오오야마 마사노리에게는 이기고 있다'라고 우월감을 느꼈어요."

그건 딱히 와닿지 않았다. '마나미 사건'이 일어나기 전까지 그는 동성동명을 의식한 적 없이 자신의 이름이 유일무이하다고 느꼈다.

하지만 자신보다 활약하고 있는 유명한 오오야마 마사노리가 있다면…….

상상해 보니 이해할 수 있을 것 같았다. 전 세계를 주름잡는 유명 축구선수와 동성동명인 다른 종목의 신인 프로선수가 그런 고민을 토로한 기사를 본 적이 있다. 고등학교 때는 이름값을 못 하는 것에 부담을 느껴 이름으로 주목받는 것을 싫어했다고 한다. 하지만 노력하고 자신을 다잡으면서 그 이름을 받아들이고, 지금은 제일 첫 번째로 떠오르는 얼굴이 되었다며 좋은 방향으로 세상의 시선을 바꾼 것이다.

마사노리는 범인 '오오야마 마사노리'의 이야기를 계속했다.

"초등학교 교사인 오오야마 마사노리가 성추행 사건을 일으켰고, 사는 곳과 가까웠던 탓에 '오오야마 마사노리'의 고등학교에서도 화제가 돼 범죄자 예비군 취급을 받으며 괴롭힘을 당했다고 해요."

"이름 때문에…….."

오오야마 마사노리라면 누구나 그 괴로움을 상상할 수 있다.

"괴롭힘이 갈수록 심각해졌답니다. '오오야마 마사노리'는 집단 괴롭힘의 주동자인 여학생에 대한 원망이 커지고, 빼앗긴 자존심을 되찾기 위해 반격을 시도했다고 합니다. 커터 칼을 손에 들고요."

"커터 칼이라니!"

"자기가 말로 상처받은 아픔을 뼈저리게 느끼게 해주려고 했던 것 같아요. 그렇지만 막상 마주하니 겁이 나고, 아무것도 할 수 없었다고……."

"그렇다고 왜 여섯 살 여자아이에게 칼을 들이민 거죠?"

"……왕따 가해자인 여학생의 여동생이었기 때문입니다."

전화기 반대편에서 오오야마 마사노리가 말을 잇지 못했다. 그는 꿀꺽, 침을 삼키며 떨리는 목소리로 말했다.

"우연히 눈에 띈 여자아이가 아니었군요."

"저도 그렇게 생각했습니다."

언니와 함께 사이좋게 반려견을 산책했다느니, 어린이용 잡지에서 일반인 모델을 했고, 장래 희망은 꽃집이었다느니, 그게 다 뭔 상관이냐고.

'마나미 사건'이 일어났을 때, 피해자 정보만 보도되자 학교 친구가 크게 화를 냈었다. 당시에는 그런 정보를 듣고 변태가 순수하고 귀여운 여자아이를 노렸다고 생각했다.

"그런데 아니었어요. 계속 괴롭힘을 당했던 두려움에 주동자를 거스를 수 없어서 고민을 거듭한 끝에 저지른 범행이었어요. 그런 식으로 깨닫게 만들기 위해 가냘픈 여동생을 표적으로 삼았던 겁니다."

"그러고 보니까 유족 분이 범인은 큰아이와 같은 고등학교였다고……."

'나쁜 건 날 괴롭힌 가해자잖아. 내가 얼마나 상처를 받았다

고. 성적으로도 모욕당하고……. 그래서 할 수밖에 없었어. 하지 않으면 나는 죽을 수밖에 없었어.'

범인 '오오야마 마사노리'는 피를 토하는 어조로 마치 저주처럼 내뱉었다.

본인에게 진상을 들었을 때는 충격에 할 말을 잃었다.

하지만 심하게 집단 괴롭힘을 당했다고 해서 애꿎은 여자아이에게 칼을 들이대는 것이 정당화될 수는 없다. 누군가에게 상처를 받았다고 해서 다른 누군가에게 상처를 줄 수는 없는 것이다. '피해자'는 비판이나 공격, 가해의 면죄부가 아니다.

자신이 누군가에게 받은 마음의 상처를 이유로 타인을 욕하는 SNS에 빠져들다 보면 이런 개념이 점점 마비되어 둔감해질 것 같지만 말이다…….

원한을 품은 복수의 끝은 어디일까.

"……무슨 말인지는 알겠습니다." 상대가 한숨을 내쉬며 말했다. "그렇지만 동정의 여지가 있고 피해자인 측면이 있다고 해도 그놈이 저지른 사건 때문에 우리 인생에도 그림자가 졌어요. 이렇게 끝낼 수는 없습니다."

마사노리는 심호흡을 했다.

"우리 인생에 관해서는 이제 걱정할 필요는 없을 겁니다."

"왜요?"

"……끝장입니다."

"끝장이라니. 무슨 뜻이에요?

"……끝이 났어요. 뉴스를 잘 보면 금방 알게 될 거예요."

상대에게 추궁당하기 전에 마사노리는 전화를 끊었다. 곧바로 다시 전화가 세 번 네 번 이어졌다. 하지만 받지 않자 체념한 듯 더는 걸려오지 않았다.

그래, 폐업 호텔에서의 추락 사건이 공개되면 방금 한 말의 의미를 그도 이해할 수 있을 것이다.

37

코를 찌르는 알코올 냄새가 나는 병실. 연녹색의 커튼을 밝게 비추는 햇빛에 오오야마 마사노리는 눈을 떴다.

침대 옆 테이블에 손을 뻗어 손거울을 집어 들었다. 침대에 누운 채로 손거울을 얼굴 앞으로 가져오자 눈가가 붓고 뺨에 흉터가 남은 얼굴이 비친다. 너무나도 보기 흉한 모습이다.

잠시 후, 20대쯤 되어 보이는 신입 여자 간호사가 병실로 들어왔다. 같은 병실의 대학생 같은 남자 환자에게 "몸은 어떠세요?"라고 말을 걸었다.

"끝내줍니다!"

환자가 호들갑을 떨었다. 예쁜 여자 간호사를 의식하고 있는 게 분명했다. 흰 가운 위로 곡선을 그리는 몸매가 드러나 있다. 간호사는 남자 환자의 모습에 순간 웃음을 터뜨릴 뻔했지만, 간신히 참는 듯 쓴웃음을 지었다.

"제대로 몸 상태를 알려주세요. 그래야 어떠신지 알 수 있죠."

"저 엄청 진지한데요. 요즘 쭉 상태가 좋아요. 잘 간호해주셔서 그런 거 같죠?"

마사노리는 냉소를 흘리며 간호사의 얼굴을 살폈다. 나이가 너무 많아 전혀 매력을 느끼지 못했다. 시선을 느꼈는지 간호사가 고개를 돌려 "오오야마 씨, 몸은 좀 어떠세요?"라고 물었다.

"……뒤통수가 욱신욱신하고, 속이 안 좋네요."

"구역질이 나시나요?"

"아니요."

마사노리는 묻는 대로 몇 가지 질문에 대답했다.

"알겠습니다. 오후에 다시 검사할 테니 쉬고 계세요."

마사노리는 고개를 끄덕이며 천장을 올려다보았다. 문자 알림이 울린 것은 여자 간호사가 병실을 떠나고 30분 후였다.

'오오야마 마사노리' 동성동명 피해자 모임의 주최자인 오오야마 마사노리로부터 온 연락이다. 전화로 할 얘기가 있다고 쓰여 있었다.

마사노리는 목을 잡고 일어나서 통화가 허가된 복도 끝의 휴게실로 향했다. 전화를 걸자 주최자인 오오야마 마사노리로부터 현재 상황에 대해 보고를 받았다.

범인 '오오야마 마사노리'가 누군지 밝혀졌다고 알려줬다. 축구 유망주로 활약했던 오오야마 마사노리로 위장해 '모임'에 잠입했다고 한다. 설마 내부에 범인이 있을 거라고는 상상도 못 했다. 정체를 깨달았을 때는 이미 때늦은 일이었고, 자취를 감춰버리고 난 뒤였다고 한다.

"……계속 범인 '오오야마 마사노리'를 찾는 건가요?"

마사노리가 물었다.

"물론이죠. 근데 며칠 동안 상황을 좀 보려고요. 곧 끝이 난다, 라는 말을 들었거든요."

"끝?"

"범인 '오오야마 마사노리'와 접촉했던 오오야마 씨가 그렇게 말했어요. 저도 구체적인 건 아무것도 모릅니다. 이유는 가르쳐주지 않았거든요."

"그래요?"

"하지만 범인으로부터 여러 가지 얘기를 들은 거 같고 새로운 정보도 있어요. 범인 '오오야마 마사노리'는 고등학교 때 집단 괴롭힘을 당했고, 그 가해자의 여동생을 표적으로 삼았다고요."

집단 괴롭힘이라.

"그게 범행 동기인가요?"

"네, 실은 그 무렵에 아동 성추행으로 체포된 초등학교 교사가 있었는데 그 사람과 동성동명이었던 바람에 '너도 나중에 똑같은 범죄자가 되지 않겠냐'면서 괴롭힘을 당한 것 같아요."

스마트폰을 든 손에 바짝 힘이 들어가면서 긴장이 온몸에 퍼졌다.

"……그랬었군요."

"네, 일단 진전이 있어서 이렇게 알려드리려고 연락했습니다."

"감사합니다."

"오오야마 씨도 몸조리 잘하세요."

전화가 끊어지자 마사노리는 후우, 하고 크게 숨을 내쉬었다. 긴장감이 가라앉지 않았다.

마사노리는 기둥에 기대어 '오오야마 마사노리' 동성동명 피해자 모임을 되돌아보았다. 참가자들은 누구나 자신이 피해자라고 한탄하며 서로 아픔을 나누고 있었다. 하지만 모든 사람이 공감하고 있던 것은 아니다.

오오야마 마사노리의 이름에 괴로워하는 사람만 있는 게 아니었다. 자신처럼 이름이 오오야마 마사노리였던 것에 결과적으로 감사하고 있는 사람도 있었다.

왜냐하면…….

이름이 그의 죄를 씻어내려 주었기 때문이다.

여자 어린이에게 음란 행위를 한 초등학교 교사(23) 체포

7년 전 체포되었을 때, 그의 이름이 보도되었다. 얼굴 사진을 올린 온라인 뉴스도 있었다. 불기소 처분을 받았지만 일자리를 잃고 인생에 절망했다. 개명을 알아보기도 했지만 어려울 것 같았다. 그때였다. '마나미 사건'이 일어나며 주간지가

범인의 이름을 폭로했다.

그 결과, 어떻게 되었나.

오오야마 마사노리의 이름을 인터넷에서 검색해도 나오는 것은 '마나미 사건'의 기사뿐이다.

그는 전 직장 경험을 살려 과외 선생님이 되었다. 유명한 엽기 살인범과 같은 이름 때문에 편견을 가지고 걱정하는 학부모도 있지만 '마나미 사건'의 범인보다 일곱 살이나 많아서 오해는 받지 않았다.

그때 '오오야마 마사노리' 동성동명 피해자 모임을 알게 됐다. 자신의 이름이 쓰여 있기에 궁금해서 참여했다. 모임에선 여학생 성추행으로 구속된 전직 초등학교 교사라는 사실을 들키지 않도록 나이만 속였다. 다섯 살 정도 속인 것이다.

'저는 개인 과외를 하고 있습니다. 실제 나이보다 아래로 보이지만 사실 서른다섯이에요. 저도 연령대가 달라서 살인범인 오오야마 마사노리와 동일시되는 경우는 별로 없기 때문에 힘들진 않습니다.'

다행히 정체는 들키지 않았다. 하지만 오랜 시간 활동을 하면 언제 어디서 신원이 발각될지 몰랐다. 뒤에서 돌덩어리로 습격을 당해 입원 중인 것을 이유로 '오오야마 마사노리' 동성동명 피해자 모임과 거리를 두기로 했다.

마사노리는 습격을 당해 쓰러졌을 때 아스팔트에 부딪쳐 생긴 얼굴의 상처를 어루만졌다.

'오오야마 마사노리'의 악명 덕분에 자신은 인생을 되찾을 수 있었던 것이다. 범인에게는 고마움을 느끼고 있다.

마사노리는 미소를 지으며 병실로 돌아갔다.

38

오오야마 마사노리는 방 안에서 혼자 괴로워하고 있었다. '오오야마 마사노리' 동성동명 피해자 모임의 주최자로서 무력감에 허덕이고 있었다.

범인 '오오야마 마사노리'의 죄로 인해 동성동명인 사람들의 인생이 엉망진창이 됐다. 인생을 되찾기 위해 '오오야마 마사노리'의 얼굴을 세상에 알리고 자신들은 다른 사람이라고 증명하려고 했다. 그렇게 생각해서 '오오야마 마사노리' 동성동명 피해자 모임은 범인 찾기를 목적으로 활동해왔다. 그러나 범인은 정체를 속여 '모임'에 침입했고, 자취를 감췄다.

축구 유망주였던 오오야마 마사노리는 범인 '오오야마 마사노리'에게 문자를 보냈고, 만나는 것에 성공했다고 한다. 범인으로부터 '마나미 사건'의 범행 동기를 들은 후 무슨 일이 있었던 것일까.

제멋대로인 그의 행동에 화가 났다. 연락이 된 시점에서 알려줬다면 다 같이 움직여 범인 '오오야마 마사노리'의 신병을 확보할 수 있었을 것이다.

본인에게 직접 자신들의 생각과 고통을 호소하고 설득해 얼굴을 드러내고 사죄하는 동영상을 촬영할 생각이었다. 그 동영상의 공개를 '오오야마 마사노리' 동성동명 피해자 모임이 주도하면, 범죄자와 동성동명인 이들의 고뇌를 세상에 알릴 수 있을 거라 생각했다. 피해자나 유족, 가해자 가족의 고통 뒤에 가려져 아무도 신경 쓴 적 없지만 현실에 틀림없이 존재하는 문제가 주목을 받게 되는 것이다. 새로운 사회 문제가 될지도 몰랐다.

그렇게 생각하고 있었다. 좋은 기회였는데…….

마사노리는 한숨을 내쉬었다.

범인 '오오야마 마사노리'는 지금 어디에서 무엇을 하고 있을까. 완전히 도망쳐버렸다.

'끝장입니다.'

전화로 들었던 말이 문득 머릿속에 되살아났다. 혼자 행동했다고 책망했을 때, 축구 유망주였던 오오야마 마사노리는 "우리 인생에 관해서는 이제 걱정할 필요는 없을 겁니다"라고 대답한 다음, 그렇게 말했다.

도대체 무슨 일이지.

무엇이 끝이란 걸까.

추궁하자 그는 의미심장하게 답했다.

'끝이 났어요. 뉴스를 잘 보면 금방 알게 될 거예요.'

설명을 요구하려고 했지만 그는 일방적으로 전화를 끊었고, 다시 걸어도 받지 않았다.

뉴스를 잘 보면 '끝장'의 의미를 알 수 있다는 말인가. 그 말은 범인 '오오야마 마사노리'나 동성동명 피해와 관련된 무언가가 매스컴에 보도될 가능성이 있다는 뜻이다.

도대체 뭘까?

뉴스에 나온다는 것은 엄청난 뭔가가 있다는 것이다. 동성동명이라 피해를 입은 이들이 정말 고통에서 벗어날 수 있을까? 인생에 대해 걱정을 하지 않아도 되는 걸까?

마사노리는 스마트폰을 노려보며 수시로 뉴스 사이트를 새로고침했다. 만약 무언가 보도된다면 TV보다 인터넷이 더 빠를 텐데 그날은 아무런 소식이 없었다. 혹시 몰라 TV채널의 저녁 뉴스 프로그램 모두 살폈지만, 오오야마 마사노리라는 이름은 나오지 않았다.

포기하고 잠에 든 뒤, 다음 날 아침이 되자 제일 먼저 스마트폰을 확인했다. 뉴스 사이트의 타이틀을 훑어보았다.

'사기단 적발, 피해액 200억 엔 이상'

'육아 포기, 세 살 여자아이 아사'

'대학교수가 남학생에게 직장 내 갑질'

'15세 고등학생 대마초 소지 현행범으로 체포'

첫눈에 무관함을 알 수 있는 기사는 무시하고, 제목만으로 일축할 수 없는 기사는 내용물을 점검했다. 그때였다.

'남성 추락사 출두한 남자를 체포'
제목을 눌러 기사를 열었다.

25일 저녁, 도쿄도 ○○구에 거주하는 한 남성이 자신이 사람을 죽였
다며 경찰을 찾아왔습니다.
경찰에 의하면 25일 오후 8시경에 도쿄도 ○○구 ○○경찰서에 출두
한 남성은 "폐업 호텔의 옥상에서 몸싸움을 벌였고, 상대가 추락사했
다"라고 진술한 것으로 전해졌습니다.
경찰은 오오야마 마사노리 씨를 죽게 만들었다며 출두한 오오야마 마
사노리 씨를 상해치사 혐의로 체포하여 조사하고 있습니다. 동성동명
인 두 사람 사이에 어떤 사연이 있었다고 보고 조심스럽게 수사를 진
행하겠다는 입장입니다.

2021년 1월 26일

마사노리는 아연실색했다. 갑자기 심장 소리가 빨라지고,
관자놀이의 혈관이 두근대기 시작했다.
오오야마 마사노리가 오오야마 마사노리를 살해했다!
제삼자가 보면 머리에 물음표가 떠오르는 내용일 것이다.
용의자도 피해자도 아직 얼굴 사진은 게재되지 않았다.
'끝이 났어요. 뉴스를 잘 보면 금방 알게 될 거예요.'
축구 유망주였던 오오야마 마사노리의 마지막 말이 머리에
서 몇 번이나 반복된다. 그 말의 의미를 지금, 간신히 알았다.

축구 유망주였던 오오야마 마사노리가 몸싸움을 벌이다가 범인 '오오야마 마사노리'를 죽게 만든 것인가? 그로 인한 끝맺음이라니.

이런 끝맺음을 말한 건가…….

'오오야마 마사노리'의 악몽은 같은 오오야마 마사노리가 끝냈다.

하지만 정말 이걸로 끝이 난 것일까.

오오야마 마사노리가 '오오야마 마사노리'를 죽음에 이르게 했다. 사람들은 우스꽝스럽게 뉴스를 다룰 것이고, 또다시 오오야마 마사노리의 이름이 클로즈업되는 것은 아닐까.

동기는 분명 동성동명으로 겪은 그간의 고통일 것이다. 축구 유망주였던 오오야마 마사노리도 다 털어낸 듯이 말했지만, 속으로는 원망과 괴로움이 소용돌이쳤던 게 틀림없다. 직접 범인 '오오야마 마사노리'를 만나자 감정이 억제되지 않았던 게 아닐까. 전화로 이야기했을 때, 축구 유망주였던 오오야마 마사노리는 자수를 결심했던 것이다.

마사노리는 뉴스 페이지를 닫았다. 오오야마 마사노리가 '오오야마 마사노리'를 죽게 만든 사건은 곧바로 많은 관심을 받고 사람들의 입에 오르내릴 것이다. 동성동명의 괴로움을 모르는, 알아도 이해할 수 없는 사람들은 제멋대로 말을 할 게 분명하다.

다른 사람의 괴로움에 대한 몰이해.

정의를 주장하며 악을 공격하는 사람들 중에 진정한 의미로
다른 이의 괴로움이나 상처와 마주 보고 있는 인간이 얼마나
될까.

마사노리는 '오오야마 마사노리' 동성동명 피해자 모임에
참가한 적이 있는 모든 이들에게 단체로 연락을 돌렸다. 오오
야마 마사노리가 '오오야마 마사노리'를 죽이고 체포된 뉴스
의 링크를 첨부해 다음번이 마지막 '모임'이 될 것입니다, 라고
글을 매듭지었다.

다음 날, 갑작스러운 연락에도 '오오야마 마사노리' 동성동
명 피해자 모임에 총 여섯 명이 참가했다. 다부진 체격인 오오
야마 마사노리, 갈색 머리인 오오야마 마사노리, 복코인 오오
야마 마사노리, 연구원인 오오야마 마사노리, 중학생인 오오야
마 마사노리.

입원 중인 과외 선생님 오오야마 마사노리와 모임에서 나간
실눈인 오오야마 마사노리는 답이 없었다.

기자는 일이 바빠서 들를 수 없습니다, 라는 내용의 무뚝뚝
한 연락을 보낸 게 전부다. 핑계일 것이다. 범인 '오오야마 마
사노리'가 사망하면서 '동성동명 문제'에 관심이 사라진 것이
다. 핵심 인물이 세상에서 사라졌기 때문이다.

속죄한 뒤 사회로 돌아온 촉법소년의 본모습을 세상에 폭로
한다, 라는 과격한 수단을 취하면 '오오야마 마사노리' 동성동

명 피해자 모임은 큰 주목을 받았을 것이다. 화제성은 충분했다. 모임에 속해 있던 기자도 당사자들의 육성을 전하며 이름을 날릴 수도 있었겠지.

'새로운 사회 문제를 만들어내기 위해 우리를 이용하려는 거 아닙니까?'

축구 유망주였던 오오야마 마사노리의 지적이 뇌리에 되살아난다. 그가 진실을 딱 짚었던 게 아닐까. 그래서 동성동명 문제의 논란 요소가 사라지며 단물이 빠지자마자 기자는 흥미를 잃은 것일지도 모른다.

"기사, 계속 살펴보고 있는데요." 갈색 머리인 오오야마 마사노리가 말했다. "속보는 아직 안 나오네요."

연구원 오오야마 마사노리가 한탄하듯이 머리를 저었다.

"이런 결말을 맞게 되다니……."

후회가 배어 나오는 말투였다.

무거운 침묵이 찾아온다.

우리들은 과연 올바른 길을 걷고 있었던 것인가. 동성동명에 의한 피해를 털어놓고, 서로 위로하고 격려하는, 그런 정도의 동기로 만든 모임이었다. 하지만 피해자 이상으로 몰입한 기자의 열변에 이리저리 떠밀려 범인의 얼굴을 세상에 드러내는 것이 정의롭고, 자신들의 인생을 구하는 것이라고 생각했다.

그 결과가 이것이다.

폭력적인 수단에 반대하던 진짜 축구 유망주였던 오오야마 마사노리가 범인을 만나면서 사건으로 이어졌다. 그를 말려들게 하고 말았다.

　침묵을 깬 것은 복코인 오오야마 마사노리였다.

　"그래도 잘됐네요. 범인 '오오야마 마사노리'가 죽은 이상, 우린 절대로 진짜 범인이 아니니까요."

　다부진 체격의 오오야마 마사노리가 반론했다.

　"죽게 만든 사람은 또 오오야마 마사노리입니다. 심지어 동성동명이라서 힘들었다는 이유로요."

　"우리의 괴로움을 세상에 알릴 수 있어요."

　"그렇다고만 볼 수는 없죠. 이번에는 둘 다 성인이어서 이름이 나왔어요. 이제 우리 이름은 웃음거리로 소비될 겁니다."

　"아무리 그렇다고 해도……."

　"인터넷에서 물고 뜯지 않을 것 같아요? 오오야마 마사노리가 '오오야마 마사노리'를 죽이고, 게다가 피해자가 전과가 있는 엽기 살인범에 동기가 동성동명의 고충이라니 아주 좋은 소재겠죠. 정리 사이트나 트위터, 익명 게시판이 완전히 축제 분위기가 될 거예요. 아침 방송도 실명을 공개할 테고. 원하지 않아도 동성동명이 주목받을 겁니다."

　복코인 오오야마 마사노리는 침울한 표정으로 고개를 떨궜다. 머지않아 반드시 찾아올 암담한 미래가 상상이라도 된 듯이.

　"게다가……" 갈색 머리의 오오야마 마사노리가 탄식조로 말했다. "동성동명의 괴로움을 이유로 범인 '오오야마 마사노리'를 죽게 한 오오야마 마사노리 씨는 과실로 인정받으면 얼마 안 돼 감옥에서 나올 수도 있습니다. 집행유예가 될 수도 있고요. 엽기 살인범인 오오야마 마사노리는 세상에 존재하지 않아도, 그 오오야마 마사노리는 다시 존재하게 되는 겁니다. 그러면 우리가 누군가에게 동성동명의 괴로움을 말할 때, 이젠 범인 '오오야마 마사노리'를 죽게 한 오오야마 마사노리가 아닌가, 하고 의심받겠죠."

충분히 생각할 수 있는 가능성이었다. 이번에는 상해치사로 체포된 오오야마 마사노리의 존재가 따라다니게 된다니.

왜 이렇게 됐을까.

범인 '오오야마 마사노리'가 세상으로부터 사라지기를 진심으로 바랐다. 하지만 이런 결말은 원하지 않았다. 어디서부터 잘못된 것일까. 돌이킬 수 없는 결말을 맞고 말았다.

"그렇다고 해도……" 연구원 오오야마 마사노리가 의아한 듯이 말했다. "제가 이해하기 어려운 점은 두 사람 사이에 무슨 일이 있었냐는 점입니다."

"무슨 일이라고 하시면?" 마사노리가 물었다.

"범인 '오오야마 마사노리'와 만나 여자아이를 살해한 동기가 학교에서 당한 집단 괴롭힘이라고 들었다는 거죠? 피해자인 여자아이의 언니에게 괴롭힘을 당했다. 그런 고백까지 할 상황이면서 어쩌다 싸움이 벌어지게 됐을까요?"

"······잘 모르겠네요. 전화로는 아무것도 듣지 못했거든요. 후속 보도가 나오면 밝혀질지도 모르겠네요."

진짜 축구 유망주였던 오오야마 마사노리는 '마나미 사건'으로 축구 명문대학의 추천 입학 제안이 물거품이 됐다고 했다. 본인은 세월이 지나 그런 인생을 받아들이고 있는 것처럼 보였지만, 실제로는 달랐던 것일까. 아니면 범인을 만나 이야기를 하다 보니 격한 감정이 치밀어 오른 것일까.

아무것도 모른다.

출입문에서 노크 소리가 난 건 그때였다.

마사노리는 다른 오오야마 마사노리들의 얼굴을 돌아보았다. 불참했던 두 사람 중 누군가가 찾아왔을 수도 있었다. "제가 나가겠습니다."

마사노리는 출입구로 걸어가 문을 열었다. 문밖에 서 있는 사람은 축구 유망주였던 오오야마 마사노리였다.

마사노리는 깜짝 놀라 아무 말도 할 수 없었다. 경찰에 체포됐을 그가 왜 눈앞에 있는 걸까. 석방되기에는 너무 이르다. 따라 나온 다른 사람들도 할 말을 잃었다. 유령이라도 본 듯한 표정이었다.

"왜······ 당신이?"

마사노리는 떨리는 목소리로 말을 짜냈다.

축구 유망주였던 오오야마 마사노리가 참가자들을 둘러보았다.

"……'모임'의 안내 문자를 받았어요. 어쩔까 망설이다가 오게 됐습니다."

수고를 덜기 위해 '피해자 모임'으로 연락처를 등록한 전원에게 단체로 연락을 돌렸었다. 그렇다고는 해도…….

"체포된 거 아니었어요?"

"체포?"

축구 유망주였던 오오야마 마사노리가 의아해했다.

"기사를 봤어요. '오오야마 마사노리'의 추락사. 당신이 폐업 호텔 옥상에서 떨어뜨렸잖아요?"

"……제가 아니에요."

"그, 그럼 도대체 누가?"

축구 유망주였던 오오야마 마사노리가 심호흡을 하고 대답했다.

"자수해서 체포된 건 범인 '오오야마 마사노리'입니다."

"네?"

이해할 수 없는 말이 미지의 언어처럼 귓가를 스쳐 지나가 머리에 입력이 되지 않았다.

"……추락사한 사람이 범인 '오오야마 마사노리'가 아니라고요?"

"아닙니다."

"범인 '오오야마 마사노리'는 살아있어요?"

"그렇습니다. 조사가 다 끝나면 뉴스에서도 얼굴 사진이 공개될지 몰라요."

체포된 것은 범인 '오오야마 마사노리'다.

그게 사실이라면 의문이 있다.

추락사한 것은 도대체 누구인가?

등골을 타고 전율이 흐른다.

세상에 존재하고 있을, 또 다른 '오오야마 마사노리' 동성동
명 피해자 모임에 참여하지 않은 여러 오오야마 마사노리는
범인의 얼굴도 연락처도 모르니 접촉할 수 없다. 즉 추락사한
것은 '모임'에 참여했던 오오야마 마사노리 중의 누군가일 가
능성이 높다.

이번에 답장도 없이 불참한 사람은…….

실눈인 오오야마 마사노리와 과외 선생님인 오오야마 마사
노리. 과외 선생님인 오오야마 마사노리와는 방금 통화를 했
다. 나머지는…….

마사노리는 긴장과 함께 침을 삼켰다. 꿀꺽하는 소리는 가
슴 안쪽에서 크게 울렸다.

"오오야마 씨." 마사노리가 말했다. "당신은 사흘 전에 범
인 '오오야마 마사노리'와 만나서 이야기를 했죠. 추락사 사건
이 생긴 것은 그 뒤라는 겁니까? 근데 당신은 사건을 알고 있
는 느낌이었어요. 혹시 폐업 호텔 옥상엔 세 명의 오오야마 마

사노리가 있었고, 거기서 두 사람이 엎치락뒤치락하다 한쪽
이……."

축구 유망주였던 오오야마 마사노리는 조용히 고개를 가로
저었다.

"추락사 사건이 있었던 것은 한 달 전입니다."

"네?"

"……범인 '오오야마 마사노리'는 약 한 달 전에 옛 동창생
오오야마 마사노리와 다투다 상대를 죽게 만들었어요."

39

∞∞∞∞

'오오야마 마사노리' 동성동명 피해자 모임을 방문한 오오
야마 마사노리는 그들의 곤혹스러워하는 모습을 보고 어디서
부터 이야기를 하면 좋을지 망설였다.

"일단 들어가서 이야기하시죠."

최연장자인 오오야마 마사노리의 제안에 다른 사람들이 고
개를 끄덕였다. 주최자인 오오야마 마사노리가 들어오라며 길
을 비켰다.

마사노리는 실내로 들어왔다. 모두의 강렬한 시선이 등에
달라붙는 것이 느껴졌다. 테이블 앞에 멈춰 뒤를 돌아보자 굳
어진 얼굴의 여러 오오야마 마사노리가 보였다.

"그래서 옛 동창생 오오야마 마사노리라고요?"

주최자 오오야마 마사노리가 곧바로 물었다.

"······순서대로 설명하겠습니다." 마사노리가 말했다. "4일
전에 여러분이 돌아간 후, 계속 고민을 하다가 범인 '오오야마
마사노리'에게 문자를 보내봤습니다. 답장은 기대하지 않았어

요. 다만 저 스스로 뭔가 행동을 했다고 변명하고 싶다는, 마음 속 깊은 곳에 그런 생각이 있었을지도 모르겠습니다. 아무튼 그런데 답장이 온 거예요."

"왜 당신한테만?"

"모르겠어요. 제가 마음대로 휘갈겨 쓴 문장이 마음에 걸렸는지. 어쨌든 '이야기를 해보고 싶다'라는 답장이 왔고…….
저는 망설였지만 응했습니다. 장소는 폐업 호텔이 아니라 상대가 정한 공원이었습니다. 넓지만 인적이 드문 곳이었어요."

"왜 혼자 만나러 갔죠?"

"누가 함께라면 나타나지 않겠다고 해서요. 전망이 좋은 공원을 지정한 것도 약속 장소에 와 있는 저를 멀리서 관찰하고 싶었기 때문이겠죠."

주최자 오오야마 마사노리는 납득하기 어려웠지만 잠자코 고개를 끄덕였다.

"전 거기서 이야기를 들었습니다. 왜 저로 행세했는지 물었더니 범인 '오오야마 마사노리'는 제가 부러웠다고 말했습니다. 고교 축구에서 활약하고, 주목받고, 인기가 있었기 때문이라고. 같은 이름이고 나이도 비슷하기 때문에 괜히 의식이 됐다고."

"……저도 그랬기 때문에 잘 압니다."

"범인은 '오오야마 마사노리' 동성동명 피해자 모임의 존재를 알고 신분을 속여 잠입했습니다. 그런데 자기소개를 하는 순서가 되자 어떻게 대답해야 할지 당황했다고 해요. 그래서 일단 머릿속에 떠오른 저를 사칭했다고 합니다. 다른 사람들의 자기소개를 듣고, 제가 거기에 없는 것을 알았기 때문이겠죠."

'좋은 팔자인 오오야마 마사노리가 되고 싶었어.'

범인 '오오야마 마사노리'는 절실한 표정으로 그렇게 중얼거렸다.

실제로 축구에 전념했던 고교 시절, 그는 하루하루를 충실하게 보냈다. 꿈이 있었다. 꿈을 현실로 만들기 위해 노력했다. 자신의 이름을 일본에 널리 알릴 미래를 꿈꾸었다.

"저는 범인에게 제 생각을 모두 털어놓았습니다."

스포트라이트를 받는 선수가 되기 위해 축구에 청춘을 바쳤다. 하지만 동성동명 소년이 엽기 살인을 일으킨 순간, 인생에 어두운 그림자가 드리웠다. 스스로는 결코 지울 수 없는 그림자가.

비공식적인 약속이었던 추천 입학이 물거품이 됐고, 그는 입시 등급이 낮은 일반 대학교에 들어가 축구 동아리에서 취미로 축구를 하게 됐다. 반면 자기 대신 축구 명문대에 추천 입학한 경쟁 학교 에이스는 일왕배에서 활약하며 프로리그에서 관심을 받았다. 그 뉴스를 보니 역시 마음이 흔들렸다. 자신이 2, 3년에 걸쳐 잊어온 꿈을 라이벌은 걸어가고 있었던 것이다.

범인 '오오야마 마사노리'가 세상에 돌아온 것은 그로부터 4년 후였다. 인생이 다시 무너지지 않을까 두려움이 있었지만,

그는 이름에 지지 않았다.

'나는 내 인생을 되찾고 싶다.'

그는 다시 꿈을 좇기 시작했다.

"하지만 자기는 달랐답니다. 이름에 굴복해 힘들었다면서 자신의 이야기를 고백하기 시작했어요. 전화로도 말했지만, 범인 '오오야마 마사노리'는 고등학교에서 집단 괴롭힘을 받았습니다. 여학생 성추행으로 체포된 초등학교 교사의 이름이 오오야마 마사노리인데 그 영향이었다고 합니다."

너도 나중에 똑같은 범죄자가 되지 않겠냐?

아이들은 애니메이션이 좋아서 교실 구석에서 여자아이의 그림을 그린다는 이유만으로 그를 그렇게 단정 지었다. 성범죄자와 동성동명이니까.

'오오야마 마사노리' 동성동명 피해자 모임에 참가한 것은 그 자신도 고등학교 시절에 동성동명인 성범죄자의 존재로 고민한 과거가 있었기 때문일지도 모른다.

"하지만 실은 같은 학교에 또 다른 오오야마 마사노리가 있었다고 합니다."

모든 사람이 곤혹과 놀라움이 뒤섞인 소리를 냈다.

"반은 달랐던 것 같지만, 같은 오오야마 마사노리라도 괴롭힘을 당하지 않는 오오야마 마사노리가요."

"세상에……" 주최자 오오야마 마사노리는 복잡한 표정으로 미간을 찌푸리고 있었다. "더 심하게 비교당해서 힘들었겠네요. 같은 이름이라도 괴롭힘을 당하지 않는 사람이 곁에 있으면."

"그랬겠죠. 결국 그런 환경에서 괴로워하고, 절망하고, 궁지로 내몰려 끔찍한 짓을 저지른 겁니다."

"하지만!" 복코인 오오야마 마사노리가 분개한 듯이 말했다. "그렇다고 동정심을 느끼진 않아요. 누구나 괴로운 경험을 하고, 인생을 내던지고 싶어질 만큼 절망에 빠질 때도 있지만, 그렇다고 사람을 죽이진 않잖아요. 마음을 갈기갈기 찢겨도 참고 살아가죠."

무고한 여섯 살 여자아이를 참혹하게 살해한 시점에서 놈은 절대적인 가해자일 뿐이다. 괴롭힘을 이유로 정당화할 수는 없다. 그러나 이 사실이 알려지면 여론의 흐름은 달라질 수 있다. 왜냐하면 남에게 불합리하게 상처를 받고 괴로워하는 사람들은 아주 많기 때문이다.

외모가 촌스러우니까. 못생겨서. 성격이 어두워서. 의사소통이 잘 안 되니까. 덕후니까. 모에 그림을 그리니까. 공부를 못하니까. 범죄자와 동성동명이니까.

현실에서도, 트위터에서도 누군가를 공격한 적도 없는 사람들이 그런 트집이나 다름없는 이유로 매도되거나 비난을 받는다. 상처를 받는다. 분노에 사로잡힌 '오오야마 마사노리'에게 공감할 사람들은 반드시 있다.

주최자인 오오야마 마사노리가 물었다.

"추락사한 오오야마 마사노리라는 게 그 동창생인가요?"

마사노리는 고개를 끄덕였다.

"옛 동창생의 이야기를 하면서 이미 이 세상에 없다고 하더라고요……. 그래서 따졌더니 자백했습니다. 한 달 전쯤에 옛 동창생인 오오야마 마사노리에게 먼저 연락이 와서 만났다고요."

'솔직히 나올 줄 몰랐어.'

'너 때문에 얼마나 괴로웠는지 알아? 같은 이름이라서 내 인생은 엉망진창이었어.'

옛 동창생 오오야마 마사노리는 그동안 겪은 고통을 토로했다고 한다. 같은 고등학교에 다니던 동성동명의 엽기 살인이다. 동성동명인 성범죄자에 의한 소문은 피할 수 있었던 오오야마 마사노리에게도 악영향을 끼쳤을 것이다. 다른 많은 오오야마 마사노리처럼 여러 이유로 고생을 하지 않았을까.

'알리바이를 만들어 왔어.'

옛 동창생 오오야마 마사노리는 속마음을 털어놓은 후, 그렇게 말했다.

'네가 살아있는 한 인생을 되찾을 수 없어.'

'인생을 되찾을 거야.'

옛 동창생 오오야마 마사노리는 치밀어 오르는 분노에 이끌려 덤벼들었다. 폐업 호텔의 옥상에서 몸싸움이 일어나 끝내 상대가 추락했다.

두 번째 살인.

범인 '오오야마 마사노리'는 눈앞의 광경에 공포를 느꼈다고 한다. 이번에는 얼굴 사진도 보도될 것이다. 쉽게는 돌아오지 못할지도 모른다.

시체가 발견되면 자신의 인생은 완전히 끝이었다.

"궁지에 몰린 '오오야마 마사노리'는 위장 공작을 생각했다고 합니다. 어머니에게 연락을 하고, 어머니가 와서 차로 시신을 옮겼습니다."

"아니, 아무리 그래도⋯⋯" 주최자 오오야마 마사노리가 부정하듯 고개를 흔들었다. "어머니가 시신 은폐를 도왔다고요?"

"범인의 어머니는 아들이 엽기 살인을 저지르자 세간의 비난에 못 이겨 자살도 시도했다고 합니다. 그 정도로 힘들어했기 때문에 아들이 다시 범죄를 일으켜서 당황한 것 같아요."

어느 날 갑자기 엽기 살인범의 어머니가 되어버린 고통은 상상할 만하다. 세간의 비난. 연일 퍼붓는 언론의 공세. 주위의 눈초리.

마사노리는 스마트폰을 꺼내 '즐겨찾기'한 기사를 띄워 모두에게 보여줬다.

'20일 오전 8시 30분경, 오쿠타마의 벼랑 아래에서 사망한 남성의 시신을 발견했다는 신고가 들어왔다. 경시청에 의하면 남성은 산길 옆 경사면 약 5미터 아래에서 나무에 걸린 상태로 발견되었다고 한다. 사망한 남성은 오오야마 마사노리 씨(23세)로 어머니는 며칠 전 하이킹을 다녀오겠다고 말한 뒤 연락이 되지 않았다고 말했다. 경찰은 하이킹 중 실수로 추락사한 것으로 보고 있다.'

"이거요."

화면을 들여다본 주최자 오오야마 마사노리가 앗, 하는 소리를 냈다.

"이 기사, 알아요. 본 적이 있어요. 만약 죽은 게 진짜 범인이라면 우리는 해방될 텐데, 이런 이야기를 모임에서 했거든요. 설마 이게?"

마사노리는 긴장을 풀듯이 숨을 내쉬며 고개를 끄덕였다.

"옛 동창생 오오야마 마사노리입니다. 나이가 범인과 같은 것도 같은 학년이었으니 당연한 거죠."

"단순히 사고사라고만⋯⋯."

"범인 '오오야마 마사노리'를 죽이기 위해서 알리바이를 만든 것이 화근이 됐군요."

옛 동창생인 오오야마 마사노리는 가족에게 "오쿠타마에 하이킹을 하러 간다"라고 거짓말을 했다고 한다. 그리고 그것을 범인 '오오야마 마사노리'에게 자랑하며 습격을 했다. 결과적으로 범인 '오오야마 마사노리'는 알리바이를 역이용해 사체를 오쿠타마의 산중에 옮긴 뒤, 하이킹 사고로 보이게 하려고 벼랑 아래에 내던졌다고 한다.

주최자인 오오야마 마사노리가 긴장된 목소리로 말했다.

"이번에는 미디어에서 이름이 공공연하게 보도되고 있기 때문에 체포된 것이 엽기 살인범 오오야마 마사노리로 밝혀지면 큰 소동이 날 겁니다. 시간문제겠네요."

마사노리는 그 가능성을 상상했다.

"아마 그렇게 되겠죠. 우리도 각오를 다져야 해요."

"이번엔 정말 얼굴이……" 복코인 오오야마 마사노리가 몸을 앞으로 기울이며 말했다. "보도될 겁니다. 얼굴이 공개되면 우리는 다른 사람이라는 걸 증명할 수 있어요. 전부 마이너스인 건 아닙니다."

다른 의견을 낸 것은 최연장자인 오오야마 마사노리였다.

"얼굴 사진이 나올까요? 사회로 돌아온 소년범죄자가 성인이 된 후 재범했을 때, 미디어는 신중해지는 것 같기도 합니다. 정당방위가 인정된다면 무죄의 가능성도 있으니 더욱요."

모두가 입을 다물었다.

이번 자수 역시 오오야마 마사노리의 이름만 전국에 퍼지는 결과로 끝날지도 모른다.

"그런데 범인 '오오야마 마사노리'는 왜 자수를 했답니까?"

갈색 머리의 오오야마 마사노리가 물었다.

"……경찰도 만만치 않았던 거죠. 시신이 발견됐을 때는 부모의 증언도 있고 사고사로 발표되면서 언론에서도 그렇게 보도됐는데, 사망 현장이 다른 곳이었을 가능성을 의심한 경찰이 수사를 했던 것 같습니다."

"그 정보는 어디에서?"

"본인이 알려줬어요. 범인 '오오야마 마사노리'가 출소한 후 관련 정보를 조사한 흔적이 피해자의 컴퓨터에서 발견돼 경찰이 찾아왔다고 합니다. 의심받고 있다는 것을 알고, 잡히는 건 시간문제라고 생각한 거죠. 그러니까 자수하겠다고 제게 말했습니다."

모두 납득한 듯이 고개를 끄덕였다.

"그런데…… '모임'에서 습격당한 사람이 있습니까?"

주최자인 오오야마 마사노리는 화제 전환에 당황해하다가 "과외 선생님인 오오야마 씨가 습격을 당해서 입원했습니다"라고 대답했다.

"그 오오야마 마사노리 씨를 공격한 것도 범인 '오오야마 마사노리'라고 합니다."

"네? 왜요?"

"과외 선생님인 오오야마 씨가 성추행 사건을 일으킨 그 초등학교 교사였다는 것 같아요."

모두가 깜짝 놀랐다.

"나이를 속여 모임에 참석했던 모양이에요. 성추행 사건을 일으킨 오오야마 마사노리에게 시달리면서 고등학교 시절을 보냈기 때문에 범인 '오오야마 마사노리'는 '모임'에서 그 사람의 얼굴을 보고 바로 알아챘다고 합니다. 체포 당시의 얼굴 사진을 봤던 것 같은데, 분노가 치밀어서 복수심에 덮쳤다고 하더군요."

"그랬군요……. 7년 전에 인터넷에서 봤을 때는 기사를 읽지 않아서 얼굴 사진은 보지 않았어요."

"봤다면 당신도 눈치 챘을지 모르겠네요. 그 초등학교 교사라고 눈치챈 것은 범인 '오오야마 마사노리'뿐이었던 거군요."

"……그러고 보니 오오야마 씨가 습격 받았다고 연락했을 때, 범인 '오오야마 마사노리'는 지하철에서 누가 등에 종이를 붙였다고 고백했었어요. '오오야마 마사노리 사냥'이라는 단어도 언급하고……. 자신의 범행을 사람들의 폭주처럼 보이게 만들려고 준비했던 거네요."

그야말로 동성동명의 악순환이었다.

주최자인 오오야마 마사노리가 질끈 눈을 감으며 말했다.

"우리는…… 어떻게 될까요."

마사노리는 후, 하고 숨을 내쉬었다.

이름에 사로잡힌 인생. 그것이 끝나는 것일까. 범인 '오오야마 마사노리'의 체포에 의해서?

모르겠다.

SNS에서는 지금도 누군가가 누군가에게 상처를 주고 있다. 내가 상처받아서, 불쾌해서, 화가 난다는 이유로 그 행위를 정당화하며. 자신의 올바름을 추호도 의심하지 않는다. 자신의 올바름이 다른 누군가를 저주하거나 괴롭히고 상처를 주고 있을 가능성은 상상도 하지 않고.

동성동명의 지배를 받는 삶이란 무엇인가. 대체 누구의 잘못일까. 죄를 지은 사람? 동성동명을 범인과 동일시하는 사람들? 이름에 굴복한 자기 자신? 큰 사건을 일으킨 인간의 악명을 이길 수 없는 것은 당연하다. 부정적인 뉴스일수록 기억에 남는다.

"……저는 '오오야마 마사노리'가 사건을 일으키고 나서 쭉 생각했습니다." 마사노리가 말했다. "사람은 모두 타인을 너무 공격해요."

코로나의 만연으로 사회적 거리두기가 길어지자 이성이나 도덕으로 억제하고 있던 사람들의 공격성이 드러나기 시작한 것 같다. 공무원, 자영업자, 프리랜서, 연예인, 스포츠 선수……누군가 자신들의 힘겨움을 호소하기만 해도 몰매를 맞는다. 웃는 얼굴을 찍어 올린 사진 한 장조차 논란거리가 된다.

그러한 시기에 소년 교도소에서 나온 오오야마 마사노리는 먹음직스런 표적이었을 것이다.

"범인의 아버지로 오해를 받은 무고한 회사 임원도, 차별적인 트윗을 했다고 논란이 된 오오야마 마사키라는 여성도, 누명을 쓴 어린이집 남자 교사도 악플에 시달렸습니다. 범인 '오오야마 마사노리'는 고등학교 때 애니메이션 그림을 그렸다는 것만으로 괴롭힘을 당했습니다. 저기 저 친구도요……."

마사노리는 중학생인 오오야마 마사노리를 보았다. 이야기한 바로는 동성동명이란 이유로 괴롭힘에 시달리고 있다고 했다.

"가장 무서운 건 자기는 악플을 달면서도 좋은 인간을 결정할 권리가 있다고 믿는 사람들입니다. 언어폭력의 잔혹함을 호소하던 사람도 용서할 수 없는 죄를 범했다고 느낀 상대에게는 아주 쉽게 폭력적인 말을 내뱉어요. 상대가 살인자면 괜찮나요? 성범죄자면? 차별적인 발언을 한 사람이면? 폭언을 한 사람이면? 불륜을 저지른 연예인이면? 불건전한 만화를 그린 만화가면? 거리 인터뷰에서 반감을 사는 발언을 한 일반인이면? 악플을 달아서 자살로 몰아가도 괜찮은 사람이 대체 누굴까요?"

"다들 자기는 상대를 자살로 몰아간 게 아니라고 말하죠." 주최자인 오오야마 마사노리가 말했다. "자신은 용납할 수 없는 것을 비판했을 뿐이라고요."

"그렇겠죠. 하지만 그건 많은 사람으로부터 비판을 받았던 사람이 마침 그때 자살하지 않은 것뿐입니다."

"마침 그때……."

"어떤 발언이나 취미, 불륜으로 논란이 되고 대중의 뭇매를 맞은 사람이 결과적으로 자살하지 않은 것에 불과해요. 비판하는 정당성이 자신에게 있다고 여기고, 욕을 한 상대가 살아주었기 때문에, 자살하지 않아 주었기 때문에, '살인이라는 죄'를 짓지 않을 수 있었던 것뿐입니다."

인간성을 모두 부정하는 비판의 한마디 한마디에는 사람을 죽일 만큼의 흉악함이 존재한다.

"우리 중고등학생 때를 생각해봐요. 장난도 쳤고, 짓궂은 농담도 했고, 조심성 없는 말도 했잖아요. 자기는 그런 적 없다고 단언하는 사람은 기억 상실에 걸린 게 분명할 겁니다. 그런데 SNS가 당연해지면서 말 한마디로 인격을 전부 부정당하는 시대가 됐습니다. 이제까지 아무리 좋은 일을 해도 말 한마디에 나쁜 놈이 되고 뭇매를 맞게 된 거죠."

주최자 오오야마 마사노리가 잠자코 고개를 끄덕였다.

"용서를 용서하지 않는 세상입니다. 함께 책망하지 않으면 조장하고 있다, 가담하고 있다며 욕을 먹는 것이죠. 그게 싫어서 논란이 된 제물을 별수 없이 욕하는 사람도 많을 거예요. 그야말로 왕따의 모습이죠. 집단을 싫어하는 인간을 괴롭히고, 하나가 되어 괴롭히지 않으면 다음에는 자신이 표적이 되는……."

"맞는 말인 것 같아요. 저도 옛날엔 같은 생각을 한 적이 있어요."

"지금은 열심히 노력한 이야기를 해도 욕먹는 시대예요. 저도 경험이 있거든요. 어머니는 제 꿈을 응원해주시고 매일 건강을 생각해서 손수 요리를 만들어주셨어요. 고교 축구에서 제가 좋은 성적을 내고 어머니가 인터뷰에서 그런 에피소드를 얘기했더니 인터넷 유명 인사가 남긴 비판을 계기로 트위터에서 논란이 된 적이 있었죠."

- 미담으로 만들지 마라. 불쾌함
- 어머니가 열심히 하는 건 당연하잖아. 뭔 소리?
- 다른 엄마들이 강요당하면 어떡할 거냐?
- 이 기사는 세상의 엄마들을 괴롭힌다. 악영향 기사

단 한 명의 비난 트윗이 전염병보다 빠르고 확산되며 나쁜 감정을 감염시킨다.

분노, 증오, 슬픔.

"영양사 자격증이 있는 어머니가 저를 위해준 마음을 비판받으면서 저도 상처받았고 어머니도 상처받았죠. 기사가 악영향을 끼친다, 라고 말하기 전에 자신의 말로 누가 상처받을지 생각했으면 좋겠습니다. 그런 공격적인 세계에 싫증이 나서 저는 2, 3년 전에 인터넷을 끊었어요. 그 덕에 이제는 잡념에 휘둘리지 않고, 목표를 향해 적극적으로 노력하게 됐죠."

"그랬군요."

"우리는 그런 사람들의 악의에서 벗어나야 한다고 생각해요. 사람을 죽음으로 내모는 말에 정의 따윈 없으니까요."

오오야마 마사노리.

마사노리는 자신과 같은 이름의 얼굴들을 둘러보았다.

그들은 자신이다.

하지만 동시에 자신이 아니다. 동성동명이라 마치 클론처럼 느껴졌지만 성장 배경도, 생년월일도, 부모님도, 친구도, 사고방식도, 특기도, 모두 다른 한 사람, 한 사람의 인간인 것이다.

마사노리는 작게 숨을 내쉬었다.

그의 주위에 있던 사람들도 아마 누군가의 동성동명일 것이다. 그런 의미에서 전국의 거의 모든 사람은 동성동명인 것이다. 피해자 츠다 마나미와 동성동명 여성도 있을 것이다. 연일 '자신의 죽음'이 보도되는 기분은 결코 좋지 않았을 것이다. 다른 사건보다 더 감정이 이입되지 않았을까.

"저는……" 마사노리가 입을 열었다. "지금 진심으로 축구를 하고 있습니다."

모든 오오야마 마사노리가 "네?"라고 소리를 질렀다.

"사실 프로가 되기에는 많이 늦었지만, 얼마 전 J2팀 입단 테스트를 치렀어요. 일반인 테스트는 거의 없는데 고등학교 때 감독님의 소개로 도전할 수 있었습니다."

"그래서…… 그래서 결과는요?"

주최자인 오오야마 마사노리가 간절한 눈빛으로 물었다. 아니, 오히려 추궁의 뉘앙스까지 느껴졌다. 그 대답이 자신을 구원할 것이라고 믿는 것처럼.

"연습생이 됐어요. 월급은 없지만 연습에 참가해 프로 계약을 목표로 하고 있어요."

"프로……."

"나카자와 유지 같은 경우도 있어요. 그 선수도 연습생부터 시작해 지금은 J리그에서 활약하고 일본 대표까지 올라갔습니다. 노력하기에 따라 미래는 열려 있어요."

노력해서 결과를 내면 악명을 날려버릴 수도 있을 거라고 그는 생각했다.

"저는 악명을 지울 겁니다." 마사노리는 결의에 차 말했다. "몇 년이 걸리더라도 저는 제 이름으로 떳떳하게 살겠습니다."

편견과 의심의 눈초리를 보내는 사람도 있었지만, 대학 축구 동아리 동료들은 한결같은 태도로 그를 대해주었다. 그런 동료들과 지내면서 자신이 남의 이름에 사로잡혀 있었다는 생각이 들었다. 프로선수의 꿈을 계속 응원해준 어머니의 격려도 힘이 됐다.

어머니는 임신했을 때 자신이 태어나기를 손꼽아 기다렸다고 했다. 어떤 이름을 지을지 한 달 넘게 고민했고, 사람의 도리를 행한다는 뜻의 '기'와 '올바름'을 조합해 마사노리(正紀)

라고 지었다고 했다.

그래, 같은 이름이라도 거기에 담긴 뜻은 모두 다르다. 동성
동명일지라도 자신의 이름은 유일무이한 것이다.

오오야마 마사노리들의 시선이 한데 모였다.

"다 같이 악명을 지우지 않으실래요? 혼자서는 힘들어도 함
께라면 할 수 있지 않을까요? 모든 오오야마 마사노리가 자신
의 이름을 되찾는 거예요. 시간이 좀 걸릴 수도 있겠지만, 각자
노력하고, 악명을 조금씩 희미하게 만든다면 오오야마 마사노
리가 긍정적인 이름으로 바뀔지도 몰라요."

"우리 손으로……." 주최자인 오오야마 마사노리가 중얼거
렸다.

"네, 긍정적으로 생각하고 노력하는 거예요. 범인의 얼굴 사
진을 공개하는 그런 과격한 방법 말고요."

"찬성입니다." 최연장자인 오오야마 마사노리가 힘차게 말
했다. "저도 제 연구 분야에서 성과를 내겠습니다."

모든 오오야마 마사노리가 힘을 합치면 언젠가는 반드
시…….

갈색 머리인 오오야마 마사노리와 복코인 오오야마 마사노
리, 다부진 체격인 오오야마 마사노리가 단호히 고개를 끄덕
였다.

소년 오오야마 마사노리도 쭈뼛대면서도 흔들림 없는 어조
로 말했다.

"저도 학교에서 싸울게요."

이름.

애매하고, 끊고 싶어도 끊을 수 없는 존재.

사람은 동성동명인 인간에게 왠지 모를 위화감 혹은 찝찝함을 느끼지만, 사실 알고 보면 공통의 취미를 가진 사람들보다 더 깊이 통할지도 모른다.

화창한 기분이었다. '오오야마 마사노리'에게 이름이 더럽혀진 후, 몇 년 만에 처음으로 안개가 걷히고 시야가 탁 트인 것 같았다.

미래가 보였다.

에필로그

〰〰〰〰〰〰〰〰〰〰〰〰

오오야마 마사노리는 유치장 안에서 가부좌를 틀고 앉아 쇠
창살을 뚫어지게 바라보고 있었다. 축구 유망주였던 오오야마
마사노리를 공원에서 만난 기억이 되살아난다.

그는 문자로 몇 년간의 고통을 토로한 뒤, 이름에 지지 않고
살아가고 있다고 말했다.

흥미를 느꼈다. 이름에 시달리던 인간으로서 그는 특별했
다. 그래서 이야기를 해보고 싶었던 것이다. 만나서 마음을 털
어놓고 자수할 각오를 했다.

소년 시절의 전과는 이번 사고에 어떤 영향을 미칠까. 정당
방위가 인정될까. 아니면 과실치사로 처리될까.

옛 동창생 오오야마 마사노리.

그와는 서로에게 근친 증오라고 부를 수 있을 만한 감정이
있었다. 그와 자신은 같은 이름으로, 같은 학교에서, 같은 학년
으로, 같은 아파트에 살았다.

마사노리는 자신이 사건을 일으킨 뒤 벌어졌던 어떤 소동이

불현듯 생각났다. 다시 사회로 돌아오고 나서, 호기심에 이끌려 당시의 일을 조사한 것이다. 발단은 이웃이 올린 트윗이었다.

- 옆 아파트에 경찰차가 몇 대씩 와서 시끄러운데 무슨 사고라도 났나?

아파트 앞에 정차한 여러 대의 경찰차와 제복 경찰관의 모습을 촬영한 영상이 함께 올라왔다. 같은 사람이 또 글을 올렸다.

- 대박! 어제 경찰 사진, 마나미 사건 관련된 일이었나 봐. 집 근처에 범인이 살고 있었다니 완전 소름!

그 결과, 인터넷의 폭도들이 주소를 알아냈다. 정원수 사이로 '오오야마'라는 글자가 쓰인 206호의 문패를 촬영한 사진도 나돌았다. 206호가 '마나미 사건' 범인의 집이라며 가족의 직장도 털렸다. 하지만 그건 오해였다. 206호에 살고 있는 것은 다른 반 오오야마 마사노리의 가족이었다.

사람들은 2층에서 오오야마의 성을 먼저 발견하고 범인의 주소라고 믿었다. 4층의 문패도 확인했으면 같은 아파트에 오오야마라는 성이 두 개 존재한다는 사실을 알아차렸을 것이다.

그렇다, 같은 고등학교에 존재했던 두 오오야마 마사노리는 같은 아파트에 살고 있었던 것이다. 실제로 경찰이 들이닥친 것은 405호였다.

- 오오야마 마사노리의 아버지를 미행했다. 아버지는 '다카이 전기'에 다닌다. 어머니는 집에서 안 나오는 거로 봐서 가정주부일 듯!
- 다카이 전기 홈페이지에서 임원 명단 발굴함. 본명은 오오야마 하루마사. 나이는 48세. 엽기 살인범 오오야마 마사노리의 아버지는 엘리트. 연봉 1천만 엔 이상으로 추정됨. 용서가 안 됨
- 이 자식이야? TV에서 남 얘기하듯이 쓰레기처럼 말하던 아버지가?
- 엽기적인 성범죄자를 키울 것 같은 얼굴이다. 윤리관도 도덕심도 상식도 겸비하지 못한 쓰레기 부모
- 이대로 평온하게 살 생각 말길. 살인범을 키운 부모니까 평생 두려움에 떨면서 살 거다!

아버지의 신문 인터뷰 기사도 도마에 올랐다

'아들이 저처럼 되길 바라는 마음에 제 이름 한 글자를 잇게 했습니다. 이름을 따라 '올바르게 행실(正紀)'하고 타인을 배려하면서, 멋진 인생을 살아갔으면 합니다.'

- 아버지 확정이네. 아들 이름에도 '바를 정(正)' 자가 들어 있는 걸 인정하잖아

인터넷에 흘러넘치는 코멘트는 모두 다른 반 오오야마 마사노리와 그 가족에게 향했다. 며칠 후 다른 반 오오야마 마사노리의 아버지가 근무하는 다카이 전기가 공식 성명을 발표하면서 흐름이 바뀌었다.

'이번 츠다 마나미 양 사건에 관해서 마나미 양의 명복을 빌며 유족 분들에게 깊은 조의를 표합니다. 또한 당사의 임원 오오야마 하루마사는 체포된 소년과 인터넷에 언급된 내용과 같은 혈연관계가 아닙니다. 너그러운 이해를 부탁드립니다'

결과적으로 이 유언비어 소동으로 자신의 부모님은 살았다. 범인의 가족을 특정하려는 움직임에 제동이 걸렸기 때문이다. 인근 주민들에게는 알려져서 이사를 피할 수 없게 되었지만 말이다.

축구 유망주였던 오오야마 마사노리에게 한 이야기가 떠오른다.

같은 고등학교에 다니던 두 명의 오오야마 마사노리. 한쪽은 추락사하고, 한쪽은 살아남았다.

실제로는 왕따를 당하던 오타쿠 오오야마 마사노리가 추락사하고, 여자애들과 함께 그를 왕따시키던 오오야마 마사노리가 살아남았다.

우울한 어린 시절이었다. 여자애들에게 인기가 있는 것도 아니고 이야기한 경험도 거의 없었다. 학급 위원회나 어떤 작업으로 같이 무언가를 할 때만 사무적인 대화를 나눌 뿐이었다. 고등학교로 올라가며 달라지고 싶었지만, 분위기를 바꿔도 내용물은 달라지지 않았다.

같은 학년에 동성동명의 학생이 있다는 걸 안 것은 그때였다. 같은 반 애한테 물어보고 멀리서 확인하니 교실의 한쪽에서 얌전히 그림을 그리고 있는 전형적인 오타쿠였다.

'동일시되고 싶지 않다.'

진심으로 그렇게 생각했다. '오오야마 마사노리'가 인기 없는 인간의 이름으로 취급당하는 것이 싫었다.

자신만이라도, 하고 바랐다. 그래서 차이를 어필하기 시작했다.

'같은 오오야마 마사노리라도, 그 녀석과 다르다. 나는 다르다.'

오타쿠 오오야마 마사노리와의 차이를 어필해 여자애들의 편을 들고, 여자애들이 좋아할 의견을 주장했다. 인기를 얻고 싶은 마음에 마음에도 없는 말을 떠벌였다. 이윽고 오타쿠 오오야마 마사노리를 악인으로 만들어 자신을 선인으로 보이게 하는 법을 배웠다. 다른 사람을 부인함으로써 안전한 지위를 확보한 것이다.

"나, 이런 모에 그림이라 그러나? 거부감 든다니까. 생리적으로. 세상에는 건전한 작품이 산더미처럼 쌓여 있잖아. 그런 명작을 접해야 해."

"그림을 좋아하다가 만족이 안 되겠으니까 성범죄라니 말도 안 되지. 오오야마 마사노리가 또 죄를 지으면 내 이름이 더럽혀지니까 말이야."

"여자애들이 싫어하는 취미, 가지지 않는 게 좋아. 네가 잘못한 거니까 반성하고 고쳐. 네 그림 때문에 상처받았으니 여자애들한테는 비판할 권리가 있는 거야."

다른 사람의 윤리관을 비난하면 지질한 자신도 훌륭한 사람이 된 것 같았다. 주위에서도 그렇게 믿어주었다. 실제로 오타쿠 오오야마 마사노리를 부정할수록 여자애들에게 공감을 얻고 칭찬을 받았다. 여태껏 누구도 거들떠보지도 않던 자신이 갑자기 칭찬을 받게 된 것이다.

한 가지 배운 게 있다. 누군가 혹은 무언가를 비판하지 않는 착한 이에게는 무엇을 공감해도 별 효과가 없지만, 누군가 혹은 무언가를 비판하는 이에게는 그 주장에 공감하면 그 자체로 칭찬을 받는다. 별것 아니구나, 라고 생각했다.

"역시 오오야마. 이쪽이랑은 완전 달라."

"모에 그림 같은 거나 그리고 있는 오타쿠 쪽이랑 천지 차이야."

"오오야마 말 잘했다."

"여자 마음을 완전 잘 알아!"

"우리 상처받았어. 불쌍해."

"자기 잘못을 자각하지 않는 사람하고는 다르다니까."

아이들이 존경의 눈빛을 보낼수록 신이 났다. 누군가를 제물로 삼아 못된 놈으로 몰아세울수록 칭찬을 받는다면, 동성동명인 오오야마 마사노리가 딱이었다. 비교되어 상대가 떨어지는 만큼, 더욱 차이가 벌어졌다.

'자기 인생이 시원찮은 건 자기 탓이잖아. 넌 노력이 부족한 거야. 난 노력했다고.'

폐업 호텔의 옥상에서 오타쿠 오오야마 마사노리가 다그쳤을 때, 그렇게 응수했다.

동성동명인 사람의 죄는 동성동명인 사람이 물려받는다.

자신은 성추행 사건을 일으킨 초등학교 교사와 다르다고 보여주기 위해 호감형을 열심히 연기했던 것이다. 오타쿠 오오야마 마사노리를 제물로 삼아 부정한 것 역시 그런 이유에서였다. 차이를 만들기 위해서 늘 옆 반에 갔다.

오타쿠 오오야마 마사노리는 결국 자살 시도까지 했다. 괴롭혔던 상대를 해치려 했지만 이루지 못하고, '커터 칼을 들고 연약한 여자를 노리는 미친놈'으로 조회시간에 공개적으로 비난받아 등교 거부를 하며 히키코모리가 되었다.

괴롭힘을 당하고 싶지 않으면, 그 애들한테 붙으면 됐을 것이다. 이제 마음을 고쳐먹고 정상적인 그림을 그리겠습니다, 하고 사과했으면 모든 손가락질이 사라졌을 것이다.

'나는 그렇게 했다.'

자신이 타깃이 되지 않도록 철저하게 빌붙었다. 어떤 심한 말을 하든 긍정하고 동의하며 진짜 자신을 숨겼다. 그래서 괴롭힘을 당하지 않았다. 오히려 좋은 녀석이라고 칭송받았다.

호감을 얻기 위해서 마음에도 없는 말을 하거나, 과장하거나, 상대의 의견에 맞추었다. 사실 누구나 그 정도는 많든 적든 하고 있지 않던가.

모든 것에 차질이 생긴 것은 오타쿠 오오야마 마사노리를 괴롭혔던 여자애가 여동생 이야기를 했을 때였다.

"나, 초등학생 여동생이 있어서 걱정돼! 잡지에 사진이 실릴 만큼 귀엽거든. 눈에 띄면 어떡하지."

관심을 보이자 여동생의 사진을 보여주었다. 잡지 모델인 만큼 확실히 귀여웠다. 언니와는 달리.

그는 언니처럼 누구를 괴롭히지 않는 여섯 살 동생의 순진한 미소에 매료됐다. 어린 여자아이에게 끌리는 것을 알아채지 못하도록 겉으로는 "……아, 가까이하게 하면 안 되겠다. 이쪽 오오야마 마사노리는 사건 벌지도 모르잖아"라고 정상적인 사람을 연기했다.

충동을 억제하려고 노력했지만, 참지 못하고 여동생 마나미를 찾아가 말을 걸었다. 화장실에 데리고 들어갔지만 반항하는 바람에 협박용이었던 흉기를 무심코 꺼내들었다.

정신을 차렸을 때는 모든 것이 끝나 있었다.

출소 후에 알았지만, 살인범을 배출한 고등학교는 큰 난리가 났었다고 한다. 언론도 학생들을 인터뷰했다. 학생들이 범인의 인상을 말했다.

"반에서도 겉돌고 친구가 없었습니다."

"오타쿠라서 애니메이션이나 만화를 좋아했고, 이차원의 캐릭터랑만 친구 같았어요."

"조그만 여자아이에 대한 집착이 엄청났어요."

"현실에서 여자를 어려워하는 건 알고 있었어요. 절대 눈도 마주치지 않고 말을 걸어도 말을 더듬었으니까요."

"기분 나빠서 반 전체가 잘 어울리지 않았어요."

학교 애들이 말한 것은 오타쿠 오오야마 마사노리의 인상이었다.

과장이나 조작도 있었지만, 의도적인 거짓말은 아니었을 것이다. 커터 칼로 습격당할 뻔했던 여학생의 이야기가 떠돌았으니까.

오오야마 마사노리는 살인 용의자로 체포되고, 또 다른 오오야마 마사노리는 집단 따돌림으로 등교 거부를 했다. 둘 다 학교에 없었기 때문에 혼동하는 학생이 있을 만도 했다. 별로 친하지 않은 다른 반 애들에게는 여섯 살 여자아이를 참혹하게 살해한 오오야마 마사노리는 오타쿠 쪽이었다는 믿음이 있었던 것이다. 정말 일을 저지를 것 같은 녀석이었으니까.

학생들의 인터뷰도 있었고, 보도하고 싶은 내용에 맞게끔 의견 수렴을 하는 인터뷰를 했기 때문에 언론도 오류를 눈치채지 못했다. 부자연스러움을 느껴도 무시했을 것이다.

축구 유망주였던 오오야마 마사노리는 왕따를 당한 오오야마 마사노리의 복수에 의한 살인이라고 믿고 있었다. 이름에 지지 않은 그가 이야기꾼으로도 활약해주길 바랐다. 그래서 만났다.

살인을 범한 '오오야마 마사노리'는 피해자의 언니에게 집단 괴롭힘을 당했다, 라는 '이야기'를 누군가가 증언하면 그 정보는 SNS에서 '사실'로 순식간에 퍼질 것이다. 단정적으로 말하면 된다. 그럴듯하게 전해진 '이야기'를 보면, 진실이라는 근거가 아무것도 없어도 많은 인간들이 그대로 받아들이니까.

'마나미 사건'으로 엉터리 루머가 얼마나 사실처럼 퍼졌는지 모른다. 진실을 호소하는 목소리는 침묵 당하고, 사람들의 머릿속에는 '듣고 싶은 이야기'만 남는다. 어리석은 풍조가 아닐 수 없다.

마사노리는 눈을 감고 조용히 숨을 고른다.

하지만…… 세상에 누구 하나 믿어주지 않아도 상관없었다. 애초에 경찰에게는 일절 통하지도 않을 테니까. 그런 건 둘째였다. 세상을 속일 생각으로 사칭을 한 것은 아니다.

소년 교도소에서 지낸 7년 동안의 시간이 떠오른다.

충동적으로 사건을 일으킨 것을 후회했다. 반성도 했다. 마음속으로 몇 번이나 피해자와 유족에게 사과의 말을 했다. 하지만 내심 갱생하는 것이 무서웠다.

갱생해버리면 자신이 얼마만큼 방약무인하고 끔찍한 범죄를 저질렀는지 자각하게 된다. 죄의 무거움을 깨닫게 된다. 욕망을 억제하지 못하고 격앙된 감정으로 범행에 손을 댄 것이다. 책임 전가도 정당화도 결단코 할 수 없는 큰 죄.

너무나 무거웠다. 마음이 짓눌려 버릴 정도로.

과연 나는 그것을 견딜 수 있을까. 그래서 조금이라도 구원을 받고 싶었다. 구원이 없으면 갱생이 허락되지 않을 것 같았다.

만약 내가 그 오타쿠 오오야마 마사노리였다면…….

동성동명. 같은 오오야마 마사노리라면 피해자성이 강한 쪽, 동정받는 쪽인 척하고 싶었다.

세상이 아닌, 자신의 마음을 속이고 싶었다.

자신의 죄에 한 줌이라도 동정의 여지가 있다면, 갱생해서 용서받을 수 있지 않을까. 스스로 갱생하는 것을 허락할 수 있지 않을까.

마사노리는 눈을 떴다. 눈앞에 쇠창살이 있다.

이기적이라고 욕을 먹어도 괜찮다.

자신은 용서받고 싶었다.

용서받지 않으면, 사회에서 살아갈 수 없다.

사회에 돌아와 처음에 할 일은 정해져 있었다.

출소 후에 만난 변호사는 전과 세탁을 목적으로 하는 개명은 인정되기 어렵지만, 이번 경우처럼 소년임에도 실명이 공표된 상황은 고려될지도 모른다고 가르쳐주었다. 사회에 이름이 안 좋게 퍼지고 있다는 이유로 신청하면 개명이 인정될 가능성이 있다고.

곧바로 개명을 신청하지 않은 것은 오타쿠 오오야마 마사노리를 죽였기 때문이다. 녀석을 죽인 죄로 체포될 미래가 천천히 다가오고 있었다. 개명하고 나서 체포되면 성인이 됐기 때문에 그 이름이 보도된다. 개명 전의 실명도 소문이 날 게 분명했다.

큰 의미가 없는 것이다.

그래서 개명 신청은 오타쿠 오오야마 마사노리를 죽인 죄를 용서받고, 석방된 다음에 하려고 생각했다.

'오오야마 마사노리' 동성동명 피해자 모임의 참가자들이 그 이름으로 괴로워하고 있을 때, 자신은 꺼림칙한 이 이름을 버리는 것이다.

이번에야말로 깨끗한 이름으로 살아갈 테다.

마사노리는 이름으로부터 해방되길 기도했다.

내 이름의 살인자

초판 1쇄 인쇄 2023년 10월 1일
초판 1쇄 발행 2023년 10월 10일

지은이 | 시모무라 아쓰시
옮긴이 | 이수은
펴낸이 | 안숙녀
편집 | 신현대
디자인 | 김윤남

펴낸곳 | 창심소
등록번호 | 제2017-000039호
주소 | 영등포구 영등포로 106, 대우메종 101동 1301호
전화 | 02-2636-1777
팩스 | 02-2636-2777
메일 | changsimso@naver.com

ISBN 979-11-91746-09-9 03190

• 이 책은 저작권법에 따라 보호받는 저작물이므로 무단 전재와 복제를 금지합니다.
• 책의 일부 또는 전부를 이용하려면 저작권자와 창심소의 동의를 받아야 합니다.
• 잘못된 책은 구입하신 곳에서 바꿔드리며, 책값은 뒤표지에 있습니다.